海明威全集

曙光示真

True At First Light

〔美〕海明威 著
苏 琦 译 俞凌婷 主编

中国出版集团 现代出版社

图书在版编目（CIP）数据

曙光示真 / (美) 海明威著 ; 苏琦译. -- 北京 : 现代出版社, 2018.6

(海明威全集 / 俞凌婻主编)

ISBN 978-7-5143-7106-2

Ⅰ. ①曙… Ⅱ. ①海… ②苏… Ⅲ. ①长篇小说－美国－现代 Ⅳ. ①I712.45

中国版本图书馆CIP数据核字（2018）第109918号

曙光示真

著　　者　（美）海明威
译　　者　苏　琦
主　　编　俞凌婻
责任编辑　杨学庆
出版发行　现代出版社
地　　址　北京市安定门外安华里504号
邮政编码　100011
电　　话　010-64267325　64245264（传真）
网　　址　www.1980xd.com
电子邮箱　xiandai@cnpitc.com.cn
印　　刷　三河市金元印装有限公司
开　　本　880mm × 1230mm　1/32
印　　张　11
版　　次　2019年1月第1版　2020年5月第2次印刷
书　　号　ISBN 978-7-5143-7106-2
定　　价　49.80元

序

众所周知，海明威是一个生活经历异常丰富的知名作家，同时也是一个在世界上享誉盛名并且写作风格鲜明的文学大师。海明威复杂的生活经历描绘了他所有作品的故事曲线，也构成了他作品中丰富多彩的主题。

首先，就个人浅见，有必要剖析一下海明威的成长经历。海明威出生于美国芝加哥以西的一个郊区城镇，人口并不密集，因此给了海明威一个平静、安逸的童年生活。幼时的海明威喜欢读图画书和动物漫画，听稀奇百怪的故事，也热衷于缝纫等各种家事。少年时期，他更喜欢打猎、钓鱼，内心充满了对大自然的好奇与敬畏，这一点在他多部作品中都有体现。在初中时，海明威为两个文学报社撰写了文章，这为他日后成为美国文学史上一颗璀璨的明星打下了基础。高中毕业以后，海明威拒绝上大学，他到了在美国媒体具有举足轻重地位的《堪城星报》当了一名记者。虽然他只在《堪城星报》工作了 6 个月，但这 6 个月的时间，使他正式开始了写作生涯，并且在文学功底上受到了良好的训练。1918 年，第一次世界大战爆发，海明威不顾家人反对，毅然辞掉了工作，去战地担任了一名救护车司机。战场上的血流成河，令海明威极为震惊。由于多次目睹了战争的残酷，给海明威的创作生涯提供了丰富的素材和灵感。在他早期的小说《永别了，武器》中，他进行了本色创作，揭示了战争的荒唐和残酷的本质，反映了战争中人与人之间的相互残杀以及战争对人的精神和情感的毁灭。1923 年海明威出版了处女作《三个故事和十首诗》，使他在美国文坛崭露头角。1925 年。海明威出版了《在我们的时代里》这一短篇故事系列，显现了他简洁明快的写作风格。继而海明威出版了多部长篇小说和大量的短篇小说，令他成为了美国“迷惘的一代”作家中的代表人物。《老人与海》获得了 1953 年美国的普利策奖和 1954 年的诺贝尔文学奖，将海明威推上了世界文坛的至高点，可以说，《老人与海》是他文学道路上的巅峰之作。

其次，海明威的感情生活错综复杂，给海明威的作品增添了大量的情感元素。海明威有过四次婚姻经历，这些经历赋予了海明威不同寻常的爱情观。司各特·菲茨杰拉德曾打趣道：“海明威每写一部小说都要换一位太太。”连他自己都没有想到，竟然一语成谶。世人皆知，海明威有四大巅峰之作，分别是《太阳照常升起》《永别了，武器》《丧钟为谁而鸣》和《老人与海》，在时间上，他的确先后娶了四位太太。据考证，1917 年海明威和一位护士相爱，但是不久后，这位护士便嫁给了一位富有的公爵后代。海明威对爱情始终抱有完美主义，所以这样的结局令海明威无法接受，甚至愤恨。因此，海明威常常将女人比作妖女，这一点在他的多部作品中有所反映。1921 年，海明威与他的第一任妻子哈德莉结婚，但是婚姻观的差异最终使两人分道扬镳。不得不说，哈德莉对海明威的文学创作起到了至关重要的作用。在她的帮助下，海明威学会了法文并结识了著名女作家斯泰因。这段时期，海明威佳作不断，哈德莉却毫无成长，这促使了两人的婚姻关系更加恶劣。1926 年海明威出版了《太阳照常升起》，这部小说使他声名大噪，也间接宣告了海明威与哈德莉婚姻关系的破裂。1927 年，海明威与第二任妻子宝琳结婚，两人在佛罗里达州和古巴过了几年宁静而美满的婚姻生活。海明威在这几年中完成了他的不朽名作《永别了，武器》。然而，没过几年，海明威对宝琳开始厌倦，他遇见了他的第三任妻子——战地女记者玛莎。最开始，海明威以玛莎为荣，并为她创作了《丧钟为谁而鸣》，令人叹息的是，这对最为相配的夫妻也在 1948 年结束了婚姻关系。海明威的第四任妻子维尔许是一名战时通讯记者，研究分析政治和经济形势，为三大杂志提供背景资料。婚后，维尔许放弃了自己的工作，专心照顾家庭，但这仍未给两人的婚姻关系带来一个美满结局。1961 年，海明威在家中饮弹自尽，享年 62 岁。

对大自然的喜爱之情和对生命的敬畏丰富了海明威小说五彩斑斓的主题，纷然杂陈的情感生活和不同寻常的生活环境造就了海明威作品中跌宕起伏的故事情节。因此，海明威的每篇长篇小说、短篇小说、新闻及书信都有着鲜明的个人风格。海明威用最简洁明了的词汇，表达着最复杂的内容；用最平实轻松的对话语言，揭示着事物的本来面貌。他的每部小说不冗不赘，造句凝练，丝毫没有矫揉造作之感。即使语言简洁，但是海明威的故事线索依然清晰流畅，人物对话依然意蕴丰富。海明威曾这样形容自己的写作风格："冰山在海里移动之所以显得庄严宏伟，是因为它只有八分之一的部分露出水面。"这无疑是个非常恰当的比喻，十分形象地概括了海明威对自己作品的美学追求。海明威最开始创作了众多短篇小说，使他在文坛新秀中占有一席之地，后来《太阳照常升起》的出版，奠定了他在"迷惘的一代"代表作家中的超然地位。"迷惘的一代"是美国两次世界大战期间涌现的一类作家的总称，他们共同表现出的是对美国社会发展的一种失望和不满。他们之所以迷惘，是因为这一代人的传统价值观念完全不再适合战后的世界，可是他们又找不到新的生活准则。海明威将“迷惘”这一形容词表现得淋漓尽致，他用深刻而典型的对话将第一次世界大战后青年的彷徨与迷惘的心声书写出来。可以说海明威的大量文字都散发着战时与战后美国青年对现实的绝望。海明威不止竭尽所能地发挥着对“迷惘”的认知，同时也表现着海明威内心的“硬汉观”。海明威一向以文坛硬汉著称，他是美利坚民族的精神丰碑，代表着美国民族坚强乐观的精神风范。在《老人与海》中海明威用风暴、鲨鱼等塑造了一个“人可以被消灭，但是不可以被打败”的硬汉形象，同时也反映了海明威英勇、坚定的生活态度。海明威的众多作品中不仅充斥了“迷惘”“硬汉”等思想，不可忽视的还有他对自然与死亡的理解。作为一个对生命有着独特理解的文学大家，海明威形成了对死亡的坦荡、豁达的人生态度。《午后之死》就明确指出：“所有的故事，要深入到一定程度，都以死为结局，要是谁不把这一点向你说明，他便不是一个讲真实故事的人。”海明威想要表达“死亡是人生的终点，任何人不可逃避”这一观点。《老人与海》中也有海明威对自然生态的想法，海明威利用圣地亚哥、环境、鱼类的关系形象地阐述了：人不能过于追求物质享乐，要尊重自然、节省资源、保护生态环境，才能达到人与自然的和谐。总之，海明威光彩夺目的主题思想和艺术风格都在探究着人类文明进程中对生命的思考。

海明威的创作经历了一个复杂的发展变化过程。在海明威早期的作品中，海明威表达对西方资本主义日趋腐朽的绝望和内心痛恨战争的不满情绪，文字中蕴藏着一种悲观和颓废的色彩。海明威在创作中期才改变了这种思想，开始对西方资本主义和战争的本质有了新的认识，这是海明威心理历程上的一个重大发展。

海明威的后期作品依旧延续着早、中期的写作风格和迷惘情绪，但是却比早、中期的作品反映的情绪更加明显。值得一提的是，海明威的创作中也充斥了大量的意识流和含蓄表达，从而使读者在真假变换中感受到人物或强烈、或浪漫的内心世界。

为了方便海明威文风的欣赏者了解海明威，我们特出版海明威全集系列丛书，内包含海明威的多部小说、书信、新闻稿、诗等作品。读者可从中感受到海明威享受心灵的自由却求索不得的无奈，也可感受到海明威对内心对生命最强烈的回响。海明威的作品无论在中心思想层面，还是语言风格都有其独到之处，因此他的作品读来令人回味无穷。对于欣赏者来说，要具备独特的艺术鉴赏力和审美修养才能发掘海明威“海面下的宏伟冰山”，从而产生更多对生命的思考。

目　　录

人物表

讲述者

本书作者生前从不写日记，但书中所讲述的故事是在发生了一年之后思如泉涌，以第一人称写下来的。就像他跟第三任妻子玛莎·盖尔霍恩说的那样，“我们只是盘腿坐在市场里而已，如果别人对我们讲的东西不感兴趣，直接走好了。”

玛丽

欧内斯特·海明威的第四任也是最后一任妻子。

菲利浦（帕先生，老爹）

菲利浦·帕尔齐法尔是白人猎手中最年长，最见多识广的人。他指导过包括泰迪·罗斯福[①]和乔治·伊斯曼[②]等许多人打猎。海明威著名的短篇小说《弗朗西斯·麦康伯夫妇短暂的幸福生活》里的白人猎手的原型是冯·布列克森男爵[③]，不过他的外貌是根据菲利浦·帕尔齐法尔塑造的。

金·克雷兹（金·克）

当时英国管辖下的肯尼亚卡吉亚多区的狩猎法监督官。卡吉亚多区地域广大，包括内罗毕以南及坦噶尼喀（现坦桑尼亚）、

① 即美国第26任总统西奥多·罗斯福（1858—1919），泰迪是西奥多的昵称。

② 乔治·伊斯曼（George Eastman，1854—1932），美国发明家，伊斯曼·柯达照相器材公司创办人（1892）。

③ 冯·布列克森男爵（Baron Bror Bliren），丹麦女作家伊萨克·迪内森的表哥，两人结婚后一起到非洲定居，不久后离婚。这段事在迪内森的《走出非洲》中得以再现。

肯尼亚边境以北的大部分猎区。游猎时期，除了带着全队人员到坦噶尼喀南部去看望儿子儿媳以外，就会到海明威夫妇打猎的范围区域去（也在他管辖范围内）。

哈里·邓恩

卡吉亚多行政区里的一名高级警官。

威利

专门在人烟稀少地区飞行的商业飞行员。是个不轰炸平民的飞行员，心地善良品格高尚的人。

凯第

白人猎手雇用的狩猎助手总管，拥有很大的权力。他对于欧洲人整体表现的观念还停留在爱德华时代[①]，和很多读者看过的爱玛·汤姆逊和安东尼。霍普金斯主演的《去日留痕》[②] 的男管家的看法十分接近。

姆温迪

凯第的伙计，负责照顾参加游猎的白人的生活起居。

恩贵利

游猎队伙计，预备厨师。

姆桑比

游猎队伙计。

---

① 爱德华时代，指英国爱德华七世（1841—1910）时期。继维多利亚时代之后，风流倜傥的爱德华统治下的英国以奢华攀比著称。

② 《去日留痕》（The Remains of the Day），美国电影。

姆贝比亚

游猎队厨师，他的工作要求有很大的技巧性，且十分重要。我曾经给比属刚果最后一任总督将军的女儿及女婿当过长达一月的游猎活动向导。将军女儿吃过游猎队厨师做的烤鸭后说这比她在巴黎银塔饭店吃到的烤鸭还要好吃。像姆贝比亚这样最早的厨师的厨艺，是从厨艺精湛的欧洲贵妇人那儿学来的。伊萨克·迪内森[①]的《走出非洲》中有一段类似的精彩描述，一个厨师是如何接受训练的。

姆休卡

非洲黑人司机。与海明威同时代的，在二战之后才学会打猎的。白人猎手开的猎车都是自己设计的，是猎手本人的财产，不包含在游猎装备供应商所提供的设备里。但海明威这次游猎的情况并不相同。帕尔齐法尔用的猎车是由供应商提供的，司机就是姆休卡。海明威从帕尔齐法尔那里接管了游猎队以后，姆休卡就成了他的司机。

恩古伊

海明威的扛枪伙计和追猎手。只要是喜欢猎取大型猎物而体力又充沛的人，一般是不会让扛枪伙计来替自己扛枪的。这个名称实际上是指一名当地的向导，这个词和在缅因州的用法一样。一名扛枪伙计应该同时具备巴登·鲍威尔[②]和欧内斯特·汤姆逊·塞顿[③]所认为的一名童子军应当具备的所有技能。他需要了解动物的习性，野生植物的特性，知道怎样追踪猎物，特别是怎

---

① 伊萨克·迪内森（Isak Dinesen，1885—1962），丹麦女作家，曾经在肯尼亚（1914—1931）经营咖啡种植园，作品有《走出非洲》《冬天的故事》等。

② 巴登·鲍威尔（1857—1941），英国军官，在布尔战争（1899—1902）中的民族英雄，后因创建男女童子军（1910，1912）闻名。

③ 欧内斯特·汤姆逊·塞顿（Earnest Thompson Seton，1860—1940），美国博物学家和作家，协助创立美国童子军。

样追踪带血的足迹，怎样在非洲丛林中照顾好自己和同伴。总而言之，就是一个皮袜子或鳄鱼邓迪①之类的人。

切罗

玛丽·海明威的扛枪伙计。海明威在故事中不断指出不同文化伦理准则中不同的时空观念。西方伦理观允许配偶死亡或夫妻离异后，可以再拥有一个新的丈夫或妻子。但在同一时段内只能同一人结婚。故事发生的时候，和玛丽结婚的人由于离异的缘故有过三任配偶，而且第三任妻子保琳已经死亡。在西方的伦理框架内，玛丽此前也已结过两次婚。而她的丈夫受西方伦理的限制不能再娶一个妻子，但承继性多妻制却还是可以的。这让玛丽深为苦恼。这就是为什么她要以一种崭新、卓越的方式，而不是以二十年前保琳的方式去杀死一头狮子的最根本原因。保琳上一次在非洲参加游猎时，切罗是她的扛枪伙计。

姆温基

菲利浦·帕尔齐法尔的扛枪伙计。

阿拉普·梅纳

侦猎员，是肯尼亚执行狩猎法的最低一等的官员。侦猎员中没有白人，但在故事发生的年代，也没有黑人担当巡猎员一职。阿拉普·梅纳与《与夜色一同西行》中带着贝丽尔·马卡姆②用长矛猎疣猪、后来死在第一次世界大战战场上的年轻的齐普萨吉斯战士同名，可能只是一个巧合。

---

① 皮袜子是美国小说家詹姆斯·费尼莫尔·库柏（1789—1851）的代表作《皮袜子故事集》的主人公，鳄鱼邓迪是澳大利亚电影中的人物。他们的特点是擅长野外生活，机智粗犷。

② 贝丽尔·马卡姆（Beryl Markham，1902—1986），出色的职业飞行员、作家和探险家，四岁时就跟随父亲来到英属东非，最知名的作品是回忆录《与夜色一同西行》(1942)。

春戈

一个外表讲究的英俊侦猎员，为金·克服务。他能使读者想到《无事生非》电影版中丹佐尔·华盛顿饰演的公爵。

探子

一名为警方服务的密探。海明威本人做过很多情报工作。第一次是在西班牙内战中，是他把第五纵队这个词引入了英语及其他许多种语言中。第二次是在“二战”时期的古巴，当时他协助逮捕了几名德国间谍，后来有一名被处决，其他几人经由哈瓦那遣送到西班牙。海明威给予了探子故事中其他人物所没有的同情。

耗子先生

帕特里克·欧内斯特·海明威的第二个儿子，也叫“耗子”。

寡妇

黛芭的母亲，被探子很不靠谱地保护着。

黛芭

年轻的非洲黑种女人。海明威向来因为不能在小说中真实地塑造女人而遭到许多非议。假如这是真的，那么这是一个很大的缺陷。对于这么一位大作家来说，就好像我们说一名 18 世纪以前的欧洲老画家人体画画不好一样。海明威从小是和四姐妹一起长大的，所以他是有仔细观察女性的机会的。现在有另一种批评观点认为，从“政治正确性”的角度来解释这个问题。这类批评家把艺术看成构筑社会体系的工具之一。在希特勒统治下的德国，把犹太人塑造成一条纯正亚利安溪流中的肮脏污染物就是政治上正确的做法。不管读者对艺术创作的才能或目的怎样看待，都应该留意一下黛芭这个人物。

辛先生

殖民地时期的肯尼亚，白人将这个名字念成“辛”，而到了后殖民主义时期则将它念成“塞”。殖民地时期，为了便于行政管理，肯尼亚人口被按照原籍所在的大陆划分为欧洲人、亚洲人和非洲人。辛先生是亚洲人中的锡克人。他来自旁遮普①，当地锡克人对印度政府处理金庙事件②的强烈不满引发了刺杀甘地夫人的行动。锡克人生性好战，有机械方面的天分，许多人是机械操作师、飞行员、警探或电气工程师。我的一个锡克朋友是警察，有一次迫不得已去逮捕一名体态肥胖、吵吵闹闹、满嘴粗话，涉嫌投毒杀夫骗取保险金的欧洲女士。尽管她当面骂他下贱杂种，我的朋友逮捕她时依然谨慎细致，展现出他职业所特有的绅士风度。

辛太太

辛先生的妻子，长相十分漂亮。

---

① 南亚次大陆西北部的一个地区，分属于印度和巴基斯坦，该地区内大多数居民为锡克教徒。

② 锡克教徒中的狂热分子在宾得兰威尔（Jamail Singh Bhindranwale，1847—1884）领导下攻占了锡克圣殿金庙，当时印度总理甘地夫人为了争取1985年竞选成功，在1984年6月下令对金卮内的锡克人发动攻击。经过四天的激战后，宾得兰威尔和手下士兵大部分阵亡。1984年10月31日，甘地夫人在新德里居住的花园内被两名蓄意报复的锡克守卫暗杀。

第一章

说起这次游猎还真有些复杂，因为东非已发生了很大的变化。一直以来，我把一个白人猎手当作亲密的朋友，甚至可以说，我尊重他甚于尊重我的父亲。而他对我的信任也远不是我配得到的，我是应该好好珍惜的，不应该辜负他。他总是放手让我自己去打猎，如果我犯错误，他会帮我纠正，给我解释一番，教我应该怎么做。我若不再犯同样的错，他就会多指点我一点儿。不过他喜怒无常，最终还是离我们而去。由于他是游牧人，因为要照看他的农场，所以他不得不离去，到肯尼亚一个两万英亩那么大的地方，那里被我们称为饲牛场。他个性复杂，在他身上既有非凡的勇气，又有人类具有的一切良性弱点。他对事物有深厚细致的理解能力，又富有批判精神，是个让人觉得不同寻常的人。对于家庭和亲人，他极为忠实，但他也很喜欢离家外宿。家里的一切都是他所爱的。

“你有什么问题吗？”

“我不想在大家面前显得像个傻瓜。”

“你能学会的。”

“还有其他什么要对我说吗？”

“请你记住每个人都比你懂得多，但所有的决定都必须你来做，而且要让他们按你所说的去做。营地上的事都交给凯第去办吧。你做好你的事就行了。”

这个世界上有人热衷于指挥权，为了急于得到这种指挥权，往往经过一套繁文缛节，然后从别人手里得到，对这种情况常常会很不耐烦。我也喜欢指挥权，因为它把两种状态有机地结合在一起：自由和奴役。如果你手中有权，你可以尽情地享受属于你的自由，但这种自由有时会很危险，那时你就必须肩负起责任。

几年来我对这种权力早已厌倦，我只对自己有指挥权。主要原因是，我过于清楚自己的优点和缺陷。指挥权没有让我有什么自由，相反责任很大。近来我读到过各种各样写我的书，这都很让我反感：写书的人甚至对我的内心生活、目标和动机都完全了解。尽管作者当时都不在场，并且有些人在战斗发生时并没有出生，但是读这些书，就像是读一本描述你亲历的战斗一般的著作。而所有描写我内心世界和外在生活的人，无一例外地相信我感受过这种生活。

我真希望那天早晨，我的好朋友兼老师菲利浦·帕尔齐法尔可以不必用那种独特的、已经成为我们之间法定语言的简略而节制的话语跟我交谈。我希望他能告诉我一些我不方便问的问题，尤其是我希望能够得到像英国飞行员那样充分明确的指导。但我清楚我和菲利浦之间有着一种约定俗成的规定，像坎巴族的习惯法一样严格。我的无知只能通过自己的学习来减少，这是在很久以前就已经确定的。但我知道，自那以后起，帮我纠正错误的人没有了。因此虽然手握着指挥权是幸福的，那天早上我的心中却充满了孤寂。

长久以来我们都称呼对方为老爹。我是从二十多年前开始称他为老爹的。只要我不在公开场合这么叫，他并不介意这个不合礼节的称呼。他高高兴兴地开始叫我老爹时，我已五十岁。此时我已是一位长者，一名 Mzee①。虽然给予者并不经心，但对我来说这个称呼是一种恭维，却十分重要，一旦失去便会无法忍受。我无法想象也根本不愿意私下里叫他帕尔齐法尔先生，也不愿让他称呼我正式的名字。

总之那天早晨我有许多问题想问，有许多事情想知道。但按照惯例我们对这些事都闭口不言。他自然也知道，我内心孤独极了。

“你要是没有问题就没有乐趣。”老爹说，“现在那些所谓的

---

① Mzee 的意思是“老者、长者”，斯瓦希里语。

白人猎手大多不过是技术工，会说些本地话，只知道别人怎么走他们就怎么走。你可不是这样的猎手，你本地语言掌握有限，但过去你和你那些穿着不讲究的同伴一直在走没人走过的地方，这次还能开出些新路。如果有时候你想不出某个词要怎么用你新学的坎巴语表达时，说西班牙语好了。这里人人喜欢西班牙语。或者就让女主人帮你说，她表达能力比你稍强些。”

“见你的鬼去吧。”

“我要给你去准备个地方。”老爹说。

“那猎象的事呢？”

“大象你不用去想，”老爹说，“它们个头大但很蠢，它们没危险性，谁都知道。只是别忘了所有其他那些会置你于死地的野兽，毕竟它们不像那些头脑不管用的乳齿象。我就从来没见过打两个弯的象牙。”

“这事谁告诉你的？”

“凯第。”老爹说，“他告诉我说你一个淡季就猎到了几千枚这样的象牙，还说你猎到了剑齿虎和雷龙。”

“见鬼去吧。”我说。

“不能这么说。他还挺当真的。那本杂志里面写的事不由人不信，他手头就有。我想他有时候相信那本杂志有时候不信，要看你能否给他带些珠鸡回来，还有你枪法上的总体表现如何。”

“那篇文章是关于史前动物的，配了不错的插图。”

“的确很不错，照片很好看。你告诉他你来非洲只是因为国内猎乳齿象的执照已经到期了，而且猎剑齿虎的也超过了规定限度。这一说你这位白人猎手的形象就提高了不少。我告诉他你说的都千真万确，你是从怀俄明的洛林斯逃出来的，而怀俄明那地方好比过去的拉多区①。你来这里是为了对我表示敬意，因为我是从你还是个穿开裆裤的小孩时起就教你打猎的。你希望继续打

① 拉多区，与阿尔伯特湖相接，位于尼罗河上游。1864 年发现了阿尔伯特湖，该地区广泛贩卖象牙和奴隶。

猎，这样他们将来允许你回国重新发给你一张猎乳齿象的执照不至于技艺荒疏。”

“老爹，请告诉我至少一件对打象有用的事。你知道要是大象撒野或是他们要我动手的话，我就不得不干掉几只。”

“只要记住猎乳齿象的那些技巧就行了，”老爹说，“想办法让第一枪从象牙那第二个环穿过去。如果打正面就瞄准从乳齿象耸起的前额上的第一条皱纹数下来位于鼻子上的第七条皱纹。乳齿象的前额是极高的，非常直。你要是紧张，就把枪往象耳朵里打。你会发现打象不过是一种消遣。”

“谢谢你。”我说。

“我从来不担心你会照顾不好玛丽，不过也多照顾你自己一些，要好好干。”

“你也是。”

“我已经干了许多年，”他说，然后便加了一句经典的套话，“现在就看你的了。”

是啊，现在一切就都要看我的了。那是一年里倒数第二个月的最后一天早晨，没有一丝风。我看了看用餐帐篷和自己的帐篷，然后回头看了一眼小帐篷和在用餐帐篷周围走动的人，望了望卡车和猎车。车辆看上去结了一层霜，也许是露水太重引起的。我透过树林向山上望去，山上的雪在晨光中闪耀，整座山看上去也似乎变大变近了不少。

“坐在卡车里感觉怎么样？”

“还行。天气晴朗的话这条路还可以。”

“你把猎车开走吧，我用不着了。”

“你还没那么棒，”老爹说，“我看把这辆卡车还回去，再给你送辆好车。他们都认为这辆车不好。”

他总是说他们。他们就是那些人，也叫作 watu[①]。他们曾经都是孩子，对老爹来说他们仍然是孩子。也难怪，他要么是在孩

① watu 是斯瓦希里语，意思是“他们”“那些人”。

提时代就认识他们，要么是在他们的父亲的孩提时代就认识他们的父亲的。二十年前，我也称他们为孩子，那时我们都没有意识到我并没有这样喊他们的权利，所以我现在仍这样说也没人介意。但现在我不会这样做了，当时是当时那种情景，我们中间每个人都要承担自己的责任，也都有自己的名字。如果不知道其中某人的名字的话，那样你会是不礼貌、懒惰和马虎的。他们中许多人都有各种各样的名字，有的被简称了，有的还被取了或友好或不友好的绰号。老爹骂他们时还是会用英语和斯瓦希里语，他们也乐于接受。我无权骂他们，也从来不骂他们。我们之间从马加地探险以来就有了一些秘密，都是些能私下分享的秘密。当时我们已经有了不少秘密，有些不仅仅是秘密，还变成了某种理解。有的秘密并不文雅，有的则十分滑稽。有时你会看到三个扛枪家伙突然笑作一团，向他们望一眼你就会知道他们在笑什么，然后你也会大笑起来，但又想忍住，结果隔膜都痛了起来。

那天早晨，天气晴朗，我们开车穿过平原。把营地的山和树远远地抛在了身后。前面绿色的平原上，有许多汤姆逊瞪羚边吃草边甩动着尾巴。在茂密的灌木旁边，还有一群群的角马和格兰茨瞪羚在吃东西。最后我们来到了一块由又长又开阔的草场修整出来的跑道前。为了修整出这条跑道，我们开车在长满矮矮的新草的草场上来来回回跑了好几趟，还把草场那头灌木丛里的树根、草根捡得干干净净。前夜，我们用砍下的小树做成的风向杆被大风吹弯了。停下车，我下去摸了摸风向杆，发现尽管它被吹弯，但底部还算牢固，不过风要是一旦再刮起来，风向袋就会被吹走。天空飘着一些白云，我们向绿色草场望过去，那边的山看起来高耸宽阔，极其壮丽。

“把这条跑道和美景拍下来怎么样？”我问妻子。

“这里的景色不是最好的。我们还是去看下蝙蝠耳猴，再看看狮子的情况吧。”

“狮子现在肯定没在外面，现在已经很晚了。”

“有可能的。”

这样我们就沿着路上的车辙向盐碱地驶去。我们的左面是一片开阔的平地，那里生长着一排排树干发黄的绿叶树，这些树多多少少有些缺口。这排树的后面是茂密的森林，野牛群可能在里面栖息着。沿着这一排树长着高高的枯草，还有一些树倒在地上，它们有可能是被大象推倒的，也有可能是被暴风连根拔起的。我们的前方是生长着矮小嫩绿的新草的平原。右面的空地上，分布着一些灌木丛以及几棵高大的平顶荆棘树。到处都有猎物在进食，一看到我们靠近，它们就纷纷走开。有的是急速地飞奔而去，有的则不紧不慢一溜小跑地离开，也有的就在离猎车不远的地方又开始进食。不过不管它们跑多远，最终总是会停下来继续吃。每当我们作日常巡视的时候或者玛丽小姐照相的时候，这些动物并不提防我们，就像不提防一头无心捕食的狮子一样。对这样的狮子，它们不会去招惹它、害怕它。

我将身子探出车外，寻找动物在地上留下的痕迹。坐在我后面的恩古伊替我拿着枪，他在靠外边的位置，和我一样也盯着地面。开着车的是眼力最好的姆休卡，他望着前方和两旁。面部清癯、睿智，脸颊上有坎巴部落特有的箭头状刀刻印记，这一切使他看起来极像苦修僧。但他的听力不大好，比我大一岁，是姆科拉①的儿子。但有一点他跟他父亲不一样，他不是伊斯兰教徒。他热爱打猎，驾驶技术也很高明。姆休卡总是很细心，也很负责任。但他、恩古伊和我是闯祸最多的人也。

长久以来，我们一直是很亲密的朋友。有次我问他脸上那又大又正式的部落印记是什么时候，怎么弄上去的？因为别人都没有，即使有也只是刻得很浅。

他大笑着说："在一次大型的恩戈麦鼓会②上刻的。你知道的，为了讨好女孩子嘛。"恩古伊和给玛丽小姐扛枪的伙计切罗

① 姆科拉，坎巴族人，1933年12月海明威和第二任太太在肯尼亚以及坦噶尼喀打猎期间雇用了他。

② 恩戈麦鼓是东非常用于舞蹈伴奏时敲击的鼓，鼓会实际上是当地土著人举办的盛大舞蹈节。

也都笑开了。

切罗是个十分虔诚的伊斯兰教徒，是大家公认的极为诚实的人。他不知道自己多少岁，但据老爹估计他肯定超过七十岁了。他尽管缠着头巾，但比玛丽小姐还矮两英寸。有一次我看到他俩站在一起，眺望着灰暗沼泽的另一头的正小心翼翼迎着风往森林走去的水羚。最后那一只水羚又高又大，它晃动着漂亮的双角向前走，时不时还向两边和身后张望。看着这景象，我想，对那些动物来说玛丽小姐和切罗肯定很奇怪。有个久经证明的事实就是，动物们看到他俩都不会害怕。他们两个人，一个身材娇小，金发，穿深绿外套。一个显得更小，肤色黝黑，穿着深蓝外套。动物见了不但不怕，还会觉得挺有意思的，就好像被允许看一场马戏抑或看到一件奇怪至极的事一样。他们对食肉动物的吸引力是毫无疑问的。那天早晨我们大家的心情都很放松。非洲这地方每天一定都会发生些什么事，不是极糟糕的事，就是极美妙的事。每天醒来时你都会感到异常兴奋，仿佛要去参加从山顶向下的滑雪比赛，或是要坐上大雪橇疾驶一番似的。你知道总要发生些什么，而且通常是在十一点以前发生。在非洲，我每天早晨起来心中都满怀喜悦，至少在想起还没有处理完的事务之前是这样。但是那天早上由于指挥者一时大意，我们大家心情都很放松。我很高兴，野牛——我们的主要问题——显然它在我们够不着的某个地方。我们要做的是，必须由野牛来找我们，而不是我们去找野牛。

“你打算干些什么?”

“把车开过来，到大水塘那边快速转一圈，查看一下动物踪迹。然后到森林和沼泽地的交界处查看一下再出来。到时我们应该在象的下方，你没准能看到那头象，不过多半看不到。”

“我们回去时能不能经过长颈羚的地盘?”

“当然可以。很抱歉，我们出发晚了。还有那么多事要做，原因是老爹要走了。”

“我想去林子里那个鬼地方。到那里可以研究一下用哪棵树来当我们的圣诞树比较好。你想我的狮子会在那里面吗?”

“很有可能。通常在那种地方我们是看不到它。”

“它是头聪明的坏狮子。为什么上次他们不让我打那头漂亮又易打的狮子呢?它就躺在树下。女人就是那样打狮子的。”

“我告诉你她们是怎样打狮子的。以前有个女人想打一头黑鬣狮,是一头比其他女人打过的狮子都要漂亮的狮子,结果那狮子中了四十多枪。[①] 女人打完狮子,还要拍些漂亮的照片,然后就再也离不开那头该死的狮子了,一辈子都对自己和朋友撒谎说是自己把狮子打死的。”

“我真抱歉没打中马加地那头漂亮的狮子。”

“不用抱歉,你应该感到骄傲。”

“我不知道我为什么会这样。但我必须打到这头狮子,[②] 不能有误。”

“亲爱的,我们打得太频繁了。它太聪明了。我现在必须要让它增强信心,好犯个错误。”

“它不会犯错的。它比你和老爹要聪明得多。”

“亲爱的,老爹希望你要么打死那头狮子,要么就连看也看不到。要不是老爹关爱你,不管什么狮子你都能打。”

“别再提这个了,”她说,“让我想一下圣诞树的事。我们要过个快乐的圣诞节。”

姆休卡看到恩古伊开始往小路上走,就把车开了过来。我们上车后,我示意姆休卡往沼泽那边一角的水塘前进。我和恩古伊趴在车的两边注意观察各种踪迹,有昔日车轮留下的印痕,猎物从纸莎沼泽来去留下的踪迹,角马新留下的踪迹,还有斑马和汤姆逊瞪羚留下的脚印。

拐了一个弯后,森林近在我们眼前。这时我们看到了一个男

① 指的是狮子并没有被打中,或者只是轻微打到了狮子,以至于其他人不得不全部去将狮子击毙。

② 在海明威1953—1954年期间游猎的过程中,妻子玛丽始终在追踪一头非常大的黑鬣狗。文章第八章中记载了黑鬣狗被射杀的经过。

人的脚印，接着又发现了另一个男人的靴印。这些脚印都被雨淋湿了。我们停下车来观察这些脚印。

“这是我们俩的。”我对恩古伊说。

“是啊，”他咧开嘴笑了一下，“其中一个人的脚很大，从走路的样子看好像很疲倦。”

“另一个人没穿鞋，从走路的样子看好像身上扛着很重的来复枪。停一下。”我对姆休卡说。我们从车上下来。

“看，”恩古伊说，“其中一个人，从走路的样子看好像是个年纪很大的人，眼睛估计也看得太远。我指的是那个穿鞋的。”

“看，”我说，“从光脚的那个人走路的样子看，应该有五个妻子以及二十头牛，并且花过不少钱买啤酒喝。”

“他们应该走不远的，”恩古伊说，“看这个穿鞋的，看走路来好像随时要死掉一样。来复枪的重量把他压得踉踉跄跄。”

“你看他们来这里是干什么的呢？”

“我怎么知道？看，这会儿那穿鞋的有气力了。”

“他可能在思念村子里的人①吧。”恩古伊回答道。

“Kwenda na shamba.②”

“Ndio③，”恩古伊说，“你认为那个穿鞋的人到底多大了呢？”

“这关你屁事。”我说。我们示意他把车开过来，然后全上了车。我又示意姆休卡把车开往森林入口处，但他一直摇晃着脑袋哈哈大笑。

“你们俩跟踪自己的脚印干什么？”玛丽小姐说，“我知道这挺有趣，因为大家都在笑。不过这看上去挺蠢的。”

“我们觉得非常有意思。”

在这片树林里我总觉得心情沉重。我知道大象总得吃东西，它们吃枝叶总比起破坏本地的农田要好一些。它们虽然吃得并不多，不过它们糟蹋了不少树，破坏率远大于利用率，让人看了很

① 坎巴部落的村庄之一，海明威游猎时常去那里，村里姑娘黛芭跟他关系微妙。

② 斯瓦希里语，意思是“去村里”。

③ 斯瓦希里语，意思是“行，好的”。

是十分痛心。在非洲，大象是唯一一种在其现有活动范围内数量不断增长的动物。但由于它们繁殖得太快，所以给当地人带来了极大的麻烦，因此它们只能遭遇被杀戮的命运。但是到后来人们就开始了对大象无差别的屠杀。有的人还以此为乐，不分年龄大小的象，他们全杀，并且乐此不疲。所以必须有种控制猎象的方法。但是看到大象对森林的破坏，看到那些树怎样被大象拖倒并剥去枝叶，就能了解它们一个晚上可以给一个村庄造成多么大的损失，我就不由自主地意识到控制这个问题。但是在当时我一直在留心寻找两头大象的脚印，有人曾经见过它们往这边的森林过来了。那两头大象我认识，知道它们白天可能会去哪里。不过我必须看到它们的足迹，肯定它们已走在我们前面去了。此外我必须当心玛丽小姐，以免她在四处走动寻找合适的圣诞树时出现什么危险。

我们停下车后，我拿出大枪，扶玛丽下了车。

“我不需要帮助。”她说。

“你看，亲爱的，”我试着向她解释说，“我必须拿着这支大枪跟着你。”

“我过去只是想挑棵圣诞树。”

“我明白。可这里任何事都会发生。以前也有过这种情况。”

“那就让恩古伊跟我一起去，切罗留在这里。”

“亲爱的，我必须对你负责。”

“你这话我都听腻了。”

“我知道。”我说接着，“恩古伊。”

“什么事，Bwanao[①]?”

这时，一切玩笑都停止了。

“去看看那两头大象是不是走到森林深处去了，要一直到岩石那里。”

“Ndio.”

---

① Bwanao是斯瓦希里语，意思是“老板”，海明威雇用的土著人对他的尊称。

他穿过那片空地，向目的地走去，眼望前方寻找着草丛里的踪迹。我的斯普林菲尔德步枪被他拿在右手中。

“我只是想先挑一棵圣诞树出来，”玛丽说，“这样我们哪天早晨再把它从这儿挖出来带到营地去，趁天气还凉快就把它种下去。”

“开始找吧，”我说，我两眼一直盯着恩古伊。他一度停下来听我说话，然后又小心翼翼地继续朝前寻找。玛丽细心地查看着，她想从这些银白色带刺灌木中挑选出一棵尺寸和形状都比较满意的。我跟在她后面走着，但我不断地回头看看恩古伊。他又停了一次，听了听，便向密林方向挥起了手。他回头看看我，我便招手让他回来。他往回走的速度很快，只差没有跑起来。

“它们在什么地方？”我问。

“它们碰了头，就往林子里去了。我听到它们的声音了，是那头老象和它的手下。”

“好极了。”我说。

“听，”他低语，“Faro①.”他指了指右面茂密的树林。我什么也没听到。“Mzuri motocah.”他说，简而言之，就是“最好上车”。

“把玛丽带过来。”

我沿着恩古伊所指着的方向转过头，看到的只有银色灌木、绿草和一排挂着些枝枝蔓蔓的大树。接着我听到了一种低沉而刺耳的嚯嚯声。如果你用舌头抵住口腔顶部，尽力吐气，让舌头如簧片般颤动，就能发出这种声音。这声音从恩古伊手指着的方向传来。但我什么也看不见。我将手上拿着的.577 口径的步枪保险栓推了推，然后转向左望。玛丽正朝我身后走来，恩古伊扶着她的手臂为她引路，而她则小心翼翼，如履薄冰。切罗跟在她的后面。这时又听到了刺耳的嚯嚯声，恩古伊立即向后退，拿起手中的斯普林菲尔德步枪准备射击，而切罗握住了玛丽的手臂。他们

① 斯瓦希里语，意为“犀牛”。

这一会儿甚至已经来到了我的近旁，并且一起向着猎车停着的地方靠过去。由于司机姆休卡耳聋，所以他是听不到犀牛的声音的。但他如果看到了他们，他就会明白到底发生了什么事。我虽然不想回头，但还是回了，我回头看到了切罗正催促玛丽往猎车停靠的方向靠过去。恩古伊在一旁比两人走得要快，他端着斯普林菲尔德步枪，不断地回头看。我有责任不将犀牛杀死，但如果它一旦向我们冲过来，我就必须击毙它，除此之外没有其他的办法。我想好了，第一枪向地上开，最好能让犀牛半路上就调转方向。如果它继续向我们冲过来，我就用第二枪杀死它。我心里对自己说：真是太感谢你了。这非常容易。

就在这时，我听到了猎车马达的发动声音，猎车高速地向着这边驶过来。因为车速调在了低挡位，车子发出了很大的响声。于是我开始往后退，我心想，能走一码也是好的，走多一点儿心里就会更踏实一些。猎车一个急转弯开到了我跟前，我将步枪保险栓退回到原位，便冲过去抓住车前座旁边的把手，而此时犀牛已经冲出那些枝蔓猛扑过来。向我们肆无忌惮地冲来的是一头很大的母犀牛。它身后还跟着寸步不离的小犀牛，从车上看它们，样子十分可笑。

它有一会儿逼近了我们，但最终车还是开走了。我们前面正好有一块开阔的地方，姆休卡一下子就掉转车头往左转，犀牛笔直地冲了过去，接着就减慢速度小跑起来，小犀牛在后面也跟着小跑起来。

“你有没有拍照片？”我问玛丽。

“它就在我们背后，我没有办法拍。”

“它刚跑出来的情形你也没拍到吗？”

“没有。”

“这不能怪你。”

“不过我挑到了一棵圣诞树。”

“你现在知道我为什么要保护你了吧？”这句话真是没有必要说，愚蠢极了。

“你不知道在那儿有只犀牛。”

“它一直都住在这一带，平时会到沼泽旁边的小溪那儿去喝水。”

“你们每个人都是那么一本正经，”玛丽说，“你们这些爱开玩笑的人，严肃的样子，我可从来没有见到过。”

“亲爱的，我要是不得不杀死那头犀牛的话就很糟糕了。而且我还特别担心你。”

“都那么认真，”她说，“你们每个人都过来抓住我的胳膊。我自己知道怎么样回到猎车里去，不用你们谁抓住我的手。”

“亲爱的，”我说，“他们为了不让你踩到什么坑里面去或者被什么绊住了所以才抓住你的手臂。他们一直都是看着地面的。那只犀牛离我们很近的，随时都有可能冲到我们这边来，而我们又不允许杀死它。”

“那是头带着一头小犀牛的母犀牛吗？你是怎么知道的？”

“那是当然的。它在这附近已经有四个月了。”

“我真不希望它刚好躲在那个长圣诞树的地方。”

“我们一定会把圣诞树带回去的，你放心吧。”

“你就会说大话，”她说，“如果帕先生在这儿的话就好了。”

“这是不用说的，”我说，“如果金·克在的时候也容易得多。但是现在他们都不在这里，我们这是在非洲，就不要吵架了吧，算我求你了。”

“我可不想吵，”她说，“我也没有吵。我就不喜欢你们这些私底下专爱讲笑话一下子变得这么一本正经的人，自以为是。”

“你看到过有谁被犀牛弄死吗？”

“没有，”她说，“你也没有。”

“你说对了，”我说，“我也不想见到，老爹也从来没有见到过。”

“你们都变得这么一本正经的，我就是不开心。”

“原因就是那只犀牛我不能杀死它，如果能杀死它就没问题了，而且我还要顾及你。”

“那好，你不要再顾及我了，”她说，“还是想办法拿到那棵圣诞树吧。”

我开始感到有些愤然了，真希望老爹能和我们在一起，帮我们排解一下，但是老爹再也不在我们身边了。

“我们回去的时候至少能够穿过长颈羚的地盘吧?”

“可以，”我说，“在那有大石头的地方我们会向右拐，然后再往前行驶，从那排高灌木的边界穿过沼泽。喏，就是那些狒狒走过去的那排。经过沼泽之后我们往东，一直往前行驶就到另一个犀牛窝了。然后我们继续朝东南方走，走到那个老林那儿，就到长颈羚的地域了。”

“到那里去还不错，”她说，“不过，我真想念老爹啊。”

“我也是。”我说。

在每个人的童年世界里面都有一些富有神秘色彩的地方存在，到了成年仍旧与我们小时候一样，这些地方还会偶尔浮现在我们的梦境里。如果你真的回去看，会发现它们并不存在。但你若幸运地在睡梦中重游那些地方，昔日的那些景色却仍然显得十分美好。

我们在非洲的住地就是这样一个地方，在大山脚下沼泽边上的河流附近，一小片平地掩映在荆棘树荫的下面。虽然我们已经不再是孩子了，但在许多方面我认为我们仍旧犹如一个孩子。如今孩子气已成为轻蔑之词。

“别孩子气了，亲爱的。”

“我要是孩子气就要感谢上帝了。自己才不要孩子气了呢。”

在你结交的朋友中，也许没有人会说：“要成熟，要身心健全，要适应环境。”如果真的这样的话，你恐怕会感到很高兴的。

非洲大陆历史虽然古老，但能让所有人回到童年时代，除非是职业的入侵者和掠夺者。没人会在非洲问别人：“为什么你不长大?”所有人和动物每过一年就会增长一岁，有一些甚至增长了一年的知识。生命最短暂的动物学得最快。幼年瞪羚仅仅在两岁时就成熟了，而且身心十分健全，就可以适应环境了。其实在它四个星期大的时候就已经达到这种程度了。人类十分明白自己相对于自然界来说只是个孩子，大自然就好比军营，在那里资历老和年龄老仅仅只有一步的距离。但拥有童心并不是羞耻，相反却是一种值得炫耀的资本。成人的确必须要像大人那样做事，形势有利时要掌握方法，取得战绩。但在必要的时候，即使形势不妙也要披挂上阵，奋不顾身，不计得失。只要力所能及就必须遵守部落的纪律和约束，即使能力达不到也要遵守部落纪律的规范。但拥有孩童的心灵，孩童的诚实、纯粹和高贵却是没有任何过错的。

没人知道，玛丽为什么非要杀一头长颈羚不可。长颈羚是一种奇怪的长颈瞪羚，头上伸出的角又短又弯曲，显得十分笨重。在这个地方生长的长颈羚，肉味非常鲜美，然而却比不上汤姆逊瞪羚或者黑斑羚好吃。孩子们认为这应该与玛丽的宗教有密切的关系。

但大家都知道玛丽为什么非要杀死那头狮子不可。那些经历过数百次游猎的年纪更大一些的人，很难理解她为什么一定要用老式的诚实方法把狮子杀死，但是我们中间所有的破坏分子都认为这肯定与她的宗教有关系。原因就跟她一定要在正午的时候杀死长颈羚是一样的。对玛丽小姐来说，用简单平常的方式杀死长颈羚明显是毫无意义的。

在上午的猎杀或是巡视结束时，长颈羚应该躲藏在茂密的灌木丛中。假如我们不幸发现了一只，玛丽和切罗就会下车跟踪。那时长颈羚就会偷偷溜跑、跑远，或跳开。恩古伊和我出于责任感，会跟在那两个人的后面。而我们的出现，总能使长颈羚不停地跑。到最后，因为玛丽和切罗跟着长颈羚到处跑，这使他们热得要命，最后回到车里来。据我所知，在这些猎杀长颈羚的活动中，他们没有用过一颗子弹。

“那些该死的长颈羚。”玛丽说，“我看见那只公羚羊正面对着我看。但我只能看到它的脸和角，之后它就逃到另一棵灌木后了，我甚至都不能肯定那是不是一头公的羚羊。然后它就越跑越远直到看不见了。我本来可以向它开枪，但又怕只能把它打伤。”

“总有一天你会猎杀到它的。我觉得你做得很不错。”

“如果你和你的朋友都没有跟过来就好了。”

“亲爱的，我们只能跟过来。”

“我被你们烦透了。我认为你们现在应该都到村子里去。”

“不，我希望我们直接回家，去营地喝一杯酒凉快一下。”

“我不知道我为什么会喜欢这个鬼地方。”她说，“长颈羚一点都不令我讨厌。”

“这里有点像沙漠中的孤岛，就好像我们穿越了很大一片沙漠才到达这里似的。如果有沙漠就足够了。”

“如果我的射击像我希望的那样又快又准就好了。真希望我是个大个子。上一回，你和其他人发现那头狮子的时候我就没有看到。”

“它藏的位置太好了。”

“我知道在这儿出现过，而且离上次发现它的地方不远。”

“不对，”我跟司机说，“kwenda na campi.[①]”

“谢谢你不到村子里去，”玛丽说，“在去不去村里这件事情上，你有时候还是挺体谅人的。”

“你才是很大度的人。”

“不，我可不是。我让你去那里是想让你学到应该学的东西。”

“现在他们要是不来叫我干什么事，我想我是不会去。”

“他们一定会来叫你的，”她说，“你不用担心。”

我们不去村子而回营地的时候，那旅程是相当愉快的。一路上有许多狭长的高地，犹如湖泊一般相互连接在一起。中间用绿树或者灌木隔开。在这之间，总是能看到跑跳着的巨型瞪羚的四方的白臀和棕白相间的躯体。雌羚羊跑起来既快又轻巧，而雄羚羊头上的羚角向后甩着，傲气十足。我们绕过长长的一圈灌木，

① 这是斯瓦希里语，意思是“到营地去”。

就看到营地的那些绿帐篷、一片片黄色的树和它们背后的山了。

那是我和玛丽单独待在这个营地的第一天。我把用餐帐篷搭在了树荫下，然后坐在帐篷的顶盖底下，等待着玛丽梳洗完之后，以便在午饭之前跟她一起喝点酒。我希望那天不要出任何问题。但却偏偏来了坏消息，当我坐在火堆旁边的时候并没有察觉到一点儿兆头。伐木车还没有回来，他们在回来的时候不仅会带些水，而且还会带来一些关于村里的消息。我已经梳洗结束，换了一件衬衫、短裤和鹿皮靴，在树荫下坐着，感觉既凉爽又舒适。

帐篷后部是敞开着的，一股凉爽的风从山的那边吹进来了。山上堆积着雪，特别凉爽。

玛丽走进帐篷说："你还没喝酒呀？我去倒两杯，咱们一起喝吧。"

她身上穿着刚熨过的褪了色的发白的宽松猎裤和衬衫，让她看上去清新妩媚。她把堪培利开胃酒与杜松子酒倒进高脚酒杯中，从帆布水袋里把一只凉凉的虹吸苏打水瓶取出来，然后说："我真高兴我们可以真正单独在一起。我们会跟在马加地那个时候一样，并且会更好。"她倒完酒之后递给我一杯，我们碰了碰杯子。"我很喜爱帕尔齐法尔先生，和他做伴真不错。不过能和你单独在一块儿真是太好了。我不会再责怪你老是管着我，也不会动不动就发脾气了。我什么事都愿做，除了探子做的事情以外。"

"你真是太好了，"我说，"我们的确是单独在一起的时候最开心。不过有时我比较笨，你要有些耐心。"

"你一点儿也不笨，我们会有一段特别美好的日子。这个地方比马加地好得多了，况且只有我们俩住在这儿。你看着吧，我们一定会很开心的。"

帐篷外面传来一阵咳嗽。我听出了那声音，脑中闪过一些想法，这些想法还是不写为妙。

"没事，"我说，"进来吧。"进来的人是猎务部的探子。他身材高大，相貌威严，身着一条长裤和一件干净的带有白细横条的深蓝色运动衬衣。肩上裹着一条披肩，头上戴着一顶馅饼式的男帽。所有衣饰看上去都好像是别人赠送的礼物。我认出他的披肩，那是用从拉伊托齐托克镇上买来的印度百货商店里的商品改制成的。他深棕色的脸庞很有特色，过去肯定十分英俊。他的英语很标准而且很缓慢，口音较杂。

“先生，”他说，“我很高兴地告诉你：我抓到了一个杀人犯。”

“什么杀人犯?”

“他是一个马萨伊族的杀人犯。他伤得很重，他的父亲和叔叔陪着他呢。”

“他杀死了什么人?”

“他的表弟。你不记得了吗?你还帮他包扎过伤口。”

“那个人并没有死，现在在医院里。”

“那么他就是杀人未遂。但我已经抓住了他。我知道你会在你的报告中提到这件事的，兄弟。那个杀人没有成功的犯人现在很不舒服，他想要你前去帮他包扎伤口，请您去一下吧。”

“好吧，”我说，“我会去看他的。对不起，亲爱的。”

“没关系，”玛丽说，“一点也没关系的。”

“我能喝点东西吗，兄弟?”探子问道，“刚刚追捕犯人，累坏了。”

“得了吧，”我说，“对不起，亲爱的。”

“没关系，”玛丽小姐说，“你说得太好了。”

“我没说要喝酒，”探子的语气非常傲慢，“我只是想喝口水罢了。”

“我们会给你拿的。”我说。

那个杀人没成功的犯人和他的父亲以及他的叔叔看上去心情都十分低落。我和他们打招呼，跟他们都握了握手。杀犯人还很年轻，傻头傻脑的，喜欢打架。他一直喜欢跟另一个傻小子用长矛闹着玩。他的父亲解释说，其实什么事都没有，他们只不过是在闹着玩，结果他不小心戳伤了那个人。结果那个人也就反过来戳了他一下，把他也戳伤了。后来他们就失去理智地厮打起来，不过他们并不是当真的，绝不想杀死对方。但当他看到他朋友伤得那么厉害就立刻被吓住了，担心已经杀死了他的朋友，就跑进灌木丛里躲藏。现在他跟他父亲、叔叔一起返回来希望自首。那位父亲将所有情况解释了一遍，儿子点着头表示同意。

我通过翻译告诉那位父亲，另外的那个男孩正躺在医院，情况良好，并且我也没有听谁说他自己或者他的哪个男亲属指控他。那个父亲对我说他也是这样听说的。

用餐帐篷中的医药箱已经被带过来了，我就开始为那个男孩包扎伤口。他的颈部、胸部、上臂和背部都有伤口，而且都严重化脓。我洗干净那些伤口，往伤口上倒了些过氧化氢。伤口立刻奇迹般地冒起泡来，里边的蛆应该是被杀死了。之后我又将其他伤口都清洗了一遍，尤其是颈部的伤口。我把颜色比较鲜亮的红药水涂在伤口上，据说这种药水有神奇的效用。然后又在伤口上撒上一层硫黄粉，敷上纱布和绷带，最后在上面贴上膏药。

我借助探子的翻译告诉两位长者，在我看来，年轻人练习长矛比起到拉伊托齐托克喝金吉普雪利酒要好多了。但我不能代表法律，所以那位父亲还得领着儿子去村里的警署。他需要到那边再详细检查一下伤口，再注射一些青霉素。

听了我的话，两位长者商量了一会儿，接着又开始对我说话。当他们在说话的时候，我嘴里不停地发出哼哼的声音表示理解。这样的哼哼声十分独特，带着升调。往往用来显示你对某件事是极为关注的。

“先生，他们说希望您能裁决一下这个案子，他们会服从您的判决的，他们说他们没有半点谎话，还说您已经跟其他老人谈过了。”

“告诉他们必须把那个男孩交给警察。如果没有人投诉，也许警察也不会怎么样。但一定要到警署去，必须检查一下伤口，给那孩子注射一些青霉素。这些都是必须做的。”

我和两位年长者以及那个年轻人握了握手。那孩子长得很好看，身材挺拔，但他已经很累了，况且伤口还很痛。不过在给他清洗伤口时他却一点儿也没有退缩。

我返回到帐篷外，拿一块蓝肥皂认真地清洗了一下。探子也跟了过来。“听好了，”我对他说，“我需要你对警察们一字不漏完完整整地转达我刚刚说过的话，以及那位老人对我说过的话。要是你自己编出不符合事实的话来，应该知道会有什么样的后果。”

“我的兄弟怎么能认为我会不尽忠尽职呢？我的兄弟怎么能怀疑我呢？我的兄弟能不能借我十个先令呢？我下个月第一天就还给你。”

“十先令是解决不了你的麻烦的。”

“我知道。仅仅十先令嘛。”

“拿去吧。”

“难道你不想送什么礼物给村里人吗？”

“我自己会处理的。”

“你说得很对，兄弟。你常常都是对的，而且非常慷慨。”

“你少奉承。你跟那个马萨伊人一起走上卡车吧。我祝你能找到那个寡妇，别喝醉了。”

当我回帐篷的时候，玛丽还在等我。她一边读着最新一期的《纽约人》，一边缓缓地品尝她那杯杜松子堪培利。

“那个人伤得严重吗？”

“不严重。不过伤口已经感染了，有一处特别糟。”

“那天去了那个老村之后我就不奇怪了。那里的苍蝇确实很可怕。”

“他们说苍蝇的卵能够让伤口保持干净，”我说，“但我看到那些蛆，就汗毛直立。我认为即便它们可以清洁伤口，也总是把伤口撑得非常大。那个孩子颈部的一道伤口撑到不能再撑了。”

“不过听说另外一个男孩伤得更重些，是吗？”

“是啊，但他治疗得很及时。”

“你这个业余的医生锻炼的机会倒是挺多的。你认为你现在能医治好你自己吗？”

“医治什么？”

“随便什么你可能遇到的问题。我不仅仅指身体上的病。”

“比如说什么？”

“我无意中听到了你与那个探子讨论关于村里的事。我没有偷听，你就站在帐篷外面那么近的地方，再加上他有点儿聋，所以你说话声也大了些。”

“对不起，”我说，“我说了什么不好的事情吗？”

“没有。就是关于礼物的事。你送给她很多礼物吗？”

“不多。总是给她家送一些油、糖以及其他日常必需品，还有药物和肥皂。我也会给她送好吃的巧克力。”

“和你给我买的一样？”

“我不知道。很有可能。在这儿大概只有三种巧克力，都很好吃。”

“你不给她什么大些的礼物吗？”

“不。对了，那件连衣裙。”

“那件连衣裙很漂亮。”

“你非说这些不可吗，亲爱的？”

“不是，”她说，“我会停的。但我对这很感兴趣。”

“只要你说一句话，我就再不去见她了。”

“我可不希望那样，”她说，“你有一个既不会读又不会写因此不可能给你写信的女孩，这是很好的一件事。她不知道你是一名作家，甚至也不知道在世界上有作家这类职业，这是一件很好的事。但你并不爱她，是吗？”

“我喜爱她，因为她放肆起来很可爱。”

“我也是会这样啊，”玛丽小姐说，“或许你喜爱她是因为她像我。这不是不可能。”

“我喜欢你更多一些，我爱你。”

“她对我的看法怎样呢？”

“她很尊敬你，而且很怕你。”

"为什么?"

"我问过她，她说因为你有支枪。"

"是啊，我的确有支枪，"玛丽小姐说，"她给你什么礼物了?"

"多数是玉米、礼仪啤酒。你知道，在这里想要做任何事都得先与他人交换啤酒。"

"说真的，你们之间有什么共同点?"

"在非洲，我猜还有一点儿不那么简单的信任，跟另一些什么东西。很难说清楚。"

"你们在一起也挺好的。"她说，"我想我还是叫人开饭吧。你在这里吃得好还是在那里吃得好?"

"这里。这里好得多了。"

"不过你在拉伊托齐托克的辛先生家吃得比这里好。"

"好得多了。但是你从来不到那儿去。因为你总是太忙了。"

"我在那里也有朋友。但我走进后面房间的时候，总喜欢看到你坐在那边，和辛先生兴致勃勃地坐在那里吃着东西，读着报纸，听着锯木的声音。"

我也爱到辛先生那儿去，我喜欢他所有的孩子和他的妻子。据说他妻子是个从图尔卡纳[1]来的女人。她长得非常美丽，心地善良，温柔体贴，而且特别干净整洁。阿拉普·梅纳是我的亲密好友，他是辛太太的崇拜者。到他那个年纪，对女人的欣赏仅限于看看而已。他多次告诉我，说辛太太可能是世界上仅次于玛丽小姐的最漂亮的女人了。几个月以来，我都将阿拉普·梅纳的名字错读成阿拉普·麦纳，但他却错以为那是英国公学中使用的名字。他是个伦布瓦族人。伦布瓦族与马萨伊族有些关联，也可能是马萨伊族的一个分支，他们族人中的每一个人都是打猎和偷猎的高手。据说，阿拉普·梅纳在当侦猎人员之前曾经是一个偷猎象牙的高手，最起码活动范围很广、很少能被逮捕的偷猎象牙的人。他和我都不知道他的年龄，大约是在六十五到七十之间。他

① 图尔卡纳湖处于肯尼亚西北部，北面接埃塞俄比亚。

在捕猎大象的时候不仅十分勇敢，而且也特别有技巧。上司金·克不在的时候他负责控制这个区域的猎象活动。大家都非常喜欢他。他在喝得太醉或是头脑清醒的时候，举止干练，很像一个军人。他有时会跟我说他只喜欢我与玛丽小姐，并且已经到了无可救药的程度。每当这时，他就会突然向我敬礼，我没见过那么大力度的敬礼。不过在他喝到这个份上，口中不断叨念着说对异性的深刻眷恋永远不会消失，这个阶段之前他还是愿意跟我一起坐在辛酒店的里间，看着辛太太招呼客人，料理家务。他喜欢看辛太太的侧面。而我一面看阿拉普·梅纳观察辛太太，一面欣赏墙上画着的辛先生的祖先的油画和石版画。这时我心中也感到十分满足。那些画里，辛的祖先总是一手杀死一头雄狮，一手杀死一头母狮。

如果我有什么事非得对辛先生和辛太太交代清楚不可的，或是我在和当地马萨伊族的长者进行正式谈话的时候，就会让一个受过教会学校教育的男孩当翻译。这个男孩会站在门厅里面，手里握着一瓶可口可乐。通常我尽量避免让这孩子帮忙，因为他已经正式得救，和我们这群人混在一起只会把他带坏的。据说阿拉普·梅纳是个伊斯兰教徒，但我早就发现，那些虔诚的伊斯兰教徒是不愿吃阿拉普·梅纳按照伊斯兰教教法所宰杀的牲畜的。那种宰杀法是在动物脖子上礼节性地划一刀。如果这一刀由一名虔诚的穆斯林来划，那肉就成为了合法的食物。

有一次，阿拉普·梅纳在喝多了酒的时候跟几个人说我和他曾经一起去过麦加。那些虔诚的伊斯兰教徒知道这是假话。早在二十年之前切罗就希望我能够皈依伊斯兰教，而我也曾经与他一块儿在整个莱麦丹斋月①里坚持禁食，但在多年前，他放弃了让我皈依的念头。除了我自己没人知道我是否到过麦加。探子总是相信每个人身上最好的和最坏的事，因而他确定我曾经多次到过麦加。我曾雇用过的一个欧亚混血司机用秘密的口吻对每个人

---

① 莱麦丹斋月是回历的9月，在这月内教徒每天从黎明到日落禁食。

说，他和我一起去了一次麦加。我当初用他是因为他宣称自己是某个有名的拿枪伙计的儿子，后来我发现那位扛枪的老伙计从来没生育过。

终于，有一次我与恩古伊进行了一场神学争论时被他逼急了，虽然他没有直接问，我还是给他说了我从来没有去过麦加也不想去的事实。这使他大大地松了口气。

玛丽进帐篷去睡觉，而我坐在用餐帐篷下看书，回想着跟村子和拉伊托齐托克镇有关的事。我明白关于村子的事情不能想得太多，不然就会找各种各样的借口去那儿。我和黛芭从不在别人跟前说话，我最多跟她说一句“Jambo tu①”，而她只要有除恩古伊和姆休卡之外的其他人在场，就总是严肃地低着头。如果只有我们三个人在场，她会大笑不已，他们两人会跟着笑。然后其他人就坐在汽车里或是向其他方向走，她则会和我一起走一小段路。她最喜欢的公共性活动就是坐在猎车的前座上，一边是司机姆休卡，另一边就是我。她总是坐得十分笔直，对每个人都要看上一眼，仿佛从来没有见过他们似的。她有时会很有礼貌地对她的父母点一下头，有时对他们却视而不见。她总是坐得这么笔直，把我们在拉伊托齐托克一起买的连衣裙的前胸都磨旧了，而且由于每天她都要洗一洗，裙子的颜色也褪去了不少。

我跟她已经商量好要买件新连衣裙。这要等到圣诞节或我们猎杀到豹子以后。虽然当时的豹子很多，但这头对我来说非常重要。由于种种原因，这头豹子对我就像裙子对她一样重要。

“如果我还有另外的裙子，这条就不用经常洗了。”她对我解释说。

“你经常这样洗是因为你爱玩肥皂的缘故。”我对她说。

“可能吧，”她说，“但什么时候我们一起去拉伊托齐托克呢?”

“快了。”

“光说快了有什么用处!”她说。

---

① 这是斯瓦希里语，意思是“你好”，下文中出现多次。

“我只有这句话。”

“你什么时候有时间晚上来喝杯啤酒？”

“快了。”

“我不喜欢‘快了’，你和‘快了’就像两个爱撒谎的兄弟。”

“那我们俩就都不来了。”

“你要来，把‘快了’也带来。”

“行。”

每当我们一起坐在车前座的时候，她喜欢抚摸我手枪旧皮套上的浮饰。浮饰是花卉图案，上面的图案因为皮套子太旧的原因，已经磨损了不少。她把手指放在上面，顺着图案抚摸，然后把手拿开，用大腿紧紧地贴住手枪的皮套，人再坐直一些。这时我会用一根手指轻轻抚摸她的嘴唇，她就会大笑起来。姆休卡则会用坎巴语说些什么，接着她就又坐直，将大腿紧贴着枪皮套。很久之后我才发现，原来她做这样的动作是想要把旧皮套上的那个浮饰印在自己的大腿上。

一开始我用西班牙语和她讲话。她学得很快，如果是从身体的各个部件、日常生活需要做的事情、吃的食物、跟不同人的交往、动物和鸟类的名称开始学西班牙语是很简单的。我从不跟她说英语，但我们会说一些斯瓦希里语，其余就是一种由西班牙语和坎巴语混合而成的新语言。我们之间由那个猎务部的探子传消息。我和她都不喜欢这样，因为探子觉得有责任将她对我的情感一五一十地告诉我，而实际上他也只不过是从他守寡的妈妈那里听说的。这种借助第三者的通信是很困难的，有时让人无奈，但常常有趣，时而也有收获。

探子常说：“兄弟，我有责任告诉你那个女孩子非常爱你，真的非常爱你，爱得过头了。你什么时候能去见她？”

“告诉她不要爱一个既丑又老的男人，也别跟他说你的秘密。”

“我是认真的，兄弟。你不知道。她希望你按自己的或是她的部落的仪式来跟她结婚。你不用花钱，不用付娶妻的钱。她唯一想要的，就是想成为你的妻子。如果尊贵的女主人能够接纳她的话。她知道女主人就是你的大老婆，而且你也知道她也害怕女主人。你真的不知道她对待这事有多严肃，没有带任何玩笑。”

“我还是不太明白。”我说。

“从昨天开始事情发生了很大的变化，的确，你是想象不出来的。她只要求你对她父母尊重一些，稍微遵守一些礼节。这事太简单了，完全不需要费用，只要一点礼节就可以了，可以用一种礼仪啤酒。”

“她不可能喜欢像我年龄这么大，习惯又这么坏的人。”

“但是，兄弟，事实上她的确是喜欢你的。我可以告诉你许多事情。这件事是很严肃的。”

“她喜欢我什么？”我的这个问题真是个错误。

“你昨天在村中抓了几只公鸡，用一种法术让它们都睡过去之后，把它们放在她家小屋门前（我们俩都不好意思说那是间茅草房）。这样的事情我们从没看到过，我也不问你用了什么魔法。但她说当时你一下扑向那些公鸡，看上去像一头豹子那样。从那以后她就和过去判若两人了，在房间的墙上贴了很多从《生活》杂志上剪下的图片，有美洲的大型动物，还有洗衣机、烘烤机、神奇煤气炉、搅拌器什么的。”

“我对此非常抱歉。是我犯了一个错。”

“这就是她拼命洗衣服的原因。她试图像一台洗衣机一样，让你高兴。她怕你因为没有洗衣机而感到孤单，就会离她而去。老兄，先生，这是个悲剧。你能帮助她吗？”

“我可以做一些我做的事情，”我说，“不过要记住，让公鸡睡觉不是什么魔术，那只不过就是一个把戏。抓住它们也是个小把戏。”

“兄弟，她真的十分爱你。”

“请告诉她世界上没有爱这个字，就好比没有抱歉二字一样。”

“是那样的。但哪怕没这个字也的确有这回事的存在呀。”

“我和你一样大。你不用跟我解释那么多。”

“我跟你说这些是因为这件事情非常重要。”

“我们在这儿是为了执行法律，不能做违法的事。”

“老兄，你不明白。这儿没有法律。这里有这个村子本身就是不合法的。这里可不是坎巴人的地盘。[①] 三十五年来一直都命令他们搬走，但是从来没有实现过。关于这事的习惯法也没有，有很大的变通余地。”

“接着说。”我说。

“多谢你了，老兄。我跟你说实话吧，在村里人的眼里，你和猎长就是法律。你的年纪比猎长的年纪大，所以你就代表更大的法律。况且他不在，跟随他的士兵也都走了。像恩古伊一样的年轻人和勇士跟随你的有很多，还有阿拉普·梅纳，你是他的父亲这大家都知道。”

“我不是他父亲。”

“老兄别误解我。你知道我说的‘父亲’所指的意思。阿拉普·梅纳说你是他父亲。当时是你把在飞机里奄奄一息的他救活的。加上他在‘耗子老板’的帐篷里死过去的时候也是你把他救活的。大家都知道这些事。很多事情大家都知道。”

“知道了许许多多不应该知道的事。”

“我能不能喝一杯，老兄？”

“趁我没看见随便拿去吧。”

“谢啦。”探子说。他没有去拿戈登产的酒而去取了点加拿大出产的杜松子酒。这时候我的心思已被他勾了过去。“你得原谅我，”他说，“我的一生都是和白人绅士一起过的。我能不能再对你多说点儿？你对这件事情有没有听腻？”

“我对其中一些已经听腻了，不过其他的事情我还是有兴趣听。再跟我说说关于这个村子的事情吧。”

---

① 海明威狩猎的地区为马萨伊人的地盘。

“我知道的也不是很清楚，因为他们都是坎巴人，而我是马萨伊人。村子肯定有问题，要不我也不会住在那里。那里的男人们有问题。你已经看到他们了，他们最初一定是出于某个原因才到这里来的。这儿离坎巴的地盘是很远的。我们这里既不受法规的限制，也不受部落的规则约束。你也看到萨伊的状况了。”

“我们下次再谈。”

“我很愿意，兄弟。这儿的情况不太妙呀。说来话长，不过我先告诉你关于村子里的事。你上次一大早跑去找我的翻译，批评他们整夜举办恩戈麦鼓会，喝得烂醉如泥。你当时神情那么严肃，事后大家都议论说，那一刻能在你的眼睛里看到绞架。有个人当时依然喝得烂醉如泥，他根本不知道你在说什么。直到他被带到了从山里流出的河水旁边清洗以后，他才清醒过来。那个人当天就翻山越岭逃到邻区去了。你不知道你的权威有多大。”

“这个村子虽然很小，但它十分美丽。是谁把用来做鼓会上喝的啤酒的糟卖给了他们？”

“我不知道，不过应该能打听出来。”

“我知道。”我对他说。我知道他是明白的。但毕竟他是一个探子，很早以前他就在生活中被彻底摒弃了。虽然他把责任归于他的索马里妻子，但事实上是一个白人老爷害了他。如果他说的是实话，毁了他的是一个拥有显赫地位的贵族白人。那人是探子一生最好的朋友，除了行事太过隐秘之外。谁也无法弄清楚一个探子的话语中到底有多少是事实，但是在他描述那个老爷的时候，他的表情中交杂着那么浓烈的崇敬和悔意，仿佛让我明白了很多不明白的事。如果我不结识探子，我根本不知道那位大人物有做事保守的倾向。对那些令人惊异的故事我一向持有怀疑态度。

“你肯定听说过，”探子说这话时，贩卖信息的热情已经被加拿大杜松子酒进一步激发了，“其实我是茅茅组织的探子，你可能相信那些话，因为我向你说过保守倾向的事情。不过这不是真的，兄弟。我真正热爱并信仰的是白人绅士。但是除了一两个以外所有了不起的白人绅士都已经死了。”

“我的生活本来会完全改变的，”探子说，“一想起白人绅士中间那些大人物，总是让我充满了生活的信心。我能吗？”

“最后一杯，”我说，“就把它当药来喝吧。”

听到我说药字的时候，探子的脸舒展开来。他宽宽的脸十分好看，并很高贵，脸上的皱纹显示出他脾气温和，挥霍自由而从不埋怨的心态。从他的脸上看不出禁欲的习惯，却也并没有堕落之气。这是一张有尊严的男人的脸，身为马萨伊人的他，被白人大人物和索马里妻子所毁，现在住在一个不合法的坎巴村落里，获得了一个寡妇保护人的职务。每天靠可以出卖一切的人挣八十六个先令。他的脸仍然很英俊，虽然饱受各种创伤却始终荡漾着幸福快乐。尽管我完全反对探子的生存方式，并且好几次对他说我有责任看着他被绞死，其实我是很喜欢他的。

“老兄，”他说，“那些药肯定是有的。如果没有这些药，那个荷兰的大医生为什么要在《读者文摘》这样权威的杂志中评论这些药呢？”

“是有这样的药，”我说，“但我现在没有。我能寄一些给你。”

“老兄，我再给你说一遍。她是很认真的。”

“要是你再说这件事情，你就是个大傻瓜了。跟个醉鬼似的说那些话。”

“对不起。”

“老兄，你走吧。我会想方设法把那种药寄给你，还有其他更好的药。但你要多收集些村子的历史事件，下次见到你的时候要讲给我听。”

“你需要我捎话吗？”

“没有。”

我发觉我跟探子的年龄差不多大的时候就会感觉特别震惊。虽然我们两个人的年龄不一样，但都是同一年代的，非常接近，也非常悲哀。在这里有我的妻子陪伴我，我们彼此相爱，她理解我的缺点，还把那个女孩称为我的未婚妻。因为我在某些方面的称职所以妻子对我能够容忍，也因为她有大方、善良、脱俗的性格。我希望在这片土地上，我能够比我权限内了解知道得更多。一天绝大部分时间里，我们是开心快乐的，晚上也是这样。一天晚上，我们在挂着蚊帐的床上睡着。并敞开帐篷盖子，这样就可以看到外边被火烧红的长长的圆木。看着如幕布般的夜色在风吹过篝火的时候像是锯齿一样地缓缓后退，风一停，那浓浓的夜色又迅速地包围过来。那一夜真是舒服极了。

“我们真是太舒服了，”玛丽说，“真喜欢这里，我都不忍心离开这里。”

那晚，很凉快，从远处覆盖着皑皑白雪的山上吹过来一阵阵凉风。我们便一起缩在毯子里。夜晚开始发出各种声音。第一声鬣狗的嗥叫已经传来了，接着其他鬣狗也跟着叫了起来。玛丽喜欢晚上听鬣狗叫。对非洲人来说，这些声音十分动听。听到它们在营地的周围走动，又经过做饭的帐篷，离开的时候，我们都会笑起来。做饭的那个帐篷中间的一棵树上挂着我们吃的肉，那些鬣狗够不着那些肉，但它们一直围着它嚷嚷。

“要是哪天我们死了，又没幸运地死在一起，那时候如果有人问我对你印象最深的是什么，我就会对他们说，我会记得你在一张帆布床上留给妻子的地方有多么宽大。说真的，你到底睡到哪里去了？”

“差不多是侧着身子躺在床沿吧。我这边空间大着呢。”

“如果天冷，我们两个人睡一张床比一个人舒服得多。”

“是的，必须得天冷。”

“我们能不能在非洲待的时间长一些，到春天再回去吧？”

“当然可以，那我们一直待到老死吧。”

这时，我听到一头狮子低沉的吼叫声。我知道它正顺着草坪一路寻找食物而来。

“听，”玛丽说，“把我抱紧再仔细听。”

“它回来了。”玛丽小声对我说。

“你不能确定到底是不是它。”

“肯定是它，”玛丽说，“我晚上听到它的声音次数太多了。它以前在老村那边杀死过两头母牛，阿拉普·梅纳曾说过它会回来的。”

我们能听到它咳嗽时发出的呼噜声，它正穿过草坪往我们给小飞机修好的跑道上走去。

“明早我们就知道是不是它了，”我说，“我和恩古伊能辨别出它的脚印。”

“我也能认出。”

“好吧，你跟踪它吧。”

“不要，我只说我能辨认出它的脚印。”

“它的脚印非常大。”我感到困倦，明早要想和玛丽一起去猎杀那头狮子，我就要好好睡上一觉。长期以来，在很多事情上，我们都知道对方的想法和想要说的话。玛丽说：“我最好睡到自己的床上去吧，这样你会睡得舒服一些，也睡得安稳一些。”

“就睡这儿吧，我很舒服的。”

“不，不可能舒服。”

“就睡这里。”

“不行，猎杀狮子之前，我应该睡在自己那儿。”

“你能不能别像个凶暴残忍的战士？”

“我的确就是个战士。我是你的老婆是你的情人也同样是你的战友。”

“那好吧，”我说，“晚安，战友。”

“吻一吻你的战友吧。”

“你要么到你自己的床上去，要么就留在这里。”

“也许我可以两件事情同时做。”她说。

晚上那头狮子在捕杀猎物的时候一直在嚎叫。玛丽睡得很熟，呼吸轻柔。我还醒着，脑子里想着好多事情，大多都是关于狮子。还有对老爹，对猎长以及对其他人的责任。我倒没怎么想玛丽，唯一想的是她那仅仅五英尺两英寸的身高。她的身高跟草丛还有那些高高的灌木相比太不起眼了。无论早上有多冷，她都不穿太多。6.5 曼尼利彻步枪的枪托太长，要是在她的衣服衬里有什么东西，她举枪射击时可能使来复枪走火。我躺在那儿想着这事。想着狮子，想着老爹将会怎么处理这事儿，想他最后说的话有多么错误，但又觉得是那么正确。大多数情况下他的话都是对的，对的次数甚至比我看到狮子的次数还要多。

第二章

她总是坐得十分笔直，天亮前当篝火木炭上灰色的余烬被清晨的微风吹得四散飞舞时，我便起身穿上高筒软靴和一件睡袍到恩古伊的楔形小帐篷里去把他叫醒。

我们在那堆篝火的灰烬前交谈。

“你听到那头狮子的声音了吗？”

“Ndio，Bwana.”

以前我们也谈论过“Ndio，Bwana”这个回答，都知道它看上去像是礼貌的，但其实是顶撞。非洲人说这句话是为了以表示赞同来摆脱白人的纠缠。

“那你感觉有多少头呢？”

“一头。”

“Mzuri.①”我的意思是这个回答比上一个好，他说得不错，看来的确是听到狮子了。他吐了口痰，吸了点鼻烟，又将鼻烟递给我，我取了些，放在上嘴唇下边。

“是不是女主人的那头大狮子？”我在鼻烟不断刺激我的牙根和嘴唇的时候说着话，这让我感觉很舒服。

“Hapana.②”他说。这是表示绝对的否定的意思。

凯第就站在炊火旁，脸上带着他那充满怀疑，咧嘴不动容的微笑。他已在黑暗中缠好头巾，有一个该掖进去的布头露了出来。他的眼中也流露出怀疑之色，令我觉得毫无正正经经猎狮的气氛。

---

① 这是斯瓦希里语，意思是“好，不错”，在下文出现多次。

② 这是斯瓦希里语，意思是“不对”“不好”“不行”，在下文出现多次。

"Hapana simba kubwa sana.①"凯第对我说，眼中含着嘲弄、歉意和绝对的自信。他知道那不是我们已经听到过很多次的那头大狮子。"Nanyake."他一清早便开了个玩笑。这词在坎巴语中指一头年纪足以征战娶妻生子但喝啤酒还不够格的狮子。他用坎巴语开玩笑是在拂晓时友谊的沸点较低时所作出的表示友好的姿态，为的是以一种温和的方式表示他知道我正在与非穆斯林坏分子学习坎巴语，并且他对此事是赞许或者说是容忍的。

狮子这件事在我的记忆里已经差不多长于我记得任何事情的时间了。在非洲，假如生活节奏快，你对一件事情的记忆为一个多月的时间。我们游猎的节奏快得令人应接不暇，然而在此期间已经出现了各种各样的狮子。有据称是犯了罪的萨兰盖狮子，有马加地那里的狮子，有这地方的已受到四次相同指控的狮子，再加上这头新近入侵既未登记有无档案可查的狮子。这只狮子仅仅是咳嗽了几声，在附近走动寻觅猎物而已，它完全有权这么做。但必须对玛丽小姐证明它有权这么做，必须证明这并非我们一直在追捕的那头犯过许多罪的狮子。那只狮子的脚印非常大，它的左后脚掌上面有疤痕，我们对它已多次追踪。但最终只能眼睁睁地看着它跳进一片茂密的草丛中逃走。经过那片草丛它既可能去沼泽附近的密林地带，也可能钻到去丘卢岭的路上必经的那个老村庄旁边长劲羚地带茂密的灌木丛中去。它的狮鬣漆黑浓密，使它看上去几乎全身呈黑色。它头部巨大。每次甩开玛丽向远处跑去时头都俯得很低。我们已经追捕这只狮子好多年，它可绝不是一头轻易供人照相的狮子。

天光渐亮，我穿上衣服坐在生好的火堆旁喝着早茶，等候恩古伊回来。不一会儿，我就看见他肩上扛着长矛大步流星地穿过草地往回走；他脚下的草依然沾着露水，显得湿漉漉的。他看到我便朝向火堆快步走过来，在身后的湿草地里留下了一串脚印。

---

① 这是斯瓦希里语，意思是"不是头很大的狮子"。在句子中的"simba""kubwa"和"sana"分别表示"狮子""大"和"很"，在下文均出现多次。

“Simba dumi kidogo,” 他说，告诉我那是头年幼的雄狮，“Nanyake.” 接着他就跟凯第一样开了那个玩笑：“Hapana mzuri for Memsahib.①”

“多谢，”我说，“我让女主人接着睡觉去。”

“Mzuri.” 说完他就离开了篝火。

一会儿，阿拉普·梅纳就来向我们汇报那头据称在西边山地里的一个村落里杀死老人两头母牛并拖走了其中一头黑鬣狮的下落了。马萨伊人已经被那只狮子危害很长时间了。它行踪不定而且不像一般狮子那样回过头来吃自己的猎物。阿拉普·梅纳理论是那狮子曾有一次回来吃它杀死的猎物，谁知当时的巡猎员在那头猎物里下了毒，狮子吃完后便害了场大病。从此它便吸取了教训，决定一旦抛下猎物就决不再回来。这个理论虽然可以解释那只狮子为什么总是游移不定，但仍不能说明它对那些村落的袭击为什么这么没有规律。由于十一月份的阵雨后草长得很好，附近的草原上、盐碱地里和灌木地带中猎物很多。恩古伊和我都觉得那只狮子有可能会从山地回到草原，跑到沼泽的边界处来寻找食物。它在这个地区通常都是这样寻找食物的。

马萨伊人生性爱挖苦人，而且牲畜对他们比财富更重要。因此据探子告诉我说有一个首领曾说过我的坏话。说我本来有两次机会可以杀死那只狮子，却干等着让一个女人来动手。我便带话给那个首领说要不是他手下的年轻人都像婆娘一样整天在拉伊托齐托克镇上喝金吉普雪利酒，他就没有必要让我去帮他打狮子了。不过我还是会保证下次那只狮子再进入我们的领地时把它杀死。假如他愿意把他的年轻人带来，我会跟他们一起执矛将狮子杀死。我还要他到营地来和我谈一下这件事情。

于是他和另外三名长者一天早晨来到了我们营地里。我此前已差人去叫探子来当翻译。我们谈得很好。首领说探子误传了他

① 这是英语和斯瓦希里语混合而成为的一句话，意思是“对女主人来说是不好的消息”。

的话。他说猎长金·克先生对该杀的狮子从不手软，非常英勇善猎，他们对他充满信心，衷心爱戴。他还说他记得上次在干旱的时候，我们在这里，猎长就打死了一只狮子，并且还与我和他手下的人一起打死过一只作恶多端的母狮。

我回答说这些我都是知道的，猎长有责任，不过这次我的责任是杀死任何惊扰牛群、驴、绵羊群、山羊群或人的狮子。我们绝对不会背离这个原则。但现在是女主人信奉的宗教要求她必须在圣婴耶稣的生日前杀死这头狮子。我们来自一个遥远的地方，对我们的部落来说这是非做不可的事。我保证圣婴耶稣生日前给他们看那狮子的皮。

和往常一样我对自己的演说感到有点惊愕，说完后也和往常一样心中一沉，后悔不该下那样的承诺。我暗暗对自己说，玛丽小姐这么一个女性如果要想能在圣婴耶稣生日前杀死那头已掠夺成性的狮子，她必须属于一个比较好战的部落才行。不过至少我没有说她每年都必须做一件这样的事。对圣婴耶稣的生日凯第是十分看重的，这是因为他曾经参加过很多白色人种老板的游猎活动。那些白色人种老板经常去往教堂，有的是信仰基督的。大多数的白人老板都不会因为是主的生日而影响猎杀活动。毕竟他们花了一大笔钱出来游猎，而且游猎的时间又很短。但他们总是会吃一顿特殊的晚餐，吃东西的时候要喝酒，有时还尽可能地喝香槟，总之对那个日子要特殊看待。今年这个日子就尤为特别了，一来我们拥有永久的营地。二来玛丽小姐又对这些那么认真，而且作为她的宗教尤为重要的部分是很显然的，伴随有这么多仪式，尤其是与那棵树有关的仪式，素来讲究秩序和仪式的凯第便对此事给予特别的重视。关于树的仪式对他尤其有吸引力，因为他在成为穆斯林前信奉的一种宗教里，一丛树是最重要的。

营地里那些粗暴的异教分子认为玛丽小姐社会的宗教肯定是一种比较残酷的宗教。原因是根据她的宗教规定，教徒要在不可能的条件下猎杀一只长颈羚和一只凶恶的狮子，并对一棵分泌一些混合物的树木顶礼膜拜。那棵树分泌的液体能使马萨伊人情绪激昂，发疯般地想要作战和猎狮，幸亏玛丽不知道这件事。我不能确定凯第到底知不知道玛丽选中的圣诞树能否分泌液体，但是我们中有五个人知道这个情况，并且都能保守秘密。

这几个人并不相信狮子是玛丽小姐圣诞节义务的一部分，因为他们跟随她追踪那头大狮子已经有几个月了。但恩古伊认为玛丽小姐应该在那年圣诞节前必须猎杀一只黑鬣凶恶的狮子。她身材实在是太矮小了，有可能看不到高大草丛里的详情，因此她早早地就开始了。她九月份就开始打猎，就希望在年底或者圣婴耶稣生日（不管是什么时候）之前能杀死一头那样的狮子。恩古伊对那个生日的时间不太肯定，但知道它在另一个大节日即新一年的诞辰之前。新年是他领钱的日子。

切罗不相信这些，因为他目睹了太多白人夫人猎杀狮子的情形。不过看到没有人帮助玛丽小姐，他就犹豫了。在很多年前他看到我帮保琳小姐打猎，所以对目前这事感到十分迷惑。切罗以前很喜欢保琳小姐，而现在却跟脸上有伤痕，且明显与我来自不同地域的妻子玛丽感情更加深刻。玛丽脸颊的一边有几条刀刻痕迹，额头上也有几条横着的伤痕。因为一场汽车事故灾难，一位十分优秀的古巴整容师在她脸上留下了这些疤痕。恩古伊很擅长寻找别人不易察觉的部落记号，所以只有他才能看得出来。

恩古伊有一天突然问我是否和玛丽来自同一个地域。

“不是，”我说，“她来自我们国家北部边界上的一个部落，她那块地方叫明尼苏达。”

“我们看到了她的部落标志。”

后来有一次我们讨论地域和宗教问题的时候，他问我会不会把那一棵圣婴耶稣的生日树制作成酒喝。我告诉他应该不会，他便说：“Mzuri.”

“为什么?”

“你们喝杜松子酒，我们喝啤酒，没有人认为玛丽小姐应该喝哪种酒，除非宗教规定这是她必需的。”

“Mzuri,”他说，“Mzuri sana.”

还是回到那天早晨的情景。我在等玛丽自然醒，这样她就能充分休息，以保证充沛的精力。我并没有过分担心那只狮子，但我还是想了很多，并把玛丽小姐与它联系起来。

野狮子、有掠夺成性的狮子和在国家公园里任游客拍照的狮子是有很大差别的。就好比一些老灰熊会不露痕迹一路寻找你设下的陷阱并将它们毁坏，然后把你的小屋屋顶掀翻，把你所有的食物吃掉。但另一种狗熊却只会在黄石公园里乖乖地任人拍照观赏，这两种熊是不能相提并论的。当然，公园的熊每一年都会伤害游客，游客如果不待在汽车里的话肯定会有麻烦。即使在车里也可能会遇到麻烦，这些熊偶尔会发疯，所以必须被杀掉。

它们被人喂养习惯了，由于它们已经不害怕人类了，所以偶尔被拍照片的那些狮子有时会从它们的保护区域走出来。但那些职业猎手还是会将它们杀害。然而现在我们的重点不是批评他们怎样杀死狮子的，而是要找到并让玛丽杀死一头聪明、具破坏力，而且久经沙场的狮子，并且所用的方法虽不受我们宗教的制约，又被某种道德准则所限定。玛丽小姐保持着这样的游猎规则已经很久了。这个规则十分严厉，就算切罗再喜欢玛丽小姐，也感到不耐烦了。他已经因为突发情况被猎豹抓伤过两次，他认为我在用一种过于严苛且具有轻微谋杀性的道德标准要求玛丽。但我却没有权利发明这标准。这是从老爹那里学来的，他在最后一次带领游猎队打狮子的时候，希望所有的事情都和以前一样。那时猎杀高危动物的过程还没被他一直以来的那句“这些该死的车”的叫骂声弄得乱七八糟或者变得极其容易。

我们在这只狮子身上已经栽了两回跟头。两次我都能很容易地打到它，但都因为玛丽的原因而没有打成。上次由于老爹急于让玛丽在他去世之前猎杀到那只狮子而犯下了一个错误，就像任何努力过头的人都会犯错一样。

那天晚上我们坐在篝火旁，老爹在抽烟，玛丽在写日记。她把所有不想对我们说的话都写在日记里，包括她的烦扰和失望，以及她不想在谈话的时候展示的新知识，甚至包括对一讨论就会失色的严重恐惧。她在帐篷里靠着煤油灯写日记，我和老爹就穿着睡衣，披着睡袍，脚上套着防蚊靴坐在火堆边。

“这该死的狮子真是太聪明了，”老爹说，“要是玛丽再高一些，我们就能打到那只狮子。不过这全是我的错。”

我们两个都十分清楚的原因他却只字不提，我也一样。

“玛丽总有一天会猎杀到那只狮子。不过你要记住，我认为那只狮子不是很勇猛，只是太狡猾了。要是被击中的话，它凶猛的一面就会显现出来。你千万别给它这种机会。”

“现在我的枪法还行。”

老爹没有接着说下去。他想了一会，然后对我说：“不能说还行就可以了。不要骄傲自大，要保持现在的自信。它总有失误的时候，到时你就能打到它了。如果有只母狮就能把它引诱出来。不过这时候的母狮都快下崽了。”

“它会犯什么样的错呢？”

“它肯定会犯错的。你会知道的。我希望我可以不必在玛丽打到它之前离开你们。你可一定要好好照顾她。要保证她睡得好。她打这头狮子也有很久了。让她休息好也让那头该死的狮子松口气。别逼得它太紧了。要让它有自信。”

“还有什么要说的吗？”

“让她不断地打些猎物，如果可能的话，要让她增强信心。”

“开始得让她到距离猎物五十码的地方，后来还是觉得二十码好。”

“也许有用吧，”老爹说，“其他的方法我们都试过了。”

“我想会有用的。然后让她练习远距离射击。”

“她的枪法实在不怎么好，”老爹说，“这两天没人知道她会向哪儿开枪。”

“我想我能算出来。”

“我也是。不过千万不要把她带到离狮子二十码的地方去。”

我和老爹坐在篝火旁的时候，篝火只剩灰烬，我们在旁边讨论对射击危害性猎物的看法和具体操作步骤，距离现在已经是二十多年了。老爹对那些靶场里训练出来的，或者专打美洲旱獭的猎手是既没有好感也没有信任感的。

“他们可以从一英里之外打中球童头顶上面的高尔夫球，”他说，“当然我指的是木制或是铁制的球童，不是真球童。他们从来没有打偏过，但是如果让他们在二十码的距离处打狒狒估计就悬了。狒狒那么庞大的身体都打不中，他们号称是神枪手，却浑身打战抱着那杆该死的枪朝四方乱晃，我看着也害怕发抖起来。”他吸了口烟。“不要相信任何人，除非你看到他射中危险的猎物或者发现他很喜欢到离动物五十码或更近的地方去打。短距离射击可以显示枪手的内在素质。我们缩短与猎物的距离是为了打得准，可那些没本事的人一靠近猎物保准打偏。”

我回忆着老爹说的话，快活地追忆着过去的时光，并且因为这个旅程没能再和老爹一起出来猎杀而感到很难过。这时候，阿拉普·梅纳走过来对我行礼。他行礼时表情总是十分严肃，但手一放下就绽开了笑容。

“早上好，梅纳。”我说。

“Jambo Bwana. 村里的人说得不错，那只狮子的确在村里杀死了两头牛。一头被它拖到一片十分浓密的灌木丛中去了。吃完后没有返回来取另一头，而是去沼泽边喝水了。”

“那只狮子脚掌有疤痕吗？”

“是啊，先生。它这会儿应该向这边来了。”

“好极了。还有其他什么消息吗？”

“据说茅茅从马切科斯的监狱逃跑了，正朝这边跑过来。”

“这是什么时候的事？”

“昨天。”

“是谁说的？”

“我在路上碰到的一个马萨伊人说的。他是乘一个印度生意人的车到这儿来的，他也不知道是哪家铺子的车。”

“去拿些吃的吧，一会儿我还得和你商量些事。”

“Ndio Bwana.”他行了个礼说。他刚在村里换了新衣服，看上去精神焕发。首先他带来了两条好消息，其次是他是个猎人，并且我们很快就要出去打猎了。

我还是去帐篷里看看玛丽是不是醒过来了。要是她还睡着倒好了。

玛丽小姐虽然已经醒了但并未全醒。如果她有事必须在四点半或五点醒过来，那她起身是很利落，从不愿意拖拉的。不过那天早上她醒得很晚。

“怎么回事，”她朦朦胧胧地问我，“怎么没人叫我？太阳已经那么高了。怎么回事啊？”

“昨晚的狮子不是那只大狮子，亲爱的，所以我就让你多睡一会儿。”

“你怎么知道不是那只大狮子？”

“恩古伊去调查过了。”

“那我要杀的狮子在哪儿？”

“它还没来这儿呢。”

“你怎么知道？”

“阿拉普·梅纳回来了。”

“你要不要出去检查下野牛？”

“不。我现在什么都不管了。现在有点小麻烦。”

“我能帮到你吗？”

“不用，亲爱的。你再睡会儿。”

“要是你现在用不着我的话，我是想再睡会，刚刚正做着一个好梦呢。”

“看看你能不能再回到梦里去。等你起来的时候我们再给你做早餐。”

“那我再睡一会儿吧，”她说，“那个梦太美了。”

我把手伸到毯子下摸到了装在套子里的手枪，枪套和吊带相连。我在盆里漱洗了一下，用硼酸溶液冲洗了一下眼睛，用毛巾捋了捋头发；我的头发因为剪得太短，梳子、刷子都用不着了。然后我穿上衣服，右脚向枪套的吊带里伸进去，把带子拉起来，再将挂手枪的皮带扣好。过去我们从不用带枪，但现在往身上系手枪就像扣上长裤的裤裆开口一样自然。我又用一个小塑料袋装了两只备用弹夹，放在猎装右边的口袋里。把剩下的备用弹药放在一个曾经装肝油丸的带旋转瓶盖的广口瓶里。以前药瓶里装的是五十粒红白胶囊，现在却换成了六十五发空心子弹。恩古伊也跟我装着一模一样的瓶子。

大家都喜欢这支手枪，因为它能打任何东西，珠鸡、小鸨、有狂犬病的豺狼，甚至是鬣狗。恩古伊和姆休卡喜欢看我拿手枪打鬣狗。只要扳机一扣，就发出狗叫一样的枪声。在鬣狗前面就会荡起一阵尘烟。接着砰、砰、砰几声，鬣狗放慢脚步原地打转。这时候恩古伊就会从我衣服口袋里掏出那一支装满子弹的弹夹递到我手中，我迅速地装上弹夹，再往鬣狗那里开一枪，地面荡起点儿尘烟。只听见砰砰两声，鬣狗就倒在地上了。

我到营房那边找凯第商量下出现的新状况。我让他到我们两人可以单独谈话的地方去；他松松垮垮地站着，俨然一个看破世情深谋远虑的老者，神情中半是怀疑半是取笑。

“他们不会到这儿来的，”他说，“坎巴族的茅茅没有这么愚蠢。我们的情况他们肯定早就知道了。”

“现在唯一的问题是，假如他们到这儿来，怎么办。他们来了我们去哪里呢?”

“他们不会来的。”

“为什么?”

“假如我是茅茅的话肯定不来。”

“那是因为你老成又会思考。他们却只是茅茅啊。”

“并不是所有茅茅都没头没脑的，”他说，“他们可是坎巴人。”

“这我同意，”我说，“但他们是在保留地里宣传茅茅组织的时候被抓的。我问你，他们为什么被抓?”

“因为他们喝醉了吹嘘自己有多么了不起。”

“对呀。只要他们到坎巴村的地盘上就肯定要喝酒。他们也会想要吃饭，可是如果跟喝了酒被抓捕没什么区别的话，我想他们宁愿喝酒。”

“他们不会和那时一样的。这次他们是越狱的。”

“他们还会去有酒喝的地方。”

“很有可能。但他们是坎巴人，他们不会来这里。”

“我们必须采取措施。”

“好吧。”

“我会把我的打算全部告诉你。营地里一切都好吧？有没有人得病？你还好吗？”

“大家都好。我没什么事。营地的人也都很正常。”

“肉怎么样？”

“今晚我们要吃肉。”

“角马的肉吗？”

他慢慢地摇了摇头，咧了咧嘴算是露出了笑容。

“很多人吃不到。”

“多少能吃到呢？”

“九个。”

“那其他人吃什么呢？”

“黑斑羚也不错。”

“这里黑斑羚太多了，我又找到两头，”我说，“我会弄到今晚吃的肉的。不过我希望日落时再打猎，这样晚上山里吹来的冷空气就能把肉冻一冻。我希望你们把肉包在干酪布里，这样就不会被苍蝇叮坏。我们在这里是客人，我又是负责的。我们不能浪费任何东西。从马切科斯到这儿要花多长时间？”

“三天。但他们不会来的。”

“让厨师给我做早餐。”

我走回到帐篷里，坐在桌子旁，从空空的木箱子做成的书架上拿出一本书。那年出版过很多与从德国战俘营地逃生相关的书，包括我手里这本。我把这本放了回去，然后重新拿出一本。这本书名为《最后的手段》，我想应该会更容易让人忘记不愉快的事。

我刚刚把书翻到关于酒吧港的那一章，就听见一辆摩托车飞驰而来。从敞开着的帐篷后面看过去，便瞧见一辆巡逻警车十分快速地穿过营地，扬起一阵沙尘。把洗完的衣服都弄得满是灰尘。那辆汽车顶篷敞开着，像个赛车一样在帐篷旁紧急刹了车。

一位年轻的警官走到帐篷里来，标准地敬了个礼，然后向我伸出手。他个子高高的，皮肤很白，有一张看起来不会飞黄腾达的脸。

“早上好，先生。”他说着摘下他的警帽。

“早餐吃了没有?”

“没时间，先生。”

“出什么事了?”

“战斗打响了，先生。我们必须要出手了。十四个人，先生，是十四个不怕死的亡命之徒。”

“有武器吗?”

“全副武装，先生。”

“是从马切科斯越狱的那些人吗?”

“是。你怎么会知道?”

“是探子早上告诉我的。”

“总督先生，”他说，这只是他一个敬爱的称呼，与殖民地管理者的称号没有丝毫的关系，“我们又得配合行动了。”

“我随时准备着帮助您。”

“你打算怎么办？联合行动吗?”

“你订计划吧，我只是代理猎长而已。”

“发发慈悲吧，总督先生。再次帮帮我们吧。您和猎长以前也帮过我的忙？这种时候我们必须联合行动，战斗到底。”

“你说得不错，”我说，“但我不是警察。”

“但你是最重要的代理猎长。我们一起干吧。有什么计划，总督先生？我一定全力配合。”

“建一个防护栏吧。”我说。

“我能不能喝点啤酒?”他问。

“开一瓶咱们一起喝。”

“一路上尘土都跑进嘴里，喉咙很干。”

“下回可别再把沙尘弄到衣服上了。”我说。

“对不起，总督先生。我很抱歉。但我一直在想咱们的那些事情，况且觉得天刚下过雨。”

“前天的确下了，地早干了。”

“说下去，总督先生。你刚刚就此案提议说建立一个防护栏？”

“是啊，”我说，“这儿是坎巴族的村子。”

“我对此一无所知。区长知道吗？”

“知道，”我说，“总共四个坎巴村，都做啤酒。”

“那是违法的。”

“不错，不过你会发现非洲经常有这种事。我提议在每个村都安排一个人。这伙歹徒里的任何一个一出现那人就会告诉我，我就包围那个村子，我们再一起把他们抓获。”

“不论死活。”他说。

“你肯定要这么做？”

“绝对肯定，总督大人。这些人都是亡命之徒。”

“我们应该核实一下。”

“用不着，总督大人。我以名誉保证。但你怎样得到从村子里来的消息呢？”

“我们想到会发生这种事情，已经组织了一支女子后备队伍。她们十分精干。”

“好样的，我很高兴你做了这个安排。分布范围很广吗？”

“差不多。领头的姑娘十分精明。完全是地下组织。”

“我能不能什么时候见她一面？”

“你穿着制服就困难。不过我会考虑的。”

“地下组织，”他说，“我一直以为这是我的专长。地下组织。”

“有可能，”我说，“这事做完后我们还可以运些旧的降落伞过来练习跳伞。”

“你能不能再透露点内幕情况，总督大人？我们现在已经有了防护屏了，听上去挺管用的。但你有的还不止这个吧？”

“我将大部分手下留在身边，但他们完全可以机动地转移到防护屏中任何一个出问题的地方去。你现在回警署去，加强防备。我建议你白天的时候在离这里约十英里的公路拐弯处设置一个路障。你可以从你的里程表上计算出那段距离的长度。晚上把路障移到从沼泽通出来的那段路上。你还记得我们追猎狒狒的那个地方吗？”

“从来没忘记过，老板。”

“那好，如果你碰到什么麻烦就与我联络。晚上开枪一定要非常小心打着人，那里来来往往的人很多。”

“那里不允许有人通行的。”

“但实际上有人。如果我是你，就会在那三家零售铺的外面各张贴一张布告，宣布几条路实行严格宵禁。”

“你能不能给我些人手，老板？”

“不行，除非情况恶化。别忘了，我要帮你防那伙人。告诉你我的计划吧，我给你写张纸条你带着，往恩贡那地方打个电话，我就可以让飞机开过来了。不管怎么样我在别的事情上总是用得着飞机的。”

“好的，先生。我有没有希望和你一起飞？”

“我想没有。”我说，“地上需要你。”

我写了张条子要那架飞机第二天午饭后花两小时飞过来，把从内罗毕来的信件和报纸也带来。

“你最好回警察局，”我说，“别忘了，孩子，以后到我们营地来不要像个牛仔似的，弄得吃的东西上、帐篷里、晾着的衣服上全是灰尘。”

“我万分抱歉，总督大人，这种事情不会再发生了。谢谢你提供人手帮我处理这个问题。”

“有可能我下午会在镇上碰到你的。”

“太好了。”

他干了啤酒，敬了个礼，便走了出去，一边大声呼唤他的司机。

玛丽走进帐篷，看上去清心动人、神采飞扬。“那男孩是警察局来的吗？是什么事？”我把那帮在马切科斯越狱的歹徒还有其他事都告诉了她。她的满不在乎是在情理之中的。

在我们吃早餐的时候她问我：“你不认为现在让飞机开过来代价太大了吗？”

“我一定要看看内罗毕来的邮件，也许还有电报。我们还需要去看一下野牛拍完要拍的照片。他们现在肯定不在沼泽地里。我们也应该了解一下靠近丘卢岭的那块地方有些什么情况，这架飞机在这件蠢事上可以派上大用场。”

“我现在还不能坐飞机回内罗毕去买那些圣诞节的必需品，我还没打到狮子呢。”

“我的预感是如果我不着急，让你和狮子都休息好，我们就能打到它了。阿拉普·梅纳说狮子到这里来了。”

“我不需要休息，”她说，“这么说不公平。”

“好吧。我是想要狮子自信起来好犯个错。”

“我希望它会犯个错。”

约四点钟，我把恩古伊叫过来，让他把切罗找来，把猎枪和来复枪一起带过来，让他再叫姆休卡把猎车开过来。玛丽正在写信，我就告诉她已经让他们把猎车开过来了。切罗和恩古伊到达之后，他们把帆布床上那个跟枪一样长的装枪的盒子拖了出来，恩古伊就开始装配那支大步枪。他们数了数找到的子弹，又检查了斯普林菲尔德和曼尼利彻步枪里的实心弹。这些准备都是那个精彩绝伦的猎杀活动的前奏。

“我们去打什么？”

“咱们得去弄点吃的肉，我们要试验一下老爹和我曾讨论过的一个练习打狮子的方法。我要你在二十码处杀死一头角马。切罗和你一起向猎物靠近。”

“我不知道能不能走到你说的那个地方。”

“没问题的。不要穿毛衣。带着就行，如果回来时感觉冷了再穿上。你现在就可以把袖子卷起来，亲爱的。”

玛丽小姐有这样的习惯，每次射击时都要把袖子卷起来。她或许只是将袖口部分往上翻一下，但这个动作在一百码或更远的距离以外就能把一只动物吓跑。

“你是知道的，我已经不做这个动作了。”

“那好。穿上毛衣的话步枪托柄对你来说会显得特别的长。”

“好。那如果我们找到狮子的那天早上特别冷的话怎么办？”

“我只是想看看没有毛衣的你会是什么情况。对比一下有什么不一样的地方。”

“大家都喜欢拿我当实验品。为什么不可以让我就这么出去，利索地杀死那些猎物呢？”

“没什么不可以。你现在要去做的就是这件事。”

我们开始往那条跑道上开车。右前方是绵延不断的猎区。我看见两群角马在一片草地上慢悠悠地吃着草，在距离树林不远的地方躺着一只年迈的公角马。我对姆休卡点了点头，见他已经看到那头角马便向他做了个手势，让他绕个大圈子把车开到左边去，然后再往回开到树后角马看不见的地方。

我让姆休卡停了车子，玛丽从车里跳下来。切罗拿上一副望远镜，跟在了她后面。玛丽带上了6.5曼尼利彻步枪，一下便把枪栓提起来，先拉后推，看子弹滑入枪膛后再把枪栓放下来。接着她又打开了保险栓。

“需要我现在做什么？”

“你看到那只躺着的公角马了吗？”

“当然看见了，那个树林里还有两只呢。”

“你跟切罗一起接近那只公角马，看看最近能走到哪里。现在的风向还可以，你们应该至少能走到树的附近。看到那堆树了吧？”

那只公角马躺在草地上，有很大的脑袋，弯曲的羚角十分宽大，躯体粗壮，看上去黑乎乎的一团，十分怪异。切罗和玛丽向树丛接近时那头角马站起身来，在阳光下显得更黑也更怪异了。它的侧面对着玛丽和切罗，眼睛向我们这个方向看，并没有发现他们俩。我对那头角马体型的精致和奇异赞叹不已，心想我们天天见到这些动物对它们太不放在心上了。它相貌虽不高贵但极其不凡，看着它，又看到切罗和玛丽两人逐渐向它靠近，我心中十分高兴。

玛丽已经进入了射击的范围之内。这时，我看到切罗单膝跪地，而玛丽将来复枪举起来，俯下头瞄准。枪声跟子弹击中骨头的声音几乎同时响起，角马的身体随着冲击向上跃起，然后就重重地摔在地上。其他角马受到惊吓立刻开始逃窜，这个时候我们则一边欢呼着一边向玛丽、切罗还有那草地上黑乎乎的一大团冲过去。玛丽和切罗蹲在那只角马的旁边等着我们围上去。切罗特别兴奋，把刀都拔了出来。大家都欢呼起来："Piga mzuri. Piga mzuri sana,[①] Mansahib. Mzuri，mzuri，sana."

我抱住玛丽说："真是太棒了，我的小猫[②]，靠近它的时候出色极了。现在赶紧结束它的痛苦，再向它左耳根开一枪吧。"

"不是应该打它的额头吗?"

"别打那里，打耳根就行了。"

她示意大家往后退一下，举起来复枪打开保险栓，仔细检查之后，深吸一口气然后吐出来，把重心移到略往前迈的左腿上，便发了一枪，不偏不倚在左耳与头颅的接合处打出了一个小洞。角马的前腿渐渐松弛了下来，头轻轻地转到一边。这只角马死时显示出一种尊严，我搂住玛丽，将她的身子转过去，这样她就看不到切罗为了使角马成为伊斯兰教徒合法的肉而把刀插进它身上那个突起的地方[③]了。

---

① Piga mzuri sana，这是斯瓦希里语，意思是"打得好"。"piga" 意义很多，在这里指的是"射击"。

② 小猫是海明威对妻子玛丽的爱称，在下文中还能看到玛丽经常叫海明威"讨厌的大猫"。

③ 指的是角马喉部。

“我走得离它那么近，打得又那么干净利落，就像你期望我做的那样，难道你不高兴吗？你难道不为你的小猫感到一点自豪吗？”

“你真是太优秀了。你靠近它时干得非常出色，你一枪就把它打死了，它根本不知道到底发生了什么事，也不会带有任何的苦痛。”

“我不得不说它看上去大得可怕，亲爱的，而且还显得有些凶煞的。”

“小猫，你坐到车里去吧，把吉妮酒壶取出来喝一些。我帮他们把角马装到车后边去。”

“来和我一起喝一口。我刚用来复枪给十八个人打到了食物。我爱你，想和你喝点酒。切罗和我难道走得还不够近吗？”

“你靠近得很漂亮。你不可能做得更好了。”

吉妮酒壶放在那只旧的西班牙式双子弹袋其中的一个袋里，其实那是我们在苏丹哈米德买的一品脱戈登杜松子酒的酒瓶，以我从前一只很出名的银制酒壶的名字命名。一次战争中我把那只银酒壶带到一个海拔很高的地方，终于使之爆裂开来，一瞬间让我感到屁股上中了一枪似的。旧的吉妮酒壶从来没修好过，但我们把它的名字给了这只矮胖的容量为一品脱的酒壶。旧吉妮壶的形状瘦长，很适合挂在臀部，银色的旋转式瓶盖上一个女孩的名字，但瓶身上既没有它所目睹的战斗的名称，也没有那些从酒壶里喝过酒而如今已经亡故的人的名字。这些名字即使刻成最不起眼的大小，也会把旧吉妮壶的壶身两侧都盖得严严实实。而这只新的、毫无惊人之处的吉妮壶地位却很高，都快成为部落的标志了。

玛丽从壶里喝了一口，我也喝了一口。玛丽说：“你知道吗，只有在非洲，纯杜松子酒才像水一样清淡。”

“比水该浓烈一些吧。”

“我是在打比方。如果可以的话我再喝一口。”

这些杜松子酒的味道很好，很纯，使人感觉暖人心脾，周身舒畅，对我来说这酒与水是有天壤之别的。我递给玛丽水袋，她喝下一大口，说："水也很好喝，拿水和酒作比较真是太没道理了。"

我把吉妮酒壶递到玛丽手里，向后车厢走去，猎车后挡板已放了下来，以便把那头角马抬上去。抬起来推进车去后，公角马便毫无尊严可言了，双眼呆滞，大腹便便，头部歪扭得厉害，灰舌向前伸出，犹如刚被吊死一般。恩古伊和姆休卡在抬的过程中花了很多力气，放进去之后，恩古伊就将手伸进距离角马肩头很近的那个弹孔里。我点了下头，我们便关上后挡板扣紧。我从玛丽手中要来水袋洗了洗手。

"喝一些酒吧，爸爸，"她说，"你怎么看起来情绪那么低落？"

"我并不低落。但我确实想要喝点儿酒。你还想打吗？我们还得给凯第、切罗、姆温迪，还有咱俩再去打一头汤姆逊瞪羚或者黑斑羚。"

"我希望猎到一只黑斑羚，但今天我已经不想开枪了。我还是不打了吧，好吗？我不想把今天的情趣破坏了。现在我只有想打了才会打。"

"你打到它哪儿了，小猫？"我说，我心里其实是不愿意问这个的。只有喝酒的时候才敢这么说出口，可是又没有那么自然。

"正好在肩部的中间吧。刚巧是正中心。你可以看见那个洞的。"

刚才从公角马脊柱上部的小弹孔里流下了一大滴血，最后停在它肩膀的中心。我看到那滴血了，当时那头黝黑奇异的角马正躺在草地上，前半部缓缓起伏尚有活力，后半部则已完全僵直了。

"好极了，小猫。"我说。

"我来拿吉妮壶吧，"玛丽说，"我不用打了。能猎杀到那只公角马让你感到满意我就很高兴。多希望老爹也能在场。"

可惜老爹不在场。虽然距离那么近，她却将子弹射偏了十四英寸，最后出色地击中脊椎，将那只角马杀死。看来还是有些问题。

我们迎着风背着阳光继续穿越猎区。在我们前方我看见了一些臀部上有四方形白斑的大瞪羚和不断摆动着尾巴的汤姆逊瞪羚在吃草，我们的车一靠近它们就纷纷跳开去。恩古伊和切罗都清楚接下来要做什么。恩古伊转向切罗说："吉妮壶给我。"

车的椅背上面树立着大步枪还有放在夹钳里的猎枪，切罗把它们之间的酒壶递过去。恩古伊帮我打开了壶盖子。我喝了一口，这种感觉跟喝水是完全不一样的。和玛丽一起猎狮时我因为身负责任是绝不能喝酒的，但现在由于我们在猎到那头老角马后都十分紧张便需要喝口杜松子酒放松一下。我们中间只有搬运工感到兴奋不已，一点儿紧张的感觉都没有，玛丽自然也跟他们一样兴奋。

"他希望你露一手，"她说，"露一手让他们好好看看。一定要打得漂亮一些哦。"

"好吧，"我说，"给你们露一手看看。"

我又伸手去取吉妮酒壶，恩古摇了摇头。"Hapana，"他对我说，"Mzuri."

这时候有两只公瞪羚在前方的一片空地上吃草。它们的头部比其他种类的要长一些，显得匀称精美。吃草的时候那么迅速，短短的尾巴不停地摆动。姆休卡点点头表示已经看见它们，然后便调转车头，这样我向猎物靠近时就有东西掩护一下了。我把斯普林菲尔德步枪里的子弹吐出来，放进两颗实心弹，拉下枪栓，下了车，便开始向那丛浓密的灌木丛走去，仿佛对它毫无兴趣的样子。我并没有俯下身子，毕竟这里的灌木很高大，足以掩护我。况且我已经得出结论，在往猎物的方向靠近的时候，如果四周有别的动物，你最好挺直腰，装得好像没有兴趣一样。要不然那些瞧见你的猎物就会受到惊吓，然后将你想要猎杀的那一只吓跑。想起玛丽要求我露一手，我便小心地举起左手在颈部一侧拍了一下。这是在向大家宣布我要打的位置，这样打中任何其他地方都将一文不值。打像汤姆逊瞪羚这样的小型猎物，而且在猎物可以奔跑的情况下射击时是没有人会宣称要打颈部的。但如果我打中，就能鼓舞士气，打不中也不要紧，因为这本来就显然是不可能的。

走在那些散落着许多白色小花的草地上非常惬意。我慢慢地向前走着，将手里的来复枪口朝下贴紧右腿。往前走的时候我放松注意力，只想着那天傍晚有多美，我能在非洲有多幸运。现在我已经走到树丛的右边界，这时我本该蹲下来爬行，但地上的草太茂密，花又多，我戴着眼镜，而且已经老得爬不动了。因此我便把枪栓向后拉，同时把手指放在扳机上以免发出咔嗒声，接着再把手指拿开，把枪栓轻轻地压低到射击的位置。我又检查了一下后瞄准器上的小孔，便跨过灌木丛右边界走了出去。

我一举枪，两只公瞪羚就开始狂奔了。离我较远的那只在我跨过边界的那时候还转头瞧了我一眼。它们摆着小蹄子，一跳一跳地跑远。我举起枪对准第二只公瞪羚，将重心压向前胯的左腿上，枪口一直跟踪着它，然后将对准器匀速地扫过它的身体，经过它头部的时候扣动了扳机。来复枪声响了，接着便是子弹打中时沉闷的声音。当我将第二颗子弹也上膛的时候，这时候我看到公瞪羚的四条腿已经在空中暂停了，白肚皮和矫健的腿正在缓缓落下。我边向他冲过去边祈祷不是因为打中了它的屁股才将它打倒的，希望没有失误地打在它的脊椎上，或是它的头部。这时候猎车也开了过来，切罗拿着刀从车里出来，跑到瞪羚的旁边，接着就站在那儿不动了。

我走过去说："Halal. ①"

"Hapana. "切罗说着用刀尖戳了戳那个死去的瞪羚的眼睛。

"不管怎么说是 Halal 的。"

"Hapana." 切罗说。我从没看到过切罗哭，然而他当时的表情已经跟哭出来了似的。这是一个宗教危机，而他又是个年迈虔诚的人。

---

① 这是斯瓦希里语，意思是合法的（食物）。猎物必须由虔诚的伊斯兰教徒在颈部划一刀才成为教徒合法的食物，然而这个瞪羚是海明威射中颈部毙命的。因此虽然海明威坚持认真这仍是合法食物，切罗等伊斯兰教徒却很沮丧。

"好吧，"我说，"恩古伊你再刺它一刀吧。"

大家都因为切罗而变得沉默起来。他返回到车的那边，只剩下我们这些没有宗教信仰的人留在猎物的旁边。姆休卡咬着嘴唇跟我握手。他想的应该是他那被剥夺了吃瞪羚肉的权利的父亲。恩古伊很想笑但强忍着不笑出来。老爹留给我们的扛枪伙计有一张圆圆的深棕色的精灵般的脸庞，此刻他一只手托住头，显得痛苦万状，然后又对着自己的脖颈拍了几下。搬运工在一旁看着我们直乐，觉得与猎手出来既是快事也是蠢事。

"你打到它哪儿了？"玛丽问。

"应该是脖子上吧。"

恩古伊给她指着枪洞，然后就跟姆休卡和搬运工一起将公瞪羚抬到了车子后备箱。

"这太像是魔术了，"玛丽说，"我让你露一手，也没叫你这么炫耀啊。"

我们把车开回营地，小心地停了车，让玛丽下车，没有扬起一点儿尘土。

"今天下午太开心了，"她说，"非常感谢大家。"

说完她就回帐篷了，姆温迪已经给她准备好了热洗澡水。她对我的那一枪很满意也让我很开心。我相信，有吉妮酒壶的保佑，一切都可以解决的。在距离二十五码或者更远的地方打狮子就会有十四英寸的误差。让它见鬼去吧，肯定不会再有这种失误了。猎车缓缓地开到了外面的场地，我们就在那儿宰杀了角马。凯第第一个走出来，后面跟着剩余的人，我走过去说："女主人今天很利落地杀死了一只角马哦。"

"Mzuri."凯第说。

我们没有关猎车的车灯，以便于将猎物开膛。恩古伊把我最好的刀取了出来，与已经蹲在角马旁开始工作的剥皮工一起干起来。

我走过去拍了拍恩古伊的肩膀，然后将他拉到没有灯光的地方。他对宰杀猎物十分热心，他明白我的意思，很快就走过来了。

“给村里人留一块儿从背脊上切下的好肉吧。”我边说边往他的背上用手指划了几下向他暗示。

“Ndio.”他说。

“把肉包在一块干净的腹部的皮里。”

“好。”

“再给他们一块普通肉。”

“Ndio.”

我知道再送更多的肉给他们是不行的，为了让自己好受些，我对自己说，在接下来两天的活动中是少不了这些肉的，想到这里我转身对恩古伊说：“给他们再准备点炖肉。”

接着我就逆着车灯方向离开了，走向一棵那堆篝火照不亮的树，寡妇和她的孩子还有黛芭在那里等着我。他们身上穿着褪了色却颜色鲜明的衣服靠树站着。小男孩向我冲过来，一下子扑进我怀里，我低下头吻了吻他的头顶。

“你还好吗，夫人？”我问。她轻轻摇了下头。

“Jambo tu.”我对黛芭说。我也吻了一下她的头顶，她笑起来，我抬起手放在她的脸和脖子上，她既不动也不显示出什么激情，有一种独特的可爱。她往我胸口上撞了两下，我又吻了一下她的头。寡妇显得非常紧张，她说：“Kwenda na shamba.”这句话的意思是让我到村里去。黛芭什么也没说。她可爱的坎巴式的放肆已消逝无踪。我抚摸了一下她可爱的低垂的头，又碰了碰她耳朵后面秘密的地方。她也偷偷地抬起手，触摸了一下我手上最深的伤疤。

“姆休卡要开车把你们送回去了，”我说，“我叫他往你们家里带了些肉。我不能去了。Jambo tu.”这是为了快点解决问题所能说的最温柔也最残忍的话。

“你什么时候能来？”寡妇问。

“只要我有任务，什么时候都行。”

“圣婴耶稣生日的前一天我们能去拉伊托齐托克吗？”

“当然。”我说。

“Kwenda na shamba.”黛芭回答。

“姆休卡会送你们的。”

“你也来。”

“No hay remedio.[①]”我说，这是我最早教她的西班牙语之一。她说这句话时总是很小心。这是我所知道的西班牙语里最伤心的话，我想大概应该让她早点学会这句话。因为我没对她解释话的意思，只说她必须要学会，她以为她正在学习的这句话是我的宗教信仰的一部分。

“No hay remedio.”她骄傲地说。

“你的手十分硬但也十分漂亮。”我用西班牙语对她说。这是我们最早开的玩笑中的一个，我翻译时特别谨慎。“你就是恩戈麦鼓会的女皇。”

“No hay remedio.”她的语气谦恭。然后她就在一片夜色里特别迅速地说了几句：“No hay remedio，no hay remedio，no hay remedio.”

“No hay remedio，tu.”我回答，“拿着肉走吧。”

那天晚上，伴随着鬣狗争抢那些屠杀之后的废弃物的吼叫声，我望着帐篷外边的点点火光，脑子里满是玛丽。她今天肯定睡得很香，因白天能干净利落地靠近并射杀猎物而感到心满意足，她一定还很想知道那头大狮子在哪里，正在干些什么。我猜它在往沼泽过来的一路上还会再杀死别的动物。然后我又开始思考关于坎巴村的事情，对这个问题我一点儿办法都没有。与坎巴村发生关系让我感到十分后悔．但现在已经 no hay remedio 了，也许本来就不存在什么解决的方法。并不是我存心想跟他们有什么联系，却那么自然地发生了。接着我又想了想狮子和坎巴族茅茅，想到从第二天下午开始他们就可能会到我们这儿了。就在此时，一瞬间似乎所有夜晚的声音都停止了。我想糟了，大概是坎

---

① 这是西班牙语，意思是“无药可救”“无法挽救”。下文多次出现。

巴茅茅来了，我真是不负责任，接着便拿起已装上大号铅弹的温彻斯特猎枪，侧耳听着动静，由于心怦怦直跳，便张开嘴以便听得清楚些。这时候，又恢复了之前属于夜晚的声响。我听到在小河的旁边有只豹子在咳嗽。那咳嗽声仿佛是用钉马掌的铁匠的锉刀来回拉着低音提琴 C 弦时发出的响声。咳嗽声又响了一阵儿，豹子在四处找吃的，将整个黑夜都惊动了。我慢慢地把枪放了回去，开始入睡。心中荡漾着为玛丽小姐感到的自豪和对她的爱意，以及为黛芭感到的自豪和对她深切的关心。

第三章

快到天亮的时候，我起床走到做饭的帐篷和伙计们的营房那里。凯第办事一向保守，我们便将整个营地以一种军事化的方式视察了一遍，我看得出他对一切都很满意。我们的肉包在干酪布里挂着，足够营里的人吃三天。那些早起的人已将一些肉串在铁丝上烤起来。我们又明确了一下万一茅茅到四个村子中的任何一个时我们计划采取的拦截措施。

“这个计划不错，但他们不会来的。”他说。

“你听见昨晚豹子出现之前的那阵安静了吗?”

“听到了，”他笑着说，“可那只是一只豹子而已。”

“你没想到那伙儿会来这儿吗?”

“想到了，但结果不是。”

“好吧，”我说，“让姆温迪来篝火这边找我吧。”

大伙儿已经把没点着的圆木的另一端架在了一起，在已经燃尽的灰烬上头盖了些树枝重新生起火来。我走到篝火的旁边坐下开始喝茶。这时候的茶已经不热了，姆温迪就带了壶重新沏好的茶过来。他和凯第一样一丝不苟，循规蹈矩，也一样有一些幽默感，只是比凯第粗俗了一些而已。姆温迪会说英语，理解力比会话能力强些。他年纪不小了，看上去像个肤色漆黑、脸庞窄长的中国人。他负责保管所有的钥匙，管理帐篷内务，包括铺床、送洗澡水、洗衣服、刷靴子和送早茶，他还负责保管我带来支付游猎花销的所有的钱款。钱都锁在一只锡箱里，钥匙由他保管。他很早以前就乐意别人信任他。他也一直教我说坎巴语，可是跟从恩古伊那里学来的不太一样。他认为我和恩古伊给对方的都是坏影响，但他年纪大了，看得多了，只要不是干扰他工作秩序的事，他一概不会劳神去管。他喜欢工作，喜欢担负责任，是他使我们的游猎生活井井有条，舒适愉快的。

“先生想要什么?”他严肃而谦卑地问。

“我们营地里的枪支和弹药太多了。”我说。

“没人知道的,”他说,“那些都是你秘密地从内罗毕带回来的。在基坦加没人发现。我们运枪是相当保密的。没有人看见，没人知道。你的枪在你睡觉的时候总会放在身边的。”

“我知道。如果我是茅茅，我就会选择在夜里袭击这里。”

“要是你是茅茅，会有很多事情发生的。可你并不是茅茅。”

“说得好。但如果你不在帐篷的时候，总该有人拿武器守在这里吧。”

“就让他们在外面守着吧，先生。我不愿意任何人进帐篷。帐篷里由我负责。”

“那就让他们守着外边吧。”

“先生，他们要到营地来得穿过一片开阔平地。人人都会看见他们的。”

“恩古伊和我曾经三次横穿整个营地，根本没人发现我们。”

“我发现了。”

“真的?”

“发现过两次。”

“那你为什么不告诉我?”

“没必要把你和恩古伊干的每件事都说出来。”

“谢谢你。那好，你现在知道安排守卫的事了。如果我和夫人不在而你又要离开帐篷，就把守卫叫来。如果只有夫人在而你不在，也要去叫守卫。”

“是,”他说,“您不喝茶吗?快要凉了。”

“今晚我要在帐篷周围设上陷阱，然后在树上留一盏灯。”

“Mzuri. 我们还要生一堆很高的火。凯第已经让人送木头来了，这样卡车司机就有空了，随时可以到任何一个村子里去。但说是会来，其实那伙人不会来。”

“你怎么这么肯定?”

“因为到这里来自投罗网是很蠢的，而他们并不蠢。这些可是坎巴茅茅啊。”

我坐在篝火旁边，慢慢喝着那壶刚送来的茶。马萨伊人善于畜牧和战斗，而不是打猎。坎巴族就不一样了，不光会游猎，况且是目前我所见过的部落里最擅长猎杀和追踪的。如今他们的猎物已被白人打光了，他们也已将自己保留地上的猎物猎完，唯一可以打猎的地方就是马萨伊人的保留地。他们自己的保留地上人太多，土地耕种过度，一旦不下雨，牲畜就没地方吃草，谷物也没了收成。

坐着喝茶的时候我想到了营地内部人员之间的一个问题，尽管这个问题并没有破坏整体的团结合作。游猎队成员之间气质外貌上的差异并不是信教与不信教、好与坏，或老手与新手之间的差异，从根本上来说，这是功绩卓著、行动积极的猎手与战士和其他人之间的差别。凯第过去曾是一名斗士，一名战士，一位了不起的猎手和追踪猎物的高手，是他以丰富的经验、知识和深刻的权威将游猎队团结到了一块儿。但凯第拥有大量财产，属于保守派阶层，在这个不断变化的时代，保守派的地位是很难巩固的。营里那些年轻人没有战斗经验，因为整个区域没有什么动物，所以他们也从来没有学会打猎。那些善良的性格，不充足的经历，使他们不可能成为偷猎的人，也不会成为专门偷牲畜的贼。这些年轻人崇拜恩古伊还有那些不好的男孩。他们都在阿比西尼亚先苦战一场，然后冲向了缅甸打仗①。年轻的伙计凡事都站在我们这边，但对凯第、老爹仍十分忠诚，对本身职责也不敢怠慢。我们并不试图去招他们入伙，改变他们的信仰，也不想把

① 这是阿比西尼亚对埃塞俄比亚的以前的叫法，意思是恩古伊在第二次世界大战期间曾经在阿比西尼亚跟缅甸两个地方参加作战。1940 年 8 月意大利开始向英属索马里发动全面战争，克宁汉将军率英国军队从肯尼亚进入被意军占领区域索马里，到了 4 月又挺进埃塞俄比亚的首都亚的斯亚贝巴，与布拉特将军会合将意军击败。缅甸曾经受英国的保护，而 1942 年日本占领该地区，随后缅甸也协同英国军队加入战争。在 1945 年日本在缅甸战场失败之后，该国家的独立运动高涨起来。1947 年 1 月，英国承认缅甸独立，6 月缅甸就脱离英联邦的管制。下文还将提到这两段历史。

他们带坏。他们都是志愿者。恩古伊很信任我，曾把整个情况对我说了一遍，并把这事完全看成是部落忠诚的表现。我知道坎巴猎手和我们之间已经共同走了很长的一段路。但当我坐在那里，喝着茶，望着树干发黄的绿叶树随照射到的阳光改变颜色时，我想到的却是我们到底走得有多远。我喝完茶，走到帐篷外面向里瞧。玛丽也已经喝过了茶，垂在帆布床一边的蚊帐旁放着空空的茶碟。蚊帐已经挨着了地上的毛毯。玛丽又睡了过去，微微晒黑的脸倚在枕头上，乱蓬蓬的金发愈发显得她可爱。她的嘴唇正朝向我。正当我看着她睡觉，和往常一样被她的美貌所打动的时候，她在睡梦中绽开了浅浅的一笑，不知道梦到了什么。我从我床上的毯子底下拿出那支猎枪，拿到帐篷外面，从枪筒里卸下所有的子弹。这个早晨玛丽又可以睡得充足些了。

我走进用餐的帐篷那里，恩古伊正在打扫帐篷。我对他说了我早上想吃的东西。我要的是一个煎蛋三明治，蛋要煎老些，里边夹洋葱和火腿或者香肠。我又说如果有水果便给我来一些，另外我想先喝一瓶啤酒。

如果那天要猎杀狮子，我和金·克在吃早饭的时候总喜欢喝点儿啤酒。早饭的时候来点儿啤酒可真是个不错的事情，不过这样会有点儿拖慢你行动的速度，虽然那只是千分之一秒的差别。从另一方面来看，假如身体状况不好，喝啤酒也会使你感觉舒服些，所以起身太晚或者胃部绞痛时喝啤酒是有好处的。

恩古伊打开瓶子倒出一杯酒。他很喜欢倒啤酒，他总能在将酒倒完之后才让杯子开始泛出啤酒的泡沫。直到超过玻璃杯的边缘，却又不向外溢。恩古伊的长相跟个女孩子似的，但丝毫没有女孩子的样子。以前金·克常常逗他，问他有没有经常修眉。这点倒是很有可能发生的，因为原始人们最大的乐趣之一就是反反复复地修整自己的外貌，这个习惯跟同性恋是毫无关系的。但我觉得金·克对他的玩笑开得是有些过火。不过恩古伊腼腆、友好、忠心耿耿，侍奉主人用餐很能干。而且对猎手和战士也颇为崇拜，我们有时便会带他一起打猎。因为他对动物一无所知常常惊诧不已，大家都爱拿他开玩笑。但他每次打猎后都有长进，我们开他玩笑时也都是善意的。我们这些人，凡是不致残不致命的伤口和灾难，都当作是极好笑的事来看待，对这位心思缜密、性情温顺、对人充满爱心的男孩来说，这是一个极大的刺激。他一直梦想自己能成为一名勇士、一个出色的猎手，不过他却只是个厨师助手，一个侍奉主人用餐的伙计。我们在那里度过的那段时光特别美好，他最大的愉快之一就是替有资格喝酒的人倒啤酒，他自己因为没有到部落规定的年纪所以一点都喝不到。

“你听到豹子了吗?”我问他。

“没有，先生，我睡得太沉了。”

说着，他走开去取吩咐厨师准备的三明治，然后匆匆回来再给我倒酒。

另一个打理我们吃饭事宜的小伙子姆桑比身材高大，相貌英俊，性格粗犷。他身上穿着绿色衣服就好像是要去参加化装舞会。为了达到这个效果，他将绿色的无檐帽歪戴在头上，对袍子的穿法也进行了一番设计，以便显示出他虽然因身为侍者而尊重这身长袍，但心里是意识到这袍子有一点可笑的。我和玛丽吃早餐的时候是用不了两个人的。没过多久姆桑比就改为去做饭了，因为原来的厨师很快就要回家并且要把分配好的食物送到营里各人的家里去。跟除了我之外的其他人一样，对探子他非常讨厌。那天吃早餐的时候，探子来到了我的帐篷外面，听到他谨慎的咳嗽声，姆桑比就用一种复杂的眼光望了我一眼，深深地鞠个躬，轻轻闭上眼睛，就跟着恩古伊一起走了出去。

“进来吧，探子，”我说，“有什么消息?”

“兄弟好。”探子说。他用披肩将自己裹得严严实实，进来后便摘下了头上的馅饼式男帽。“有一个从拉伊托齐托克镇另一边过来的人要见你。他说大象毁了他的村子。”

“你认识他吗?”

“我不认识他，老兄。”

“把他叫进来吧。”

那位村子主人进来后在门边鞠了一躬说："早上好，先生。"

我看到他留着镇上那种茅茅式的短发，头路在一边，头路上的头发被剃刀剃得很干净。但这也代表不了什么。

"是那几头大象吗？"我问。

"昨天晚上来的，将我的村子都弄垮了。""谢谢你告诉我大象的事情，"我说，"不久就有一架飞机要到了，我们会带你一起飞过去检查一下你村子受到的破坏程度，再试着找到那几头大象。你要把你的村子和遭破坏的确切的地点指给我们看。"

"可是我从来没有坐过飞机啊，先生。"

"那你这次就可以坐了。你会觉得很有意思。"

"可是我从没坐过飞机，先生。我会生病的。"

"是会不大舒服，"我说，"但是不会得病。英语可不能乱用。要说不舒服才是对的。但我们会有所准备的。你难道不想从高空看一看你的地盘吗？"

"好吧，先生。"

"一定会非常有趣的。就像看你领土的地图一样。你可以了解一下你村子的地形特征和轮廓，这一般可都是看不到的。"

"好的，先生。"他说。我对自己感到有点儿羞耻，但他的头发这么像茅茅，营里的东西又这么多，不由得我不担心营地会遭到武装袭击。假如阿拉普·梅纳、恩古伊和我被什么大象、犀牛的故事骗走，要冲进营地简直是易如反掌。

这时那人没有放弃争辩，可是越是争辩事情就变得越糟糕。

"我想我不适合坐飞机的，先生。"

"听着，"我说，"我们这些人里凡没乘过飞机的都很想乘飞机。能从高空中看到属于你自己的地方可是一种特权啊。你从来没有羡慕过鸟儿吗？你从来不想像鹰或者甚至像猎鹰一样吗？"

"没有，先生，"他说，"不过今天我愿意尝试一下。"

听了他的话，我想就算他真是我们的敌人，或者是个骗子，或者只是想吃大象肉，他的这个回答至少算是维护了他的尊严。我走出帐篷对阿拉普·梅纳说，这个人已经列为逮捕的对象了，但先别跟他说，要仔细看着他，不要让他擅自离开或者在帐篷里来回张望。另外，我还告诉他要带他一起上飞机。

“我们会看住他的，”阿拉普·梅纳说，“让我也坐飞机吗？”

“不。你上次已经坐了。今天就让给恩古伊。”

恩古伊向着我们露出笑容，说：“Mzuri Sana.”

“Mzuri.”阿拉普·梅纳说着，也笑了，“我告诉他必须将那个村里来的主人送出去，并让恩古伊过去检查一下风向袋。要是我们修建的那个草场上的跑道中间有任何动物的话，一定都要轰走。”

玛丽也来到用餐帐篷，身上穿着一套姆温迪为她洗净熨好的猎装，看上去与晨光一般的新鲜、充满朝气。她发现我在早饭之前或早饭时喝过啤酒。

“我以为只有在金·克在的时候你才这样呢。”她说。

“当然不是。我是在你早上起来之前喝的。这会儿我不写东西，而且一天里只有现在凉快些。”

“你听到什么关于狮子的事了吗？这儿好多人都在说这个啊。”

“没有。没什么关于狮子的情况。晚上它可没说什么。”

“你可说了，”她说，“你在和一个女孩说话吧，但那女孩不是我。什么事情无法挽回了？”

“对不起，我说梦话了。”

“你说的是西班牙语，”她说，“说的全是不可救药之类的话。”

“那一定是真的不可救药了。对不起，我想不起那个梦了。”

“我可是从来没有连你的梦也限制住。我们今天去猎杀狮子吗？”

“亲爱的，你怎么了？我们说好了，就是狮子过来了也先不去猎它的。我们准备好先不去管它，让它有点自信的。”

“你怎么知道它不会离开？”

“它很聪明，亲爱的。每次只有杀死猎物之后才转移到其他的地方去。它在捕杀到猎物的时候总会特别自信。我试着从它的角度去推测。”

“也许你该从你自己的角度来考虑一下。”

“亲爱的，”我说，“你现在是不是需要吃点早餐了？这里有瞪羚肝和火腿呢。”

她把恩古伊叫过去，非常和气地点了她的早餐。

“你喝了茶之后在梦里笑得很开心啊，笑什么呢？”

“噢，就是那个好梦。我遇到那头狮子了，它对我很好，温文尔雅，彬彬有礼。它说它去过牛津大学，说话时的口音简直与英国广播公司播音员差不多。我可以肯定以前在什么地方看到过它，然后它就突然把我吃了。”

“我们现在的日子很艰难啊，”我说，“我想我肯定能在它吃掉你之前看到你的微笑。”

“那肯定，”她说，“对不起，我生气了。它一下子就吃掉了我。一点都没显示出不喜欢我，既没有吼叫，也没有像个马加地狮子那样发狂。”

我吻了吻她。这时恩古伊端来了一些切成片、烤成焦黄的瞪羚肝，上面铺着些内地买来的火腿，还有炸土豆条、咖啡、罐装牛奶和一碟炖杏脯。

“吃点儿瞪羚肝跟火腿吧，”玛丽说，“今天你会不会很辛苦，亲爱的？”

“不会，我觉得不会。”

“我能坐一回飞机吗？”

“看来不行。不过如果有时间的话还有可能。”

“有什么事要做吗？”

我告诉了她我们接下来要做的事情，她说：“对不起，我刚刚进门的时候不该生气的。我估计是被狮子吃掉我的梦影响的。把这些瞪羚肝、火腿和啤酒全部吃掉吧，亲爱的，在飞机到达之前放松下自己。没有解决不了的问题。永远不要再在梦里有这个想法。”

“你也别再想狮子把你吃掉的事了。”

“在白天我从来不会去想的。我可不是那样的女人。”

“我也不是个无法挽救的男人，真的。”

“你就是这样的，有一点儿。不过你现在比我刚认识你时要快活多了，是吗？”

“跟你在一块儿我确实很幸福。”

“那你在别的事情上也高兴起来吧，欧，能再看到威利有多好啊。”

“他比咱俩要好得多。”

“但我们有能力变得更好的。”玛丽说。

我们不知道飞机什么时候来，也拿不准飞机到底会不会来。托那名年轻警官捎去的信还没有回音，但我估计飞机可能在一点钟之后就可以到了。如果丘卢岭那边或者大山东侧的天空中云团厚起来，威利来得还可能更早一些。我起身看了看天。丘卢岭那边有些云团，但大山上空看上去很晴朗。

“真希望今天能坐一次飞机。”玛丽说。

“你会有很多机会的，亲爱的。今天我们只是去完成任务而已。”

“但我能不能跟你飞到丘卢岭去呢？”

“我保证。之后只要你想去哪里我就陪你飞到哪里。”

“杀死狮子后，我想飞到内罗毕去买些圣诞节用的东西。然后我想早点回来弄棵树，再装饰得漂亮些。那头犀牛来之前我们已经找到一棵很好的树了。这棵树一定会非常漂亮的，但我必须买到所有需要的东西，还要给每个人买礼物。”

“我们猎杀了狮子后，可以让威利把塞斯娜①开来这里，你可以去看看丘卢岭。要是你愿意，我们还能爬到特别高的地方。再仔细检查下行李财物，然后你就能跟着威利回到内罗毕了。”

“咱们的钱够不够？”

“当然够喽。”

“我希望你可以尝试去了解一切，了解得越多越好。那样咱

① 这是一种小型飞机的商标名。

们到这里就不会仅仅是在耗费钱财了。真的，我在乎的并不是你做了什么，我希望你做的事情对你自己有益。我唯一在乎的事情就是我一定要是你最爱的人。”

“你是我最爱的人。”

“我知道。但希望你不要伤害其他人。”

“每个人都有可能对别人造成伤害。”

“你不能这么做。我不管你做什么，只要你不伤害别人，不破坏别人的生活就行。别说不可救药这样的话，那太容易了。有的时候你会异想天开，自欺欺人，生活在你自己奇妙的世界里，觉得很有意思，有时还很动心，这种时候我就会笑你。我觉得自己比胡思乱想、生活在梦幻里的人要好得多了。请你努力理解我的心情，因为我也是你的兄弟。那个讨厌的探子可不是你的兄弟。”

“他发明了这个称呼。”

“有时胡思乱想出的东西也会变成真实的事情。就像有人砍了你的胳膊。是真的砍断，不是在梦中。那种斩断像被恩古伊用一把大砍刀把胳膊砍掉一样。我知道恩古伊是你真正的兄弟。”我听了之后什么也没说。

“你对那个女孩说话的语气太残忍了。听着你的那些话语就像是在看恩古伊屠杀那些猎物一样。这跟大家愉快的生活是完全不同的。”

“你感到不快乐吗?”

“我一生中从来没有这么快乐过。再说你对我的枪法那么赞赏，今天我就更快乐，更自信了。只不过我希望这样的心情可以一直保持下去。”

“一定会的。”

“可是你真的懂我说的意思吗？就是一切忽然跟甜蜜的梦中情景变得完全不同。我说的是我们只有在梦里或者在我们儿时最美好的岁月里才会经历的那种生活。我们现在在这里每天有壮丽的大山做伴，有你们这些会讲笑话的人，身边每个人都很快活，过的就是那种美好的生活。每个人都这么爱我，我也爱他们。可然后就出了这样的另一件事。”

“我知道，”我说，“但这是一件事情的另一面，小猫。没有什么事情和表面看上去一样那么简单。我对那女孩子的方式并不是残忍，不过是形式化了一些。”

“千万不要在我面前对她那样残忍。”

“我不会的。”

“也不要在她面前对我残忍。”

“也不会的。”

“你不会带她乘我们的飞机吧？”

“不会的，亲爱的。我向你保证不会这样做的，真的。”

“真想让老爹也在这里，或者是威利来也好。”

“我也这么想，”我说，然后便走出去再看了一下天气。丘卢岭那边的云层厚了一些，但大山两侧的天空仍很清澈。

“你们不会把村子里的那个人扔到飞机外面去吧？你跟恩古伊？”

“上帝啊，当然不会啦。你信不信我根本没有想过这事儿？”

“可是我想到了，早上我听你跟他谈话的时候就想到了。”

“现在到底是谁在打坏主意呢？”

“不是说你老是打坏主意。你们所有人做这事情都想也不想，乱做一气，好像不会有什么后果似的。”

“亲爱的，我还是考虑得很周全的。”

“但更多时候你们很鲁莽，没有人情味儿，还讲残酷的笑话。笑话里老是提到死。你们什么时候才会说点轻松友善的笑话？”

“马上就可以说。那些蠢话我们不会再说很久了。现在我们已经确信那伙人不会到这里来，他们不论到哪里去都会被逮住的。”

“真希望咱们能回到先前的生活，那种每天醒来就知道一定会有好事发生的那种生活。这帮猎手真可恶。”

“这些人可不是猎手，亲爱的。你从来没有见识过他们这种人。在北方有很多这样的人存在。在这里，大家都是朋友。”

“拉伊托齐托克镇上的人可不是这样。”

“对，不过会有人抓住那些人的。别担心。”

“我只担心你们这些人会闯祸。老爹从来不闯祸。”

“你真这么想?”

“我说的是像你和金·克的那一类人。就算是威利和你在一起，也免不了惹是生非。”

第四章

我走出去又看了一下天空的状况。丘卢岭的天空云层不断在增厚。但大山的这一侧仍是晴空万里。我盯着天空看的时候，我仿佛听到了飞机的响声。不一会我就十分确定了。于是我就大声叫他们把猎车开过来。玛丽这时候也从帐篷里走出来，和我一起跑向猎车。接着开车出营地，沿着那条嫩绿的汽车道向我们搭的临时飞机跑道行驶过去。前方的猎物一个个跑跳着向两边躲开。飞机在营地上方轰鸣了一阵便降了下来。这是一架银蓝相间、色彩明朗的飞机，机翼优美、闪亮，巨大的襟翼已放了下来。我们的车与飞机并排跑了一会儿，便被飞速转动的蓝色螺旋桨甩开了。威利从舷窗后冲我们笑了笑，将飞机降落了下来。飞机落地时犹如一只仙鹤，轻轻弹动了几下，接着威利调转飞机头向我们滑行过来，机上的螺旋桨仍不停地转着。

威利打开舱门笑了笑："你们好，伙计们?"他看到玛丽后说，"打到狮子了没有，玛丽小姐?"

他的声音节奏跳跃、轻快，含有一种职业拳击手在台上踩步子时候的那种有效又完美，并且前后交替着步伐所具有的节奏变化。他的声音特别亲切，一点也不像是装出来的，但我知道要是他说起什么狠毒的话来，语调也是没有任何变化的。

"我还没杀死它呢，威利，"玛丽小姐大声说，"它还没有到这里来呢。"

"真遗憾啊，"威利说，"有些零零散散的东西需要搬出来，恩古伊能够帮忙。还有你一大堆的信件，玛丽小姐。这儿有几张爸爸[①]的账单。喏，给你们的信。”

他把一只巨大的马尼拉纸信封向我扔过来，我伸手接住。

“很高兴看到你还保持着一点基本的敏捷，”威利说，“金·克让我替他向你们问候。他就快往这里来了。”

我把信件交给玛丽，便开始从飞机上往下卸包裹和箱子，搬到猎车里去。

“你就别干花力气的活儿了，爸爸，”威利说，“千万别累着自己。别忘了我们要留着你干大事呢。”

“听说这件事情已经取消了。”

“我相信还没完呢，”威利说，“但是我是不会再花钱去看了。”

“你跟威利一块儿都不省事儿。”

“好了，我们去营地吧。”她对威利说。

“就来了，玛丽小姐。”威利边说边跳下了飞机。他身穿白衬衫，袖口向上卷，下身穿着蓝色哔叽短裤，脚蹬低帮拷花皮鞋。刚下了飞机，他就一下子拉住玛丽小姐的手，脸上洋溢着亲切的笑容。威利长得特别好看，有双动人的眼睛，泛着丝丝笑意，黝黑的脸朝气蓬勃。加上深颜色的头发，显得那么的害羞，又没有一点儿拘束之感。他是我所见过的举止最自然、最有风度的人。他驾驶水平出众，对自己充满自信。他为人谦虚，一心只想在所钟爱的国土上干所钟爱的事。

我跟他聊天只限于有关飞机和飞行的事情。其他的那些我们都不需要多说。他的斯瓦希里语很流利，对非洲人很温和，很有同情心。我一直把他看作是肯尼亚出生的人。我从来没想过去询问他在哪里出生的。他也可能是小时候搬到非洲来的。

因为要保持不扬起尘土，我们回去的时候车速很慢。最后在我的帐篷跟营房中间的那棵大树下停下了车。玛丽小姐就让姆贝比亚开始做午饭，我跟威利则向帐篷走了过去。我顺便从挂在树

---

① “爸爸”是威利对海明威比较亲切的叫法。玛丽、恩古伊等人也经常这样叫他。

上的那个帆布水袋中拿出一瓶比较凉的啤酒，打开盖子，倒了两杯出来。

“到底是什么情况，爸爸?”威利问道。我便把情况告诉了他。

“我见到他了，”威利说，“老阿拉普·梅纳似乎把他看得紧紧的。看上去他的确很像是那伙人其中一个，爸爸。”

“反正我们会去检查他的村子的。或许他真有一个村子，真让大象闹了一闹。”

“我们也要看一看大象的状况。这样会更节约时间。我们让他在他的村子里下飞机，然后在附近大致看一下有没有大象。我会带恩古伊一起飞。如果大象真的出现，我们就得想个办法。梅纳对这一带很了解，他，恩古伊和我可以一起来处理这件事，但现在我和恩古伊必须先侦察一下。”

“听起来不错，”威利说，“这个地区也挺安静的，但你们还是把自己弄得挺忙碌的。玛丽小姐来了。”

玛丽一进来想到吃饭，心情顿时特别愉快。

“中午我们吃黑斑羚排、土豆泥和一个色拉，东西马上就来。还有一个惊喜。真谢谢你弄到了堪培利酒，威利。我现在就喝一杯。你喝吗?”

“不，谢谢，玛丽小姐。我和爸爸喝啤酒呢。”

“威利，我要是能和你们在一起的话就好了。但不管怎样我现在需要把要买的东西全部罗列好，写好支票和信件，一猎完狮子就跟你一起到内罗毕去采购圣诞节的东西。”

“现在你的枪法一定不错，玛丽小姐，从包在干酪布里的那些好肉就能看出来。”

“我给你留了一只后腿。那只腿我让他们每天都细心地换着地方挂，以免太阳晒到。你走之前我帮你包好。”

“村里的情况怎样，爸爸?”威利问。

“我的岳父[1]得了一种胸部和胃部的复合病，”我说，“我一直拿斯隆搽剂给他做治疗。第一次给他擦药的时候他真有些受不了。”

“恩古伊对他老人家说这是爸爸宗教仪式的一部分，”玛丽说，“他们现在都信同一种宗教了，都到了几乎让人讨厌的地步。晚上十一点钟他们还会喝啤酒、嚼鱼片，还说是他们宗教的规定。威利，你要是能待在这儿就好了，就能跟我解释清楚到底是怎么一回事。他们的口号特别恐怖，还附带着一些可怕的秘密。”

“就好像是万能的吉奇大神[2]和其他所有神之间的争斗，”我向威利解释着，“我们把各种派别的教义，以及各部落的法规习俗的精华都保留了下来，不过将所有这些都熔成了一个我们大家都能信奉的新宗教。玛丽小姐是从北部边界的明尼苏达省来的，跟我结婚前从来没到过落基山脉，她对宗教问题的认识有缺陷。”

“伊斯兰教徒除外，爸爸已经让所有人都信仰他自创的大神了，”玛丽说，“我从来没见过这样坏的大神。我清楚那宗教是你爸爸自己编出来的，他的复杂也是你爸爸一天一天造成的。都是他、恩古伊还有其他那一群人干得漂亮事。可是有时连我都怕那个大神。”

“我曾想办法阻止他，威利，”我说，“可是他总是从我这儿逃走。”

“他喜欢飞机吗？”威利问。

“我可不能在玛丽面前揭穿这件事，”我说，“等到飞机上天后我再跟你详细解释。”

“玛丽小姐，只要是力所能及的事，我一定帮你办好。”威利说。

“我就想让你在这里住一段时间，也渴望金·克或者帕先生

---

① 这里岳父指的是黛芭名义上的父亲。因为海明威跟黛芭关系亲密，所有村里人都觉得海明威要娶黛芭，海明威就只好对她的父亲也显示尊重。

② 吉奇大神指的是印第安人崇拜的神灵之一，拥有超自然力。在这里指的是文章后边提到的海明威独创宗教中的大神的地位，其性质和万能的吉奇大神持平。

在这里住，”玛丽说，“我之前可从来没有见过什么新的宗教产生，这事情会让我感到十分紧张。”

“你一定信仰像白皮肤女神那样的吧，玛丽小姐？一个教派里肯定会有个白皮肤的女神，是这样吗？”

“我可不这么想。他们的信仰中一条根本的原则就是爸爸和我都不是白人。”

“这原则定得很及时。”

“按我自己的理解，根据他们这类宗教的准则，我们容忍白人，渴望跟他们和平相处，可是又不得不满足我们的约束，也正是爸爸、恩古伊和姆休卡的条件。这就是爸爸的宗教，历史很悠久了。现在他跟其他人正想方设法让坎巴人接受这种宗教的观念。”

“我可不曾当过传教士，威利，”我说，“这个宗教给人的启迪很大。这儿有座基波山对我来说是很幸运的，因为我是在风河山脉中的一座小山里首次得到关于这个宗教的启示的，最初几次见到大神也是在那里，而基波山完全就是那座小山的对应物。”

“在学校里我们能学到的东西毕竟太少了，”威利说，“你能不能向我透露些风河山脉的内幕，爸爸？”

“我们把它叫作喜马拉雅之父，”我很谦虚地解释道，“它最主要的次级山脉的高度大概与去年夏尔巴人[①]坦森带一名能干的新西兰籍养蜂人攀登的那座山一样。”

“是埃佛勒斯峰吗[②]？”威利问，“这事儿在《东非标准》里提到过。”

“就是那个埃佛勒斯峰。我昨天想了一天那个山峰的名字，昨天晚上我们还在村子里传教来着。”

“那个老养蜂人真是太优秀了，能把一个家距离这儿那么远的人带到那么高的地方。”威利说，“这件事情的结局是什么，

---

① 夏尔巴人，是在尼泊尔以及我国西藏边界的喜马拉雅山南面山坡居住的一个部族，常帮助珠峰探险队，给他们引导或运送物资。

② 埃佛勒斯峰，指的是中国的珠穆朗玛峰。

爸爸？”

“谁也不知道，”我说，“他们都不愿意谈这事。”

“我一向最敬仰登山者了，”威利说，“从他们嘴里谁也别想套出一句话来。他们的嘴这么紧，与老金·克和爸爸您已经不相上下了。”

“也和我们一样无所畏惧吧。”我说。

“和我们大家一样，”威利说，“我们是不是该吃东西了，玛丽小姐？爸爸和我还得出去在私有土地区转一圈看一看呢。”

“Lete chakula. ①”

“Ndio Memsahib.”

上了飞机之后，我们就沿着大山一侧飞行。地面上的森林、空地、此起彼伏的原野和蓄水区零零散散的土地都可以看得清清楚楚。缩小了的斑马在我们的飞机下方奔跑，从上边往下看斑马的时候它们总会显得胖胖的。接着飞机掉转了下方向飞到了公路上方，这样方便那个坐在威利旁边的村里人看到前方的公路以及村庄，可以迅速找到方向。这条路从我们身后的沼泽穿出来，通过前面的村子里，我们可以看到村里的十字路口、商店、加油泵、沿着主干道栽种的树木以及通向警署白色建筑和高大的铁丝围栏的树木，我们还能看见警署外的旗杆和在风中飘扬的旗帜。

“你的村子在哪里？”我靠近他耳边问。他指了一下，威利就掉转飞机，驶过警察局，继续沿着山的方向往前开，一路上看到很多空地、圆锥形的房子以及红褐色的土地上茂盛的绿色玉米田。

“你看得见村子吗？”

“可以。”他用手指了一下。

接着那座村子就向我们迎面扑来，看上去绿油油的一片，面积很大，在机翼前后侧的土地灌溉得都不错。

---

① 这里是斯瓦希里语，意思是“把吃的拿来”。

“Hapana tembo.①” 恩古伊低声轻轻地对我说了一声。

“有没有踪迹?”

“Hapana.”

“你肯定那是你的村子吗?” 威利问那个男人。

“是的。” 他说。

“爸爸，看上去没出什么问题，” 威利向我喊了一声，“我们再转一圈看看?”

“减低速度，往下飞一些。”

村里的田地又从我们下面轰鸣而过，只是比上一次慢，离我们也更近，让人觉得马上也要向空中升起来似的。地面上既没有遭破坏的地方，也没有大象的踪迹。

“飞机不用停下来。”

“好，爸爸。需要再去瞧瞧另一边吗?”

“好的。”

这次土地特别轻缓地往上升，就仿佛是一名精干温和的仆人轻轻托起一张精致的圆盘供我们视察一样。没有遭破坏的地方，也没有大象踪迹。接着飞机迅速上升，再一次调过头来，以便于我们能看到村子和周围其他村子的关系。

“你肯定这是你的村子吗?” 我问那男人。

“肯定。” 他回答。我不由得开始佩服他了。

我们没说什么话。恩古伊的脸上也毫无表情。他眼睛望向窗外，举起自己右手食指缓缓地滑过自己的喉咙。

“我们还是别管这事了，回去吧。” 我说。

恩古伊把手放在飞机的一侧做出要去抓门把手的动作，还作势要把把手旋转开。我对他摇了摇头，他便笑了起来。

我们在草场中降落，滑行到猎车那里，也就是挂着风向袋斜向一边的风向杆旁。男人先下飞机。谁也没跟他说一句话。

“把他看好，恩古伊。” 我说。

---

① 这里是斯瓦希里语，意思是“没有大象”。

然后我就往阿拉普·梅纳那儿去，把他拉到一边。

“什么事？”他说。

“他可能需要喝水，”我说，“让他喝点茶吧。”

威利和我坐着猎车向营地的帐篷驶去。我们坐在前排座位上。阿拉普·梅纳和我们的客人坐在车后部。恩古伊则留在后面握着我的 30 -0.6① 步枪保卫着飞机。

“看来这件事情有点棘手，”威利说，“你是什么时候做出决定的，爸爸？”

“你指的是让飞机降落的事情吗？那些在出发前就考虑好了。”

“你想得很周到。对这伙人可就不好了。让我都没事干了。你想玛丽小姐今天下午会不会想飞一会？这样我们就都可以到空中去，为了完成你的任务进行一次有趣、有意义、有教育性的飞行，我们可以一直飞到我要走的时候。”

“玛丽的确很想飞。”

“我们可以看看丘卢岭，去检查一下野牛和你料理的其他动物。金·克要是知道大象在哪里的话，估计会高兴的。”

“我们还要带上恩古伊。他已经喜欢飞行了。”

“恩古伊在你现在的这个宗教里地位高不高？”

“他父亲有一次发现我变成了一条蛇。那种蛇以前从没见过，没有人认识。这对我们的宗教圈是有些影响的。”

“那是当然，爸爸。发生奇迹的那一刻你和恩古伊的爸爸喝的什么酒？”

“没什么，就是斯特克啤酒还有一点戈登杜松子酒罢了。”

“你不记得那是一种什么蛇吗？”

“我怎么可能记住？是恩古伊父亲看见的。”

“现在我们就盼望恩古伊能把飞机看牢了，”威利说，“我可

---

① 这是指步枪的规格。数字中的后者30即0.30，指的是子弹外径是0.3 英寸，在连字符后的数字0.6，指的是每一颗子弹里所含的火药量为0.6 格令。

不想让飞机变成一群狒狒。”

玛丽小姐很想去飞。她看到了坐在猎车后座我的客人，长长地舒了一口气。

“他的村子是真的被毁了吗，爸爸？”她问，“你是不是得上那儿去？”

“不。那村子什么事情也没有，我们不用过去。”

“那他怎么回去？”

“我想他得自己搭车了。”

我们喝了几口茶，我又喝了一杯添加了些苏打的堪培利的杜松子酒。

“这种域外生活很迷人，”威利说，“我要是也能享受这种生活就好了。那玩意儿味道如何，玛丽小姐？”

“好极了，威利。”

“我留着老了再喝。告诉我，玛丽小姐，你有没有看到过爸爸变成一条蛇？”

“没有，威利。我保证我没有。”

“我们可能会错过任何事情，”威利说，“你想飞到哪儿，玛丽小姐？”

“到丘卢岭那里去吧。”

于是我们就选择向丘卢岭飞去。一路上穿过玛丽小姐的领地沙漠和那些有着挥动着翅膀飞的野鸟野鸭的大型沼泽地。穿越沼泽的时候，那一切难以翻越的艰难险阻，现在在我们脚下都清清楚楚。当然我和恩古伊也看清楚了我们曾经穿越沼泽时候犯下的那些错误，这样下回我们就可以开辟另一条新路了。接着眼底出现了一片平原，平原上奔跑着成群的大角斑羚。公羚羊呈灰褐色，身上有白色条纹，羚角呈螺旋状，它们从母羚羊身边跑开时，体态显得十分笨拙、沉重，母羚羊则呈现牛的模样。

“但愿你现在没有感到无聊，玛丽小姐，”威利说，“我尽力不影响金·克跟爸爸范围里的猎物，只想它们的位置。我不想惊吓到任何动物，也不想打扰到你的狮子。”

“我在飞机上挺高兴的，威利。”

回来之后威利就走了，飞机先沿着车道往我们这边滑了一阵，只听见一阵轰鸣，机身开始弹动，本来张得很开的鹤腿一般的起落架轻轻颠摇着渐渐收拢，把地上的草都刮了起来，接着，飞机便离开地面猛地调了一个头，我们惊魂未定，威利已驶上了航道，在午后的日光中渐渐飞远了。

“谢谢你带我飞行，”在我们盯着威利的飞机慢慢消失的时候，玛丽轻声说道，“我们走吧，让我们做好朋友，好好爱对方，也为了非洲的存在而爱非洲吧。再也没有什么比非洲更让我爱的了。”

“我也是。”

到了夜里，我们一起躺在大床上。外面闪着火光，加上我挂在树上的灯，这亮度足以去射击了。玛丽并不担心，但我可担心。帐篷四周有那么多绊索和陷阱，让人觉得身处一张蜘蛛网中一般。我们靠得很近，她说：“在飞机里的时候有多好啊。”

“是啊。威利开得特别稳。他也很注意不去惊扰那些猎物。”

“但他起飞那会儿把我吓了一跳。”

“他那是在炫耀自己的驾驶技术有多么高超，你别忘了，那时候飞机里什么都没有带。”

“我们忘了给那肉了。”

“没忘。姆休卡已经把肉带过去了。”

“真希望这次肉没坏。他一定有位很可爱的夫人，因为你看他看上去那么幸福，待人也好。谁要有个凶巴巴的夫人，是很容易就会被人察觉出来的。”

“那有个凶巴巴的丈夫呢?”

“那也能看出来。但那要花上些时间，因为女人会更勇敢更能忍耐。讨厌的大猫，明天我们能不能过一天平常日子，不要有什么神秘可恶的事?”

“什么是平常的?”我问她，一边看着外边的篝火和那盏灯发出的摇曳的光。

“哦，那只狮子。”

“那只可爱的好狮子。不知道它今晚在哪里。”

“咱们睡觉吧，希望它今晚跟咱们一样幸福。”

“你也知道，它给我的印象从来不是一只真正快活的狮子。”

接着她便真的睡觉了，呼吸轻柔，我把我的枕头折起来，好硬一些，以便于让我更清楚地看到帐篷开口外面的东西。夜晚的声音一切如常，我知道四周没有人。一会儿，玛丽会需要更大的空间以便睡得舒服些，她会迷迷糊糊地起身睡到自己的帆布床上去，她的床已经翻了下来，铺好并挂上了蚊帐。我看她睡好后，就会穿上毛衣、防蚊靴和一件厚睡袍走出去，生起火来，坐在火边守夜。

这里还有各种各样需要解决的问题。但在这样的夜色下，在这样的火光中，在这些闪闪的星光里，这些问题都变得渺小了。然而我仍旧担心一些事情，为了抛掉这些想法，我就到吃饭的帐篷里倒了小半杯威士忌，加进去了一些水，端到篝火边上。我一个人在火堆旁边喝着酒，没有老爹的陪伴感觉十分孤独。曾经我们有很多人围在火堆旁边。真渴望现在老爹就陪在我身边，给我一些启示。营地里的东西那么多，肯定会有人来进攻我们这里。金·克和我都肯定在拉伊托齐托克和附近地区有许多茅茅，他两个月前就发信号说有茅茅，结果却被告知这完全是胡思乱想。我相信恩古伊说的，坎巴茅茅不会到我们这儿来。但我想这伙人只是我们所有问题中最容易解决的其中一个问题。很显然茅茅在马萨伊人中有传教士的，而且正在组织在乞力马扎罗山参加伐木行动的吉库尤人。但我们却不清楚到底是否存在军队组织。我没有受到警察局给予的特权去调查，我仅仅是个代理的巡猎员。况且我相信要是我真的卷进了麻烦里，也未必有多少人完全支持我。当然，情况也许跟我想的并不一样。我的工作似乎跟以前受委派在美国西部召集一个武装队伍有点类似。

第二天金·克在吃完早餐的时候来了，头上的贝雷帽遮住了他的一只眼睛。他的娃娃脸面色红润，虽然蒙上了一层灰灰的土，在多用途越野车后部的手下显得一如既往的快活、利索、气势汹汹。

“早上好，将军。”他说，“你的部队呢？”

“先生，”我说，“他们在保护主体呢。营地就是主体。”

“我看主体应该是玛丽小姐。你在考虑这些应对方法的时候没把自己累坏吧？”

“你自己看上去倒有些战斗得过分疲劳了。”

“确实，我已经累得要命了。但现在有好消息。在拉伊托齐托克的那几个朋友终于快要全部落网了。”

“您有什么命令，金·克雷兹？”

“继续操练，将军。我们最好喝点凉的，我得去看看玛丽小姐，然后就得走。”

“晚上你一直在开车吗？”

“我记不起来了。玛丽会很快来吗？”

“我去叫她吧。”

“她现在枪法怎么样？”

“这恐怕只有上帝知道。”我真诚地说。

“我们最好约定一个暗号，”金·克说，“如果他们按常理出来的话，我就给你一个收到货物的暗号。”

“要是他们在这儿露面，我也同样给你发那个暗号。”

“要是他们到这里来，我想一定会有人给我报告，”他看见帐篷被掀开就立即转变了话题，“玛丽小姐，你看上去可爱极了。”

“噢，”她说，“我真喜欢春天，这可是柏拉图式的爱。”

“主人，玛丽小姐，我是说，”说着他鞠了一个躬，“对你视察部队感到荣幸。你可是他们的荣誉上校。我肯定他们一定感到万分荣幸。我说，你能不能坐偏座鞍？”

“你也在喝酒？”

“是啊，玛丽小姐，”金·克严肃地说，“我再说一句，我们不希望由于你对‘春季侦猎员’公然表达了爱慕之情而对你提出种族通婚的罪名。区长永远也不会知道这件事。”

“你们俩不光是喝多了，还要找我寻开心。”

“没有，”我说，“是我们俩都爱你。”

“可是你们还在不停地喝酒呢，”玛丽小姐说，“我再给你们准备点什么？”

“一些斯特克啤酒还有一顿丰盛的早餐，”金·克说，“同意吗，将军？”

“我会走开的，”玛丽说，“如果你们要谈什么秘密，或是想痛快地喝啤酒的话。”

“亲爱的，”我说，“我知道以前打仗的时候，指挥作战的人总是把每件事在发生之前都告诉你。不过有很多事金·克是不告诉我的。我肯定也有人不会提前许多时间告诉金·克什么事情的。再说驻扎在也许会是敌方地区中心的那个时候，也同样没有人告诉你会发生的一切。难道你是想清楚了我们的整个部署？”

“从来没有人允许我来回走动，总会有人看着我，好像我保护不了我自己，会把自己弄丢弄伤似的。反正我对你说的话烦透了，你老是用一些奇怪现象和危险来吓唬我。你不过是个一早起来喝啤酒的家伙，把金·克也带坏了，你手下人的纪律真让人觉得羞耻。我看到他们当中至少有四个显然一晚上都在拼命喝酒。我看到的时候他们酒还没醒呢，一个劲地开玩笑、傻笑。有时候你们这些人真是可笑。”

帐篷外响起很大的一声咳嗽。我走出去，又看见那个探子。他喝多了，看上去比之前更高，更威严。身上的披肩和头上带着的馅饼帽子也更显眼了。

“老兄，你的一号探员向你报到。”他说，“我能不能进去跪倒在玛丽小姐夫人的脚下向她问好？”

“猎长正与玛丽小姐聊天呢，他很快就出来了。”

猎长走出了帐篷，探子向他鞠了一躬。金·克像只猫一样闭上了充满快乐和慈爱的眼睛，把探子身上的酒意，像剥洋葱皮或香蕉皮一样剥了下来。

“镇上有什么消息吗，探子？”我问。

“大家都很好奇，你们既没有沿主街飞行，也没有在空中显示一下大英帝国的威力。”

“你再拼一下‘威力’这个词儿。”① 金·克说。

“因为要负起我报告的责任，我并没有拼出这个词，就仅仅是读了个音。”探子接着说，“村里所有的人都知道老板在寻找那头祸害村子的大象，没有时间进行空中表演。下午比较晚的时候，那个受了传教士教育的村子的主人，也就是坐上先生飞机的那个人，回到了村里，立即就被大胡子锡克人②的酒店跟杂货铺里一个孩子跟踪。那孩子很聪明，把与他接触的所有人都记下来了。村子以及附近不远的地区内可证实为茅茅的人的数目在一百五十到二百二十名之间，那位在天上飞过的村子主人到后不久，阿拉普·梅纳就出现在村子里。他一到那就跟平时一样，不停地喝酒一直喝到醉，一点不把责任放在心上。他滔滔不绝地说着先生，就是您。他所说的那些很多人都相信了。他说，先生在美国的地位就正如阿迦汗③在穆斯林王国所处的地位。还说您在非洲的这个地方是为了履行您和女主人夫人玛丽小姐所立下的一连串誓言。其中的一个誓言说的是女主人夫人玛丽小姐必须在圣婴耶稣的生日之前杀死一头马萨伊人指认的杀害牲畜的狮子。大家知道并相信一切事情的成败都系于此事。我已对几个人说这个誓言兑现后老板和我要乘坐老板的一架飞机去麦加朝拜。有谣言说一个年轻的印度女郎为了对猎长的爱已奄奄一息。还有谣言说……”

“闭嘴，”金·克说，“你从哪里学会‘跟踪’这个词？”

“要是我有一点儿工资，我是会去看看电影的。对一个探子来说，电影里有不少东西可以学呢。”

“这事我就不追究了，”金·克说，“告诉我村里的人认为先

① 英语里表示“威力”的词“nught”和表示“螨虫”的词“mite”有一样的发音，金·克了解探子一定会将“威力”拼成“螨虫”，说这个是在跟探子开玩笑。

② 这里指辛先生。

③ 是伊斯兰教的伊斯玛仪派对领袖的称谓。

生正常吗?”

“先生，人们怀着极大敬意认为老板疯了，觉得先生继承了那些伟人的光荣传统。也有人说如果尊敬的玛丽小姐没有在圣婴耶稣的生日之前杀死那只凶恶的狮子的话，就有可能自焚而死。听说英国殖民当局已经批准了这事。并且你们也已经做了记号，甚至砍掉了几棵优质的树木为她葬礼的点火做好准备。这些树可供马萨伊人制药，是什么药只有您两位大人知道。听说如果这场所有部落都被邀请参加的自焚仪式当真发生，就要举行一次为期一周的恩戈麦鼓会，鼓会之后老板将会娶一位坎巴族姑娘为妻，人已经选好了。”

“镇里就没别的消息了?”

“几乎没有了，”探子谦逊地说，“有些人在谈要有礼节地杀死一只豹子的事。”

“你可以走了，”金·克朝探子说。探子鞠了一躬便退到远远的树荫下。

金·克说：“看来玛丽小姐最好是漂亮绝顶地把那头狮子杀死。”

“是啊，”我说，“我已经想了很长时间了。”

“难怪她容易生气。”

“不奇怪。”

“这事与帝国或白人的尊严都没关系，你目前看上去已经离我们这些浅肤色的人越来越远了。这事实际上已经变得很个人化。你的装备提供者为了不被绞死，把她那些没获取许可的五百发子弹拿给了我们。到自焚那天，将这些子弹全部放在点火的正中间恐怕会相当显眼啊。可惜我不太懂自焚的规定程序。”

“辛先生会告诉我。”①

“玛丽小姐可要受点热了。”金·克说。

---

① 印度人有殉夫自焚的旧风俗，丈夫死后，其妻子应随同其尸体一起火葬。辛先生是印度的锡克教徒，所以对这套程序比较熟悉。

“自焚肯定会热。”

“她会猎杀到狮子的，不过先别惹她发火。处理这件事情你对她态度要十分温柔，要圆滑，还要让狮子自信。”

“这正是我们的计划。”

我和金·克的人还有托尼谈了一会儿，开了几个玩笑，他们便走了。他们的车绕着营地转了一圈，免得扬起尘土。凯第跟我又谈了营地可能会发生的情况。他非常高兴，我就知道状况应该还好。清晨露水尚浓时他就过河到公路上去看过，并没有发现人的踪迹。他还让恩古伊经过修整有飞机跑道的草坪走了一个大圈子，也没看见什么。也没人到任何一个村子里去。

“我们的人连续两天晚去喝酒，他们肯定觉得我不负责任，”他说，“不过我已经派人去说我正发着烧。先生您今天必须睡觉。”

“我会的。不过现在我必须去看看你们的女主人想干什么。”

我在营地里找到了玛丽，她正坐在最大的树下的一只扶手椅子里写着日记。她抬头看到是我，对我笑了笑，我也感到很高兴。

“对不起，我刚刚生你的气，”她说，“金·克对我说你们遇到的一些麻烦，我只是不高兴它们为什么在圣诞节的时候出现。”

“我也是。你已经吃了不少苦，我真希望你能开开心心的。”

“我很开心。今天早晨好美好啊，我正享受晨光呢。看看那些小鸟，认认它们的名字。你看到那边有只漂亮的金丝雀了吗？我只要看看那些小鸟就满足了。”

营地周围已经安静下来，大家又回到了正常的生活。玛丽觉得很难过，因为我们从来不准许她独自去打猎。其实我早就弄清楚了为什么白人猎手的报酬会如此丰厚，我也十分理解他们为什么总是频繁不断地更换营地，让雇主在他们能够实施保护措施的地方进行游猎。我知道帕先生是绝不会允许玛丽来这里猎杀的，也决不允许部下胡来。但是我不会忘记女人几乎总是与带她们打猎的白人猎手堕入情网；我希望能发生些惊天动地的事，好让我有机会成为保护雇主的英雄，让我的合法妻子像爱一名猎手一样地爱我，而不是把我看成一个让她讨厌的保镖。这种可以大显身手的机会在实际的生活中不是常有的，就算有也很短暂。毕竟你不会让那些危机的情况不断发展，雇主往往觉得对付这种情况是很简单的。看来我受斥责是很自然的事，我的表现一点也不像个讨女人欢心的硬汉。

我走到大树底下的大椅子里睡了一觉。醒来时看到丘卢岭那边的云团已经飘过来，堆积在大山这边的上空，黑压压的一片。太阳还没有被遮蔽，但风已经吹起，让你有种山雨欲来风满楼的感觉。我朝姆温迪和凯第大声地喊叫。大雨像块白布一样铺过平原又穿过了森林。之后雨势减小，像一块支离破碎的帘子似的。这时候大家已经开始行动了，有的调整帐篷支撑的松紧度，有的把绑着支索的柱子砸得更结实，还有人在挖排水渠。雨很大，风也很猛。有一阵子，我们睡觉的帐篷眼看就要被大风刮走了，但因为我们在迎风的那面打上了很多根桩子，绳索将帐篷拉住了。后来风终于停了，但雨仍下个没完。从当天晚上一直持续到第二天。

在前一个下雨的晚上，当地一名警察捎来了金·克的口信："货物已通过该地。"那名士兵全身湿透了，他的车半路抛锚，他是步行过来的。小河河水太深，无法通过。

我很好奇金·克怎么这么快就收到消息并且还能捎给我们。他肯定是在半路上遇到的一个刚要给他报告情况的探子，于是就让一名随从坐着一辆印度卡车带信儿过来。没有什么不清楚的了，我便披上雨衣，在大雨中踩着厚厚的烂泥，绕过水流湍急的小溪和湖泊，来到伙计营房把情况告诉了凯第。他对这么快就有信号来感到很吃惊，不过也因为终于可以解除警戒而感到高兴。在雨里接着练习会是一件十分麻烦的事。我让凯第做好准备，阿拉普·梅纳一过来，就让他睡到吃饭帐篷那去。凯第则说阿拉普·梅纳是不会在下这么大雨的时候还来火堆边站岗的，他是没那么蠢的。

最后阿拉普·梅纳还是来了。已经浑身湿透了。我给他一杯酒喝，问他想不想留下来，换上件干衣服到用餐帐篷里去睡一觉。但他说他宁可回到村里去，因为那里有他的干衣服，而且由于这雨可能会再下一整天，甚至可能下两天，他想还是回去的好。我问他有没有看到这雨下起来，他说他没有，其他人也没有，谁要是说有就是撒谎。一周以来一直像要下雨的样子，而真下起来之前又没有半点迹象。我给他一件我的开衫让他穿在最里面，又让他穿上一件防水的短滑雪外套，并在他背后的口袋里放了两瓶啤酒。他人特别友好，要是我从小就认识他就好了，这样就可以跟他一起成长。要是真的这样，我们在一些地方的生活就会变得更加神奇有趣味了。我这样想着，感到十分快乐。

我们被过多的好天气宠坏了，年纪大些的人比那批年轻人更不能忍受雨水，更觉得不舒服。而且因为他们是伊斯兰教徒，不喝酒，即使看到他们浑身湿透了，你也不能让他们喝一口暖一暖。

很多人在讨论马切科斯他们的部落所处的位置是否也下这么大雨，但大部分的看法都是否定的。但在看到大雨连绵不断地下了一整晚之后，大家都高兴起来，相信北部也一定在下大雨。坐在帐篷里听着外边豆大的雨滴沉重地敲打着帐篷的声音，我的心情十分放松。我一边看书一边喝酒，现在我已经不用担心去控制任何事情了，和往常一样，我乐意享受没有责任的轻松感。享受没有屠杀、没有追逐、没有保护、没有密谋、没有防卫甚至是没有合伙加入的完全的放松，享受这无忧无虑地看着书的机会。我们书袋里的书许多已经看完了，但我们的必读书目有的还没看仔细，而且还有二十册西默农①用法语写的书我没看过。假如你在非洲宿营时遇到下雨出不去，再也没有比读西默农的书更好的事了。只要有他的书，雨下得多久我也不在乎。西默农的书，你也

① 西默农（Georges Simenon，1903－1989），比利时法语小说家。他写了很多分析犯罪心理的小说与侦探小说，他的作品中有关梅格雷探案的最为著名。

许每读五本可以找出三本好的来，但他的书迷在下雨时连他的坏书也会看，我一般每本都看一看，标明好书坏书，西默农的书没有中间档次。我把六本书分了类，打算跳过一些页数，然后开始慢慢阅读，高兴地把所有问题都一股脑儿抛给梅格雷。他遇到了蠢事，或是在奥菲弗河堤①散步的时候，我也还能忍，他对法国人睿智而深刻的理解则使我读得津津有味。这种针对法国人的理解是基于他自身就是一个法国人。法国人由于受到某条难以理解的规定的禁止，通过 peine des travaux forces à la perpétuité② 是不能深刻了解自己的。

玛丽小姐看到这雨一点儿没有比先前小，且越来越不像要停的样子，好像也不再抱有什么希望了。她已放弃了写信的努力开始阅读起一些有趣的东西来。她选择读的是马基雅弗利的著作《君主论》。我心里想着要是这雨下三四天会怎么样。要是我每读完一页、一章或者一本就放下书来思考的话，我手上的这些西默农的书可以足足让我读上一个月。然而受这些雨的影响，我甚至能够在每读一章时停下来想想的话，手头这些西默农的书够我读一个月。而受连续不断的雨的驱使，我甚至可以每读一章便思考一番，不过不是想西默农，而是想其他一些事情，这么一来，过一个月绝对不会有什么问题，而且会过得很有意义。就算不能喝什么酒，不得已只有用阿拉普·梅纳的鼻烟，或试着喝一点用我们已逐渐了解的药性树本植物酿成的各类酒也不要紧。看着玛丽小姐读书时堪称典范的态度和安详美丽的脸容，我心里边想到的是，一个人要是像她这样，在刚刚度过青少年时期就每日接受泛滥成灾的新闻报道、芝加哥的社会生活问题、欧洲文明的毁灭、大城市遭受轰炸、对另外一些大城市进行报复性轰炸的人私下里

① 奥菲弗河堤，这是巴黎塞纳河畔的一段河堤。

② 这是法语，意思是“不得不日夜工作的痛苦”。这句话是在表示法国人对做事的厌恶和轻视，上面所提到的“难以理解的规定”即指法国人的民族性中向往享受生活的原则。法国人常常讥讽美国人就是为了工作而生，而这句话是海明威在向法国人进行调侃。

说的一些话、仅靠某种止痛油膏缓解痛苦的婚姻中那些大大小小的灾难、问题和无数伤痛、治疗牛痘的原始手段、搅成了一团的较新较细致的暴力、不断变换的场景、不断增长的知识，以及对不同艺术、领域、人群、野兽和感觉的探索等等所有这些熏陶会有什么样的遭遇；我心里想，不知道连续下六周的雨会对她意味着什么。但是接着我就想起她的善良、能干以及她的勇气，想到了这么多年来她对不愉快的事情的忍耐，觉得她雨天会比我强。正在想着这些，我看到她放下了书，走到衣钩那里取下来雨衣穿在身上，戴上软帽，冒着笔直向下的大雨出去探望她手下的部队。

我早晨已见过他们了；他们觉得不舒服，但心情还算可以。他们都有帐篷可以避雨，有锄子和铲子用来挖排水沟。况且他们以前也看到过和经历过雨。在我看来，假如我将试图在一顶小帐篷下安然度过雨日不被淋湿，我是不会欢迎穿防水衣、着高筒靴、戴帽子的人来视察我们生活条件的，尤其是因为他们不可能做什么事来改善我的条件，最多是让人多给我些当地产的格罗格酒而已。然而我立刻意识到这样的想法是不正确的，要想与旅行的同伴相处愉悦，就不能对人有过分苛求。毕竟去看望一下部队是她所能做的唯一有意义的事。

她回来后，轻轻甩掉帽子上的水，把柏帛丽①雨衣挂在撑帐篷的柱子上，之后把靴子换成了干拖鞋。我问她那些人的情况如何。

“他们还行，”她说，“他们那个将炊火遮盖起来的方法真是棒极了。”

“他们有没有在雨中立正？”

“别开玩笑了，”她说，“我就是想看着他们怎么在雨里煮饭。”

“你看见没有？”

---

① 是指防雨布的商标名。

“你就别开玩笑啦，既然在下雨，咱们还是高高兴兴地享受一下吧。”

“我是在享受。让我们想想雨停以后会有多好吧。”

“我可未必要想这个，”她说，“现在什么事也不能干我感到很高兴。我们每天的生活都很刺激很奇妙，能被迫停下来回味是很不错的。游猎结束后我们会希望有时间能多多回味。”

“咱们现在可以瞧瞧你的日记。还记不记得之前一起在床上读你日记的样子？咱们回想起暴风雪后穿越蒙彼利埃附近和怀俄明东端雪地的美妙的旅行，想起在雪地里留下的足迹。还联想到以前你开车的日子里咱们在得克萨斯境内沿着边境一直不停往前行驶，路上还看到了老鹰，还跟那艘叫黄祸的蒸汽客轮比谁的速度快。你还记得这些事吗？你那时记的日记很有意思。还记不记得那只老鹰捉到一只老鼠，因为太重就将它扔了下来？”

“那次我一直又累又困。那时候咱们会很早就会停车到一家有写字台灯的汽车旅馆里去。现在要写就难一些了，每天早晨天一亮就要起床，在床上又写不成，非得出来写才行。灯光一打开各种各样的不知名字的虫子就都围了过来。要是我清楚那些扑过来的虫子的名字，那就好办了。”

“咱们应该想想瑟伯①和乔伊斯②这样可怜的人最终有多惨，他们到最后连自己写的是什么都看不出来了。”

“有时候我也看不清我的东西。感谢上帝也没有让其他人能看得清，我写的那些东西还是不看为妙。”

“我们尽写粗俗的笑话，我们这群人都乐意开这种低俗玩笑。”

“你和金·克的玩笑俗得不行，老爹的也怪俗气的。我知道我也会说些粗俗的笑话，不过不像你们这些人这么糟。”

---

① 瑟伯（J. Thurber，1894—196）是美国幽默作家，也是漫画家，在《纽约人》杂志做编辑。

② 乔伊斯（J. Joyce，1882—1941）是爱尔兰小说家，采用意识流的手法写作，代表作是《尤利西斯》。

“有些笑话在非洲是笑话，但不能流传，毕竟不是每个人都可以理解在一个到处是动物并且有食肉动物的天地里那儿的情况和那些动物究竟是什么样子的。那些不需要杀死动物就能吃上肉的人，那些不理解这些部落，不懂得什么是自然的情况和正常的情况的人也不会明白。我知道我没说清楚，小猫，不过我会想法写下来好让别人能懂我的意思。但你不得不说很多大多数人不理解也不会想到去做的事。”

“我明白，”玛丽说，“写书的人都在说谎，怎么能跟一个撒谎的人争高低呢？你怎么能跟一个撒谎的人去争高低呢？你怎么能和写自己如何射杀了一头狮子，如何用卡车把狮子运回营里，狮子却突然活了过来的人比高低呢？你又怎么可以和一个宣称大卢瓦哈河①里满是鳄鱼的人比真实性呢？根本没有那个必要。”

“是没有必要，”我说，“我也不会那么做的。但你也不能责怪那些撒谎的人。写小说的不过就是一个天生会说谎的人，他就是要利用自己知道的事情或者是从别人那里听来的情节来编故事的。我是写小说的，所以我也是一个说谎的人。”

“但你在告诉金·克、老爹或者我关于狮子、豹子、野牛所做的事情的时候，是不可能撒谎的。”

“是不会，但那是在私下里说话。我为自己辩解的理由是，经过我编写，真实就比本来更加真实。这就是区分好作家坏作家的标志。如果用第一人称写作，又声称这是小说，当今的批评家还是会努力去证明这些事从来没在我身上发生过。这就像努力证明笛福不是鲁滨逊·克鲁索并因此断言那是本坏书一样愚蠢。对不起，我好像是在这里演讲。但在下雨天咱们演讲也不打紧。”

“我喜欢谈论写作，谈论你相信、了解和关心的事。不过只有下雨天我们才能这样谈。”

“我知道，小猫。这是因为咱们现在的情况太特殊。”

“要是回到从前，我和你还有老爹在一起的那段时光，是多

① 这是东非的一条河流。

么美好。”

“从前我从来没有来过这里。从前的日子是过去了。但现在比那时候有趣多了。要是在以前我们不可能像现在这样成为朋友和弟兄。老爹不会允许我这么做的。在我和姆考拉变得情同手足的时候，别人把这看成是不体面的。人们只是容忍了我们。现在老爹什么事都对你说，这些事在从前他是不会对我说的。”

“我了解。他能这样完全告诉我我特别高兴。”

“亲爱的，你是不是谈得烦了？能够看书而又不被雨淋着我很高兴。你也该写信了。”

“不，我喜欢跟你这样聊天。工作活动多起来的话，咱们在一起的机会就只剩下在床上的时候了，像现在这样的时间里我就想跟你聊天。咱们在床上的时候总是很开心，我也爱听你说的话。我记得你说的话，记得我们有多么愉快。不过我们现在的谈话是不同的。”

雨点仍然不断地重重敲击着帆布。雨声把一切声音都掩盖了，敲打帆布时的节拍和韵律没有丝毫变化。“劳伦斯[①]本想描写这些事情，”我说，“但我没看懂他写的内容，里面那些虚幻不真实的东西实在太多。我从来不相信他和一个印度女孩睡了觉，也不相信他碰过一个印度女孩。那个时候他是个在印度区域游览的记者，生性敏感，胸中有仇恨，有理论，也有偏见。另外他文笔很美。不过他这个人写了一段时间以后必定会对写作恼怒起来。他干过一些很了不起的事，而当他开始想出许多理论的时候差不多马上就要发现某一件大多数人所不知道的事情。”

“我读他的文章很明白，”玛丽小姐说，“可是这跟村子有什么关联？我很喜欢你的未婚妻，因为她很像我，而如果你还需要一个妻子，她是个不错的人选。可是你用不着这样借助某个作家

① 戴维·赫伯特·劳伦斯（D. H. Lawrence，1885—1930），英国作家。他的作品将自然主义、现实主义、神秘主义结合在一起，主要作品有《查泰莱夫人的情人》《虹》等。

来为她开脱的。你指的是哪个劳伦斯，戴·赫或者是托·爱[①]?”

“好了，”我说，“我觉得你说得很正确，我要开始读西默农的书了。”

“为什么你现在不去村子里呢，况且可以用这个下雨的机会在那住上一阵子?”

“我更喜欢待在这儿。”

“她可是个好姑娘，”玛丽小姐说，“要是下了雨你还不去她会认为你没有风度。”

“想要和好吗?”

“想。”她说。

“那就好。我不会再乱谈什么劳伦斯，什么黑色侦探小说了。

雨天我们就待在这里，让坎巴村见鬼去吧。反正劳伦斯也不会太喜欢那个村子的。”

“他爱打猎吗?”

“不喜欢。这不是说他不好，感谢上帝。”

“那你的姑娘是不可能喜欢上他的。”

“我想也是。但还是谢谢上帝，这也不说明他坏。”

“你之前认不认识他?”

“不认识，不过有次下雨的时候，我在洛代翁街上那个西尔维娅·比奇[②]的书店外边见到过他和他的夫人。他们正一边交谈一边看橱窗，没有进去。他的夫人穿着花呢子上装，身材很高，他身材很瘦小，外边罩着一件很大的外套，还留着胡子，有双十分明亮的眼睛。他看上去身体不太好，我看到他被雨淋湿心里不是滋味。西尔维娅的书店里面倒是很温暖很舒适。”

“我好奇怎么他们不进店里。”

---

① 托马斯·爱德华·劳伦斯（T. E. Lawrence，1888—1935），美国军人、学者。在第一次世界大战的时候曾经受命加入阿拉伯军队，他的经历很有传奇色彩，著有《七根智慧之柱》等。

② 西尔维娅·比奇，是海明威在1921年底第一次到巴黎的时候经人介绍而结识的一位朋友，她所经营的书店在20年代成为族居欧洲的美国作家常常去买书的地方。

“不知道。那阵子人们根本不会跟不认识的人说话，至于向别人要求亲笔签名更是很久以后的事了。”

“你怎么认出是他?”

“他的照片就挂在店里的炉子后边。我特别喜欢他那本叫作《波斯长官》的故事集和一本叫《儿子与情人》的小说。他以前他写意大利的都很棒。”

“任何会写作的人都应该能写意大利。”

“这话不错。但即使对意大利人来说这也是很困难的，而且反倒比任何其他人来写都要困难。假如哪个意大利人能把意大利写得还算可以，就是个奇才了。司汤达写米兰写得最好。”

“有一天你说所有的作家都是疯子，今天又说他们都是撒谎的人。”

“我曾经说过他们都是疯子?”

“当然，你跟金·克两个都这么说。”

“那时候老爹在这儿吗?”

“在。他说所有的猎区监管都是疯子，所有的白人猎手也都是疯子，而白人猎手是被监管、作家还有机动车给逼疯的。”

“老爹永远是对的。”

“他对我说永远也不要理睬你和金·克，因为你们俩都是疯子。”

“我们确实是疯了，”我说，“不过你千万不能告诉外头的人。”

“不过你不会是真的认为一切作家都疯了吧?”

“唯独好作家才疯。”

“但那个人写了一本关于你有多疯的事，你就很气愤。”

“不错，因为他根本不知道发疯是怎么回事，也不知道发疯如何起作用。就像他对写东西也一窍不通一样。”

“这真是复杂。”玛丽小姐说。

“我现在不会对你解释的。我会想法写下来让你看看作家到底是怎么回事。”

于是我又坐了一会儿，就转身去读 La Maison du Canal[①]。脑子里想到那些动物给淋湿的样子。河马今天一定很高兴。但是对其他动物，特别是狮子豹子这些猫科动物，今天根本算不上什么特殊的日子。这些动物烦心的事够多的了。下雨只会对其中从没经历过雨的那些动物来说是一件烦恼的事，而唯一没有经历过下雨的只是上次下雨之后出生的动物。不知道大型猫科动物下这么大的雨时是否也捕猎。它们肯定是要捕猎的，为了活命嘛。下雨天捕猎一定容易些。但狮子、花豹、猎豹一定讨厌在捕猎时被淋得这么湿。也许猎豹不那么在乎，因为他们有点像狗，皮毛是能够防水的。蛇洞里一定都灌满了水，蛇会爬出来，下雨时飞蚊也会被赶出来。

我又想我们这次来非洲有多么幸运，能在一个地方住得这么久，能对动物分别地有所了解，也认识了蛇洞以及住在里边的蛇。我第一次来非洲时，猎队总是匆匆忙忙地从一个地方挪到另一个地方去，为的只是猎到更多可以当纪念品的猎物。当时要想看见眼镜蛇就像要在怀俄明的公路上看到响尾蛇那么困难。而我们在不经意间发现了许多眼镜蛇藏身的地方。它们分布在我们驻地的区域里面，所以我们回去之后看起来就很方便。我们也会偶然猎杀一条蛇。那也是在其藏身附近猎食，就像我们在自己的附近猎杀一样，但这次是从它自己的区域里跑出来。这全得靠金·克，他让我们有权驻扎在这个国家的一个既漂亮又美妙的区域，能对它有所了解，而且能干一些事情从而有理由待在这地方，为此我对他非常感激。

猎杀动物作纪念品的日子在我的生命中早已成为过去。但我仍然喜欢干净利索地猎杀野兽。不过这次我打猎是为了大家有肉可吃，为了帮助玛丽，也为了消灭那些因某种原因而必须被消灭的野兽，这是为了控制攻击性动物、食肉类动物和有害的野兽。在马加地我曾杀死了一只黑斑羚作为纪念品，还杀掉一只大羚羊

① 法语书名，《运河边的小屋》。

来吃，结果因为羚角大也成了纪念品。那时候，我还在危急关头杀死了一头野牛。当时我们缺少食物，便把这头牛吃了。那对牛角很值得珍藏。因为它能让我们想起玛丽和我共同经历的一次危险。现在当我想起这件事时，我十分开心，并且知道今后再回忆起来仍会十分开心。这件事就成为那类你会在睡觉前、睡梦里或者内心难过的时候拿出来回忆的一类事情。

“还记得那天早上我们看到野牛的事吗，小猫？”我问她。

她在餐桌的另一侧看了我一眼，说：“别问我那件事。我现在想的是狮子。”

那晚我们吃完冰冷的晚餐后就早早睡觉了。玛丽下午已经写完了日记，这会儿她正静静地躺在床上听着落在紧绷帆布帐篷上的重重的雨声。

虽然雨声均匀，但我依旧睡得不安稳。两次一身冷汗地从噩梦中醒来。特别是第二个睡梦十分恐怖，醒来后我就从蚊帐底下摸出水壶和方形的杜松子酒瓶。把它们都放在床上，再把蚊帐塞到毯子和床的气垫下边。我在黑暗中将枕头对折起来，以便头靠在上面躺在床上，又摸到香脂小枕头垫在自己脖子下面。然后摸到了腿边的枪和手电筒，随后打开了杜松子酒瓶的盖子。

黑暗中就着沉重的雨声我喝了一口杜松子。这酒喝起来很纯很温和，给了我抗拒噩梦的勇气。类似的噩梦以前我也做过，这次和以前一样那么恐怖。我知道玛丽在猎狮的时候不能喝酒，要是第二天还下雨我们是不会去猎狮的。不知什么原因，晚上我睡得很糟糕。之前每晚都睡得那么好，已经习惯了，还以为我再也不会做噩梦了。现在我可是领教了。也许这是因为防雨帐篷太严实，不太通风的原因，也有可能是因为我一天都没怎么运动。

我又喝了一口酒，口感比第一口还好，更像之前喝的那些烈酒。这并不是什么特别可怕的噩梦，我心想。我还经历过比这更糟的呢。但我知道我早就和让人冷汗淋漓的真正的梦魇永别了，现在我只有好梦和坏梦，而一晚上大多数时间是在做好梦。接着我听到玛丽说：“爸爸你是在喝酒吗？”

“是的，怎么了?”

“我能不能也来点儿?”

我把那个酒瓶子从蚊帐底下递过去，她伸手接住了。

“水在你那里吗?”

“在。”说着我把水也递过去了，“你床头也放有酒和水。”

“但你让我小心拿东西，我又不想打开灯吵醒你。”

“可怜的小猫。你刚刚睡着了没有?”

“睡着了。可是做了一个噩梦。太可怕了，早饭前不能说。”

“我也做了一个噩梦。”

“吉妮酒壶还给你吧，”她说，“万一你要喝的话。握紧我的手好吗?让我知道你没死，金·克没死，老爹也没死。”

“不。我们都好好的。”

“谢谢你。你也睡吧。你没有爱上别的人吧?我说的是白人。”

“没有。不管是白人、是黑人还是浑身上下都是红色的人，我都不会爱上的。”

“亲爱的，安安稳稳地睡觉吧。”她说，“感谢你让我半夜喝到好酒。”

“也谢谢你把我的那些噩梦赶走。”

“这只是我需要做的其中一件。”她说。

我躺着又想了好一会儿，想起去过的许多地方，经历过的真正困难的遭遇，想到雨停以后会有多好，噩梦算得了什么，接着我便睡过去，然后又冒着冷汗醒过来惊吓不已，但当我侧耳细听，听到玛丽均匀轻柔的呼吸声时，便又闭上眼，决定再试着睡一次。

第五章

早晨，早晨，天气阴冷，大山上空云层密布。又刮了一会儿大风，下了几阵雨，但像前两天那样连续的暴雨是不会再下了。我到营房那边去和凯第谈话，他身上披着件雨衣，头上戴着顶旧帽子，兴高采烈的样子。他说大概明天天气就晴了。我对他说等女主人起床之后再做吧。把绑绳索的柱子敲紧，把湿绳索弄松。由于排水沟挖得很好，睡觉、吃饭的帐篷没有湿，所以他显得特别高兴。他已经叫人去生火，一切事情都好起来了。我给他说我梦里梦见保留区那边雨也下得很大。我这是在撒谎，如果老爹那里传来好消息①，我这个大谎就变成一个正确有力的预见。假如你想发表预言，最好是发表比较容易实现的预言。

凯第对我说的梦很在意，一副信以为真的样子。接着他对我说，他梦见直至沙漠边缘塔那河的整个区域的雨都很大，六支游猎队被雨水封锁，好几个星期不能行动。他说这话是有意要使我的梦显得不起眼。但我知道他已经记住我说的梦，还会去检验一番。不过我觉得我必须对自己说的话找根据。于是我又说我还梦见大家把探子给吊死了，这话却是真话。在复述这个梦的时候，我将整个过程一五一十地说给了他听：在什么地方，如何做的，那么做的原因，探子的反应，以及到后来我们是如何把他放在猎车里拉出去喂鬣狗的。

凯第对探子的憎恨由来已久了，他特别喜欢这个梦。不过他的反应却很谨慎，他要跟我解释他自己是没有梦见过探子的。我知道这一点很重要，但我还是继续用行刑的细节来引诱他。他听得非常高兴，然后便义正辞严而又惆怅不已地说：“你可不能干

① 指的是那里下暴雨。

这样的事。”

“我是不能干。可是我在梦里却可以干。”

“你千万不要搞 uchawi[①]。”

“我不搞 uchawi 的。你看到过我伤害任何男人或者是女人吗?”

“我并不是指你是巫师。我是说你不能做一个巫师，也不能把探子吊死。”

“要是你想救他，我可以忘记这个梦。”

“梦是好梦，”凯第说，“但惹的麻烦太大。”

大雨停止的那天正是传播宗教绝佳的日子。而雨天本身就很容易使人们忘却那些宗教信仰吸引人的地方。雨彻底停了，我坐在火边喝茶，越过湿透了的土地眺望远方。由于没有日光打扰，玛丽小姐仍然睡得很熟。姆温迪拿了一壶刚沏好的热茶来到火堆边的桌子前给我斟上了一杯。

“雨可真多啊，”他说，“总算停了。”

“姆温迪，”我说，“你知道马赫迪[②]是怎么说的?他说，自然之法昭示我们天际之雨降落大地以满足万物之需要，大地葱茏青翠全因天雨滋润，雨水稍歇，地表之水即渐趋干涸，由此可见天雨与地水之间有引力相维系，而神示之于人类理智正如天雨之于地水。”

“这雨水对营地来说有点儿过多了，要是在村子里倒不错。”姆温迪很正经地说。

“正如天雨停歇使地水渐趋干涸，人类理智若无上天启示亦将失去其纯洁和力量。”

“我怎么知道那是马赫迪说的?”姆温迪说。

“你去问切罗就清楚了。”

姆温迪嘟囔了一声，他知道切罗虽极其虔诚，却并不懂

---

① 这是斯瓦希里语，意思是“巫术”。

② 马赫迪（Mahdi），原来是指伊斯兰教徒所期待的救世主，在这里是指1881年带领苏丹起义的宗教领袖穆罕默德·阿姆得。

神学。

“还有如果要吊死探子，该让警察来吊。”姆温迪说，“凯第让我告诉你的。”

“那就只是一个梦罢了。”

“梦有时候很有作用的，杀起人来像枪一样利索。”

“我可以将梦告诉探子，这样梦就没有什么威力了。”

“巫术，”姆温迪接着说，“Uchawi kubwa sana.①”

“Hapana uchawi.②”

姆温迪打断了我的话，几乎是很粗鲁地问我还要不要茶。这时候他向营地扭头望过去，露出他中国式的身影。我看到了他要让我看的是什么。正是探子。

探子来的时候身上湿漉漉的，一副生气的样子。他高贵的骑士风采还没有完全消失，可是也被大雨消磨掉了不少。他看见了我马上咳嗽了一声，显示他确实是生病了。这个咳嗽可是十分自然的。

“早上好，老兄。你和我尊敬的夫人觉得这天气怎么样?”

“这里下了些雨。”

“兄弟，我身体不太舒服。”

“你发烧了吗?”

“是的。”

他没有骗人。他脉搏次数一百二十。

“来坐下喝点酒，吃一片阿司匹林，我再给你一些药，回家去睡觉吧。现在的路能开猎车吗?”

“可以。到村子里的路是沙子铺成的，碰到水坑车子也能绕过去。”

“村里情况如何?”

“村里的田都灌溉过了，这雨没什么用。山这边过去的冷空

① 这是斯瓦希里语，意思是“很大很大的巫术”。

② 这是斯瓦希里语，意思是“不是巫术”。

气让村里的人很不好过。连鸡也很难过。和我一起来的还有个女孩子，她父亲需要治胸口疼的药。你认识她的。”

“我一定会给你们药的。”

“你不来她很不高兴。”

“我有我的工作。她还好吗？”

“挺好，就是很忧伤。”

“告诉她，要是有事我会到村里去的。”

“老兄，那个吊死我的梦是怎么回事？”

“不过是我做梦，我不应该在用早餐前告诉你。”

“可是其他人都知道了。”

“你不知道才好。这不是个正式的梦。”

“我可受不了被人吊死。”探子说。

“我也绝对不会吊死你。”

“可是别人会有可能误解我做的那些事。”

“你只要不和敌对方打交道没人会要吊死你的。”

“但我必须不断与敌人那方面打交道的。”

“你懂我说的意思。好了，去火堆旁边暖和暖和吧，我去给你拿药。”

“你真是我的兄弟。”

“不，”我说，“咱们只是朋友。”

他向火堆走过去，我打开药箱取出一些阿的平①、阿司匹林、搽剂、硫粉还有专门治咳嗽的润喉糖。心里真希望自己能对巫术有点小小的反抗。但我确实可以记得十分清楚第三个噩梦里将探子吊死的所有经过。让我对自己晚上的想象力感到十分羞耻。我告诉他应该吃些什么药，什么药是给那女孩父亲的。于是我们就一起向伙计营房那边走去，我把两听鱼干和一玻璃罐的硬饼干给那女孩。便让姆休卡开车将他们送回到村子里去，然后马上回来。女孩来的时候给我带了四个玉米棒。我跟她说话的时候，她

① 这是一种治疗疟疾的药品的商标名称。

从没有抬头看我，像个孩子似的将头靠在我胸前。从右边爬上车时，见没人看得见，她就垂下胳膊，张开整只手紧紧抓住了我大腿的肌肉。她坐上车之后我也同样做了这动作，她并没抬头看我。接着我想，管它三七二十一，便吻了吻她的头顶，她大笑起来，跟以往一样地放肆。姆休卡也笑了笑，便把车开走了。车道是沙质的，上面有一些积水，但底下还是坚硬的。猎车在两列树木中开远了，没有人回头看一眼。

我对恩古伊和切罗说一等玛丽小姐醒来吃过早饭，只要路面允许，我们就到北面去进行一次常规巡查。我让他们先去拿枪过来，刚下过雨，枪该清洗一下。我告诉他们要擦得仔细些，尤其是枪膛里的油要全部擦干。天气还很凉，风也起来了，太阳躲在云的后面。不过大雨已经停了，至多可能再有一些阵雨。大家工作都很认真，并没有胡闹。

玛丽早餐时心情很愉快。她半夜醒来以后睡得不错，做的梦也全是好梦。她做的噩梦是老爹、金·克和我全都被杀死了。她不记得细节了，只记得有人捎信来了，记得好像我们遇到了一次袭击。我想问问她有没有梦见探子被吊死，但又转念一想这有可能会影响她的心情，现在最重要的是她从睡梦中醒过来感到很高兴，正盼望度过美好一天。我觉得我反正是个粗汉子，命也不值钱，在非洲卷入什么自己都不明白的事也不足惜。但是我不想把她也卷进去。她卷入的事已经够多了。她到伙计营房来学过音乐、打鼓、唱歌，对大家都很亲切和气，让每个人对她都心生爱慕。我知道过去老爹是不会允许她这么做的。但过去的日子已经过去了。老爹知道得最清楚

用完早餐，猎车这时候也从村子里折回来了。我和玛丽便把车驶出去，一直驶到没有可开的路为止。地干得很快，但有的地方仍比较危险，车轮有时会打滑，有时会陷到地里去，不过明天猎车再开过这些地方就会很安全了。即使在车道已较结实的硬地上情况也差不多。再向北去，地上泥土湿滑．要驾车通过是不行的。

你可以看到平原上钻出了不少嫩绿的新草，猎物散在各处，对我们毫不在意。猎物们还没有大规模出动。我们在车道上看到一些大象的足迹，一清早雨一停它们就向沼泽那边过去了。我们那天在飞机上看到的那群，它们的脚印很大，即使把脚印在湿泥里容易散开来的特点考虑在内，那些脚印也还是很大的。

天气仍很阴沉，冷风飕飕地刮过。在广阔的平原上，车道上面及两侧满是鸻科鸟。它们急急忙忙地奔跑着找食，飞起来的时候还发出尖锐而放肆的叫声。鸻科鸟一共有三种，可是只有一种真正好吃。但营里那些人是不会吃这种鸟的，认为我打它们是浪费子弹。我知道平原上可能有鹬，不过我们以后也可以打。

“我们还能再往前开一段时间，”我说，“前面有块地比两边高出不少，我们可以转到那儿去。”

“那咱们就继续走吧。”

接着又开始下雨了。我便想我们还是尽快将车开回去的好，如果车子陷到松软的泥土里就麻烦大了。

我们离营地不远了。在一片树木与一层灰雾的衬托下，营地越来越清晰地出现在我们眼前，炊烟缓缓升进空中，绿白相间的帐篷给人一种家庭的舒适感。一些沙鸡在开阔的草地上围着小水塘喝水。我跟恩古伊准备把它们打来吃。玛丽则直接回营地去了。沙鸡分散在长蒺藜草的那些矮草丛中，头凑得低低的，不停地在喝水。人一靠近它们便劈劈啪啪地飞起来。但如果你在它们向上飞时迅速射击，沙鸡是不难打到的。这些沙鸡中等个头，样子好像是假扮成山鹑的滚圆的沙漠鸽。我很喜欢它们像鸽子或红隼一般古怪的飞行方式，以及它们完全飞上天后巧妙利用窄长后展的翅膀的样子。一到旱季早晨，就会有成群结队的沙鸡来到水边。在那些朝着我们飞过来或者掠过我们头顶的沙鸡中间，我与金·克只猎杀飞得最高的那只。要不是一枪只打中一只沙鸡的话，就要受到一先令的惩罚。然而要像现在这样把它们惊起来，情况就截然不同了。把沙鸡惊起来的时候，你是听不到那种沙鸡群在空中交谈时发出的咯咯声的。而且我也不喜欢在营地这么近的地方开枪。所以我就打下来四对，光我们俩就能吃上两顿。要是大伙都过来吃，也足够吃一大顿了。

游猎队的成员不喜欢吃沙鸡。我也不喜欢。还不如吃小鸨、短须野鸭、鹅或是鸽鸟。但沙鸡吃起来口感还是不错的，适合晚饭时吃。刚下的那阵雨已经停了，薄雾和云团已经落在了山脚下。

回去的时候，玛丽正坐在吃饭的帐篷里喝着兑了苏打的堪培利酒。

“你打了几只？”

“八只。打这些鸟有点像是在‘山冈猎场俱乐部’里边打鸽子。”

“它们逃走的速度要比鸽子快很多。”

“我想不过是看上去如此而已，它们飞起来的时候发出呼啦啦的声音，又比鸽子小。没有什么鸟在逃走的时候比一只真正训练有素的赛鸽快。”

“天啊，我真高兴我们现在在这里，而不是在那个俱乐部里。”

“我也是。我不知道还能不能再到那里去。”

“会有机会的。”

“我不知道，”我说，“也许不会再去了。”

“我不知道还能不能重新做的事是太多太多了。”

“要是咱们不用再回去该有多好啊。真希望我们没有任何地产、财产，不用负任何责任。我希望我们只拥有一套打猎的装备、一辆耐用的猎车和两辆特棒的卡车。”

“我就成为天底下在帆布帐篷里最让人爱戴的女主人。我完全能想象出那将会是什么样子。人们会乘私人飞机飞到这里来，飞行员就会替飞机里的男人把门打开，那男人就会说：‘我敢打赌你认不出我，你也不会记得我是谁。你猜我是谁？’总有一天有个人会说这个话，然后我就让切罗把我的步枪拿来，一枪射中那人两眼之间正中的部位。”

“然后切罗可以划他一刀，把他变成伊斯兰教徒合法的食物。”

“他们又不吃人。”

“坎巴人以前就吃人。就是你和老爹老是称为过去的好时光的那个时候。”

“你已经有点像坎巴人了。你会吃人吗？”

“不会。”

“你知道我这辈子从没有杀过人吗？还记得吗？那时候我想要跟你分享所有的事情，但心里却很害怕，因为我从没有杀过德国士兵，那时候每个人都十分担心。”

“我清楚地记得那时候的事情。”

“我是不是应该表演一下杀死偷走你的爱的女人时所说的话？”

“假如你给我也倒一杯堪培利苏打水的话……”

“这没问题，我一定要说给你。”

她倒出一些红色的堪培利苦味液，掺了些戈登杜松子，再取虹吸苏打水瓶喷了些苏打水进去。

“杜松子是对你听我表演的报酬。我知道接下来的这些话你已经听了很多次，但我还是喜欢说。说出来对我有好处，听一下则对你有好处。”

“好吧，那就开始吧。”

“啊哈，”玛丽小姐说，“看来你觉得你作为我丈夫的妻子会比我自己要做得好呀。啊哈，看来你真的以为你们俩是天设地造的一对，你比我更适合他。啊哈，看来你以为你们两人在一起能过天仙般的生活，至少他将得到一位懂得共产主义、精神分析，懂得‘爱’这个字的含义的女人的爱？你懂什么叫爱吗，你这个邋遢的老泼妇？你对我丈夫了解多少呢？对于我们一起经历过的、共同拥有的东西你又知道多少？”

“说得好！说得好！”

“让我说下去。听着，你这个不要脸的女人，需要长肉的地方不长，该显示出一些种族血统的地方又堆满肥肉的女人。我曾经射杀了一只三百四十码开外的雄鹿，吃它肉的时候连眼睛都不眨一下。我射到过跟你长得很像的牛羚。还有一只很大而漂亮的大羚羊，它比所有女人都要漂亮，它的角比所有男人都更有吸引力。我杀死的猎物比你见到的都要多。我奉劝你还是不要用花言巧语勾引我的丈夫了，滚出这个地方，要不然我就杀了你。”

“说得太好了。你不会用斯瓦希里语说这些话吧？”

“没那个必要。”玛丽小姐说。每次表演完她都有拿破仑在奥斯特里兹[1]那般的感觉。“这套话是为白种女人准备的，当然对你的未婚妻不适用。一个疼爱老婆的好丈夫要是仅仅想多要一个夫人，为什么无权拥有一名未婚妻呢？这自然是很体面的事。我的这番话是专门针对那些自认为能比我还能使你生活更幸福的不要脸的白种女人说的。那些自以为了不起的女人。”

“这段话很精彩，你每说一次就更加清晰有力。”

“这是我的真心话，”玛丽小姐说，“我说的每个字都是很认真的。不过我已经尽力使我的话里不带任何鄙俗的东西了。我希望你不要以为‘花言巧语’这个词和玉米有什么关系[2]。”

“我没这么想。”

“那就好。她给你带来的玉米很好。你认为我们能不能将这些玉米放到灰烬上烤一烤。我会很喜欢那样烤出来的玉米的。”

“当然可以。”

“她这回给你带来四根有什么特别的意义吗？”

“没有，你两根，我留两根。”

“真希望有人也喜欢我啊，也给你带些礼物来。”

“每次大家都送你礼物，你也是知道的。营地里一半的人都愿意为你砍牙刷。”

“这倒是真的，我这儿都存了很多牙刷。马加地那次剩下的

---

① 奥斯特里兹（AusLerlitz），奥地利镇名。

② 英语中的花言巧语的单词是 mealie - mouthed，玉米是 mealies，字形非常相似。

就不少。不过你有一个这么漂亮的未婚妻我还是很高兴。我真希望世上一切事情都能像这儿山脚下的事情一样简单。”

“可是事实一点儿都不简单。我们不过是运气好罢了。”

“我明白。我们要互相对彼此好点以免辜负了这样的好运气啊。噢，我希望我的狮子会来，希望自己长得高些，不至于看不清狮子而错失了最好的时机。你知道这对我来说有多么重要吗?”

“我想我知道。大家也都知道。”

“我知道有些人觉得我真的疯了。但从前的人会去寻找圣杯或者金羊毛[①]，也没人认为他们愚蠢啊。一头大狮子总比杯子或羊毛要值钱吧，有点意思吧。我可不管那些杯子有多么神圣，羊毛有多么闪烁。每个人心里都有一些自己希望得到的东西，狮子就是我需要的一切。我知道你在它身上已经花了很多耐心，但现在我肯定这场雨之后我会看到它的。我都等不及听到它的吼声的那个晚上了。”

“它的声音会特别动听的，不久你就可以看到它了。”

“其他人绝不会理解的，如果猎杀到那头狮子就可以弥补所有的一切。”

“我知道。你很恨它吗?”

“不恨。我爱它。它那么漂亮那么聪明，我不用告诉你我要杀它的原因。”

“当然不用。”

“老爹是很清楚的，他向我解释过。他也对我说过那个枪法笨拙的女人。说大家一起帮她猎杀，结果狮子身中四十二枪。我还是不说这些为好，没人会懂的。”

但我们懂，因为我们一起看到了那头大狮子的脚印。那些脚印比一般狮子的要大两倍。由于脚印是印在薄薄的尘土上面的，而刚下过的雨仅仅是湿润了一下尘土而已，所以这些脚印的大小

① 寻找圣杯的那个人是传说中不列颠半岛上面的身为凯尔特人的阿瑟王的圆桌骑士，而寻找金羊毛的那个人是希腊神话中的宙斯之子身为半神的赫拉克勒斯。

没有改变。我当时正在靠近一只牛羚，想为营地的人们打上些肉。但恩古伊和我发现了那些足迹。草茎一律指向地面，这时我发现恩古伊的额头上冒出来了汗珠。我们静静地等玛丽过来，在她见到那串脚印的时候，深吸了一口气。那时她已看到过许多狮子的足迹，也看到过我们打死几头，但这几只脚印是难以令人置信的。恩古伊不断地摇着头，我能感觉到自己的肋下和胯间也正在出汗。我们开始像猎狗一样跟着那串脚印往前走，发现它在一条充满泥泞的小河边喝过水，然后就沿着洼地向峭壁那边去了。我从来没有看到过这样的脚印，在那条小溪旁它们显得更清晰了。

我还没想好要不要再回去找那头公羚，找到了我可能会开枪，但来复枪的射击声足以将那头狮子赶出这里。我们需要肉，但在这个地方很难打到足够的肉。这里的食肉动物太多，以至于所有的猎物很容易受惊。你杀死的每一匹斑马的皮上都有被狮爪抓开过的黑黑的痕迹，所有的斑马和沙漠大羚羊一样怕生，难以靠近。这地方是水牛、犀牛、狮子还有豹子经常出没的地方。但除了金·克和老爹谁也不喜欢在这儿打猎。就连老爹在这里打猎也会感到十分紧张。金·克一向沉着勇敢，但最后却勇气尽失，他从来不承认会有什么危险，但最后还是不得不开着枪逃出来。老爹说他在这地方打猎时总会遇到麻烦，不过他在金·克之前，在机动车被带到东非之前好几年就到这里来过。为了避开白天就算是在树荫下面也能达到一百二十华氏度①的高温，他到了夜间才穿过这些充满危机的平原。

我们看到狮子的脚印的时候，我想到的就是这些事情。后来我们转而去追逐那只牛羚的时候，我的脑袋里仍旧满满的都是这些。那些狮子的脚印已经像烙印一样深深地刻进我的脑子里了。我知道玛丽已经见到过别的狮子了，她一定可以想象得到那只狮

---

① 是用来计量温度的单位，符号℉。包括我国在内的世界上绝大多数国家都使用摄氏度。

子留下这串脚印的时候应该是什么样子。我们后来还是把那头味道极为鲜美，长着张马脸，动作笨拙，比世上一切东西都更为无辜的茶褐色牛羚给打死了，是玛丽往它头、颈交接处开了一枪把它结果了的。她做这件事是为了锻炼枪法，而且这件事也总得有人来做。

坐在帐篷里的时候，我觉得这件事情对真正的素食主义者来说会有多么恐怖。不过但凡是吃过肉的人都清楚，肯定要有人将动物杀死。如果玛丽最终要杀死猎物而又想要尽量减少猎物的痛苦，她就必须好好学习，必须有练习的机会。那些从来不去捕鱼，连一罐沙丁鱼都没抓过，见到路上有蝗虫就要停车，连肉汤也从不喝的人不应该去谴责在白人窃取他们土地前就在这里打猎谋生的人。谁知道当地人看到胡萝卜、小胡萝卜、报废电灯泡、用旧的唱片和冬天的苹果树会是什么感觉。谁也不知道老化的飞机、嚼过的口香糖、雪茄烟蒂或者是因为被蛀虫蛀得全是窟窿而被丢掉的书会给他们带来何种感觉。我手里那份猎务部颁发的章程里，针对上述情况均只字未提。更没有针对治疗雅司病[①]和性病的规范，然而这却是我日常工作的一部分。关于被砍下的树枝、尘土、叮人的苍蝇也一概未提，只有舌蝇被提了一句：见苍蝇分布区表。得到狩猎执照的猎手如果手里持有有效的许可证，就可以在规定的时间里到任何曾经是保留区域的地方，就是现如今被管辖区的马萨伊族的部分领土中去打猎。他们手里会持有一份允许猎杀的动物的清单，他们要上缴一笔纯粹象征性质的费用。而这笔费用是拿来给马萨伊人的。但过去冒极大的险在马萨伊领土打猎捕食的坎巴人，现在已经被禁止了。侦猎员现在对他们就像对待偷猎犯一样追捕。而侦猎员大部分也是坎巴人。金·克和玛丽觉得侦猎员更受欢迎。

所有的侦猎员几乎都是来自狩猎的坎巴人当中特别优秀的勇

① 是指靠皮肤接触感染雅司螺旋体而出现的疾病，对皮肤的损害跟梅毒类似，主要流行在热带地区。

士。坎巴族人的生活日趋困难，他们一直用传统方式耕种农田。同时也在缩短本该持续一代人时间的休耕期，因为坎巴族人的数量在不断增长，而土地面积并不增加，相反却和非洲其他地方一样遭到了侵犯。坎巴勇士一直给大英帝国充军，而马萨伊人却从没给帝国打过仗。马萨伊人就变成了被娇惯和保护的对象，这是因为他们长相俊美，有可能会激发在肯尼亚还有坦噶尼喀国境内为英国军队服务的塞辛格那类型的同性恋人的爱欲。马萨伊人长得漂亮，极其富有，过去是专业战士。但如今已有很长时间没有作战了。他们本来就有毒瘾，如今又渐渐养成酗酒的毛病。

马萨伊人从不猎杀大型动物，只关心自己的牲畜。马萨伊和坎巴族之间的矛盾也都是因偷窃牲畜而引发的，从来与杀死大型猎物无关。

坎巴人憎恨马萨伊人，认为他们是受政府保护，又总是故意摆阔的有钱人。同时他们也鄙视马萨伊人，因为他们的妻子对他们并不忠诚，几乎全部感染了梅毒。他们自身不会去猎杀食物，而这一点是由于他们的视力让苍蝇传播的龌龊的病给毁了，又因为他们的矛用过一次就会弯，更重要的是因为他们只有在毒品的影响下才有勇气。

坎巴人热爱战斗，也的确是真正地战斗。不像马萨伊人的战斗通常是在勉强糊口也无法维持时受毒品刺激而爆发出来的集体性的疯狂举动。坎巴人一向有他们的猎手，而如今已无处可猎。他们也钟爱喝酒，只不过受到部落法律的约束，他们不可以将自己灌得酩酊大醉，因为喝醉酒就要受到很严厉的处罚。肉曾是他们的主食，但如今已全吃完了，而他们又被禁止狩猎。部落内的非法猎手就像过去英国的走私犯和禁酒时期①把好酒往英国运的那批人一样受欢迎。

很多年之前，我在那儿的时候情况还不是这么糟，不过也不

---

① 禁酒时期，指的是在美国1922—1930年间，完全禁止生产、销售甚至运送酒精饮料。

怎么好。坎巴人完全忠诚于英国，即使是年轻人、无法无天的男孩子，都一样忠诚。可是这些年轻人的心被扰乱了，情况并非像看起来那么简单。茅茅不被英国人信任，因为这是吉库尤人的组织，况且他们的保证也使坎巴人很反感。但茅茅组织还是有能力去渗透的。所有这些在《野生动物保护条例》里都是找不到的。金·克曾对我说过，要是我有知识的话，就要善于运用知识。还说只有蠢货才会卷入麻烦。我知道我有时候可以归入那类人中，因此便想尽量小心地运用我的常识尽我所能避免成为蠢货。长期以来我一直对坎巴人有认同感，现在既然已越过我们之间最后一个严重的障碍①，这种认同感更加契合了。想要实现这种认同感并没有其他方法。任何部落间的结盟关系只能以一种方法来达成。

下过雨了，每个人都不像前段时间那般担心家里。要是能搞到一些肉，大家就会高兴坏的。肉能使人强壮，哪怕是老人都相信这个。营里的老人中间我觉得切罗是唯一没有性能力的人，但这我也不敢肯定。我是有机会问恩古伊的，他也会告诉我的。不过这问题不能随便问，切罗和我已经是很老的朋友了。坎巴族的男人只要吃上肉，就算七十多岁照样有做爱的能力。不过有些肉对人的好处比其他肉更大。真不知道我怎么会联想到这些的。我是从我们第一次看到去峡谷峭壁的巨狮的足印那天捕杀那头牛羚想起的，接着又不着边际地胡想开去。这些想法就像一个老人说的故事。

“咱们出去猎点肉怎么样，玛丽小姐？”

“我们又需要肉了，是吗？”

“是啊。”

“你刚才想什么？”

“坎巴人的那些事，还有肉。”

“你是说坎巴人的问题？”

---

① 这里指的是越狱的坎巴茅茅已经被逮捕，对营地已没有任何威胁。

“不是，那些事情包括很多。”

“那还好。做了什么决定?”

“决定是我们需要吃肉。”

“好，咱们现在就去打肉?”

“现在就去挺好的，如果你愿意走一走的话。”

“我是想出去走一走。回来以后就能够洗个澡换身衣服，然后就可以去烤烤火。”

我们找到了通常在公路与小河交接处附近的那群黑斑羚。玛丽杀死了一头只有一只角的老公羚。那只公羚很肥，长得不错。把它杀死当肉吃我没什么良心不安。它不可能成为猎务部送人的纪念品，况且既然它被一群羚羊赶出来，它可能对繁殖黑斑羚也没有什么作用。玛丽的枪打得不错，正中它的肩部。也正是玛丽瞄准的部位。切罗为玛丽感到十分骄傲，要是相差哪怕是百分之一秒那么短的时间里，她也不可能合法地屠宰这只老公羚。那时，玛丽枪法如何已完全被视为上帝的安排，既然我们信奉不同的上帝，切罗便把这完全归功于他的上帝了。老爹、金·克和我都看过玛丽是如何完美无瑕地射击，然后十分精准地射中目标的。现在已经轮到切罗了。

“Memsahib piga mzuri sana.” 切罗说。

“Mzuri，mzuri.” 恩古伊对她说。

“谢谢，这是第三次了。”她对我说，“我现在快乐极了，也有自信了。开枪这种事情真奇妙，不是吗?”

我正在想那枪是多么神奇，竟然忘记了回答玛丽的问题。

“杀死动是有些狠毒，可是营里有肉吃真是太好了。为什么大家现在这么看重肉呢?”

“肉本来就是很重要的。肉是最为古老、最为重要的东西之一。非洲人一直都喜欢吃，但是如果他们像荷兰人在南非那个时候那样打猎，猎物很快就要给打光的。”

“我们保护这些猎物是为了帮助本地人吗? 咱们到底是在替谁做这些?”

“为了猎物本身，为了给猎务部赚钱。让白人继续在这里打猎、找乐子，也让马萨伊人多赚点钱。”

“我喜欢为了猎物本身的理由，”玛丽说，“其他的理由好像都比较说不出口。”

“什么样的理由都找得到，”我说，“不过你见到过比这儿更加鱼龙混杂的地方吗?”

“没有，不过你和你那帮手下当中也是什么人都有。”

“我知道。”

“不过说真的，你自己心里清不清楚呢?”

“还没呢。咱们现在是过一天算一天。”

“好吧，不过我还是喜欢在这里生活，”玛丽说，“说到底咱们到这儿来也不是维持非洲秩序来的。”

“的确不是。我们是来拍照片，再给这些照片写几行说明的，还有就是找点乐子，学点我们能学的东西!”

“不过咱们肯定和这儿的事也脱不了关系。”

“我知道。但是你在这儿开心吗?”

“从没这么开心过呢。”

这时恩古伊来到我们跟前，指着右边的路说：“Simba.”

路面上赫然印着那只狮子的大脚印，大得让人难以置信。

左右脚掌印上清楚留着那条老疤的痕迹。狮子穿过这条路的时间差不多就是玛丽打那头公羚的时间。它已经向零落的灌木地带那边过去了。

“是它。”恩古伊说。这一点毫无疑问。要是运气再好一点儿，我们原本可以在路上遇到它的。不过即使这样，狮子也会很小心地躲开我们让我们过去的。它是头很聪明的狮子，从不性急。太阳快要落山了，云层那么厚，再过五分钟就会暗得不能射击了。

“现在事情变得不复杂了!”玛丽高兴地说。

“你回营地去开车过来吧，”我对恩古伊说，“我们和切罗折回原路一起守着公羚肉，等你回来。”

那天晚上我们各自上了床，还没睡，就听到了狮子的吼声。它在营地北边，吼声很低，并且渐渐往下沉，到最后化为一声叹气。

“我睡到你身边吧。”玛丽说。

我们在黑暗中紧紧依靠在蚊帐里。我用手臂搂着她。接着我们又听到了一声狮吼。

“那是它，不会错的。”玛丽说，“真高兴听见它的吼叫声的时候我们一起躺在床上。”

它向西北方向慢慢离开，发出低沉的咕噜声，然后又是一声吼叫。

“它是在叫母狮子还是在生气呀？它到底在叫什么？”

“我不知道，亲爱的，我想它是为下雨在生气。”

“不下雨的时候它会吼，上次咱们就在灌木丛里看到了它的脚印。”

“我只是开玩笑，亲爱的。我只是听到它的吼声罢了。我能想象出它停下来寻觅猎物的样子，明天就会看到它把什么地方的泥土给翻起来了。”

“它这么凶，可不能随便开玩笑。”

“我要是想要帮助你就非得跟你拿它开玩笑。你不希望我现在就开始为你打狮子捏一把汗吧？”

“听它的声音。”

我们躺在一块儿听它的声音。一头野狮子的吼声是无法描述的。你只能说你注意听了，狮子吼了。这种吼声与大都会戈德温迈耶电影片头里狮子的吼声是完全不同的。你听到这种声音的时候，先感到它在你的阴囊里回响，然后就觉得向上涌起，流遍全身。

“它让我觉得身体都被震空了，”玛丽说，“真不愧是黑暗之王。”

我们仍侧耳听着，狮子又吼了一声，就往西北方向而去。这一声吼叫最后变成了一声咳嗽。

“现在就希望它能开始捕猎，”我对她说，“别再想它了，你快睡会儿吧。”

“我必须想它，我就是要想。它是我的狮子，我爱它，尊敬它，但必须杀死它。除了你和营里的朋友们，它对我来说是最重要的了。你知道它有多重要的。”

“我太知道这些了，”我说，“但你该睡了，亲爱的。也许它这么吼是为了不让咱们好好睡觉。”

“那就让它吼吧，”玛丽说，“如果咱们必须杀死它，它有权利这么做。它所做的一切，有关它的每件事我都爱。”

“可是你该睡一会儿了，亲爱的。它也不喜欢你不睡觉的。”

“它一点也不关心我，我是在意它才会想杀死它的。你应该很明白。”

“我明白。但你也应该睡得好一些，我的小猫。明天一早就要开始干了。”

“我会睡的。但我还想再听它叫一次。”

她已经很困了，而我的思绪又开始漫游起来。这个姑娘一生中从来没有想过要杀什么东西。直到在战争中，当她落入一些坏人[①]的手里才学会了这些。她用那些寻常的方法猎狮子的时间已经太长。没有专业猎手的指导，这可不是一件好事。很可能对于一个人来说是一件很坏的事。而现在显然很糟糕。这时狮子又吼了一声，咳了三次。咳嗽声从它所在的地方直接传到帐篷里来。

“我现在要睡觉了，”玛丽小姐说，“希望它不是不得已才咳嗽。它会不会感冒了？”

“我不知道，亲爱的。你现在能睡好吗？”

“我已经睡着了。但你必须在天还没亮的时候就把我叫醒，不管当时我睡得有多沉。你答应吗？”

“好的，没问题。”接着她便睡着了。我的身体紧靠着帐篷，

---

① 指的是海明威本人和他的朋友。

觉得她已柔柔地睡着了。这时候我的手臂也被压麻了，便把手从她身下抽出来，觉得这时候她才可以睡得更舒服。然后我就缩到大帆布床的一个小角上聆听那只狮子的动静。它一直很安静，直到夜里三点钟才开始去捕猎。那时候所有的鬣狗都开始嗥叫，之后狮子就开始进食了。时而会传来几声粗哑的声音。母狮们没有出声。我知道其中一头已经快要下崽了，所以是不会理它的，另外那头是它的女友。我想天亮的时候，地面还是太湿，可能找不到它。不过机会总是有的。

第六章

早上天还没有亮的时候，姆温迪就带着茶叫醒了我们。他说了一声“Hodi①”，把茶放在帐篷外的桌子上。我端了一杯进来给玛丽，然后穿好衣服来到外面。这天是多云，看不到星星。

切罗和恩古伊趁黑暗拿过枪支和弹夹。我把我的茶拿到了外边的桌子上。这时候一个在吃饭帐篷里帮忙的小伙子在桌子旁边生起来一堆火。玛丽正在穿衣梳洗，仍然半睡半醒的。我从空地上走出去，一直走到过了“大象头骨和三个灌木区域”的地方，我发现脚下的土地仍然湿漉漉的。晚上地面已经干了不少，比前几天肯定干很多。但我仍然怀疑能不能把车开到昨晚我猜想的捕猎的地方。而且我肯定在那儿以及从那儿到沼泽地之间的路仍然会十分潮湿。

沼泽这个名字还真是不够正确。那里的确有一个长约四英里，宽一英里半，有很多流动的水的纸莎沼泽。但那些被我们称为沼泽的地方，其实还包含了环绕那片沼泽的高大树木的地区。其中许多树木都长在地势较高的地方，甚至有些长得很蹊跷。树木在真正的沼泽周围形成了一条森林带。不过有的地方树木被觅食的大象拖倒了，使人无法通行。这片森林中有几头犀牛，还会出现几只大象，有时还会有一群象过来。另外还有两群野牛也在里边。豹子藏身在这片森林的深处，只有捕食的时候才出来。我们那头狮子来到这样的平原捕食，这片森林就成了它的避难所。

这片高大茂密、有不少倒树的森林是开阔的覆盖着树林的平原和优美的林中空地的西部边界，平原和空地的北侧是平坦的盐碱地和断断续续的火山熔岩地带，这个地带又通向我们这块地方

① 这是斯瓦希里语，意思是“我能进来吗”。

与丘卢岭之间的另一片大沼泽。东侧是一片出没着长颈羚的很小的一个沙漠，再往东去是一排断断续续的铺着灌木的丘陵，在靠近乞力马扎罗山脉侧翼处高度有所增加。其实那里的地形并非如所描述的那样简单，但从一张地图上，或者从平原及林间空地的中心看起来就是这样的。

那狮子习惯于白天的时候在平原或是不完全连续的空地上捕猎，吃完食物以后，就躲进那个森林带。我们计划在它捕猎时找到它，然后再向它靠近。要是幸运的话，还能在它往树林跑的时候截住它。如果它自信起来，不再一路走到森林里去，我们就可以从它猎物的地点一直追踪到任何它喝完水后躺下来的地方。

玛丽穿好衣服，沿着草坪旁边的小路向一排树木中用帆布搭建起来的比较隐秘的厕所走去，在这时候我已经在考虑那头狮子的事情了。只要有成功的机会，我们就必须立刻下手。玛丽太矮小，在那些地方是看不到狮子的。我希望我们发现狮子的时候它已经吃过食物，从草原上那些泥潭旁喝了些水后已经离开。到平原上的某个灌木丛或空地上的某片树林中睡觉去了。

猎车已经准备就绪，姆休卡已经坐在方向盘前。玛丽回来时，我已经将要用的枪支仔细检查了一遍。这时候天已亮了，但要射击还嫌太暗。云层仍然浮在山坡上比较低的地方。尽管天越来越亮，却没有要出太阳的迹象。我低头通过来复枪的准星瞄准远处的大象，天色仍然太暗，仍然不便射击。这时切罗和恩古伊两个人都是一副严阵以待的样子。

“你现在感觉怎么样，小猫？”我问玛丽。

“感觉好极了。你认为我会有什么样的感觉？”

“需要用聚光镜吗？”

“当然。”她说，“你呢？”

“用的。我们就是在等天更亮一些。”

“对我来说天已经够亮了。”

“对我来说还不够。”

“你得治治你的眼睛了。”

“我对他们说我们回来再吃早饭。”

“那我会头痛的。”

“那我们带上点食物。就放在后面那个盒子中。”

“切罗带的弹药够我用吗?”

“你问他。”

玛丽问了切罗一声，他说他有“Mingi risasi”①。

“要不要把你右手的袖子先卷起来?”我问，“你让我提醒你的。”

“我可没有让你这么大声大气地提醒我。”

“你干吗不对狮子发火却要对我发火?”

“我对狮子一点也不生气。你觉得现在的光线能不能让你看清楚了?”

“Kwenda na simba.②”我对姆休卡说，然后又对恩古伊说，“站在后面，看好。”

我们出发了，轮胎在快要干的地面上行驶一点都不打滑。我把两只脚全部伸开，靠在排气阀门上。从山那边吹来的风很凉。我把来复枪扛在肩上对着准星瞄准了好几回，感觉还不错。虽然连黄色聚光眼镜都用上了，可我还觉得光线不够明亮，要射击的话还是不能完全保证准确。不过离我们要去的地方还有 20 分钟的车程，而每过一分钟光线都有所增强。

“光线应该没什么问题。”我说。

“我就知道不会有问题。”玛丽说。我回头望了望她。她坐得笔直，嘴里还不断嚼着口香糖。

我们继续沿着车道往前开，途中经过简易飞机跑道。到处都有猎物，地上的新生的嫩草似乎比之前长高了一寸多。草地上还长出很多密密的白花，整片草坪远远看去白茫茫的一片。车道上较低的地方仍有些水，我示意姆休卡把车开到车道的左侧去以避免积水。长着花的草地很滑。光线始终不断地增强。

---

① 这是斯瓦希里语，意思是“很多子弹”。

② 这里是斯瓦希里语，意思是“去找狮子”。

姆休卡发现前面的两片空地的另一端的两棵树上停着很多的鸟，便指给我们看。如果这些鸟还停在树上，那就说明狮子还没有开始猎杀。这时恩古伊用手拍拍车顶，我们便停了车。我记得当时我就觉得奇怪，虽然恩古伊站得很高，可是最先看到鸟的是姆休卡。恩古伊跳下地，弯着腰走到车的一侧以便不破坏车子的轮廓线。他抓住我的一只脚，向左边那带森林指了指。

几乎周身黑色的大黑鬣狮正向高高的草丛里慢跑，双肩和巨大的脑袋摆动着。

“你看到它没有?”我轻声地问玛丽。

“看到了。”

狮子正向草丛中钻过去，我们只能看见它的头部还有它的肩膀。接着就只看得见头了，草丛摇摆着，在它身后慢慢地合拢。它很明显已经听到了猎车的声音，它可能之前在森林里走动的时候，已经看到我们的车开到这儿来。

“你到那里面去是没有意义的。”我对玛丽说。

“我知道，”她说，“要是我们早点出来也许就能发现它了。”

“刚才实在太暗也不能射击。如果你仅仅是打伤它，那我们就得在那片草丛里不停地追它了。”

“咱们之前也这么被迫地追过啊。”

“别提那些事情了吧。”

“咱们现在怎么去接近它，你有什么好注意?”她很生气，但生气也只是因为大干一场将狮子打死的前景已化为泡影的缘故，而并没有让愤怒冲昏了头脑以至于要求我们允许她到比她人还高的草丛里去追捕一头受伤的狮子。

“我想要是它看见我们继续行驶根本不去理会它的猎物的话，就一定会自信起来。”接着我打断自己的话说，“进来，恩古伊。你继续往前开，姆休卡。”于是我们的车就沿着车道慢慢地前进，恩古伊坐在我身边。他和姆休卡——我的两个朋友兼兄弟——都看着停在树枝上的兀鹫。我对玛丽说：“你想要是换作老爹他会怎么做？是把狮子赶到那些草丛和倒掉的树丛里去，然后再把你带过去，可你又太矮了根本看不见？我们到底要干什么？是要杀死你还是杀死狮子呢？”

“别喊叫，你把切罗都弄紧张了。”

“我没有喊叫啊。”

“有的时候你真该注意听听你自己的说话声。”

“你听。”我低声地说。

“别叫我听，也别低声给我说话。还有也不要再说什么在赌注已下的危急关头要警惕之类的话。”

“有你在有时候猎狮可真是有趣。有多少人在这个这件事上对不起你了？”

“老爹和你，我不记得还有什么其他人了。金·克大概也会的。要是你这个猎狮将军样样都懂，我问你为什么狮子已经离开猎物那些鸟还不飞下来？”

“是因为那两头母狮子或者是其中一头母狮子还在那里，要不然就是正在不远的地方休息，是吧？”

“我们要不要看一看？”

“只能再开一段路到远些的地方看，以免惊动了什么东西。我希望它们都能自信起来。”

“现在‘我希望它们都能有精神自信起来’这句话我都有点听腻烦了。要是你没法改变自己的思想，可以试试改变你的语言。”

“你打这头狮子有多久了，亲爱的？”

“好像已经打了不知有多久了，要不是你跟金·克拦着我，我三个月前就能把它杀死了。”

“因为当时我们不知道是不是这头狮子。那也可能是从干旱的安波塞利来的狮子。金·克并不觉得良心不安。”

“你们两个人的良心不过是任何为丛林发了疯的罪犯都会有的良心。”玛丽小姐说，“我们在什么地方能看见母狮子？”

“沿着这路再向前大概三百米，也就是你右方四十五度的地方。”

“那里风大吗?”

“差不多二级左右吧。”我说,“亲爱的,为了这狮子你真的要疯了。”

“我难道不比任何人都更有权利这样吗?我当然是已经疯狂了。但我对待狮子很认真。”

“我也是,真的。而且我想我对它们的关心不比你少,尽管我从来不说。”

“你说得够多了。别担心。但是你和金·克两个确实是一对自觉罪孽深重的谋杀犯。你们专给动物判死刑然后亲自执行。金·克比你问心无愧多了,他手下的人训练得很好。”

我碰了碰姆休卡的大腿让他把车停下来。“看,亲爱的。那儿就是被杀死的斑马的残骸,旁边就是那两只母狮。我们现在能和好成为朋友了吗?”

“我们不一直都是朋友吗?”她说,“只不过有些事情你误会了。望远镜能借我看一下吗?”

我将我们那副高档的望远镜拿给她,她便望向两头母狮。肚子里有小狮子的那只母狮子的体形很肥大,似乎看不见它的狮鬃。在旁边的另一只母狮可能是它成年的女儿,也可能只是一位忠实的朋友。它们分别躺在一丛灌木下躲避阳光。快要当妈妈那只母狮沉静而威严。褐红色的爪子因沾血发了黑。另一只母狮看起来十分年轻,肢体柔软,嘴部四周也一般地发黑。斑马残骸剩下的部分已经不多了,但它们仍守护着自己的财产。从晚上听到的声音来看,难以分辨到底是这两头母狮替那头雄狮杀死了猎物,还是那头雄狮先动手,随后两头母狮再加入进来的。

一片绿色的灌木丛里最大的那棵树上面和两棵小树上面都停满了兀鹫,数目肯定在一百只以上。兀鹫都很大,两肩往上耸,随时准备向下扑,但是那些母狮离躺在地上的那匹斑马的带条纹的后腿和颈部太近了。我发现一只整洁漂亮长得颇像狐狸的豺等在一片灌木的边缘处,接着又发现一只。但我没看到鬣狗。

“我们不能惊吓它们,”我说,“我主张最好不要向那边靠近。”

玛丽现在又跟我是好朋友了。看到任何狮子都会使她兴奋。她说："你认为斑马是它们杀的，还是那头狮子杀的？"

"我想是雄狮，先吃完了它想吃的部分，两只母狮是很久以后才过来的。"

"这些兀鹫晚上会下来？"

"不会。"

"数目可真多啊。看，那几只把翅膀张开想要冲下来呢，就像我们那里的美洲鹫一样。"

"兀鹫太丑了，真不配当皇家猎物。还有，染上牛瘟或者是其他牲畜的什么疾病时，它们的粪便很快就会把病传给其他动物。这个地区兀鹫太多了。其实这里给杀死的任何猎物只需要昆虫、鬣狗和豺就能清理干净，鬣狗还能杀死生病或太老的野兽，而且当场吃掉，不会散得到处都是。"

看到躲木在灌木下的母狮还有大量簇拥在树上让人恐怖的兀鹫，我的话不免太多了些。谈这两只母狮和兀鹫，我和玛丽的又是朋友了，也谈我今天不必让我心爱的玛丽与狮子较量了。还有，我憎恨兀鹫，坚信它们作为食腐动物的用途被大大高估了。有些人得出结论说兀鹫是非洲伟大的垃圾清理工，因而封它们皇家猎物，其数量不该被减少，它们在传播疾病方面的坏作用在皇家猎物这个神奇的字眼面前，变得有如道听途说一样地微不足道了。坎巴人认为这很滑稽，而我们总是称它们为国王的鸟。

现在它们贪婪地停在斑马残骸上，看起来可一点也不滑稽。那只大母狮站起身打了个哈欠，走出去再次用餐。一等它走到肉跟前，两只大兀鹫就飞了下来。那只年轻的母狮晃动一下尾巴向兀鹫冲过去，就猫儿挥动爪子般地向它们拍打过去，兀鹫便只能赶快跑开，扑着沉重的翅膀向上飞。接着，年轻的母狮在大母狮旁边俯下身子也开始用餐，兀鹫仍旧待在树上，离斑马最近的那儿只由于饥饿难忍，都快要失去重心掉下来了。

吃完剩下的斑马肉不会花母狮很长时间的。我告诉玛丽最好别去打扰它们用餐，我们应该继续往前方开路，就像没有看见它们一样。我们前面就有一小群斑马，再过去有些角马，另外还有很多斑马。

“我喜欢看它们用餐，”玛丽说，“不过要是你认为我们最好继续向前走，那我们也可以去前面瞧瞧盐碱地的情况，可能还会看到野牛。”

于是我们便一直行驶到盐碱地的边缘地，但没看到任何野牛或者野牛踪迹。地面仍然太湿太滑不好开车，再向东去也是如此。我们在盐碱地边缘发现了两只母狮向猎物方向走去的足迹。痕迹是新的，判断不出它们是什么时候进攻猎物的。但我认为猎物肯定是雄狮杀死的，恩古伊和切罗都同意。“如果咱们按来路返回，也许它对猎车就会见怪不怪了。”玛丽说，“我现在头不痛，能吃早饭是很好的。”

这正是我希望她建议做的事。

“如果咱们一枪也不打……”我卡断了话头，因为我本来想说这样就能让狮子恢复起自信来的。

“也许它会认为这不过是一辆开来开去的车罢了，”玛丽替我说完了那句话，“我们要吃一顿可口的早餐，然后我把该写的信全写完，我们俩都要和和气气地做好的小猫。”

“你是一只好猫。”

“咱们要像旅游者一样驶回营里去，看一看四周诱人的新草。吃早餐前的感觉真好啊。”

然而我们回到营地准备吃早饭时，却发现那名年轻警官正坐在溅满了泥巴的巡逻车上等我们。车在一棵树下停着，他的两个士兵在后面的营房那里。我们过去的时候，他从车上出来，年轻的脸上布满了极深的亲切和责任感。

“早上好，老板，”他说，“早上好，夫人。看来你们一早便巡视了一回。”

“你要不要吃点早餐，哈里？”我问。

“如果不会为你们添麻烦的话。发现什么有趣的事吗，总督大人？”

“不过是查看了一下牲畜的情况。警署里有什么消息吗?”

“他们抓住那伙人，总督大人。他们是在另一边将犯人制服的，纳芒加北部。你可以把你的人叫回来了。”

“战斗一定很精彩吧?”

“细节还不知道。”

“真遗憾我们在这里不能一起行动。”

玛丽小姐向我看了一眼以示警告。她不喜欢让年轻警官与我们一起用早餐，不过她知道这个男孩怪孤独。虽然她难以容忍傻瓜，但直到她看到浑身是泥的车子里坐着一个满脸倦意的警察的时候，她还是可以和善包容的。

“本来你们的帮助对我一定极其重要。总督大人，咱们的计划几乎是天衣无缝的。我唯一担心的是这位年轻夫人。如果你能原谅我的话，我想说这可不是女人干的活。”

“我根本没有参与这事，”玛丽说，“你要不要再来些肉和火腿?”

“您参与了，”他说，“您是防护屏的一部分。我在我的报告里也提到了您。也许这不如出现在新闻报道里那样光彩，但总是个人记录的一部分。在肯尼亚战斗过的人总有一天会感到十分自豪的。”

“我发现每次战争后人们往往变得讨厌透顶。”玛丽小姐说。

“只有那些没有战斗过的人看来才是这样。”年轻的哈里说，“战斗的男人，以及战斗的女人，请允许我这么说吧，行为都是遵循一定规范的。”

“喝点儿啤酒吧，哈里，”我说，“有没有下次作战的内幕消息?”

“总督大人，这个消息您会知道得比任何人都早的。”

“你对我们太好了，”我说，“不过我想对大伙儿来说这是很大的荣誉吧。”

“太正确了，”年轻的警官说，“从某种意义上说，我们是最后一代建造帝国的人。这样来看的话，我们就像罗兹和利文斯敦一样。”

“从某种意义上说是这样的。”

那天下午我到了坎巴村里去了。天气很冷，因为太阳躲在大山上空的云层后面，前几天降落的雨水都已凝结成了冰雪，又吹来一阵阵强风。坎巴村位于海拔约六千英尺的地方，而大山高度则在一万九千英尺之上。大雪以后从山上刮过来的强劲冷风对于住在高地上的人来说真是一种刑罚。在地势更高的丘陵地带，房屋——我们不称它们为茅舍—— 一般都建在山的褶层里以免受冷风袭击。但这个坎巴村却正处在风口上。那天下午，村子里冷得刺骨，空气中弥漫着尚未完全冰冻的粪便的气味，所有的鸟和野兽都已经避风去了。

被玛丽称为我的父亲的老人已染上了伤风咳嗽，背部又有严重的风湿痛。我把药给他，再把斯隆搽剂替他擦上。坎巴人里没有人认为他真的是那个女孩的父亲，但因为根据部落法规和习俗他可以算作是女孩的父亲，我就只好尊重他了。我在房子里风吹不到的地方替他治疗，他女儿在一旁洗衣服。她腰上系着姐姐的孩子，身上穿着我最后一件完好的羊毛衫，头上戴着一顶一个朋友给我的钓鱼帽。我朋友当时让人在帽子的前沿上绣的我名字首字母缩写，我们当时觉得对大家都是很有意义的。她决定把帽子要过去的时候，这个标记总让我感到很窘。她在羊毛衫里面穿的是最后一次我们一起从拉伊托齐托克买回来的那件已经洗过很多次的连衣裙。她身上带着她姐姐孩子的时候我与她说话是不太符合礼仪的，而按照道理她是不应该看她父亲接受治疗的，于是她就一直垂着眼睛。

那个他的名字的含义为未来岳父的人在斯隆搽剂的酷刑下显得不太坚强。恩古伊对斯隆搽剂还是很了解的。由于他对这个村子里的人根本不在乎，便希望我能把搽剂揉进他的皮肤里面去。有一次还示意让我一两滴药剂落到了不该涂的地方。两颊都有漂亮的部落印记的耳聋的姆休卡非常高兴地注视着一个他认为毫无价值的坎巴人受他该受的苦。但是我涂斯隆搽剂时非常讲医德，使包括他女儿在内的所有人都很失望，大家便都失去了兴趣。

“Jambo tu.”我们离开的时候我对他的女儿说。她挺着胸垂着眼说：“No hay remedio.”

我们上了车，谁也没有跟谁挥手告别，肆虐的冷风和一本正经的告别逐渐把我们与林子隔开了。我们看到一个村子如此悲惨都感到很难受。

“恩古伊，”我问，“这村里的男人怎么这么没有用，而女人又都这么出色？”

“好男人经过这村子都走了，”恩古伊说，“在新的路修好以前，只有这条路通到南方去。”他对这村子里的男人很气恼，因为他们是一文不值的坎巴人。

“你认为我们应不应该把这个村子占领下来？”

“应该，”他说，“你和我，还有姆休卡和那些年轻人。”

我们这么说着，便进入了非洲虚幻世界。由过去和现在的现实所防御和加强的虚幻世界。这并非是一个供人逃避或做白日梦的世界。这是一个由真实的虚幻所构成的无情的活生生的世界。既然我们可以在完全不可能有犀牛的季节里每天都看到它们，也就没什么不可能的事了。既然恩古伊和我能同一头本身就不可思议的犀牛用它自己的语言交谈，而它也会向我们回话，而且我还能用西班牙语咒骂侮辱它让它羞愧地离开，那么这种虚幻即使与现实相比也是合情合理、符合逻辑的了。西班牙语被认为玛丽和我都懂的语言，而且是我们原住地古巴行使一切功能的通用语言。他们知道我们还有一种秘密的部落内部使用的语言。我们和英国人之间，除了肤色还有互相容忍的态度之外，是不被认为有任何共同点的。马伊托·麦纳克尔和我们一起在这里的时候深受仰慕，由于他嗓音低沉，气味独特，彬彬有礼，而且他来非洲的时已同时会说西班牙语和斯瓦希里语。人们对他的疤痕也十分崇敬，至于他本人，由于操一口带浓重卡马圭口音的斯瓦希里语，并且貌似公牛，差不多也受人崇敬。

我向人解释说他是自己国家里的王子，而当时该国的国君均十分英明。还说他掌握万顷良田，大量牲畜，生产的糖亦无以计数。由于糖是仅次于肉的受到所有坎巴人喜爱的食物，又由于老爹在凯第面前证实了我的话，还由于马伊托本人显然是养牲畜的能手，对所谈之事物十分精通。只要一说起饲养的方法，而且谈起饲养之道来，声音恰似一头从不以势压人、不野蛮骄横，也不自高自大的雄狮，因此马伊托是深受坎巴人喜爱的。他在非洲的所有时间里，我对他只撒过一个谎，是有关他妻子的。

作为马伊托忠实的崇拜者，姆温迪有一次直截了当地问我马伊托有几个老婆。所有的人都想知道这件事，而从老爹那里又得不到这类数据。姆温迪那天刚好心情郁闷，他们显然正在讨论这个问题。我不知道他支持哪种看法，但很显然人们要求他来解决这个问题。

我思考了一下这个问题及其种种不寻常处后便说："在他的国家里是没有人会想要去数他有几个妻子的。"

"是。"姆温迪说。他用了老人应该用的语言。

其实马伊托只有一个妻子，长得很漂亮。姆温迪出去的时候神色仍然跟先前一样沉郁。

这一天，从那个村子里回去的时候，恩古伊和我都在考虑那个独特的我们占领村子的方式，计划着永远也不会发生的行动。

"好吧，"我说，"让我们去占领。"

"好极了。"

"黛芭给谁？"

"她是你的。她是你的未婚妻。"

"好。咱们攻占了村子以后，如果他们派一连 K. A. R.[1] 6 来我们怎么守得住呢？"

"你可以向马伊托要军队。"

"马伊托现在人在香港，那是中国的地方。"

"我们还有飞机呢。"

---

① K. A. R.，全称是 Kenya Artillery RegimenL，就是肯尼亚炮兵团，曾在意大利属地埃塞俄比亚等地方战功卓著。

“不能打仗的。马伊托不在我们这儿怎么办？”

“我们就上山去。”

“那上面可冷了。这个时间上去要冻死的。而且这样村子也丢了。”

“战争是狗屎。”恩古伊说。

“我要在这句话下面签名。”我说。这时我们两人都很高兴。“不行，我们要一天一天地占领村子，以天为单位。现在我们已经有老人们相信他们死后能得到的东西了。我们打猎打得不错，有好肉吃，等到女主人猎杀她要猎的那头狮子之后大家又将有好酒喝，只要我们活着，就能把猎区变成一个愉快的地方。”

姆休卡耳朵不太好使，听不见我们在说什么。他就像一辆运行良好但仪表已全部拆掉的汽车。这是一般来说发生在梦里的情况，但姆休卡的眼力比我们任何人都好，他还是最好的野地驾驶员，而且他还有很敏感的第六感觉，假如世上有这种感觉的话。恩古伊和我知道他没听见我们说的，但我们开到营地停下车后，姆休卡却说：“这样比较好，好得多了。”

他的眼中充满仁慈和怜悯，我清楚我是永远也不会成为他这样善良的好人。他把他的鼻烟壶递给我。他的鼻烟属于普通的种类，里面没有一点阿拉普·梅纳喜欢添加的额外成分，但味道很不错。我用三只手指抓了很大一撮，放在上嘴唇下边。

我们几个人这天都滴酒未沾。天冷的时候，姆休卡总像只鹤一般耸着肩。天空仍很阴沉，云层一直铺到平原上，我把鼻烟壶还给他时，他说：“你是坎巴人。”

我们都明白这一点，也不可能改变这种状况。他合上车门，我则向帐篷走去。

“村里还好吗？”玛丽小姐问。

“不错，就是有点冷，不太好受。”

“那里有没有人需要我做什么事？”

你真是个好心可爱的小猫，我这么想着，便说：“没有，我看一切都不错。我要去给寡妇找个药箱，然后教她怎么使用。如果因为他们是坎巴人她孩子的眼睛就得不到治疗，那可太凄惨了。”

“不论因为他们是什么人都不行。”玛丽小姐说。

“我要出去跟阿拉普·梅纳谈一谈。洗澡水准备好的时候你能让姆温迪来叫我吗？”

阿拉普·梅纳认为狮子那晚不会再出来觅食了。我告诉他狮子早晨跑进森林时脚步看起来很沉重。他还不太相信那两只母狮子会在那天晚上出来捕猎，虽然它们有可能会，而雄狮也可能与它们一起干。我问他应不应该将一头死猎物捆好或用树枝盖好，以便把狮子引过来。他说狮子太聪明了。

在非洲大部分时间是在谈话中度过的，人们不认识文字的地方的都是如此。一旦开始打猎你就一句话也不会说了。你与同伴互相理解而且天气太热，舌头好像粘在了嘴里似的。但是晚上为打猎制订计划的时候一般谈话很多，不过最终事情很少按计划发生，尤其是计划太复杂的时候。

晚些时候在我们俩上床之后，发现对狮子判断有误。我们听到它在我们修建了那条简易的飞机跑道的那块地的北边吼叫，然后它就离开了，时不时吼叫一声。还有一只不是那么引人注意的狮子也吼过几声。接着安静了好一阵。再后来又听到鬣狗叫，从它们的叫声和尖细发颤的哭声来判断，我肯定已经有狮子杀死猎物了。然后传来狮子打斗的声音。狮子打斗声安静下来后，鬣狗就开始嚎叫、狂笑。

“你和阿拉普·梅纳说今晚会很安静的。”玛丽睡意蒙眬地说。

“有人杀了什么东西。”我说。

“你还是和阿拉普·梅纳明早再谈这事吧。现在我得睡觉了，明天好早些起来。我希望能够睡个好觉，这样就不会发脾气了。”

第七章

我在餐桌前坐下，桌上放着火腿、鸡蛋、吐司、咖啡和果酱。玛丽正在喝第二杯咖啡，看上去很高兴。

“我们这样打它真的有用吗？”

“有用。”

“但是每天早上它都会从我们手里逃走，我们也有可能一直都打不到它。”

“不会的。咱们现在要引它再往外出来一点儿，这样它就会犯错误，你也就可以把它杀死了。”

下午吃过晚饭后我们实行了一次控制狒狒数量的行动。我们负有控制狒狒数量增长保护各村庄的责任，但一直以来我们实行控制的方式很愚蠢，总是趁它们待在开阔地上的时候捉住它们，在它们跑进森林躲起来之前对它们开火。为了不使热爱狒狒的人感到伤心或者愤怒，我就不讲细节了。这次那些凶狠的野兽并没有冲我过来，我走过去看它们的时候，它们已经死了，可怕的犬牙一动也不动，我们带着四只让人恶心的死狒狒回营时，发现金·克已经到了。

他浑身上下都是泥，看上去很疲倦，但也很高兴。

“下午好，将军。”他说。他向猎车的后部望了一眼，笑了笑。

“是狒狒啊，两对。收获真丰富啊。要把它们吊在罗兰监狱里示众吗？”

“我考虑集体示众，金·克，你和我吊在中间。”

“你还好吗，爸爸？玛丽好吗？”

“她不在这里吗？”

“不在。他们说她和切罗出去散步了。”

“她很好。狮子让她有点心烦，不过她斗志还旺盛。”

“我斗志已快没了。”金·克说，“我们要不要喝点什么？”

“我喜欢在打完狒狒后喝杯酒。”

“大规模捕杀狒狒的好时机就要到了。”金·克说。他取下贝雷帽，手伸进紧身上衣口袋里掏出一个牛皮纸的信封：“读读这个，把我们的责任记住。”

他叫恩古伊把酒拿进来，我便看了一遍行动命令。

“这很有道理。”我说。我看的时候，暂时把与我们没关系的部分和需要查看地图才知道我们在哪里行动的部分都跳过去。

“是有道理，”金·克说，“我的斗志不是因为这个才降低的，这是我斗志还没有消失的原因。”

“你的斗志出了什么问题？道德问题？”

“不。是行为问题。”

“你以前一定是个了不起的问题小孩儿。你的问题比亨利·詹姆斯[①]书里的人物的问题都要多。”

“你还不如说汉姆雷特，”金·克说，“还有，我并不是问题孩子。我是个很快活很讨人喜欢的孩子，只是微微胖了一点。”

“玛丽今天中午还在想你回来呢。”

“聪明的女孩子。”金·克说。

我们望着玛丽和切罗穿过草坪上嫩绿的新草走过来；两人一般高矮，切罗的肤色黑得不能再黑，缠头巾又旧又脏，身上穿着一件蓝色外套，玛丽的金发在阳光下闪闪发亮，绿色射击服在嫩绿新草的衬托下显得颜色很深。他们交谈得很欢快，切罗扛着玛丽的来复枪，抱着她那本又厚又重的鸟类图册。他们在一起看上去总是像昔日马德里竞技场里表演的怪人。

---

① 亨利·詹姆斯（Henry James，1843—1916），美国小说家和评论家，主要作品有长篇小说《一位妇女的画像》等。

金·克洗完澡出来没穿衬衣，他身体的皮肤很白，与他红棕色的脸庞和脖颈形成了鲜明的对照。

“瞧他们，”他说，“多般配的一对。”

“想象一下假如你以前从来看没见过他们，撞上他们俩时会是什么感觉。”

“再过一个星期的话草就会长得比他们高了。现在已快长到他们的膝盖了。”

“这不能怪草不好，它们才只长了三天而已。”

“你好，玛丽小姐，”金·克冲着那两人喊道，“你们俩在干什么？”

玛丽很骄傲地挺直了身子。

“我射杀了一头角马。”

“谁允许你这么做的？”

“是切罗。切罗叫我射杀它。它的一条腿断了，的确断得很厉害。”

切罗把那本厚书本换到另一只手上，然后甩动手臂向我们展示那只断掉的腿。

“我们想你们正需要一只诱饵，”玛丽说，“你们是需要的，不是吗？它就在路边。后来我们听到你们经过的声音，金·克，但是看不到你们。”

“你们把它杀死做得很对，而且我们也的确需要一只诱饵。但是你怎么会一个人去打猎？”

“我没有。我正认鸟呢，已经列出一个单子了。切罗不肯带我到有任何野兽的地方去。后来我就看到了那头角马，站在那里，很忧伤的样子，它的腿看上去很糟，骨头都突了出来。切罗说射杀它，我就把它杀了。”

“Memsahib piga. Kufa！”①

---

① 这里是斯瓦希里语，意思是“女主人一开枪，角马就被打倒在地上了”。

“正好打在了它的耳后。”

“Piga. Kufa!”切罗说，他和玛丽小姐骄傲地对望了一眼。

“这是我第一次在你、爸爸和老爹都不在的时候担负起射杀猎物的责任。”

“我能不能吻你一下，玛丽小姐?”金·克说。

“当然可以。但是我现在身上可都是汗。”

他们互相吻了一下，然后我们也互相吻了一下。玛丽说：“我也想吻一下切罗，但我知道我不该这么做。你知不知道黑斑羚冲我们叫起来像狗一样。谁也不怕切罗和我两个人。”

她和切罗握握手，切罗便把她的书和来复枪带到我们的帐篷里去。“我最好也去洗一洗。谢谢你不怪我杀死那只角马。”

“我们会派一辆卡车把它运回来的，再放到应该放的地方去。”

我们向自己的帐篷走去，金·克也到他的帐篷去穿衣服。玛丽用游猎专用的肥皂洗了个澡，换了一身衬衣，又闻了闻用另一块肥皂洗过在太阳里晾干的新衬衣。我们两人喜欢看对方洗澡，但金·克在营里的时候我不看，因为这可能会太刺激他。我便坐在帐篷前的一个椅子里阅读。她走过来用双臂抱住我的脖子。

“你还好吧，亲爱的?”

“不好。”她说，“我感到骄傲极了，切罗也是，我的那一枪可准可狠，就像回力球击中了球场壁一样。它可能连枪声都没听到，我和切罗就在握手庆贺了。你知道第一次担负起一件事的全部责任是什么感觉吗?你和金·克一定了解，他就是为这个才吻我的。”

“任何人随时都会吻你。”

“也许会吧，如果我要他们这么做，或者逼他们这么做。但这次不一样。”

“那你为什么不高兴，亲爱的?”

“你知道的。别假装不知道。”

“不，我不知道。”我在说谎。

“我瞄准的是它的肩部的中心位置。它的肩又大又黑又很有光泽，我当时离它大概有二十码远。它侧对着我，朝我们望着。我看得到它的眼睛，那对眼睛看起来很忧伤，好像就要哭出来一样。我从来没有看到过谁像它那样忧伤，它的腿看上去也糟透了。亲爱的，它长长的脸上真的是充满了忧伤。我不用把这事告诉金·克吧？”

“不用。”

“我也不用告诉你的。但我们是要一起去猎狮子的，可现在我那该死的勇气全没了。”

“你会打得很漂亮的。和你一起打狮子我感到很骄傲。”

“糟糕的就是我有时也能打出几枪准的。你是知道的。”

“你每打出漂亮的一枪我都替你记着。有时候你能比艾斯康迪多任何人都打得漂亮。”

“你不过是想帮我恢复自信吧。但剩下的时间太少了。”

“你的自信会恢复，我们不告诉金·克。”

我们派了一辆卡车去运角马。他们把它运回来后我和金·克爬上车去看了一眼。死了的角马一向是很丑的，躺在车上的这头大腹便便，满身尘土，往日威风已荡然无存，头上灰色的角没有丝毫的特征。“玛丽这枪打得真是高明啊。”金·克说。角马双眼呆滞，舌头伸在外面，舌头上也沾满尘土，耳后头盖骨根部的地方给打穿一个洞。

“你看她实际上瞄准的是什么地方？”

“她离角马只有二十码。假如她想的话完全有权利瞄准那个地方的。”

“要我说，她瞄准的是肩部。”金·克说。

我什么也没说。想要瞒住金·克是没用的，如果我骗金·克，他就不会原谅我。

“腿怎么了？”我问。

“可能有人晚上开着车追它，也可能是别的事。”

“你看这伤口有多久了？”

“两天，上面都有蛆了。”

“那就是山上的某些人干的。晚上咱们这儿又听到汽车的声音。它弄伤了腿也是可以下山的，但绝对不会拖着这条腿上山的。”

“它可不像你我，”金·克说，“它是匹角马。”

猎车停在了拴马的树下，大家陆续下车。金·克向侦猎长以及侦猎员解释了一下他希望把诱饵吊在什么地方。只要把尸体从路上拖到树那边挂在鬣狗够不着的地方就行了。要是狮子来的话，见到诱饵，就会把它拽下来。并且，要把诱饵从昨天狮子杀死猎物的那个地方拖过来。金·克让他们尽快出去把诱饵挂起来，然后就回营。我自己的人则把所有的狒狒诱饵都挂了起来，我又让姆休卡把车洗干净。他说他已经在小溪边停下来洗过车了。

我们都洗了洗澡。玛丽先洗，我帮她用毛巾擦干后，还帮她提着防蚊的靴子。她在睡衣上套了件浴袍，走到火堆的旁边趁他们做饭的时候和金·克一起喝酒。我跟他们待在一起。等到姆温迪走出帐篷说“可以洗澡了，先生”，我便把酒带进帐篷。脱下衣服，在帆布浴盆里躺下来，擦上肥皂，泡在热水里舒舒服服地放松了一下。

“那些老人说狮子今晚会干些什么？”我问姆温迪。这时，他正在叠我的衣服，并掏出我的睡衣、睡袍和防蚊靴。

“凯第说夫人的狮子有可能会上钩。先生是怎么想的？”

“和凯第一样。”

“凯第说你对狮子下了毒药。”

“没有。不过是一些好药，等到狮子死了才能看出来。”

“它什么时候会死？”

“吃完药三天之后。我也说不准。”

“Mzuri. 也许它明天就死了。”

“我想不会，但也有可能。”

“凯第也认为不会。”

“他认为什么时候?”

“三天之后。”

“Mzuri. 请把毛巾递给我?”

“毛巾就在你手边，要的话自己拿。”

“我很抱歉。”我说。斯瓦希里语中没有抱歉这个词的。

“不用说对不起，我只不过告诉你毛巾放的位置而已。你要不要我帮你擦背?”

“不，谢谢你。”

“你现在感觉舒服吗?”

“舒服。怎么了?”

“没有原因。我就是想知道。”

“我感觉很舒服。”我站起来走出浴盆开始把身体擦干。我想说我感觉很舒服很松弛有些困不太想说话，希望能吃到肉而不是面条但却不想打猎，我对我三个孩子因为不同的原因都很担心，我担心那个村子，有点担心金·克，甚至非常担心玛丽。我这个好巫医是冒牌的，但并不比别人更冒牌，我希望辛先生不要陷入麻烦之中，我希望我们到圣诞节非进行不可的行动能一帆风顺，我还有二百二十多粒实弹，希望西默农书写得少些精些。我不知道老爹洗澡时和凯第都谈些什么，但我知道姆温迪想要表示友好而我也是如此。但我今晚不知何故感到很累，他心里明白，也很担心。

“你问我一些坎巴语中的词吧。”他说。

于是我便向他请教坎巴语里的词，并想法记住，然后向他表示感谢，便走到外面在火边坐下来。我穿着一条爱达荷州买来的旧睡裤，裤腿塞在一双香港制造的暖和的防蚊靴里，身上穿的是一件从俄勒冈潘得顿买来的暖羊毛睡袍。我喝了一些兑苏打水的威士忌。威士忌是辛先生送给我的圣诞礼物，又喝了些从山上流淌下来的溪流里取来的、用内罗毕制造的苏打水虹吸管活化了的开水。

我在这里是个陌生人，我想。但我的威士忌不同意，而一天里的这个时候威士忌是正确的。它说我不是陌生人，虽然威士忌可能正确也可能错误，但我知道晚上的这个时候威士忌的意见总是正确的。不管怎么说我的靴子算是回到家了，因为他们是鸵鸟皮做的，我还记得我是在香港的哪家制靴店里找到那张皮革的。不对，不是我发现那张皮革的，是另外一个人。接着我便开始回想是谁发现了的，回想在香港的那些日子，回想各种不同的女人。猜测她们在非洲会是什么样子，还想到我能认识几个热爱非洲的好女人是多么幸运。我见识过一些为了来非洲而来非洲的真是很可恶的女人，也见识过一些典型的淫妇和酒鬼，对她们来说，非洲只是另一个可供她们更大程度地满足淫欲和尽情发酒疯的地方而已。非洲则总是接纳她们并在某些方面改变她们。

如果她们无法改变自己，便会憎恨这块地方。

金·克回营使我非常高兴，也使玛丽非常高兴。他自己也很高兴，因为我们已成为一家人，分开的时候总是挂念彼此。他热爱自己的工作，对工作本身及其重要性的相信几乎已到了狂热的地步。他热爱他这个行业，想关心它保护它，我想大概这就是他所信仰的全部了，除此之外他只奉行一套极为严厉、复杂的伦理准则。

他比我最大儿子年纪略轻些。如果我在30年代按原计划到亚的斯亚贝巴去过上一年并与国内通信的话，可能早就认识他了。因为我所要住的那家人的儿子是他最好的朋友。但我后来并没有去成，因为墨索里尼的军队已比我先行一步[①]，要让我在他

① 在1935年10月3日，墨索里尼在位的第十三年时，意大利军队从厄立特里亚入侵埃塞俄比亚独立王国。这个行为成为他实现他的“新罗马帝国”野心的一个具体行动。

家里住的那位朋友也被派遣去充任另一个外交职务。因此我便错过了在金·克十二岁时认识他的机会。我遇见他的时候，他已经经历过了一场极为艰难又徒劳无益的战争。而他初出茅庐时所在的那个受大英帝国保护的国家战后也被帝国抛弃。他在战争中指挥的是非正规军，坦白地说，率领非正规军作战是最吃力不讨好的作战方式。如果行动出色本方没有死伤却使敌方遭受重大损失，总部会视此为无理的罪责难逃的屠杀。如果被迫在极端不利条件下作战，虽然取得胜利但人员损失惨重，那么评语就将是："在他的指挥下战死的人太多了。"

一个指挥非正规军的老实人除了遇到麻烦，是没有任何别的机会的。甚至任何真正忠实有才干的战士除了被消灭还有什么其他前途也是让人怀疑的。

我遇到金·克时他已在另一个英国殖民地①开始了另一份事业。他从未感到过委屈也从不回想往事。喝着酒吃着意大利面条时他对我们描述一个刚从英国国内来到的文员是如何指责他说了一句这年轻人的妻子有可能会听到的粗话的。我因为金·克不得不受那些人的气替他抱不平。那些老式的殖民绅士的嘴脸现在已家喻户晓，备受揶揄。但是除了沃②在《小黑鬼》的结尾处以及奥韦尔③在整本的《缅甸岁月》里以外，还没有别人在他们的作品中触及这些新一代殖民长官。真希望奥韦尔还活着。我把最后一次见他的情形告诉了金·克。那是一九四五年在巴黎，巴尔吉之战④刚刚结束，他穿着有点像平民服的服装来到一家豪华宾馆的一一七房间，想从这里的小军火库里借支手枪。因为"他们"

① 这里是指肯尼亚。

② 沃（Evelyn Waugh，1903—1966），英国的小说家，其作品有长篇小说《衰落和瓦解》《荣誉之剑》等。

③ 奥韦尔（George Orwell，1903—1950），英国小说家，新闻记者，他信奉的是社会民主主义。

④ 这里指的是巴尔吉之战（1944.12.16—1945.1.16），盟军在这个战役之后收复了法国，并且开始向德国本土挺进。

正在跟踪他。他想要一支隐藏方便的小手枪，我找了一支给他，但警告他说要是用这支手枪打人，那人最终很可能会死，但要过很长一段时间。不过手枪毕竟是手枪，况且他要这支手枪多半是当护身符看待，而不是真想当武器使。

他看上去形容憔悴，身体衰弱，我就问他愿不愿意留下来吃点东西。但是他不得不走。我对他说可以给他两个人，如果“他们”真在跟踪他，也可以有个照应。我的人与当地的“他们”很熟悉，“他们”决不会打扰他、侵犯他。他没有同意，说只要有支手枪就够了。我们询问了几个共同的朋友的有关情况后他就走了。我派了两个人在门口追上他，再跟他走一段，看一看有没有人跟踪他。第二天他们报告说：“爸爸，没人跟踪他。他是个时髦人物，对巴黎很熟。我们问某人的兄弟，他也说没有人在跟踪他。他与英国大使馆有联系，但不是特务。这也不过是道听途说。你想不想要一张他行动的时间表?”

“不要。他玩得开心吗?”

“开心的，爸爸。”

“我很高兴。我们不用为他担心了，他带着手枪呢。”

“那手枪不顶用，”两人中的其中一个说，“但你警告过他了，是吗，爸爸?”

“是的。他本来想要哪支手枪就可以拿哪一支的。”

“如果他喝杯斯丁格的话也许会感觉好些。”

“不行，”另一个人说，“斯丁格太危险了。他有那支枪就很高兴了。”

这事我们就谈到这里。

金·克睡不好，常常一晚上大部分时间都醒着看书。他在卡吉亚多的房子里有一个很好的藏书室，我也有整整一个大野营袋的书。放在用餐帐篷里的几只空箱子里，充当一个藏书室。内罗毕斯坦利饭店里有一个一流的书店，沿街走过去还有一家，只要我到内罗毕去，就会把大多数看上去值得一读的书买回来。对金·克来说，阅读是缓解他失眠症的最佳药剂。但这并不能医好他的毛病，因此我经常看到他的帐篷里彻夜亮着灯。因为他是有事业的人，而且家教良好，因此他与非洲女人是不可能发生任何关系的。他也不觉得她们漂亮或吸引人。我所认识和喜欢的非洲女人对他也不感兴趣。但有一个我认为是我所认识的最好的人之一的属于伊斯玛仪派的印度女孩却全心全意又毫无希望地爱着金·克。她已使他相信爱他的是她居于深闺足不出户的姐姐，是姐姐让她给他带礼物捎信的。这故事很忧伤，很纯洁，也很巧妙，我们都很喜欢。金·克和那姑娘一点关系也没有，他只有在到她家开的铺子里去的时候才对她说几句客气话。他希望的是内罗毕的白人女孩，不过我从来没与他谈起过那些女孩。玛丽大概与他谈过。但是我们三人在一起的时候是不会谈严肃的私事的。

在村里时就不一样了。在那里无书可看，也没有收音机，我们便只能谈话。我问寡妇和决定要成为我妻子的女孩为什么她们不喜欢金·克，起初她们不愿告诉我，最后寡妇解释说告诉我是不礼貌的，原来问题出在气味上。所有肤色与我相同的人一般气味都很难闻。

我们当时坐在一条河的岸边一棵树下，我正在等一群狒狒，根据它们的声音来看，它们正向我们坐的地方前进。

"猎长大人的气味很好闻，"我说，"我一直都能闻到他的气味，很好闻。"

"Hapana，"寡妇说，"你闻起来像是村里的人，像烟熏过的兽皮，像我们的啤酒。"我不喜欢非洲啤酒的味道，也不能肯定是否喜欢自己身上有这种气味。

女孩把头靠在我的背上，贴着我满是汗渍凝结的盐粒的衣衫。她的头在我的后肩摩擦了一会儿，然后转移到我脖颈上，接着便伸到前面来让我吻她。

"你看到了？"寡妇问，"你的气味和恩古伊一样。"

"恩古伊，我们两人气味一样吗？"

“我不知道我有什么气味。没有人知道自己的气味。不过你的气味和姆休卡一样。”

恩古伊靠在树干的另一侧往下游望着。他两腿屈起，头部靠着树干，身边放着我的新矛。

“寡妇你去跟恩古伊说说话吧。”

“不行，”她说，“我要看着这个女孩子。”

女孩儿把头枕在我的腿上，摸着我那支枪的皮套。我知道她希望我用手指沿着她鼻部轮廓和嘴唇向下触摸，碰碰她下巴的线条，然后顺着她额头的发际和两鬓划一个方形，接着触摸她耳朵四周的皮肤，最后再到头顶。这种求爱方式是极为微妙的，寡妇在一旁我只能做这个。但是如果她需要，也可以轻柔地在我身上探索一番。

“你这个粗手粗脚的美人。”

“我是个好妻子。”

“你让寡妇走开。”

“不行。”

“为什么？”

她把理由告诉我，我又吻了一下她的头顶。她双手非常细致地探索着，然后抓起我的右手放在她想让我放的地方。我把她搂得很紧，把另一只手也放在了该放的地方。

“不行。”寡妇说。

“Hapana tu.[①]”女孩说。她翻过身来脸朝下伏在原来枕头的地方，用坎巴语说了一些我听不懂的话。恩古伊向下游望，我向上游望，寡妇已经挪到树背后去了。女孩躺在我身上，我们两个无法消释的悲伤融合在了一起。我伸手到树边把来复枪拿过来放在右腿边。

“睡觉吧。”我说。

---

① 这是斯瓦希里语，中间的Hapana仍旧表示否定，意思是“不能”“不行”。

“不。我晚上再睡觉。”

“现在就睡。”

“不睡。我能不能碰一下?”

“可以。”

“像一个最后的妻子。”

“我粗手粗脚的妻子。”

她又说了一些我听不懂的坎巴语句。恩古伊说:“Kwenda na campi.”

“我得留下。”寡妇说。但恩古伊已迈着他满不在乎的步子离开了,在树丛里投下一道长长的影子。寡妇和他一起走了一段,又用坎巴语说了几句话。然后她在我们后面离我们四棵树之遥的地方停下来开始站岗,向下游方向张望。

“他们走了吗?”女孩问。

我说走了,她便靠上来,我们俩紧拥躺了下去,她把嘴放在我的嘴上,我们吻得很仔细。她喜欢这样亲热喜欢探索,感到我有任何反应或者摸到我的伤疤时都很高兴。她还用拇指和食指捏着我的耳垂,表示她想在上面穿孔。她从来没有穿过耳朵孔,但希望我能摸一摸她耳朵上要为我穿孔的地方。我仔细地摸了摸,然后吻一吻,又很轻地咬了一咬。

“用你最锋利的牙齿咬得重些。”

“不行。”

她咬了一下我的耳朵,告诉我该咬什么部位,我感到很舒服。

“你以前为什么不穿耳孔?”

“我也不知道。我们部落的人都不穿。”

“穿孔比较好。比较好也显得比较诚实。”

“我们会一起做许多有益的事的。”

“我们已经做了不少。但我想成为一个有用的妻子,不仅仅是玩玩的,也不是最后得离开的。”

“谁会离开你?”

“你。”她说。

我已经说过，在坎巴语中是没有表示爱和表示抱歉的字眼。但我用西班牙语告诉她说我非常爱她，她从头到脚每块地方我都爱，我们数了数我爱的东西，使她非常高兴。我也很高兴，我想我并没有半点撒谎，我的整个感情更不是虚假的。

我们躺在树下，我已经听到了狒狒往河边走过来的声音。睡了一会儿，寡妇走回到我们身旁的树下，在我耳边轻轻说了一声说：“Nyanyi.[①]”

风沿溪水流的方向向我们吹来，一群刚从灌木林里出来的狒狒正踩着浅滩上的岩石穿过小溪，准备向玉米臼的围篱进军。田地里的 maize（我们种植的玉米饲料）已长到十二至十四英尺高了。狒狒闻不到我们的气味，也没看到我们躺在斑驳的树影里。狒狒们从灌木林里悄悄地走出来，像一支突击队一样开始过河。走在前头的是三头很大很老的公狒狒，其中一头更大些。三只狒狒走得都很小心，它们的扁圆脑袋、长嘴和又大又重的双颚，不断转动摇晃着。我看得到它们大块的肌肉、结实的肩膀、敦实的臀部、或拱起或下垂的尾巴和它们庞大笨重的躯体。它们身后是整个狒狒部落，一些雌狒狒和小狒狒还在陆续从灌木丛里走出来。

女孩慢慢地向旁边滚过去一些，以便让我能自由射击。我仍然躺着，缓慢仔细地把来复枪举起来放在腿上。然后我把枪栓向后拉，先用扣扳机的手指握住枪栓上的小球，再让枪栓向前滑到打开的位置，这样便没有发出咔嗒声。

我躺在地上向那只最大的老公狒狒的肩部瞄准，然后轻轻扣动了扳机。我听到了砰的一声，但顾不上定睛看一眼我打的狒狒，便翻身站起来开始向另两只大狒狒射击。它们都踩着岩石往

① 这是斯瓦希里语，意思为“狒狒”。

回走，想退回到灌木丛里去。我先打中第三只，又打中了正从它身上跳过去的第二只老狒狒。我回过头看了一眼第一只打中的狒狒，发现它已经脸朝下倒在水里。我最后射中的狒狒还在尖叫，我便又开了一枪结果了它。其他的狒狒都已不见影踪。我在灌木丛里重新装上子弹，黛芭问我能不能让她握一下来复枪。她握着枪时模仿阿拉普·梅纳做了个立正姿势。“刚才枪筒很冷，”她说，“现在又这么热。”

人们听到了枪声都从村子赶来，探子和他们在一起。恩古伊也拿着矛过来了。他没有回营，而是到村里去了，这回我知道他身上散发的是什么气味了。原来是非洲啤酒的气味。

“死了三头，”他说，“全是重要的将领。缅甸将军、朝鲜将军、马来亚将军。Buona notte.[①]”

他是在阿比西尼亚的时从 K. A. R. 那儿学会了说“Buona notte”。[②] 他从黛芭手里把来复枪拿过去。黛芭握着枪时的神情严肃，双眼望着岩石上和水里的狒狒尸体。这个景象并不悦目，我便让探子去对村里的男人和男孩说，让他们把狒狒从溪水里拖出来，靠在玉米田的篱笆上，要让尸体坐起来，把狒狒的前肢交叉地放在两腿上。还有，过会儿我会送过来些绳子，我们就可以把死的狒狒吊在篱笆上以将其他狒狒吓跑，或者也可以把狒狒放在适当的地方当诱饵使用。

探子把命令发布下去，黛芭仍然带着严肃、正式和超然的神情看着人们将大狒狒从水里拖上岸再靠墙放成设计好的样子。死狒狒手臂很长，肚皮很可憎，脸部扭曲变形，双颚使人看了十分害怕。其中一只靠在篱笆上时头向后仰，作遐想状。另两只的头则向前低着如在沉思一般。我们离开了这一幕，向停在村子里的我们的猎车走去。恩古伊和我并排走，来复枪又到我手中。探子

---

① 这是意大利语，意思“晚安”。

② 恩古伊以前曾经参加肯尼亚炮兵团（K. A. R.），曾经在埃塞俄比亚境内和意大利军队作过战。

走在我们旁边，黛芭和寡妇在我们后面走着。

“都是大将，强将啊，”恩古伊说，“Kwenda na campi?”

“你感觉如何，老侦探?”我问。

“老兄我现在没什么感受。我心已经成碎片了。”

“发生了什么事情?”

“是寡妇。”

“她是不错的女人啊。”

“对啊。可是现在她希望你做她的保护者，对我却没什么礼貌。她想领着我还有她的儿子和你一块去马伊托。她希望可以去照顾黛芭，而黛芭却希望当玛丽夫人的助理妻子。大家都在思量这个事情，她每夜都彻夜跟我讨论这件事。”

“这可不太妙啊。”

“一定不要让黛芭帮你扛枪。”我见到恩古伊看了她一眼。

“她可没扛枪，就拿了一下。”

“连拿也是不应该的。”

“这是你的感觉吗?”

“不是。当然不可能是，兄弟。可是村子里的人都这么传的。”

“最好让他们闭嘴，不然我不会再保护这个村子了。”

这句话没有什么重量。可是探子本来说话也没有分量。

“况且你也没那个时间去仔细听每个人的想法，毕竟刚刚让黛芭拿枪已经是半小时之前的事情了。你现在可不要像个阴谋家一样。”我心里想说的是你可不要有死不改姓的阴谋家的性格。

说着我们已经到了村子。村里那些红红的土壤、耸入天空的圣树还有精致的茅舍跟往常没什么两样。寡妇的儿子拿头部撞向我怀里，接着站好让我亲吻他的头顶。而我却只是往他头上拍了拍，再掏出一先令给他。这时候我想到探子每月只能得到六十八先令的工资，那么一先令就几乎是他半天的工资了，给一个小男孩嫌多了些。因此我把探子从猎车那边叫过来，在自己的丛林衫口袋里摸了摸，发现几张让汗水粘在一团的十先令纸币。

我剥开两张递给探子。

“不要再议论谁替我拿枪的问题。这个村子里没有一个男人配给我端尿盆的。”

“我说过有这样的男人吗，兄弟？”

“给寡妇买些礼物，也让我知道一下镇上的情况。”

“今天晚上去太晚了。”

“到路边去等英国先生的卡车。”

“要是没有车来怎么办，兄弟？”

通常他的回答是：“是，兄弟。”到第二天再说：“车没过来，兄弟。”这样我便欣赏他的态度和做过的努力。

“那就天亮时去。”

“是，兄弟。”

我很同情村里的人，同情探子、寡妇，以及大家的希望和计划，我们驾车离去，没有回头看。

那是下雨之前好几天的事了，那时候狮子还没回来。现在已经没有理由再去想这件事了，之所以会想起来，不过是因为今天晚上我替金·克难过而已。由于风俗、法律和个人选择的限制，他可能要独自一人度过游猎的时间，而且只能靠读书来消磨漫漫长夜。

我们带来的书中有一本阿伦·佩顿写的《迟来的鹬》[①]。我觉得这本书的文体过分圣经化，又显示出一种极度的虔诚，简直没有可看性。宗教虔诚就像先在搅拌器里混合然后一桶一桶地运到工地上去的水泥，将这本书构建了起来。书里不仅仅是有一种虔诚的氛围，虔诚好比油轮沉没后覆盖在海面上的油层一般无所不在。不过金·克认为这本书很好，因此我也会硬着头皮往下看，

① 阿伦·佩顿（Alan S. Paton，1903—1988），南非作家，曾经任南非自由党主席，他十分反对种族隔离。其主要代表作有小说《哭吧，亲爱的祖国》。

但最终仍觉得看佩顿塑造的那些愚蠢、狭隘、讨厌，并因为一九二七年的一条法令①背上了沉重的负罪感的人物完全是浪费时间。但我读完全书的时候终于明白了金·克的评价是对的。佩顿想要塑造的正是这样的一群人物，但因为佩顿本人极其虔诚，便试图回忆过去岁月，设身处地地为这些人着想，至少可以说他除了引用更多的圣经文字以外已无法再谴责他们了。由于心胸宽大，佩顿最终接纳、肯定了这些人。不过我早就知道金·克为什么喜欢这本书，只是想起这个理由来让人很伤心。

金·克和玛丽兴高采烈地谈着一个叫作伦敦的城市。

我对那个城市的了解大都是道听途说来的，只有在最不寻常的情况下对它有具体的认识。因此听他们交谈时我想到的是巴黎。对巴黎的各种情况我都很了解。由于我对这座城市的认识很深刻，感情深厚。除了与那些当年也在巴黎的人一起谈论这些，我是从不喜欢谈论这个城市的。那时候，我们都有属于自己的咖啡馆，总是一个人独自去，除了侍者什么人也不认识。这些咖啡馆是神秘的地方，过去所有热爱巴黎的人都有属于自己的咖啡馆。它们比俱乐部要更宜人些，在那里你会收到一些你不希望寄到你寓所的邮件。通常你知道两三家秘密的咖啡馆，其中总有一家会是你工作和读报的地方。这家咖啡馆的地址你是从来不会告诉任何人的，每天早上你都要到那儿去，坐在吧台喝一杯奶咖，吃个奶油蛋卷，然后等他们把你桌子所在的那个角落打扫干净，就进屋去坐到那个靠近窗的位置上开始工作。同时侍者仍然在清扫、擦拭店里的其他地方。四周有人工作有助于你自己工作，感觉很好。等到顾客陆续进店的时候，你就把你喝的半瓶维奇矿泉水的钱付了，离开咖啡店沿码头走到可以喝杯开胃酒、吃顿午饭的地方。你可以到秘密的地方去吃午饭，也有一些你认识的人们

① 1927年的法令指的是种族隔离法令。从而1910年南非成立以后，种族隔离趋势不断上涨。下文提到的金·克钟爱这本书的原因应该是在非洲进行种族隔离的过程中白人那种复杂的心理打动了金·克，勾起了他在缅甸和东非的回忆。

去的餐馆。

最佳的秘密去处总会被迈克·沃德发现。他对巴黎的熟悉和喜爱超过了我认识的任何其他人。一旦一个德国人发现了什么秘密的去处，就要遍邀朋友来庆祝。我跟迈克爱搜索的地方是有一两种好酒、有一个通常古怪的好厨师，而且正希望赶在出卖店堂或破产前做几笔生意的小店。我们不想找那些越来越成功、蒸蒸日上的地方。查理·斯威尼找到的秘密去处老是这种地方，等到他带你到那儿去的时候，这个秘密早已广为流传，需要排队才能有座位了。

但查理在秘密咖啡馆这件事相当慷慨，同时也很注意替自己和别人守护咖啡馆的秘密。当然我们相互交流的咖啡馆都是我们的第二选择，也就是说是下午或者傍晚去的咖啡馆。一天中这个时间你可能会想跟别人谈谈话，我有时候便会趁这时候到他的二等咖啡馆去，有时候是他来我的二等地方。有时候他会说想带一个女孩让我见见，我也有可能告诉他说要带来女孩子。我们带的女孩都是有工作的。不工作的姑娘对你是不会认真的。除了傻瓜以外是没有人会养一个女孩子。你不想白天里有一个女孩老是在你面前，也不想让她给你添麻烦。假如她想和你好而又有工作，那么她就是认真的。这样你需要她时，她能与你共度春宵，你会在晚上陪着她，她需要礼物时，你会送给她。查理总是能够结交些漂亮温柔的姑娘，而且都有工作，都很敬业，而我从来不把许多女人带到他面前炫耀，因为当时和我好的是我旅馆的服务员。以前我从没有认识过年轻的旅馆服务员，因此这次经历给我很大的启迪。她最大的长处就是出门半步都不行，更不用说与人出去社交了。我最初作为房客认识她时，她正爱着一个巴黎保安警察队警察，那位战士的制服上饰有马尾旗，挂满勋章，留着小胡子，营房就在区里不远的地方。他每天定时值勤，身材很好，我们见了面总是正式地称呼对方为“Monsieur”。

我并不爱我们的服务员，但那时候晚上我觉得很寂寞。于是第一次她上楼来用插在门上的钥匙打开门，再上一段扶梯进入我的阁楼。我的床就在窗子旁边，从床上能看见蒙特帕那斯公墓的美景。她脱下毡底鞋，睡到了我的床上。接着问我喜不喜欢她，我效忠地回答她说："那是自然的。"

"我知道是这样，"她说，"我一直一直都知道。"

她很快脱了衣服，我则望着照在公墓上的月光。她闻上去没有村里人的味道，但很干净也很纤弱，是因为吃的东西是结实的但营养不足的缘故吧。我们两个人都看不到自己是什么模样，可是彼此都十分尊重。不过当她告诉我说最后一名房客已经回来了的时候我脑海中一直在想象我们俩的样子。我们躺了一会儿后她又说她不会真正爱上保安警察队的成员。我就说我认为 Monsieur 是个好人，是 un brave homme et très gentil，他骑马的样子一定很帅。但她说自己可不是一匹马，况且有不方便的地方。

就这样他们谈论伦敦的时候我一直想着巴黎，我又想到我们大家身世各不相同，能相处融洽是很幸运的，我祝愿金·克晚上不再孤单，我还想到自己能和玛丽这么可爱的人结婚有多么幸运，便决心把村子里的事处理好，成为一个真正的好丈夫。

"你一直没说话，将军，"金·克说，"我们说话让你烦了？"

"年轻人从来不让我觉得烦。我喜欢听他们随意聊天，让我不觉得自己老了没有用处。"

"别胡说，"金·克说，"你刚才表情怪深沉的，在想什么？你没有想不愉快的事吧？是不是在担心明天会发生的情况？"

"我担心明天要发生的事的时候，你就会看见我帐篷里深夜还亮着灯的。"

"又胡说了，先生。"金·克说。

"别说粗话①，金·克，"玛丽说，"我丈夫是个很细腻敏感的人，他讨厌粗话。"

---

① 金·克在两提到"胡说"的时候都使用粗俗的词句。

“我高兴有东西使他讨厌。”金·克说，“我喜欢看到他性格中好的一面。”

“他把好的一面隐藏得很深。你在想什么，亲爱的?”

“巴黎保安警察队里的一个警察。”

“看到没有?”金·克说，“我一直说他有很细腻的一面，显示出来的时候完全地出人意料。在细腻上他和普鲁斯特①是很相似。告诉我那个人是不是很有吸引力? 我尽量做到思想开通。”

“爸爸和普鲁斯特过去曾在一家的旅馆里住过，”玛丽说，“但是爸爸老是说时代不同。”

“天知道到底事情在怎样发展。”金·克说。今晚他很愉快，一点也不焦躁。有些事玛丽可以用我所见过的最可爱最彻底的方式遗忘。吵了架也许会使她一晚上不高兴，但到一周结束的时候，她就可以把不愉快完全彻底地忘记。她有一种与生俱来的有选择性的记忆力，但这对她本人并没有太大好处。在她原谅自己过去所犯错误的同时也原谅了别人。她是个很奇怪的女孩，我非常爱她。目前她只有两个缺点。第一点是她太矮，很难不施诡计便把狮子杀死。第二点就是她心肠太好，成不了杀手。我已得出结论，因为心软，她向一头动物射击时不是退缩一下，就是打偏一点。我觉得这一点很有吸引力，从来不因为这一点而恼火。不过她自己是感到恼火的，因为在理智上她已经认识到我们猎杀动物的理由和必要性，而在做出她决不会杀像黑斑羚这样好看的动物只杀丑陋凶恶的野兽的决定后，打猎对她来说也已逐渐成为一种乐趣。这半年来她每天都打猎，已经学会喜欢打猎。从根本上来说打猎是件羞耻的事，但如果干得干净利索还不算丢脸，即便如此，她性格中善的一面仍下意识地起作用使她打偏目标。我爱玛丽的善良，同样道理，我无法爱那些能够在圈放即将送屠宰场

① 普鲁斯特（Marcel Proust，1871—1922），法国小说家，写作强调生活的真实和人物内心世界。长篇小说《追忆逝水年华》（七卷）闻名于世。

的牲畜的临时围栏里工作的女人，或者忍心把病狗病猫杀死的女人，或是会将在赛跑中摔断了腿的马处死的女人。

“那个士兵叫什么名字？”金·克问，“阿尔贝蒂尼？”

“不，他名字是 Monsieur。”

“他在耍我们，玛丽。”金·克说。

他们又开始继续谈论伦敦。因此我也开始思考伦敦，觉得那地方不算很讨厌。虽然噪音是多了些而且不正常。我意识到对伦敦我其实是一无所知，便又开始思考巴黎，比上一次想得更深入细致。说实在的，我是在担心玛丽的狮子，金·克也是一样。只不过我们处理此事的方式不同罢了。当事情真的发生的时候总是很容易的。但玛丽的狮子我们已打了很长的时间，真希望能把这只该死的狮子尽快结果掉。

最后，各种各样的 dudus，即各类爬虫飞虫甲壳虫的总称，在用餐帐篷的地上铺了厚厚一层，人走上去都会发出轻微嘎嘎声时，我们便去睡觉了

“别担心明天的事。”金·克向自己帐篷走去时我对他说。

“过来一下。”他说。我们在到他的帐篷去的半路上停下来，这时候玛丽已经进了我们帐篷。“她瞄准那头倒霉的角马哪儿了？”

“她没告诉你吗？”

“没有。”

“睡觉去吧，”我说，“反正无论如何我们要到第二幕才上场的[①]。”

“你们不能做夫妻之间的那事情？”

“不能。切罗恳求我做这事都有一个月了。”

“她真令人敬佩，”金·克说，“连你也略让人有些敬佩。”

“不过是一群海军司令[②]而已。”

---

① 这句话指的是金·克和海明威只能在玛丽射击狮子后才能再开枪。

② 英语中“令人佩服的”一词“admirable”跟“海军司令”一词“adnural”拼写和念法都十分接近，因此海明威接金·克的话说了这些。

“晚安，司令。”

“在我失明的眼睛上放一架望远镜，再替我吻一下蠢驴哈代[①]。”

“你把我们的战场搞错了。”

这时狮子吼了一声。金·克和我握了一下手。

“它大概听到你乱引纳尔逊的话了。”金·克说。

“它听你和玛丽谈伦敦听烦了。”

“它嗓音很好。”金·克说，“上床吧，司令睡一会儿。”

晚上我听到狮子又吼了几次，接着我便睡着了。一会儿，姆温迪进来扯我的帆布床上脚边那一头的毯子。

外面天还很黑，但已经有人在生火。我把茶给玛丽端过去，把她叫醒，但感觉她不太舒服。她病了，抽搐得很厉害。

“想不想休息一天，亲爱的？”

“不想，可我感觉糟透了。也许喝过茶会好一点。”

“我们可以取消行动的，让狮子多休息可能反而更好。”

“不，我想去。不过先要让我设法感觉舒服些，如果我办得到的话。”

我走出去用盆里的冷水清洗了洗，用硼酸水冲洗了一下眼睛，穿上衣服走到火堆边。我看到金·克在帐篷前刮脸。刮完后，他穿衣服走过来。

“玛丽有些晕晕乎乎的。”

“可怜的孩子。”

“她还是想去。”

“这很自然。”

“你睡得怎么样？”

“不错。你呢？”

---

① 是故意错误地引用英国海军统帅纳尔逊（Horao Nelson，1758—1805）临死之前的那句话。纳尔逊因作战受伤，临死想亲吻其大副哈代。海明威应该是指金·克由于失眠只能依靠阅读英国作家哈代的书来熬过长夜。

“很好。你认为它昨天晚上在干什么？”

“我认为它就是四处走一走，还发点声音。”

“它说了许多话呢。想不想和我一起喝瓶啤酒？”

“这对我们没坏处。”

我过去拿了瓶啤酒和两只玻璃杯，等着玛丽出来。玛丽走出帐篷沿小路走进厕所。她回来后又去了一次。

“你感觉如何，亲爱的？”她端着茶走到火堆边的桌子旁时我问她。切罗和恩古伊正把枪、望远镜还有子弹包从帐篷里取出来放到猎车上。

“我感觉一点也不好。有什么可治的吗？”

“有，但会让你发困。咱们还有土霉素，应该对两种情况都有效果，但也会让你感觉不对劲。”

“为什么我一定要赶在狮子在这儿的时候得病？”

“请别担心，玛丽小姐，”金·克说，“我们会让你好起来的，狮子也会越来越自信的。”

“但我想出去打它。”

她显然十分痛苦，看得出病又发作了。

“亲爱的，咱们今天早上就放过它，让它休息一下。反正咱们也只能这么做了。你别担心，照顾好你自己。金·克反正还能在这儿多待几天。”

金·克手心向下摇了摇头表示否定。但玛丽没看到他这个动作。

“它是你的狮子，你不用着急，状态好一点儿再打它也不迟，只要咱们不去打扰它，狮子会越来越自信的。今天早上如果我们干脆不出去会好得多。”

我走到猎车那边说我们不出去了，接着我到火边去找到凯第。他看上去完全明白这回事，但说话很小心很有礼貌。

“夫人病了。”

“我知道。”

“可能是面条吃坏了，也可能是痢疾。”

“对，”凯第说，“我认为问题在面条上。”

“肉不新鲜。”

“对，也许只是一小块不新鲜。做面条时天很黑。”

“我们不管狮子，要照顾好夫人。狮子会自信起来的。”

“Mzuri，”凯第说，“快走吧。你去打些鹑鸡或珠鸡来，让姆贝比亚给夫人熬汤。”

我们可确定，即使狮子看到了诱饵，也一定没有去碰。我和金·克便乘他的巡逻车去野外看了看。

我向恩古伊要了一瓶酒。酒瓶是包在湿口袋里的，晚上的凉气还留了些在瓶上。我们把巡逻车停在一棵树的树荫下，一边喝酒，一边越过蒸干的泥沼眺望玲珑的汤姆逊瞪羚、乌黑的角马的一举一动，以及在晨光下仿佛呈灰白色的斑马。只见斑马穿过沼泽，奔向另一边的草丛，最后向丘卢岭跑去。那天清晨的丘卢岭披上了一层深蓝色，看上去似乎很遥远。转头再看我们的那座山就觉得十分近了，像是紧挨着营地的背后似的。山上有很多的积雪，在阳光下十分耀眼。

“咱们可以让玛丽踩着高跷去打猎，”我说，“这样她就可以在草丛里看到它了。”

“这并不触犯狩猎法。”

“或者也可以让切罗扛一架分阶式梯子，就像图书馆里让人取上层书架上的书的那种梯子。”

“这个主意太好了，”金·克说，“我们可以在梯子上加垫子，这样她就可以把来复枪放在所站那级上面的一级上稍微休息。”

“你不认为这会太笨重吗？”

“要让梯子移动灵活是切罗的任务。”

“那模样一定很好看。”我说，“咱们可以在梯子上装一个电扇。”

“我们可以把梯子造成电扇的样子，”金·克快活地说，“不过那样大概会被认为是车辆，成为非法物品。”

“要是我们推着那玩意儿前进，让玛丽在里头像松鼠一样不断往上爬，那算不算不合法？”

“任何滚动的东西都是车辆。”金·克的口吻公正严明。

“我走路的样子也会左右‘滚动’。”

“那你也是一辆车，我来开你好了，你有六个月的时间，然后就要给装船运出殖民地。”

“咱们得小心点哦，金·克。”

“谦虚谨慎不已经是咱们的口号吗？”

“瓶里还有酒吗？”

“还有些残渣，咱们分着喝吧。”

第八章

玛丽猎杀的那天天气不错。唯一一个让人感到快乐的理由也许就是那天的天气。因为许多白花一夜之间突然绽放，所以当太阳出来之前，曙光初现时所有的草上边都好像是覆盖了一层新下的雪一样，纷纷沐浴在穿过薄雾散下来的月光中。玛丽赶在天还没有完全亮的时候，早早地收拾好了她的衣服。她为了能将256口径曼尼利彻步枪里的子弹仔仔细细地彻彻底底地检查一遍，提前将外套的右手袖子那边卷了起来。她告诉我她感觉不是很舒服，我之所以相信她说的是真心话，是因为我和金·克跟她打招呼，她也就是随便地应了一声，我们都在不断地提醒对方要抑制住自己不开玩笑。我明白玛丽为什么对金·克不满，他在正规的十分严峻的工作面前仍旧不是很专心致志的样子，这是玛丽肯定不会中意他的一个理由。我觉得她有时对我发发脾气是有好处的。我知道她在心情不好的时候能射出我所见到过的她能力范围内的最致命的那一枪。这一点非常符合我针对她做出的也是最值得骄傲的结论：因为她太善良，不会轻易打死任何猎物。打猎的时候，每个人开枪的理由不一样：有的人开枪的时候很自由；有的人不带一点儿慌乱，虽然开枪的速度特别快，但是在这期间还能像个外科大夫动第一刀时那般仔细地把每一颗子弹装好；还有的人射击很规矩，如果不发生意外，一般情况下这种人的枪法都百发百中。那天清晨，玛丽很显然对出去游猎充满了坚定的信心，她鄙视一切对待生活不够严谨的人，即使她身体状况不好——如果没有打中，这可以成为她最好的借口——她却能在这时也可以拥有一股顽强、专注、信心十足的狠心。我认为这样也不错。毕竟这也是一种对生活崭新的态度。

天亮之后，我们就立即出发。此时我们都在猎车旁边等着。大家的表情都很严肃、冷峻。因为恩古伊的脾气都不好，所以每天早晨他不仅表情严肃、冷峻，而且还带有一脸的怒色。虽然切罗也很严肃，不过要稍稍轻松一些。他此刻就像是一位要去参加葬礼的人，可是他对死者却没什么感情。姆休卡像平时一样开开心心的，因为耳聋听不见，他就用敏锐的眼睛寻找黑暗里的发出第一丝亮光。

我们都是打猎的猎手，而打猎这件神圣的事情的开端就在此时。打猎往往被人传得玄而又玄，而事实上它和宗教比起来，还是要古板些。有些人能够被称为猎手，然而有些人就不能。玛丽可称为一名勇气可嘉并且心地善良的猎手。可是她入这一行的时间还是太短，虽然她开始打猎时年龄已经不小，但是在打猎过程中遇到的很多事情都却让她大开眼界，这种感觉就像小猫变成大猫后第一次发情。在这过程中她得到的一切新知识和感觉到的新改变都归为我们自己知道而其他人未必知道的东西。

看着玛丽所经历的这一切改变，又目睹她几个月来用这么严厉而顽固的态度猎杀一只狮子，她即使再遇到再大的困难也不害怕。我们四个觉得自己就像是保护一名经验不足的斗牛士的一帮助手。只要那个斗牛士态度端正，助手的态度也会一样严谨起来。助手们由于很了解斗牛士的焦虑和担心，也会从中得到不同方式的回馈。在很多时候大家都曾经对斗牛士丧失过信心，不过好在后来我们又重拾了对斗牛士的信心。此时我们这些人中有的人往车里一坐，有的则在车周围来回走动，等待光线足够清晰时出发，我此刻确实有一种很强烈的斗牛开始比赛前的感觉。我们之所以和斗牛士一样表情严厉，是因为我们对斗牛士有一种不寻常的爱。因为现在我们的斗牛士身体状况并不是特别好，所以我们就更需要去爱护她，帮助她使她能够更顺利地做任何事情。困倦的睡意在我们坐着或者靠着的时候渐渐散去，此刻我们跟猎手同样感到心情激动。猎手也许是世界上最幸福的人吧，他们每个新的一天都是充满了未知的新鲜，而这时候的玛丽也同样是一名猎手。为了能够以绝对纯正和完美的手法猎杀一只狮子，她给自己布置了这样的任务：由老爹亲自教育、指导和练习。老爹收她当作关门弟子，但是他把从未能强加到别的女人身上的道德观念强加在玛丽的身上，使得她猎杀狮子的方法或许可以不普通，但必须要理想。老爹在训练玛丽时发现了玛丽身上不仅有一种女性身上的有挑战性的好斗精神，而且发现她是一个充满了善心，而又爆发力十足的猎手。老爹认为玛丽唯一的缺点是不知道子弹最终会飞到哪里去而已。老爹将这种观念传给她，告诉她之后自己就必须离开。现在的玛丽已经完全拥有了那种观念，让人感到惋惜的是身边仅仅剩下金·克和我。而我们两个谁都不如老爹那么值得信服。就是在这种情形下，玛丽再次踏上了她那个不再一直向后推迟的斗牛征途。

姆休卡此刻冲我点点头，示意光线已经足够，可以打猎了。于是我们就立刻出发，穿过开遍白花的田野，然而在昨天这片田野还是绿绿的，而当我们的车开到跟森林平行的地方时，当我们左边呈现出一片枯黄的高高的草丛，姆休卡悄悄地把车停下。我发现了他脸颊上那个箭头形状的痕迹和其他一些旧旧的伤痕，是在他把头慢慢地转回去时。他没有说任何话，我只好顺着他的视线看过去。一个巨大的头部隐约在枯黄的草丛之上，仔细一看那只巨大的黑鬣狮正往我们这边走来。

“咱们慢慢地回到营地，你觉得这个想法怎么样?”我小声对金·克说。

“我非常同意。”他小声地回答。

狮子在我们正在说话的时候就已经转过身子往森林深处跑去了，不一会儿连影子都消失了，只剩下高高的草在那里晃来晃去。

玛丽知道我们这么做的原因是在我们回到营地吃早饭的时候，她非常赞同这个当时必须做出的决定。然而在她严阵以待的状态下那一场一触即发的斗牛战争却取消了，当然我们也因此成了最不讨好的人。现在再说狮子最后犯错什么的已经没有什么意义了。金·克和我都能完全肯定可以打中它了。因为我们推测它晚上没有再吃什么，所以到了早晨的时候肯定要出来寻找食物。现在它又折回去。它肯定会饿着肚子睡上一会儿，要是没什么人打搅，它应该将会在傍晚的时候再出来找吃的。但所有的这些只是假设。万一它到时候不想出来，金·克第二天无论如何都得离开了。之后会剩下我和玛丽两人独自去猎狮子了。我之所以不再担心打不中它，是觉得狮子犯了一个比较严重的错误，因为它已经打乱了自己的规律。要是金·克不在，我也许会更高兴点儿，只剩我跟玛丽去猎杀这只狮子。可是我也喜欢和金·克一起猎杀，因为金·克针对可能会发生的情况说得太详细了，而且我也不至于愚笨地希望我和玛丽单独在一块儿的时候出那么一点儿差错。我总会有这种美妙的错觉，觉得玛丽一定会瞄准她希望的那个部位，然后想象狮子将一下倒在地面上，这和我曾经无数次见到的那些动物倒下的样子一样，接着瞬间就变成了一只死狮子。假如狮子倒地了却没有死透，我就再补给它两枪，这事再简单不过了。就这样，玛丽杀死了属于她的狮子而满心欢喜。她知道我只喂了它一点儿盘提拉药①，她会永远地爱着我，阿门②。我们一直在期盼这个时间，已经到第六个月了。就在这时，一辆新巡逻车穿过那片神奇的田野，这辆巡逻车我们从没见过，而且型号全新、又快又大。这片田野一个月前覆盖满了尘土，一周前到处都是泥浆，现在则是洒满了白花的田野。最后这辆巡逻车驶进了营地。开车的是一个汉子，他中等个子，脸部红红的，身上穿着一件褪色的那种卡其色肯尼亚警官的制服。这么狂奔过来使他满面尘土，只有他微笑起来的时候，眼角的皱纹里看不见有什么

① 这里指海明威在狮子的诱饵中下了很轻的毒药。

② 阿门是基督教徒祈祷完毕之后所说的词。在这里表示的是以上说的都是海明威的愿望。

灰尘。

“帐篷里有人吗?”在他走进吃饭的帐篷时一边摘下他的帽子一边问道。我透过帐篷挂着一条麦斯林纱做成的帘子，朝大山方向的那边的开口的地方看去，我看到那警车正朝这边开来。

“大家都在这儿。”我说，“哈里先生，你还好吗?”

“我很好。”

“你可以坐下来，我给你找点喝的东西。你打算在这里过夜是吧?”

他坐下来时像只猫一样转动了一下肩膀，可爱地伸了伸腿。

“一般来说这个时间都不喝酒的。所以我今天并不打算喝点什么。”

“那你想喝点什么?”

“喝瓶啤酒怎么样?”

我打开了酒瓶子，倒出一些酒。我发现举起杯子时他已经慢慢地开始放松下来了，并且那双疲惫的眼睛还对我微笑了一下。

“让他们将你的东西放在就是那个现在空着的绿颜色的帐篷里面去吧，那是帕特的帐篷。”

哈里·邓恩十分害羞，工作勤勤恳恳，心地十分善良，做事又很有决心。他特别喜欢非洲人，并且对他们十分理解。可是他受雇在这个区域维持纪律和传达上级的命令，他既有点温柔又有点粗暴，但是他没有什么报复的心理，不愤世嫉俗，不愚蠢，更没有什么多愁善感。在这个别人都牢记仇恨的国家里他却不会埋怨这些，而且我也从没见过他为了什么事情而纠结万分。这是一个滋生腐败、扩展仇恨、宽容狂暴，而极度令人愤慨的年代，他在执行着法律。虽然他工作的目的也从不是升职，但是他每天的工作量都超出正常人所能忍耐的极限。因为他明白自己工作的真正价值。有一次玛丽把他比作是一座会活动的碉堡。

“你在这儿过得怎么样？还开心吗?”

“很好，非常开心。”

“那个在圣婴耶稣出生之日前猎杀一头豹子的事情，我也听说了，那是什么情况？”

“九月份的时候我们正准备那个杂志的照片素材，打豹子是由于要写那个杂志里的图片新闻。这是在认识你之前的事情了。在那时候我是个摄影师，拍摄了上千张的照片，我会在他们选中的照片上写上一些解释的文字然后变成短篇文章。可以看见照片里有一张挺不错的豹子的照片，我射中了它，不过可惜它不是我的。”

“这又怎么回事？”

“那时候在尤阿索涅里的另外一边，在比马加地还稍微远点的峭壁下方那里。我们那时候正在追踪一头很机灵的大狮子。”

“我不怎么熟悉那地方。”

“为了走近那头狮子，我的这个朋友与他扛枪的帮手就爬上一座比较低的石山往前观察狮子是否会出来。因为我跟我的朋友曾经都杀死过狮子，这头狮子必须留给玛丽，只有玛丽还没有。因此，在我们听见枪声，接着又看到一个东西吼叫着随即倒在了地面上的时候，都不知道发生了什么事情。结果发现原来是一只豹子，就在豹子倒下来的时候一团团的土都荡起来，这也许因为是地上尘土太厚。此刻豹子不停地吼叫着，谁也不晓得它会从哪里出发来突破那一团尘土。我的朋友马伊托就从石山上朝着豹子射击了两枪，我也瞄准尘土移动的中心部位随即开了一枪。当我意识到它肯定会从那个方向冲出来的，接着我弯下腰移动到右边。然后它突然从那团尘土中把头露出来一下，同时仍在吼叫。我看机会来了，就拿枪瞄准并且击中它的脖子，最后那尘土才渐渐平息了下来。整个过程感觉有点像是以前在偏远西部的那种酒馆外尘土飞扬的空地上发生的枪战似的。区别就在于豹子手里没有枪，可是距离很近，随时有可能伤人，并且它情绪又非常暴躁。马伊托与豹子、大家与豹子还有我和豹子在一块儿的情景被摄影师捕捉到拍成了很多照片。豹子理应属于马伊托，是他的战利品，毕竟是他首先射中了豹子的，并且最终又再次击中。但杂志社想采用那张拍摄角度最好的照片，那张照片上是豹子和我，我拒绝了，我告诉他们除非我自己也可以猎杀一只神气的豹子。但是到目前为止我已经失败了三次。”

“我从没有想到你的原则性这么强。”

“很不幸，我的原则性就是这么强。这道理同法律一样。打到一枪就会追逐到底。”

两只母狮还有那只幼狮之前在距离我们很远的沼泽地附近猎杀食物，这是从阿拉普·梅纳和侦猎长传回来的信息中所知道的。两名侦猎员已经很小心地将它们掩盖好了，这是因为诱饵被找出来前被鬣狗扒过，略微露出了一点点。狮子一定会被四周的诱饵树上停的很多兀鹫吸引过来的。可是那些兀鹫就没办法得到同样被当成诱饵的斑马尸体了，它们飞得那么高，狮子肯定会被吸引过来。由于没有猎食物，它晚上什么也没有吃。既然它没有感到饿也没有受到什么惊吓，我们几乎可以完全肯定能在傍晚的时候看到它。

我们终于吃完了午餐，玛丽很开心，对我们的态度也十分友善。我依稀记得她在午餐期间甚至一遍遍问我需不需要来点儿冻肉。我告诉他我吃得已经很多了并且谢谢了她。她就说这对我是有益处的，不管是什么人喝酒喝很多的话都需要吃点儿菜。这个很早就存在的哲理，也是我们同样都读过的一期《读者文摘》一篇报道里所展现的基本观点。那期《读者文摘》现在静静地躺在厕所里了。我郑重地告诉她我决定要作为一个真正的酒鬼参加竞选，同时保证对选民们做到毫无欺瞒。如果传言是真的，丘吉尔喝的那些酒可是我的两倍，而他最近才获得诺贝尔文学奖。我想要逐渐增加我喝酒的强度是因为一旦我自己获得诺贝尔奖的时候，喝过的酒就不至于太少了。然而又有谁能保证我得不了诺贝尔奖呢?[1]

金·克说诺贝尔奖跟我获得的奖一样都是很好的,我也应该为这个奖去努力拼搏一下,就算只是为了吹牛也是好的。丘吉尔的口才是他能够获得这个奖的主要原因。金·克说虽然自己没有去密切地关注这个奖项,可是他觉得我的宗教题材的作品还有我对土著的那些关怀很可能使我获得这个奖。玛丽是想告诉我如果我偶尔尝试写一些内容,我就有可能凭借写作水平获得这个奖。听完这句话让我感动万分,所以我说只要她打完狮子,我就什么也不管了,能够天天写作是她快乐的一件事。她说哪怕只要我能写上一点点东西,她也会高兴万分的。金·克问我有没有什么打算去写一些关于非洲的神秘的内容,他甚至能给我找来一本有关内地斯瓦希里语的书,要是我需要用斯瓦希里语写的话,这对我会有很大帮助。玛丽告诉他说已有这本了,不过她认为就算我有这本书,还是无法用英语写得很好。我倒是觉得自己可以通过抄写那本书的部分内容学会内地的语言。可是玛丽说我无法用斯瓦希里语正确地写出一句话,连一句都不能。很不幸,这点被她说中了。

"老爹说得那么棒,金·克也可以,你真是个例外。我无法明白世上怎么会有人和你一样把一种语言说得这么糟。"

我想告诉他们:很多年前,曾有阵子我的斯瓦希里语学得已经不错了,可是我却像个笨蛋一样突然回到了美国不想在非洲继续住下去,结果导致我非常思念非洲,只好尝试用各种途径去消除这种思念的感情。西班牙内战就发生了,这样我就无法获得回去的机会,在那场对世界都非常有影响的战争中,我参加了很长时间的战斗,最终才得以回到非洲。毕竟能够挣脱各种责任和义务交织而成的锁链是难上加难,在这种情况下,可以回来真是非

---

① 海明威在1954年获得了诺贝尔文学奖。恩古伊接下来所说的奖指的是海明威1953年所获得的普利策文学奖。

常不简单。这个锁链外表看起来像张蜘蛛网一样轻盈，实际上却像钢铁链条那样子将人牢牢锁死。

大伙都开心地聊天，相互开着玩笑，我也加入这种氛围中。但是由于渴望自己能赢得玛丽的喜爱同时她保持快乐，方便对付随时都有可能出现的狮子，这种因为小心翼翼地显现出十分谨慎的态度，我对此有点悔恨。我们喝过布尔沃干果汁，都感觉这种饮料十分美味，我们现在喝的这部分是金·克从卡吉亚多的店里带来的，口味爽快，一点儿都影响不到打猎，因为这饮料还可以提神醒脑。布尔沃是按照夸脱卖的，瓶口上面有螺旋纹，以往我就用这种果汁来代替水在晚上睡醒的时候喝上一杯。我们两只精巧的四方形枕头，枕套是麻布做的，里面塞满了香脂棒，这些都是玛丽那位心善的表姐妹以前送给过我的。我睡觉的时候习惯把那只枕头往脖子下一垫，侧身睡觉的时候就将耳朵枕在上边。那只枕头上有一种我小时候很熟悉的密歇根的味道，真渴望旅行途中可以有一个用草编织的沁香的小篮子来盛这只枕头，夜晚就把那篮子在蚊帐下方吊着。布尔沃干果汁也有密歇根的味道。一直以来我都无法忘记那家果汁坊，那个门仅仅装上一个搭扣还有一根木头销子，从来不加锁；我也没有忘记那些袋子在压榨苹果时所散发的清香气味，那些袋子使用之后就铺开晒干，然后又铺到深深的盆子里。人们将苹果放在马车上送到这里榨汁，之后就会将本该给果汁坊的那一份儿留在盆里。有一个深深的潭水在苹果汁坊的大坝下面，坝上飞溅下的水在潭水里转了一回之后返回坝下。一定会钓到鳟鱼的，如果你在潭边耐着性子垂钓一会儿。每次我在钓到鱼之后就会将鱼杀死并放在树下面的大鱼篓里，这个大鱼篓是柳条做的，然后往鱼身上覆盖上蕨树叶子。接着我就走进果汁坊，墙壁上挂着的铁皮杯子就在果汁盆子上边，打开盆上沉重的粗麻布的盖子，从中取出一杯苹果汁喝上一口。我们现在喝着苹果汁，加上那枕头，密歇根的回忆浮现在我眼前。

坐在吃饭的桌子旁边，我很高兴看到玛丽的身体正在渐渐恢复健康。我盼望狮子能在傍晚的时候出现，让玛丽可以将它打得就像蛇便便一样不能动弹，之后玛丽就可以过上幸福的生活了。大家吃完东西之后心情都很不错，就说一起去打个盹儿吧。玛丽嘱咐我在要去猎杀狮子时候把她叫醒。

玛丽一上帆布床的时候就睡着了。帐篷后面的部分是被打开撑起的，一阵凉凉的微风从山那边吹了过来，穿过帐篷。我们常常睡在正对着帐篷的门缝处。现在我把枕头放在床的另一边对折一下，将那个香脂枕往脖子下面一垫，脱了靴子和长裤，借助背后逆来的充足的光开始读书。我阅读的是吉拉尔德·汉利[1]写的一本非常不错的书，他的另外一本书名叫《夕阳西下时的领事》，也是本好书。这本书描述的是一只无恶不作的狮子是如何将书中大多数人物都杀死的故事。以前金·克和我都会在早晨上厕所时阅读这本书，希望给自己一些灵感。书中提到虽然有几个人物都遭遇了其他不幸的命运，但是最终没有被狮子杀掉。所以我们一点儿也不在乎这个。汉利的这本书很棒，写得十分不错，猎狮的人读过之后会有深刻的启迪。有一次我就被震撼了，因为见到一只狮子朝我的方向走过来，到现在想起来仍有类似的感受。如果遇到一本好书，我不会想一下子把它读完，我要慢慢地品味，所以那天下午我读这书时速度并不快。在阅读的过程中，我却渐渐爱上了这头狮子，就渴望它能杀掉一些地位较高的人物。这其中希望可以把主人公或者老少校杀掉，因为他们两个人都是思想觉悟高、十分善良的角色。可是狮子的经历已经很卓越了，它刚刚杀死一个十分有爱心，也十分重要的人物。这时候我想还是叫叫其他人比较好，就站起身穿上长裤，穿上没拉好的靴子去看金·克有没有醒着。我在他的帐篷外好像探子经常在吃饭帐篷外做的那样咳嗽了一下。

---

① 吉拉尔德·汉利（1916—1992），爱尔兰作家，以写英帝国历史的小说而闻名。下文提到的《夕阳西下时的领事》一书出版于1951年，也是将埃塞俄比亚作为背景。

“进来，先生。”金·克说。

“不用了。”我说，“一个男人的住所就是他的城堡。你认为现在是面对野兽的时候吗？”

“现在还不到时候。玛丽睡下了没有？”

“她还在睡着。你在读什么书？”

“是林德伯格①的书。书写得实在是太棒了。你读什么呢？”

“在读《狮子的一年》。我正等着那只狮子呢。”

“那本书你已经读了一个月。”

“准确地说是六个星期。此刻你对飞行的神奇有新的见解吗？”

虽说那一年我们俩都年纪不小了，可是对飞行的神奇依旧充满了浓厚的兴趣。在一九四五年我坐过 B－17 客机回国，这是一架已经老化又没有得到修缮的飞机，于是我便打消了对飞行的神奇彻底幻想。

时间到了，我叫醒了玛丽。那个小伙子扛枪并且将她的来复枪还有我的那把枪从床下拿出来，并且检查了一下实心子弹和软头子弹。

“亲爱的，它就在那里，你很有可能打到它的。”

“已经太迟了。”

“出来去车上吧，什么也不要想了。”

“我一定要穿上靴子，这点你总是知道的。”

她那双靴子是我帮着穿好的。

“我那个该死的帽子在什么地方呢？”

“你那个该死的帽子就在这儿。去到最近的巡逻那儿吧，别跑着过去，最好慢慢走过去。最好什么都别想除了打猎打到它之外。”

---

① 林德伯格（Charles A. Lindbergh，1902—1974），美国飞行员，因为单独完成横越大西洋并且一直不着陆而闻名于世。曾写过《圣路易斯精神号》一书，记述他的飞行经历。

“不要总跟我说话。让我安静会儿吧。”

姆休卡负责驾驶，玛丽和金·克坐在车的前面。后面的座位上坐着我和恩古伊、切罗还有侦猎员。我在反复查看 30 – 06 猎枪的枪身和子弹夹，还有我口袋里的那些子弹，然后又看了一下后瞄准器那个小孔，并拿出一根牙签将孔里的脏东西弄掉。玛丽直挺挺地握着她那把来复枪，我几乎可以清晰地看出漆黑的枪筒是刚刚擦过的，看到那个司各奇胶带将后瞄准器两侧固定在下方。然后望着她那顶旧旧的帽子和她的后脑勺。太阳的位置正在山顶处，我们渐渐驶离了长满花草的平原，往北继续走，顺着与树林平行的那条道。慢慢开着，我们就在右边发现了狮子的足迹。这时候车停了下来，大家纷纷下车，剩下姆休卡坐在车里守着方向盘。足迹指向右边的一片树木还有灌木，再往那边去的话就是放诱饵的地方，那是用一堆落下的树枝覆盖着。看来那些诱饵并没有被它吃掉，兀鹫也一样没有吃。它们全都眼巴巴地在树上等。我回头望望太阳的位置，看样子还有十分钟它就要沉到西边的山后去了。恩古伊这时候已经爬上了蚁山，正在山顶上仔细查看。他把手在脸旁边指了一下，这样就差不多看不出他手动的样子，然后他就从小山那边迅速地跑下来。

“快点，”他说，“赶紧上车吧，它在那边。”

金·克和我又看了看太阳，姆休卡把车开过来是因为金·克使劲儿挥动手臂做出的示意。我们上车之后，金·克就告诉姆休卡他想要车开往哪个方向。

“可是狮子在哪里呢?”玛丽问金·克。

“我们先把车停在这里，”金·克对玛丽说，“狮子肯定在较远一点儿的那片树林和灌木里躲着。爸爸把守左边，最好不要让它跑回森林里，截住它。你和我就一直往前走，往狮子跟前走。”

我们向狮子肯定会出现的地方前进时，太阳依然没有完全落下。恩古伊在我后面，玛丽走在我俩的右方，最打头儿的地方，金·克紧跟在后面，切罗则在金·克后面，他们一直走向那片下面长着稀疏灌木的树林。在我见到了狮子时，我仍然继续往左走，每次都跨一步向侧前方。在夕阳的余晖下狮子显得庞大、乌黑。它的身子很长，它的毛带着些黄褐色、灰色和金色，它正直愣愣地盯着我们。它这么看着我们，使我意识到它将自己的位置放到了一个多么糟糕的地步。我每次跨出一步，它逃到安全地段中去的机会就会减少，那是它过去很多次逃避灾难的地方。狮子已经没有选择的余地了，它过会儿要么是会冲着我过来，要么就是向玛丽和金·克方向跑出去，除了受了伤，它应该是不会这么做的。另外它只可以尝试往下一个充满了浓密的树木和灌木的隐蔽场所的方向跑，如果它想过去，它就得必须穿过一望无际的平原，这是因为那个位置离我们所在的地方差不多有四百五十英尺远。

我觉得我没有必要再往左去了，就慢慢开始朝狮子的位置挪动。狮子依旧在那里站着，狮腿隐藏在灌木里。我瞧见它的头快速地转了过来看了我一眼，然后又快速回头盯着玛丽和金·克。它的头部黑黝黝的那么庞大。它头部与身体比例却是相当好，这在它转动头的那会儿得到了印证。它的身体很长，同样巨大、沉重。这时我没有盯着他们看，所以我不清楚金·克会把玛丽带到距离狮子多近的地方。我在等待着枪声的响起同时专心看着狮子。我已经不再需要往前靠近。如果狮子向我这个方向跑来，这点距离足够我有时间开枪杀死它。我确定要是狮子被打伤，也一定会往这边来，那是因为在我身后是他的自然隐蔽场所。我心想玛丽可一定要开枪打死它才好。她也不能往前走得更近了。但是也许金·克希望她距离更近一些。我用眼角余光瞧了他们一下，不过仍旧低着头，双眼一动不动地紧盯着狮子。我看见金·克没有同意，当玛丽想要射击的时候。他们并不打算接着靠近，所以我猜想在玛丽和狮子中间肯定有什么灌木枝叶遮挡住了。我目不转睛地看着狮子，看到太阳被最高的山峰遮住了之后，狮子身上的颜色也随着发生了变化。现在的光线还是很适合射击，可是过不了多久，天就完全暗下来了。当狮子稍微向右走动了一点时，我眼睛依旧看着狮子，接下来看了看玛丽和金·克。狮子的眼睛我能够看得清楚。玛丽却依旧没有射击。接着狮子又稍微移动了一下。就在这时候，我听到了那声沉闷的响声，这是来复枪的声音和子弹打中的声音。她击中狮子了。狮子跳进灌木丛，紧接着从另一边跳出，跑向北部那片浓郁的树林。我确定玛丽射中了，她仍旧对它开枪。狮子依旧大步向前跳着，前后不停摆动着硕大的头颅。我的枪这时候也响了，一团尘土从它身后的位置掀起来。我瞄准它并且随着它不断移动，在它经过我身边时我就扣动扳机，然后我就落在它身后了。同时金·克的大双筒枪也在发挥作用，我都瞧见枪弹卷起的层层尘土。我再一次瞄准那只狮子，将准星稍微移到狮子前方开始射击，可惜仅仅在它前方荡起一层尘土。虽然此时狮子步履沉重，可是仍旧在往前去。它在瞄准的工具里已经变得很小了，差不多是跑到那个隐藏的避难所了。就在这时候我再一次举起枪，那个已经变得很小且正不断逃走的狮子被我瞄准了，我轻轻地往前移动准星，等到超过它的头的那一刻扣动扳机，这一枪并没有荡起什么土。我们似乎还没有听到子弹的声音就看到狮子不断挥动的双腿往前栽了过去，巨大的头颅也垂了下来。恩古伊使劲儿地拍了拍我的背，并且用手臂将我圈住。狮子努力地挣扎着想要站起，金·克又朝它开了一枪之后狮子便不再动弹。

我走到玛丽身边吻了吻她，她虽然开心可是发觉有些不对劲。

“你开枪比我要早。”她说。

“亲爱的，别这样说。是你开枪击中它的。我们都在等着你开始，又怎么会是我先开枪呢？”

“是啊，夫人，的确是您打中它的。”切罗说。他就站在玛丽身后。

“当然就是你打的。我觉得你第一次击中了它的腿，接着又打了它一枪。”

“可是狮子是你最后开枪打死的。”

“咱们必须阻止它在受伤了以后跑进那个树林里去。”

“可是你心里清楚是你最先开枪的。”

“我可没有。问金·克。”

我们都跑向狮子倒下的地方。那段路十分长，随着脚步的走近，狮子也随之变大，那种已经死亡的模样也更清晰一些。这时候太阳已经落山，天空的颜色正在快速变暗。同时适合打猎的光已经消失了。我觉得非常疲惫，感觉全身精力已经被抽光了。金·克和我两人都好像从汗水里捞起来一样。

“玛丽，自然是你猎杀到它的，”金·克对她说，“爸爸开枪的时候，是狮子逃到空地之后。你打中了两回。”

“我就特别想打它，当它站着不动盯着我们看的那会儿。怎么不行呢？”

“我让你在等等是因为有些枝条挡着有可能会偏离子弹方向或者半路爆炸。”

“后来它就开始跑动了。”

“只有等它开始动的那会儿你才能打它。”

“可是你确定，真的是我最先打到它的吗？”

“当然。你举枪的时候是没有人抢先的。”

“你是不是在编谎话哄我开心？”

现在上演的一幕切罗曾经也见到过。

“Piga！”他使劲儿地说，“Piga，Memsahib. PIGA！”

我用手背拍了拍恩古伊的臀部，双眼盯着切罗，恩古伊就向他走去。

“Piga，”他用十分难听的声音说，“Piga Memsahib. Piga bili.”

金·克走到我身边和我一块儿走，我说：“你出这么多汗是什么原因？”

“你这个笨蛋，你把准星向上移动了多少啊？”

“一英尺半。大约两尺吧。那个枪有一点儿像射箭似的。”

“我们回去的时候可以量一下。”

“谁也不相信我会在这么远的距离打中狮子的。”

“我们相信。这就足够了呀。”

“咱们过去吧，让她清清楚楚地看看狮子。”

“孩子们告诉她是你打中狮子背部的，这一点她是相信的。”

“我知道。”

“你能听得出子弹打中的声音折回来需要多长时间吗？”

“听得出。快去跟她谈谈吧。”

巡逻车从我们后面开过来。

我们走到狮子的身边。现在玛丽终于看清楚这头属于她的狮子了。她已经见到这头狮子有多长、多黑、多美丽、多震慑人心了。骆驼蝇在它的尸体上爬着，它那黄色的眼睛还没有完全失去神色。我将手伸进狮子密密的黑鬣中摸了摸。姆休卡已经停好巡逻车，三步并作两步地走来握了握玛丽的手。此时的玛丽正在狮子的旁边趴着。

接下来我们就看见卡车由营地开出来到了这里。原来凯第听到枪声之后，就带领着大家出来了，仅留下两个守卫守着在营地。他们从车里涌现出来，同时大声唱着狮子歌，在这个时候玛丽已经完全消除这究竟是谁的狮子的疑问。我以前看到过很多狮子被猎杀的过程，也看到过很多次的庆祝。可是从来不曾像现在这样的。我期望玛丽能尽情地享受这一切。当我断定玛丽已经没有什么事情，我就开始往前走，朝那头狮子妄图跑进去的那堆树林还有灌木走去。它差一点儿就要钻进去了，我甚至想象假如金·克和我被迫把狮子从那里面揪出来会是什么情况。我一定要在天黑之前去里面瞧一瞧。它差点就成功了，仅仅剩下六十码，而我们到这里的时候天色也就变黑了。我一边回想着之前可能会出现的情景，一边往回走看他们热闹地庆祝和拍照留念的画面。卡车还有巡逻车车前面的灯光聚焦在玛丽和狮子身上，金·克正在不停地拍照。恩古伊递给了我从巡逻车的袋子中拿出的吉妮酒壶，我喝下一小口，接着把酒壶递回给恩古伊。他也喝下一点儿酒，摇了摇头，又把酒壶还给我。

“Piga.”他大声说，于是我们俩都哈哈大笑了起来。我又接着悠长地喝下一口酒后感觉十分温暖，就好像蛇蜕皮那样把身上的所有压力扔掉了。一直到这时我才意识到我们对那只狮子的猎杀终于结束了。从本质上来说，在那令人意外的，像支箭一样的一枪击中狮子，并且把它撂倒了的时候，还有恩古伊在我后背拍了一下的时候，我就已经察觉到了这一点。大家就展示出一点儿淡定、超然的样子，表现好像只是结束了一场进攻，是因为之后玛丽不放心、不满足，并且一直朝着狮子往前走。可是现在我终于开始感到轻松，心情十分愉悦。这也是因为有酒可以喝，而大家又忙来忙去地庆祝和拍照；拍照是不能少的，没有专业摄影师记住玛丽猎到狮子这一伟大的时刻，主要因为那时候摄影条件差得要命，时间又很晚了，没有闪光灯。终于见到了玛丽在车灯下洋溢着幸福，兴高采烈的脸，见到因为狮子的硕大头颅过于重，玛丽都没有力气抬起来它硕大头颅。我为玛丽感到骄傲，也中意这只狮子，自己心里也感到有一点儿空荡荡的。看见凯第露出他那种像是一条斜着的伤疤的微笑，是因为他俯身在玛丽上边的地方一遍遍摸着狮子让人吃惊的黑鬣。听着大家像小鸟一样用坎巴语低声传递着喜悦之情，每个人都因为猎到狮子感到由衷的自豪。在车灯的照耀下，看见玛丽仿佛是一个小巧的（但没有小到让人难以接受）、快乐的天使，欣赏着大家对她的喜爱和对狮子的欣喜。现在这只狮子既是属于大家，也是属于玛丽的。毕竟她已经花费几个月来追逐这只狮子，况且用那句禁忌语来说，她是在下完赌注的紧急关头依靠自己的能力杀死狮子的。

切罗和恩古伊把事情的全部经过都告诉了凯第，他向我这边走过来，跟我握手说：“Mzuri sana Bwana. Uchawi tu.”

“运气而已。”我这么回答。可上帝会明白，我只能这么说。

“不仅仅是运气，”凯笫说，“Mzuri. Mzuri. Uchawi Kubwa sana.”

接着我想起今天下午就是狮子的死亡时间，我之前已经思考到这一点，考虑到一切终将结束。玛丽完全胜利了。接着我跟恩古伊、姆休卡、给老爹扛枪的小伙子还有我们宗教里的别的人说了几句话，大家都晃着头笑起来。恩古伊希望我再喝点吉妮酒壶里的酒。他们想要我们在回营的时候去喝啤酒，可是也期盼现在就可以和他们一块儿喝一场。他们仅仅用嘴唇碰碰壶口罢了。玛丽拍完照站了起来，瞧见我们在喝酒，她也拿起酒壶喝了一些，然后就把酒递给金·克。我在酒壶再次传过来的时候，又喝一些酒然后躺在了狮子身旁，用西班牙语向它柔声说话，祈求它能原谅我们这么杀死它。躺着的时候，我摸了摸狮子身上的伤痕。伤口一共是四个，它的腿部和一面的臀部是玛丽击中的。摸到狮子背部的时候我找到了狮子背脊上那个被我打中的位置，还有金·克击中的是在狮子肩膀后面肋腹前面更大一些的弹孔。我一边摸着狮子的时候一边用西班牙语跟它说话。其间很多十分讨厌的骆驼蝇从它的身上爬到我这里，在狮子前面的尘土里我伸出食指画出一条鱼的形状，然后又伸出手掌抹去图形。

在返回到营地的路上，恩古伊、切罗和我彼此都没有说话。我听见了玛丽问金·克我到底有没有在她之前开枪，金·克就说的确是她射中了狮子。他说确实是玛丽先打中了狮子，并且说每个人也不是常常都对这种事情满意。假如一只动物受伤，就肯定要被杀死，我们这次还是幸运的，玛丽也应该感到兴奋才对。可是我明白她确实高兴过，但是她的高兴已经消失了，因为事情和她六个月来一直希望、梦想、害怕或者期待结果不一样。我深切地知道这件事对其他人来说并没有什么影响，可是对于玛丽来说却是特别重要的。因此我很不好受，当我看到她现在这个样子时。可是就算我们再去猎一遍狮子，情况也和这一次区别不大。金·克把玛丽领到距离狮子这么近的位置，是因为他有能力可以让她射出很不错的一枪，可是其他人都做不到的。如果狮子被玛丽打中之后向他们扑过去的话，金·克仅仅有开一枪的时间，射不准的话，狮子就一下子跳到他们面前了。要是狮子扑过来，他的大枪可以向狮子在二三百英尺远近的地方开枪，那样做是相当费力的，可是这样的开枪却是很准的。我们对于这点非常清楚，可是这却不是可以拿来开玩笑的。金·克和我都晓得玛丽在那个距离范围内开枪射击是非常危险的，这是当他带着她走进那个距离范围内的时候就知道的事情。玛丽最近猎杀了一头活着的猎物，大约有将近十八英寸的偏差。不过这会儿提起那件事是不应该的，可是恩古伊和切罗也都清楚地了解那件事，而这件事情在每天晚上睡觉时不断纠缠我，这已有很长一段时间了。狮子之所以想要逃进那片密密麻麻的树林是因为在那个隐秘的地方它能够伤害人的概率是很大的，它做出了对它有利的选择，而且基本上就要成功了。它不是一只傻头傻脑的狮子，也并不胆小，它就是想逃到对自己有利的地方去。

我们返回到了营地，在篝火边的椅子里坐下来，舒服地展开双腿，就开始一杯接一杯地喝酒。这时候我们都非常希望老爹在场，可惜他不在。等待他过来时我已经吩咐凯第为营地上的人打开些啤酒。喝了不少啤酒之后，就感觉好像突然降落的一场大雨将汹涌澎湃、冒出一些泡沫的水流推到快要干涸的河床中去。他们商量好了玛丽由谁来抬之后，他们就立马从帐篷后奔出来，大声唱着狮子歌弯着他们的腰，跳起舞来，舞姿十分大气。侍奉吃饭的大伙计还有姆休卡将一把椅子递过来，凯第就一边跳舞一边鼓掌将玛丽请坐到椅子上，然后他们就将她抬起。他们先是绕着篝火跳着舞，然后抬着她到营房那里绕着搁在地面上的狮子转了一大圈，接着穿过营房在做饭的火堆和伙计们坐的那堆篝火旁又舞了一圈，最后又绕着车旋转，就这样反反复复抬了好多次。全部的侦猎员除了年纪大些的，都将衣服脱得只剩下短裤。我向玛丽那边望了一下，看到她光闪着的头部，还有那帮托着她的腰躲脚不停跳舞的人，随后又向上伸手去触碰她黑黑的健美的身体。这段狮子舞非常狂野而且精彩，跳完这段疯狂的舞之后，他们就把玛丽坐着的那把椅子放在篝火边，大家都走过来同她握手，这样仪式才算结束了。此时她很快乐，我们上床睡觉前快快乐乐地大吃了一顿。

半夜里我醒过来之后，就再也睡不着了。忽然我一下子清醒了，周围一片安静。接着我立刻觉得欣慰起来，因为我听到了玛丽十分和缓、平稳的呼吸声。心想她终于不用每天早晨都去跟狮子作战了。接着我又低落起来因为狮子的死和她所盼望和计划的不一样。她的失望已经被那场欢闹的庆祝，坎巴人那些疯狂而野性的舞蹈，还有她所有朋友的爱和忠诚麻痹了。可是我可以肯定杀死这只优秀的狮子时所生发出的失望情绪就会慢慢苏醒过来，在经过一百多个早晨之后。她当时处在多么危险的环境中，她并没有考虑到这一点。也许她也意识到了，只是我不知道罢了。金·克跟我都不愿意告诉她这是怎样的危险，毕竟我们两个都有能力完全不动声色地把危险消除。在傍晚凉爽的风中我们俩把自己弄得满头大汗并不是完全没有用处。狮子盯着我看的时候眼中流露出的神色在我的脑子里又浮现了，它当时看了我一下就低下头去，然后它的视线在转到玛丽和金·克那边之后就再没有移开过。我就这样躺在自己的床上，心中好奇一只狮子怎么可能在只有三秒多一点的时间里就从一个地方跑出一百码那么远。它跑的时候紧紧挨着地面，速度比猎犬快，等到了猎物面前才一下子跳起来。玛丽的那只狮子要是嘴里叼着一头奶牛跨过一排带着刺的防护栏应该都没什么问题的，因为它体重绝对已经超过四百磅，体格十分强健。这头狮子我们已经追杀有很长时间了。虽然它十分机灵，可是我们还是在它放松警惕的时候让它出现了失误。特别让我开心的是它死前可以在高处黄色的圆形土丘上面躺着，垂着它的尾巴，将庞大的狮爪松松垮垮地摊在前面，它最后看一眼自己曾经生活过的地方，看着远方蓝色的森林和高处皑皑白雪。

金·克和我都盼着玛丽第一枪就将狮子打死。即使打不死最好狮子也中枪往前扑倒。可是狮子最终是用它自己的法子来对付了我们。玛丽打出的第一枪对狮子来说像是被一只蜂狠狠地蛰了一下一样。当它向树林里奔跑想要在这里跟我们躲猫猫的时候，随之而来的第二枪打在了它腿上部的一块肌肉上，可能它感觉这也不过就像是挨了狠狠的一巴掌。我不是很乐意去回忆我那次远远地射杀给了它什么感觉。我原本的计划也不怎么详细，只渴望能蹭到它身体并将它带倒，结果没想到打中了它的脊柱。那可是一个二百二十格令的实心的子弹啊，我完全没有必要去考虑打到身上感觉是怎样的。我对金·克很佩服，因为他能在远距离进行精准的射击使它一下子咽气。狮子终于被打死了，我们将会想念一直追杀它的那些日子。我尝试想要睡着，可是脑海中又开始不断出现那头狮子，盘算着如果当时它真的跑到了那树林之后我们会怎么行动。我考虑到别人在相同情况下的一些经验，但转头一想，这些乱七八糟的想法都见鬼去吧。这话题适合我和金·克或者跟老爹在一起的时候谈论。我真期待玛丽在现在醒过来说："我真快乐，我猎杀了我的狮子。"可是这个想法太奢侈了，现在是凌晨三点。我想到斯科特·菲茨杰拉德[①]所写的灵魂那些东西总是出现在凌晨三点之类的话。凌晨三点距离我们起床穿戴整齐去追杀玛丽小姐的狮子的那段时间仅仅剩下两小时甚至是一个半小时。我把蚊帐拉起来，伸手拿到了还带着晚上冰凉的气息的果汁瓶。我将两个枕头折一下将脑袋靠在上面。在脖子下方又放了那个粗糙的方形香脂枕垫，开始思索关于灵魂的东西。首先我在脑中核对确认菲茨杰拉德写过的东西。这句话是在他很多的文章里出现过的，这些文章都描写了他基本上放弃了现在的日常生活和旧时的非常卑劣的理想，并且他第一次把自己比作一个破裂的盘

① 斯科特·菲茨杰拉德（Francis S. Fitzgerald. 1896—1940），20年代"爵士时代"的发言人和"迷惘的一代"的代表作家之一。他的作品有长篇小说《了不起的盖茨比》等。

子也是在那些书籍里。当我回忆过去的时候，我便想起这句话。原话是这样的："灵魂真正的暗夜总是在凌晨三点。"

在非洲，这样的一个漫漫长夜，无法进入梦乡的我想起了这句话，觉得其实自己对灵魂的观念是一无所知的。大家对灵魂这东西说得很多写得也不少，但又有谁是真正懂得的呢？到底灵魂是怎么回事我所熟悉的人没有什么人可以解释的，灵魂到底存不存在也是值得争辩的。对灵魂的信仰好像是很神秘的。我想就即使我理解了灵魂的含义，也很难对跟恩古伊、姆休卡还有其他的人一一说明的。醒来之前我做了梦，在梦里自己长了马的身体，人的脑袋和肩膀，心里好奇以前为何人们不曾注意到这一点。这个梦的逻辑性很强，是关于我体内发生变化全部变成人的那一特殊时期。虽说现在想想这个梦是个正常的美梦，不清楚假如我把这个梦告诉其他人别人会有怎样的反应。醒来之后，我在喝着新榨的冰凉的苹果汁时，我依旧可以感到在梦里身体是马的样子马的肌肉。对我理解灵魂这个梦并没有什么大的好处，于是我就尝试考虑我应该有的灵魂的样子。或许灵魂并不是大家所想象的那样，而是更接近一抹清泉，那种在干旱的天气不减少，冬天里也不会结冰的一抹清泉。我记起自己小的时候，芝加哥白袜队里面有位名字是哈里·罗得的第三个守垒员，此人都能将敌方投出第三垒线底部的球打到界外，一直到对方投球手被累得趴在地上或者因为时间太久天黑了而比赛取消。那时候我还很小，一切事物在我眼中都被无限夸大。可是我清楚地记得哈里依然击球出界，在天色渐暗的时候。那个时候棒球场里还没装上灯，于是观众就开始大叫："主啊，希望主能拯救你的灵魂。"也许这次是对灵魂最初也是最深刻的一次认识了。我的灵魂就被风带走了，当我觉得我自己是男孩的时候，后来又返回到自己体内来。可是年轻时我那么倨傲，就觉得自己也有一颗灵魂，在听到、读过这么多有关灵魂的东西之后。想到此处，我又开始想玛丽小姐、金·克，还有恩古伊、切罗或是我们之间的其中一个人如果被狮子弄死，我们的灵魂又将归属何地。我无法推测这个，觉得我们死了就等于死了，或许比狮子死得还要更彻底，谁也没有必要再担心自己的灵魂了。在狮子运送到内罗毕去的那一路还有之后的调查感觉最不好。可是我明白如果狮子将玛丽和我杀死了，金·克的事业将会受到莫大的损失。要是金·克死了那只是他自己不幸。要是我死了我就停止了写作。切罗和恩古伊肯定都不希望自己被杀死。然而假如玛丽死了，她自己一定会吃惊。死是应该避免的，可以不把自己扔进死亡里。随时可能到来的每一天真是一种莫大的解脱。

可是一切这些与“灵魂真正的暗夜总是在凌晨三点”有什么关系呢？玛丽和金·克他们有灵魂吗？我知道他们没有宗教。可是假如人们都有灵魂，那么他们也不会例外。切罗可是个特别虔诚的伊斯兰教教徒，我们肯定要承认他的灵魂存在。这样一来就只剩下恩古伊、我和狮子了。

现在是凌晨三点，我伸了一下刚刚还是马腿的那条腿，觉得还是起来出去在篝火旁坐一下比较舒服，同时可以享受一下余下的黑暗和黎明的第一道曙光。我穿上防蚊靴，披了一件浴袍，并且将手枪绑在袍子外面的腰带上，走到了外边的火堆灰烬旁边。金·克正坐在那边的一把椅子里。

“咱们为什么会睡不着？”他轻轻地问了一声。

“我梦见自己变成了一匹马。这梦如此逼真。”

我告诉了金·克与斯科特·菲茨杰拉德有关的那些事情和他的名言，并询问他对这问题有什么看法。

“当你醒过来的时候，你会觉得任何时间都有可能十分糟糕，”他说，“我不清楚他为何偏偏选择三点钟。但是听起来这句话挺顺的。”

“我觉得这可能是一种惧怕、担心和悔恨的表达。”

“我们俩可拥有了不少这些东西，不是吗？”

“当然，多到可以往外卖了。但是我觉得他是在表达自己的良心还有失望。”

“你还从没绝望过，是吧，欧尼？”

“目前还没有。”

“也许你以后会有绝望的心情，也许你现在很可能已经有了。”

“很多时候绝望离我特别近，有时甚至可以摸到，但我总是会将它拒之门外。”

“说到拒之门外，现在我们要不要一起喝瓶啤酒呢？”

“我去拿吧。”

帆布袋子里的大瓶装着斯特克冰凉的啤酒，我把两只玻璃杯倒满啤酒后，顺手将酒瓶放在了桌上。

“抱歉我得走了，欧尼。”金·克说，“你觉得这件事情会对她的打击很强烈吗？”

“是的。”

“这个问题由你来解决吧。也许她什么事情也没有。”

第九章

我想去看看玛丽是否醒了，所以走到帐篷里面。她现在睡得很香，在她醒过来的时候她喝了点茶就又睡过去了。

“就让她多睡会吧，”我对金·克说，“咱们九点半去剥狮子皮也没关系。她能够睡得着就让她睡一会儿吧。”

金·克在一旁看着林德伯格的书，然而今天清晨我没有心情读那一本《狮子的一年》，就拿起来一本鸟类图册开始翻看。这本新书是普瑞德和格兰特一起写的，内容写得还可以。我自己的损失是非常严重的，因为自己老是想着追逐野兽而没有仔细观察鸟类。要是不去想那些猎物，我们就能悠闲地仔细察看鸟类了。我知道我自己疏忽了鸟类。这点玛丽就比我强得多。她总是能看见而且还能仔细地观察那些我所忽视的鸟类。然而我呢，只坐在椅子里看着远处。我一边读着这本鸟类图册，一边在心里不断后悔，自己多么愚蠢，浪费了多长时间啊。

在家的时间里，我在水池边的树荫下坐着，瞧着食蜂鹅轻轻点着水面，不断叼出虫子。它们灰灰的胸脯在水中的反光映射下，显得绿莹莹的。那时我十分轻松，观察鸽子在三角叶杨树上面搭窝的样子，慢慢欣赏知更鸟鸣叫时候的曼妙姿态，这是我特喜欢做的事情。让我兴致大增的是春来秋去的候鸟们。而下午的那种情景真是充满了欢乐，我可以看小麻鸦飞到水边饮水，或者到沟渠里找寻雨蛙。可现在在非洲，就在营地周围，在树上、荆棘中、灌木中，总会出现各色的鸟雀，有的还会在地面上跳来跳去，可是我仅仅把它们当作跳动的颜色。然而玛丽却不同，她爱那些鸟类甚至还能一一叫出名字来。我心里好奇，自己为什么没有这些兴趣，对这些鸟类竟然一点点感觉都没有？真是非常羞愧啊。

很久之后我才意识到，其实自己只注意那些食肉、食腐的猎物。而对于鸟类，我所关注的要么那些吃起来不错，要么就是与打猎有关的。我又在考虑，自己留意哪些鸟类？伸手一算竟然还有很长一串我知道的还不错的鸟类啊，我决心更加留心观察营地边上的鸟类，我会向玛丽询问，一旦遇到不知道的。我认为最重要的是去仔细地观察，而不是扫一眼就过去了。

我觉得我这个不仔细观察的特点真是十分大的罪过，况且这样的罪过还很容易犯。这之后一件件的糟糕的事情经常会来。我觉得要是我们每次都视而不见的话，活在这个世界上还有什么意思呢？我尝试找出对不注意观察周围鸟类的缘由，主要是因为我深深沉浸在了关于严峻的打猎的书籍里，注意力就很难扫到这些小类的东西上，另外是因为我在打猎回来之后的时间基本上都是在喝酒。我十分佩服马伊托，因为他想要牢记非洲的一切，于是就滴酒不沾。金·克和我却是十足的两个酒鬼。不过我们这种喝酒并不是习惯使然，也不是因为需要逃避什么东西，只不过是故意麻木和放松自己高度集中的注意力和敏感力度。就像一张感光度高的底片，总不能让它就这么一直曝光。谁能受得了那种压迫感一直得不到释放。我对自己说，你终于给自己找了个还不错的理由。你本来就清楚你和金·克因为嗜酒成性才喝酒，玛丽也和我们一样乐在其中。你最好还是先进去看看玛丽是不是醒了吧，我这样想。

然后我走进去，看见她依然没有醒来。她在熟睡的时候特别漂亮。那张脸看不见悲喜。它就只是静静地在那里。不过今天她脸部轮廓美到了极致。我真渴望我可以让她快乐啊，但是我很清楚我让她接着睡觉，这是我现在能做的最好的一件让她开心的事儿。

我又捧着图册走出来，瞧见了一只伯劳，还有一只椋鸟加上一只蜂虎。然后我听见帐篷里有些响声就走了进去，看到玛丽坐在床边上正穿上她那双鹿皮的鞋子。

“感觉如何，亲爱的?”

“不是很好。你先对狮子开枪了，我真不愿意看见你。”

“那么我只好先到一边去待着。”

在营房的外边，凯第告诉我说侦猎员们正打算搞一次大型的恩戈麦鼓会。营地里的每个人都会去跳舞，整个村子的人几乎都会参加。他说啤酒和可口可乐都不太够，我就回答说我跟姆休卡、阿拉普·梅纳加上村子里想买点什么的人坐车到达拉伊托齐托克去买东西。我将会给凯第带糖果，还要外加一点粗玉米粉，一袋子或者几袋子。在拉伊托齐托克，有家印第安的杂货铺，阿迦可汗是这家店的主人，他是信教民众，在那里买的玉米食品经由卡吉亚多带来这儿，坎巴人非常满意。相比之下，别的印第安大店面卖的玉米粉销量就没有那么好了。我已经会通过眼睛看颜色、用手触摸、品尝味道来选取他们满意的那种玉米粉。姆休卡总会再检查一下，因为这还是经常弄错。很多参加舞会的姑娘和妇女和从不喝啤酒的穆斯林们可以尝尝给他们带来的可口可乐。经过第一个马萨伊的村子的时，我就让阿拉普·梅纳走下车通知马萨伊人过来看狮子，告诉他们狮子已经被杀掉。因为这鼓会十分严厉地规定只能是坎巴人参加，所以他们没有被请来参加。

我们将车停到加油站还有打算买东西的铺子面前，让凯第下车。我将步枪递到后面交给姆温基，这个小伙子以前给老爹扛枪，他将枪固定在前排椅子后面的架子上。我跟凯第说，我要到辛先生的店里买啤酒和饮料，又叫姆休卡去给车加油，最后到辛先生店外将车停在树荫下就可以了。我走到树荫下的辛先生那里，并没有跟凯第走到大店铺里。

屋子里十分凉快，还闻得见厨房里做饭的味道和锯木厂那儿的木屑味道。辛先生只有三箱子啤酒，但是他觉得还可以再从街对面的地方搬两箱子。这时候三个年龄比较大的马萨伊人从旁边那个破旧的酒馆里走出来。我们彼此都是朋友，所以就十分严肃地互相敬礼问候。我能闻得出来他们应该是刚好喝了金吉普雪利酒，那种酒使他们的严肃神态中间夹带着亲密感。辛先生仅仅有六瓶冰镇的酒，我就又给这三个人买了两瓶，自己也捎带一瓶子，然后告诉他们那头狮子被玛丽小姐杀死了。大伙儿相互举杯，接着再为玛丽小姐还有她的狮子干杯，因为我还得跟辛先生在后屋那地方谈价钱，所以我就离开了。

其实我跟辛先生之间并没有什么买卖。辛先生就是想和我一起吃点儿什么，喝点加水的威士忌。我却没有听懂他想要告诉我的那些，他就去找了个在教会读书的男生来帮他翻译。那男孩子穿着一条长裤，将白衬衫往裤腰里一塞，脚上拖着一双黑色的巨大沉重的方头靴，这身穿着也显示了他的文化涵养。

“先生，”他说，“辛先生说刚刚那三个马萨伊的头人因为啤酒，在不停地占你便宜。他们经常聚在隔壁的叫茶馆的啤酒馆里，看到你过来，为了占你便宜就跑到这儿。”

“我知道那三个年纪比较大的人，他们可不是什么头人。”

“我依照欧洲人的习惯，经常用头人这一名称。”这教会学校的年轻人接着说，“可是辛先生的看法是对的。那三个人能骗酒喝是利用你对他们的友情。”

辛先生十分严肃地点头，并且递过来了一瓶白杜鹃酒。他终于听明白了“友情”和“啤酒”这两个单词。

“有一点你一定要知道。我可不算欧洲人。我们可都是美国人。”

“这区别不大。你当然能够归入欧洲人一类。”

“这样的划分可是不对的。兄弟呀。”

辛先生在杯子里倒了水，我也一样。我们彼此敬酒以及拥抱。之后两人站起身去欣赏那幅石印的油画。画面里，辛先生的祖先每只手上都卡住一只狮子的脖颈。我们俩被这幅画深深地打动了。

“你会相信圣婴耶稣，是吧？”我问那个教会学校的年轻人。

“我是基督徒。”他语气十分严肃地说。

辛先生跟我苦着脸相互看了一下，彼此摇了摇头。然后辛先生就跟翻译说了一些话。

“辛先生刚才说这三瓶冰镇啤酒是他给你还有你的手下留下的，他拿酒招待那三个马萨伊，要是他们再过来的话。”

“真是太棒了，”我说，“你是否可以帮忙看一下我的人有没有开车过来?”

他出去之后，辛先生拿食指碰了碰头部，又端起来大肚方瓶给我倒了白杜鹃酒。他说他不能有足够的时间跟我一起吃些什么东西，他对此感到十分惋惜。我则提醒他晚上不要去那些路上。他又问对那个翻译有什么看法，我说觉得他很优秀，我判断他一定是基督徒，是因为他脚上穿上了双结实的黑色靴子。

“外边有辆卡车里的两个人说是你手下。”翻译进来的时候说道。

“那是一辆主要用来打猎的客货车。”说着我示意姆休卡进来。他有着厚厚的嘴唇，穿着格子衬衫，比较高的个子，猫着腰，脸上有帅气的坎巴族箭形记号。他向站在柜台后边的辛太太致敬，柜台上摆满了布匹、念珠、药还有其他稀奇古怪的玩意儿的，并十分倾慕地盯着她看。他的爷爷是位食人生番，爸爸则是凯第。他看起来起码也有五十五岁了。辛先生也递给他了一瓶，大约六分之一加仑装的冰镇啤酒，再把我的那瓶也递过来，都是开了瓶塞的。接连喝掉三瓶后，他说：“我要给姆温基送一些去。”

“不需要了。我们还有冰的呢，就让他喝吧。”

“现在我带过去也行。我们两人会细心看看的。”

“还有两瓶。”辛先生说完，姆休卡向他点了点头。

“送给翻译一杯橙汁也好。”我说。

翻译手中端着饮料说道：“先生，在您的马萨伊朋友返回之前，我可以问您一些问题吗?”

“什么问题?”

“先生，您拥有多少架飞机呀?”

“八架。”

“世界上最富有的人中肯定有你了。”

“是的。”我含蓄地回答。

“先生，那您怎么会想到来这儿做一个巡猎员呢?”

“你知道为什么有很多人要去麦加呢？或者去别的什么地方？又为什么你会去罗马呢?”

“我不去罗马，因为我不信奉天主教的。”

“我从你鞋子的样子就看得出你不是那种人。”

“我们不会搞崇拜偶像，虽然我们在很多方面跟天主教有相同的地方。”

“太不幸了。其实还是有很多的偶像相当伟大。”

“我渴望做一名侦猎员，想受到先生您或者是猎长的重用。”

就在这时，那些马萨伊的上了年纪的人就返回来了，后面还跟着两个我没有见过的新人。最年长的马萨伊朋友告诉我他们盼望着我和玛丽小姐可以替他们杀死它，这是因为狮子给他们造成了很多灾难，它们不仅叼走牛马，还吃掉驴子、骡子、婴儿甚至妇女和羊。全部的马萨伊人现在已经醉意浓浓，其中的一个动作甚至开始变得粗鲁。

我们结识了很多骁勇善战的、心地善良马萨伊人。他们一点也不像是坎巴人那种天生就喝酒的民族，因为开始他们是不喝酒的。马萨伊人被离散，是因为纵情滥饮。一些年纪大的人依然记得当初他们是如何维持主导位置的，个个强悍有力，与现在这个梅毒遍布、崇尚耕牛的部落大相径庭。他们这些人感兴趣的仅仅只有人类学的那些研究人员。刚刚来的两个人里面年长的那个在上午十一点钟左右的时候就喝多了，现在说话又非常没有礼貌。在他提出第一个问题的时候我就已经很清楚这一点。所以我想借助翻译可以让我们之间的对话正经一些，同时也想起他们的部落的规矩很散漫，因为这五个年纪大的人手里都拿着长矛。基本上可以确定地说，假如说翻译照实译出谁的话中有点挑衅的意思，那么他就是第一个会被矛扎伤的人。而要是在这个小小的店铺中我跟这五个喝醉了酒又拿着武器的马萨伊人发生争执的话，那么被打伤的肯定会是我。不过幸好有翻译在场，我就可以使用手枪打中三个酒鬼，而不仅仅是一个或者两个。我将枪套往腿前面推了推，十分兴奋地发现套扣并没有扣紧，伸出小指头轻轻一勾就开了。

“穿着大鞋子的是翻译吧，”我说，“说的什么就照实翻译吧。”

“他刚刚说，先生，他听说您的某位夫人，他说的是女人，杀死了只狮子。他说他感到好奇，在您的部落中怎么会允许女人来杀狮子呢?”

“请转告这位不曾谋面的头人阁下，就像在他们村子里允许年轻武士去喝点金吉普雪利酒一样，在我们的部落女人杀死狮子有些时候是允许的。可是那些身强力壮的年轻人却从来没想过怎么去杀死一只狮子，只是在喝酒上花那么长时间。”

情形并没有得到什么改观，这时候翻译满头冒汗。一个十分俊朗的马萨伊老头，应该跟我一样大，也许更大一点儿，回答了几句话。翻译面向我，“先生，他刚刚说，要是您之前想要有礼节地跟他就如头人与头人之间那样说话，您就可以完全学会他的语言，这样的话你们就能跟两个男子汉一样直接对话了。”

事情就发展到这里了，真是很无聊，于是我就回答说：“请你转告这个我刚刚结识的头人，我没有仔细地学会他的语言也很遗憾，不过杀死狮子不仅是我的责任，而且我带来的这个夫人同样也有这个责任，所以她昨天杀死了一只狮子。这里有两瓶冰凉的啤酒，是给我的随从留下的，可是我倒很乐意和这位头人分享其中的一瓶，这瓶酒只是我们俩喝，辛先生会拿这里的葡萄酒招待别的头人。”

翻译说完这些话，那个马萨伊人就走上前来跟我握手。我慢慢扣上枪套扣，把枪套轻轻地往腿边推了推，放回到它原来的地方。

“给翻译倒上杯橙汁吧。”我对辛先生说。

翻译接过果汁。那个之前想要找事儿的马萨伊人这时神秘兮兮而又带点诚意地向他说了几句话。翻译大口喝下饮料清了清嗓门，对我说：“这位头人有一个私人的问题想问您，那个能够杀死狮子的夫人是您花多少钱买的，他说如果能有这么一位老婆的话，以后的孩子将会跟公牛似的了不起。”

“请你跟这个我看起来十分聪明的头人说，为了得到这个夫人，我花费了两架小飞机，加上一架更高级点儿的飞机，外加一百头牛。”

那马萨伊老头又跟我喝了几杯之后，转而很严肃地朝着我说了些什么。

“他说不论是买什么样的夫人，那都不是一笔小数目，没有哪个女人可以值得这么做。他说您刚才提到的牛，是公的还是母的？”

我告诉他，飞机都参加过战争并不是新的。牛可都是母牛。

那个年纪大点儿的马萨伊人说虽然这比较好明白了，可是他还是觉得没有哪个女人能要到这个价。

我也同意这个价位的确不菲，不过为了得到这样一位夫人却是值得的。我说，我现在必须得回营地去了。我又要了些葡萄酒给这些人，送给了马萨伊老头那个大啤酒瓶。刚才我们一直在用杯子，我将我用过的杯子倒扣在桌子上。当他劝我再来点儿的时候，我便就倒了半杯一口喝下去。我们彼此握握手，我闻到了他身体上并不是很难闻的味道，那种混合了皮革、烟草叶、干牛粪还有汗液的味道。我走出门外来到道路上，感觉外面阳光很刺眼，猎车停在了树荫下。辛先生往车后边放上五箱啤酒，那做翻译的年轻人捧出了用报纸包裹的最后那瓶冰啤酒。他将马萨伊人喝下去的啤酒和葡萄酒的钱算好写在一张纸上面，我给了钱，又转头将五先令给了翻译。

“先生，我倒是更乐意您因此征用我呢。”

“没有什么雇用你的必要啊，除了翻译。况且你给我提供了服务，所以这些钱你该拿。”

“那么我也可以跟在您身边做翻译。”

“可以做我和动物之间的翻译吗?”

“先生，我能学习的呀。我可以讲斯瓦希里语，马萨伊语和查加语，当然我也会英语，这您可是看见的。”

“那么坎巴语你会吗?”

“这个倒不会，先生。”

“我们就是需要说坎巴语的翻译。”

“坎巴语学起来也不难，先生。我能够帮助您学习斯瓦希里语，而您能够教我猎杀还有如何跟动物说话。您千万不要因为我是个基督徒对我有偏见啊。在教会上学这是父母安排我进的。”

“你难道不喜爱教会学校吗？要记住你说的每一个字上帝随时随地都听得见啊。”

“真的不喜欢，先生。我厌恶教会学校。我成为基督徒完全是因为其他人哄骗我，我自己又缺乏判断力。”

“以后有机会我们会带你出去打猎的。但是你一定要穿短裤、要光着脚。”

“我恨透了这双鞋，先生。我不得不穿着它那是因为麦克客里老爷。一旦有谁嚼舌根说我没有穿鞋子，或者说了我跟您到了辛先生的店里，我可是要因此受到惩罚的，哪怕我只是喝点可口可乐。这是麦克客里老爷告诉我的，喝可口可乐正是走向堕落的第一步。”

“过阵子我们再带你去打猎。但是你并非来自天生狩猎的部落。去打猎你会被吓到，并且也未必快乐，而且对你又有什么益处呢?”

“先生，只要您不忘记我，我会给您证明我的力量。我会先将这五先令当作定金去本基的店里买一根长矛。晚上我就脱下这鞋子，把脚锻炼得像个猎手那样。我可以证明给您看看，您需要我证明。”

“你是个不错的小伙子，但是我不想撼动你的宗教，我也不能够给你什么。”

“我会证明给您看的。”他说。

“再见。”我说，接着跟姆休卡说，“咱们到铺子那里去吧。”

马萨伊人挤满了铺子，有的人在买东西，还有的人则在看别人买。女人毫无顾忌地将你从头打量到脚，那些带有深赭色猪尾辫还有刘海儿的年轻人都兴高采烈，同样也十分自傲。马萨伊人身上的味道非常好闻，女人们跟你握手的时候，她们从来不会忽然抽回去，而是一动不动高兴地感觉着你的温热的手心，还仔细观察，她们的手普遍冰冰凉凉的。本基的铺子不仅十分热闹而且宽敞明亮。就像家里的星期六或者就像每个月发工资时的印第安的那个杂货铺。凯第买了很多精细的粗玉米粉，加上很多鼓会上必需的可口可乐之类的喝的。此时他正在对高处的货架上的一些不重要的小东西指来指去，说要自己挑一挑，其实他主要想要借这个机会多看两眼那个机灵可爱的印第安的小妞。那小妞对金·克一直很迷恋，而我们大家对她的感觉也不错，如果不是知道再怎么努力也不会有结果的话，估计大家都会喜欢上她。凯第看着她，观察她是如何拿那个东西，再放在他面前的。我这是第一次感觉凯第这么喜欢端详女孩儿，而同时又觉得挺兴奋的，因为我们终于可以抓到了凯第的小辫子了。她跟我说话的时候，声音也非常悦耳动听。她问玛丽现在情况如何，又说她也觉得很快乐，因为她知道狮子被杀死了。欣赏她美丽的样子，听着她的声音还有跟她握手的感觉，这所有的一切都让我很快乐。当然我也自然看得出凯第对这个姑娘是多么上心！因为我只有在那个时候才发觉到他打扮得挺帅气，穿着他最整齐的猎装，还熨得笔挺，干净整洁，头顶还围着那条美丽的包头巾。

铺子里的伙计们按照姆休卡的要求，开始往外搬一袋袋的食品还有一箱箱的喝的东西，我付了费用，同时买了将近半打的哨子给鼓会。凯第也帮忙搬动箱子，因为店面的伙计并不够。我就走出去守在了来复枪旁。虽然我十分乐意去帮忙搬东西，可是这不合适。当我们自己内部一起打猎的时候，我们大家都会一起出力的。可是如果在镇子上或者其他的公共场合里，这样做的话肯定会被人说三道四了。因此我就两腿夹枪坐在前边的那个位子上，耳边响着那些想要马萨伊人搭顺风车下山时向我提出的各种要求。这辆车制动性能还不错，虽然是由一辆雪弗兰的卡车改装成的。可是如果将货物装满了的话，我们车上最多也只剩下六个人的位置。我们以前也装过十二个人，甚至更多一些。一旦遇见转弯就特别危险。还有很多时候让马萨伊的那些女乘客晕车。我们会常常把年轻男人带到山上，但从不带他们下山。虽然最初有人很反对，可是现在这已经形成规矩，我们带上来的人同样会解释这些。

最后将全部的货物都装上车，有四个妇女坐在了后面的座位上，附带夹上她们的包裹、瓶瓶罐罐，加上一些乱七八糟的货物。其他的三人坐到第二排，凯第坐在她们的右边，我、姆温基加上姆休卡在前排坐好。车子启动，这些马萨伊人跟大家挥手告别。我将包在报纸里的啤酒拧开了之后，接着就给了姆温基。他做出了个让我先喝的手势，自己却在椅子中间沉下身去，躲开凯第视线的注视。我喝了一口之后递给他，他却一动不动地蜷在那儿，往嘴角灌些啤酒，这样那个翘起来的大瓶子就不会被凯第瞧见。他把酒再递给我，我又将它拿给了姆休卡。

“等一下。”他说。

“等到哪位姑娘不舒服的时候。”姆温基说。

姆休卡慢慢地开着车，能够清楚地感觉到车的重量在陡降的拐弯处。平时在姆休卡和我之间会夹着一个马萨伊女人，我们确定这个女人不会晕车。而我们不确定其他的两个女人是否会晕车，就安排她们坐在第二排椅子夹在恩古伊和姆温基的中间。现在我们都能感觉到，由于凯第在那儿三个女人都可惜了。这中间有一个是十分有名的美人。她身材特别棒，跟我一般高，况且我感觉握着她的双手最凉快最贴心。平时都会让她坐在第一排姆休卡跟我的中间，她一手拉紧我，另一只手就柔顺而又故意挑逗着姆休卡。一双眼睛在我们脸上看来看去，只要看见她这样我们立刻就会笑出来做出反应。她的美属于偏近古典美的，皮肤也十分细腻；她的作风透露着放肆。我了解恩古伊和姆休卡都想要讨好她。她对我充满着好奇，喜欢对我做出挑逗，看到我有所回应她感觉很开心。每次她到了下车的地方，总有一个男人跟她一起下车，然后在晚些时候这两个人再步行回到营地。

但是今天我们下山，大家都望着车窗外的田地。姆休卡甚至一点啤酒都没有喝，这是由于他父亲凯第就坐在他后边。之前我们在瓶子的包装纸上撕下来了一块儿做了个记号，记号之后的酒都属于姆休卡。这会儿我一边考虑的是有关道德规则的事情，一边跟姆温基喝着啤酒。按照最基础的道德指标，我的这两个最好的朋友去跟马萨伊女人快活一下也是无可厚非的，可是我现在想要与坎巴人搞好关系，而且黛芭跟我都很看重彼此的关系，要是我那么做了，就是成了放荡、不负责、不正经的人。但是反过来想想，要是在跟马萨伊女人有接触的机遇的时候，人家引诱我，而我如果丝毫没有回应，那就会带来许许多多的麻烦。让拉伊托齐托克的旅途充满意义而快乐是这种对自己部落风俗的简单总结。可是，有时其中的缘由要是你捉摸不出，你就会相当迷惑并且灰心，除非认识到，要是你想成为一个很不错的坎巴人，那就坚决不能承认自己有什么困惑，而且肯定要坚持不气馁。

终于后面有人说有个女人晕车了，我就暗示姆休卡停车。我们清楚趁着机会凯第会到灌木那里撒尿，因此在他认真地让自己放轻松的时候，我把酒瓶给了姆休卡，他迅速地喝掉属于他的那份儿，剩下的一些留给姆温基和我。

“在酒变成常温前喝完吧。”

大家重新上车。下了三回人之后，搭车的乘客就都走了。猎车路过溪流，穿过猎区，驶到营地去了。一群黑斑羚正轻松地蹿过一个林子。我跟凯第就跳下车前去打猎。这群黑斑羚衬着绿油油的枝叶，显得鲜红一片。当我轻轻地打了呼哨时，一头轻盈的雄斑羚就回过头来张望。我屏住呼吸，悄悄扣动扳机，射中了它的脖子。凯第冲过去按照伊斯兰教法屠宰它；别的黑斑羚跳啊跳地全都钻进林中躲了起来。

我没有上前去看凯第，这就靠他自己的良心了。我清楚他的心不像切罗那么善良。但是就这样把猎到的食物白送给伊斯兰教徒，我实在不是很乐意，所以就在刚才我很希望它不被击中。我踩着松软的青草慢慢走到凯第身边，这时候那只斑羚的咽喉已经被他割断了，他还在止不住地笑呢。

“Piga mzuri.” 他说。

“那是自然，”我回答说，“Uchawi.”

“Hapana uchawi. Piga mzuri sana.”

第十章

有很多人站在树的下边，营地那边也一样。女人们戴着十分漂亮的、宽宽的珍珠项链还有手链，穿着色彩艳丽的衣服。她们褐色的头发还有脸显得十分可爱。大鼓从村子里运来之后，侦猎员们从别的地方又弄来三只大鼓。虽说时间还早，可是恩戈麦鼓会已经渐渐开始显出它的形状来。我们的车经过人群和堆放着的鼓会上要使用的各种东西，最后在树荫下面停下来。女人和孩子纷纷跑出来，看着从车上卸下来一个个猎物。将来复枪递给恩古伊让他去擦了一下，我向吃饭的帐篷走过去。山风这时候刮得十分厉害，帐篷里也变得凉爽起来。

“咱们所有的冰啤酒你都拿走了。”玛丽小姐说。她气色看起来不错，情绪也变得相当好。

“我倒是带回来了一瓶，在包里放着。亲爱的你现在感觉怎么样？”

“金·克跟我都好很多了。我们只找到金·克的子弹，没找到你的。我的那只狮子剥完皮弄干净之后，看上去那么典雅高贵，跟它死之前一样有气魄。你到拉伊托齐托克跟他们玩得开心吗？”

“很不错。该处理的事情都处理了。”

“玛丽小姐，迎接一下他吧，”金·克说，“跟他一起到处转一下，让他觉得自在点儿。我的好兄弟，你之前也看过恩戈麦鼓会吧？”

“对啊，先生，”我说，“在我们住的地方也有类似的宴会呢，特别受大家喜欢。”

“是在美国被称作‘棒球’的那个吗？我总是觉得那是一种

在柱子之间跑来跑去的游戏。”

“先生，在我住的那地方，我们的恩戈麦是为了庆贺丰收的。我觉得和你们平时玩的板球很像。”

“确实像，”金·克说，“可是这可是个新的恩戈麦。都是本地的人在跳舞。”

“先生，多有意思啊，”我说，“我可以邀请这位被您称作玛丽小姐的美丽女士一起去参加这次鼓会吗？”

“已经有人邀请了我，”玛丽说，“猎务部的春戈先生会跟我一块儿参加。”

“玛丽小姐可真能让人生气啊。”金·克说。

“先生，春戈先生是那个身材比较强壮，平时老是穿短裤，留着点小胡子，在头顶上插鸵鸟毛的那个人吗？”

“先生，他看起来可是风度翩翩啊。您在猎务部里是和他一起做事的吗？先生，那我告诉您，您的这群朋友可是真的很棒了。”

“我觉得春戈先生成了我心中的英雄，自己爱上他了，”玛丽说，“他跟我说你从来就没有杀死过狮子，你就是个大骗子。他告诉我说几乎所有的人都知道你是个大骗子。恩古伊还有其他几人仅仅只是装作是你的朋友。那是由于你老是送礼给他们，而且对他们也不严格要求，不用遵守那些规矩。那天你喝多了回家的时候，恩古伊弄坏了你在巴黎花很多钱买的你最钟爱的那把小刀，他觉得你的那些问题从这件小事儿就能看到。”

“噢，噢，”我回答，“我想起来了，我确实在巴黎见过老春戈。对，是的。终于想起来了。对，没错。”

“不对，不对，”金·克满不在乎地说着，“不，不，那不是春戈先生，他和我们绝对不是一伙的。”

“嗯，嗯，”我说，“我觉得他是这样，先生。”

“春戈先生还告诉我另外一件有趣的事情。他说你在你的子弹上涂上坎巴族的毒药，那些都是恩古伊帮你弄的，所以那些毒才是一枪毙命的技巧之所在。他主动将自己的腿弄破让它流血，然后让我瞧瞧这些毒在血里面多么的迅速扩散。”

“我的上帝啊。先生，你真的觉得她跟你的朋友春戈先生一起去参加鼓会合适吗？那么做的话也许不会发生什么意外，不过毕竟她还是您的‘太太’呀，先生。她仍旧要担负起‘白人的责任[①]’吧。”

“她跟我一起的。”金·克说，“玛丽小姐，来给我们弄点喝的东西吧。算了，我还是自己弄吧。”

“这我还是愿意做的，”玛丽小姐说，“你们两个别这么一副怨恨的样子。我胡编了春戈先生这套东西。在这里，总要有人在什么时间里说上关于老爹的异教徒们，还有你跟老爹，包括你们晚上的乱七八糟的思想还有所干的那些不好的事情的几个笑话吧。今天早上你们几点起来的？”

“不算太早。但是也算是今天吧。”

“日子一天掉入另一天掉入另一天掉入另一天，”玛丽小姐说，“这就是我所写的非洲抒情诗句。”玛丽小姐正在写一首关于非洲的诗。可是令人苦恼的是有时她将脑子里面想好的东西常常忘记记下来，所以这些句子就会像梦一样消失了。她虽然以前记下一些，但是她从不给别人看。我们一直是支持她的这个长诗的，我现在也依然是这样，可是我觉得假如她能写下来就更完美了。那个时候我们都正读《农事诗》，这是刘易斯[②]所写的古罗马维吉尔。我们丢了两本书，但一般都是放在什么地方或者消失了，我还从来不曾见过我们这样轻易地弄丢过哪本书。那曼图亚人使一切正常的人都觉得自己已经可以写伟大的诗篇了。这是我所明白的有关那曼图亚人[③]的唯一的短处。

---

① 这里所说的是“白人应该将他们的文明带给落后民族”的那种责任。这句话来自英国作家鲁·吉林（1865—1936）的诗句。

② 塞西尔·戴·刘易斯（1904—1972），英国诗人，文艺评论家。

③ 指的是维吉尔。

但丁仅仅是让疯子自己觉得可以写伟大的诗篇。那自然不会是真的，尤其是在非洲，也没有什么会是真的。在非洲，或许你不会相信，随着黎明到正午的时间转换，一个真相会变为一个假象，就像你不会相信被太阳炙烤的盐碱地一侧会有一片清澈透底、水草丰美的湖泊一样。因为你早晨还走过那片盐碱地带，并且非常清楚，压根儿就不存在这片湖泊。但这片湖泊此刻呈现在你的眼前又如此真实，美不胜收。

“真的仅仅是诗里的某一句吗？”我问玛丽。

“是，那是当然。”

“趁这诗句还没有听上去像是一个事故，那就赶紧写下来吧。”

“就跟你先去射击人家的狮子似的，不要取笑别人的诗句。”

金·克像个疲惫的学生一样抬头盯着我。我说：“要是你想看的话，我来拿那本《农事诗》吧。就是没有那本路易斯·布洛姆菲尔德写的序言的书。可以用这个来区分他们的。”

“我的那本你肯定能认出，那书可是有我的名字。”

“还带有路易斯·布洛姆菲尔德写的序言。”

“布洛姆菲尔德是什么？”金·克问，“怎么像是军事语言？”

“他就是一个写文章的，在美国俄亥俄州有个很有名的农庄。这个农庄让他出尽风头，牛津大学就请他写一个序言。他说在他的文字里他能瞧见维吉尔的农庄、维吉尔的那些牲口、维吉尔的很多农夫，甚至维吉尔本人严峻的长相，或是体态，具体是什么我忘了。如果他是个农夫那指代的就一定是他的体型。不管怎么样，路易斯看到了他，他那么说，那原本就是一首诗或一组永恒悠扬的诗篇，无论对何种读者。”

“肯定是我的那个没有布洛姆菲尔德作序的那一本，”金·克说，“我觉得应该是你将它落在卡吉亚多了。”

“我的名字也在属于我的那本书里边。”玛丽说。

“好吧，”我说，“你那本《内地斯瓦希里语教材》上也写有你的名字，况且它现在就收在我的后边口袋中，不过书里的每页都粘在一块了，因为被汗弄湿了。我还是把我的给你好了，你能随意地在里面写上大名。”

“我要我原本的。我才不需要你的。你怎么会出这么多的汗把它粘得这么结实将它毁坏了呢？”

“我不清楚到底是怎么回事。这也有可能是我毁坏非洲所计划的一部分吧。它就在这儿。我觉得你还是最好去拿那本干净点儿的。”

“可是这本里边不仅有我自己往上添加的一些东西而且还有一些批注。”

“真是抱歉。一定是某天早晨天色太暗我不小心装进口袋里去的。”

“你可从来没有失误过，”玛丽小姐说，“我们都清楚这点。要是你每天不唠叨很多大家都不了解的语言，认真地学会了斯瓦希里语，不仅仅是只看法语书还看一些别的什么书，你的日子可能会比现在好太多呢。我们都晓得你会读法语。但是读法语跑这么远来，你觉得有这个必要吗？”

“应该有吧。我不清楚。这可是我首次拥有全部的西默农。那个开在奢华的旅馆长长的走廊里的书店里的那位女店员真是个不错的人，给我弄来了整套书，服务也很体贴。”

“所以那些书你就搁在坦噶尼喀帕特里克的家里面。只有几本儿例外，差不多全部留在那儿了。你认为他们会去看吗？”

“不知道啊。有很多地方帕特跟我相似，都有点儿怪里怪气的。他也许会看，但也有可能不看。但是他有个邻居，老婆是一位法国的，也许他们会拿给她吧。不，帕特应该看的。”

“法语你学过没有，学习过如何把法语讲得符合语法一些吗？”

“没有。”

“那么这次你真是完蛋了。”

金·克向我皱了皱眉头。

“不对，”我说，“毕竟我还有希望，所以我并不会完蛋的。要是哪天我连希望都没有了，会让你第一个清楚这个的。”

“你的希望是哪方面的？做糊涂事情吗？乱拿别人的书吗？对狮子这样的事情撒谎吗？”

“你还在押头韵呢。那就来讲讲‘说谎[①]’这个词汇吧。”

“这一刻我躺下睡觉。
变换了动词‘躺’的形式谁会和我同眠
那将是怎样的销魂。

“日日夜夜都与我融化吧
热情似火，不带风雪，更无需烛光
当你入眠时候山峦的冰冷就会近在咫尺

“黑色树林中并非紫杉，
但雪却依然不变。
下雪的那时候与我相融吧

“为何山峦渐渐近了
又忽然变远？

“与我融合吧我的爱人。
你会带来怎样的玉米？”

这样说话特别是对一位正在被维吉尔诗句感染的人，是很影

① 下面的诗里面并没有出现“说谎”，而仅仅是“躺、躺下”，这是因为这两个词在英语中拼写都是lie。

响文雅的，这时候要吃午饭了，而午饭永远会在误会时为休战作缓冲。它的奇妙就在于给双方都建造了一个安全的避难所，就仿佛——人们曾经说过——犯人在逃避处罚的时候逃进了教堂一样。尽管我对这个避难所并不十分相信。吃完东西玛丽就去睡觉，而我则跑去参加鼓会，就这样我们结束了争论。

这次鼓会跟平时也没有太大差别，可是这次感觉特别好，尤其让人感到快乐，侦猎员们为此付出很多。至少最开始的时候他们是身穿短裤跳舞，所有人的头顶都插着四个鸵鸟毛。两根是白色，另外两根被染成了粉红。他们有的弄绳子，有的用皮带，在头发上绑绑缠缠，尝试各种各样的办法，目的只是为了保证它们不掉。他们将铃铛绑在脚上，跳得特别好，优美的舞姿中散发出淡定的优雅和姿色。鼓只有三个，其他的人就在铁皮罐子甚至是空汽油桶上敲打。鼓会上除了四个传统的舞蹈还有三四个即兴节目。后面几个即兴节目少妇、姑娘加上孩子们才加入。他们不停地跳，到黄昏时分才逐渐进到舞阵中，分成两列开始跳。从孩子们还有姑娘们的舞姿中你可以看出，她们习惯于在村里自由地歌舞。

玛丽小姐和金·克也来拍了很多彩照。大家纷纷朝着玛丽表示祝贺，她也跟他们一样纷纷握手。侦猎员们的表演十分出彩。其中一人向一个一半埋进土中、边缘朝上的硬币做出一只手翻的动作，等到两脚在半空中停住，两只手撑地并缓缓开始弯曲手臂，低下脑袋用嘴咬出硬币，然后一个翻身两脚着地。这动作很有难度。而那个最心善也最温柔，最健美机灵的侦猎员丹杰将这个动作完成得漂亮极了。

大部分的时间我都坐在树荫下，一边掌心放在一只空汽油桶上敲打着最基础的节奏，一边看着人们欢快地舞蹈。探子也来蹲在我身边；他围着一条仿造佩斯利涡旋纹花呢的大披巾，馅饼帽子在脑袋上扣着。

“您怎么不太开心呢，大哥？”他问。

“我没有不开心。”

“大伙儿都看得出来您不开心。高兴一点儿吧。瞧瞧您的未婚妻，今儿恩戈麦鼓会的舞后可是她呀。”

“把手从我鼓上拿开。你都快把鼓声整没了。”

“您敲得真不错，大哥。”

“得了吧。我根本就不懂。我只希望别扫了大家兴致。你又在难过什么？”

“猎长先生很粗暴地骂了我，并且把我赶了出去。虽然我们特别卖力工作，但是他还是总觉得我们就是蹭饭的，要把我调到一个危险到能丧命的地方。”

“无论在哪里你都容易丧命的。”

“是的。可是如果在这里我能给你帮忙，就是死我也很乐意。”

舞已经越来越豪放了。黛芭跳舞，我很喜欢瞅着，但又不想一直盯着。这么简单，别的女人跟着一起跳这样的舞的话，我想也都差不多吧。我明白她在向我炫耀呢，因为她老是在空汽油桶旁边。

“她可真是个漂亮的女人，”探子说，“鼓会上的舞后呀。”

一直到敲到音乐结束我才站起来，看到恩贵利披着他那个绿色的袍子，就让他去问问姑娘们是否需要喝可乐。

“来我帐篷里吧，”我对探子说，“你生病了，是吗？”

“我真的有点儿发烧，大哥。您只要给我量一下温度你就明白了。”

“我给你弄点阿的平来。”

玛丽依然在拍照片；姑娘们一个个都站得很挺直，胸脯甚至将类似桌布的围巾都顶了起来。姆休卡正在召集几个姑娘，我明白他是想要给黛芭好好地拍一张。我看着她们，瞧见黛芭在玛丽的面前站着，低垂着眼睛，站得直直的，显得特别害羞。她这会儿像个战士一样立正站好，跟我在一块儿的时候那种自由放肆丝毫没有了。

探子的舌头白得就像是喷了一层石灰一样，我捏着汤匙按压着他的舌头往里面一看，看到有那么一小块黄的东西在他咽喉的地方，还有一块儿是黄中夹杂白色。我又在他的舌头底下放上温度计，这么量一下竟然达到华氏一百〇一点三度。

“老伙计，你真的病了，”我说，“我先给你一针青霉素，你再吃点儿青霉素的药片，然后我就派猎车送你回去吧。”

“我就说我生病了嘛，大哥。可是没什么人关心。大哥，我现在能喝酒吗？”

“青霉素不会疼的。但它对你的喉咙会有帮助的。”

“这我一点也不怀疑，大哥。要是你说我生病了，您认为猎长先生会让我留下来接着给您帮忙吗？”

“一生病你就不能晃来晃去咯。我估计要将你直接送到卡吉亚多的医院去。”

“大哥，求您了，千万别。在这里您肯定就可以将我治好。无论如何，我都一直会听您的，万一打仗什么的我就是您的眼睛，或者您的耳朵，总之我就是您的左右帮手啊。”

老天爷救命啊，我心里想，但是他会有这样的想法，既没有喝醉酒，也没麻醉，而是因为咽喉有脓毒或者就是扁桃体发炎。不过这些话就算说说也够豪迈的。

我将酸橙汁和威士忌每个一半往杯子里一倒，弄成了半杯，它也是能减缓嗓子的疼痛。我给他打完针后，弄车送他回家。这东西使得他的喉咙好多了。喝完酒后，他的精神又好了起来。

“我可是个马萨伊人哪，大哥。我是不会怕死的。我瞧不起死亡。老爷们加上一个索马里女人将我给弄成这样的。我的钱财，我的孩子，甚至我的名誉，这所有的一切她都拿走了。”

“你跟我说过这事。”

“对啊，可是现在您已经给我弄了长矛，那么我得努力振作起来。恢复活力的药您已经差遣人买了吗？”

“药就快来了，但是在那个人心里只要有活力，这药才会有效。”

“我是有的啊。大哥，我确定。我觉得现在那东西就在我体内活跃着呢。”

“现在我把药给你，一会儿开车送你回去。”

“不，大哥，求求你了。寡妇是我带着来的，她肯定要跟我一起回去。现在对她来说太早了点。上次鼓会她整整跟我失散了三天呢。我要等着跟她一起乘车回去。”

“你必须躺在床上。”

“我还是想等她。大哥您是不清楚对一个女人来说恩戈麦鼓是多么危险的。”

这危险我倒有所耳闻，可是我不希望探子在咽喉都这样了还说话，不过他接着问：“我先喝一杯酒再吃药行吗？”

“行啊。从治疗的角度来说，我觉得没问题。”

这回我加了很多糖到酸橙汁里，冲调出很大的一杯。如果他确实下决心要等寡妇的话，时间不会短，另外马上太阳就要落山，天会越来越冷。

“说不定咱们两人一起的话能干一番大事。”探子说。

“我不清楚。你不觉得我们应该先分别做点大事锻炼一下吗？”

“你说出一件，我就试着做去。”

“等你咽喉好的时候我再告诉你。现在我需要处理很多的小事哩。”

“那些小事我可以帮你做吗，大哥？”

“这些不可以。我必须亲自来做这些。”

“大哥，如果我们一起做一番大事的话，您可以领我去麦加吗？”

“今年我麦加未必会去。”

“那要是明年呢？”

“假如真主安拉希望的话。”

“大哥，布历克森老爷您还记不记得?”

“当然咯。”

“大哥，大家都说布历克森老爷没去世呢。他们说如果讨债的那些人死光了他就出来了，他就跟圣婴耶稣那样子回来。这只是比喻，并不是说就真的跟耶稣似的出现。你相信吗?”

“我觉得这未必是真的。布历克森老爷的确是死了。我的朋友目睹他死在了雪地中，脑袋被打到了。”

“死了太多伟大的人。我们当中没剩下几个。大哥，您的信奉跟我聊聊吧，人们都在讨论这个。您信仰的是哪个神?”

“我们称作万能的‘基奇’。他的真名未必是这个。”

“我明白了。他也曾到过麦加吗?”

“他去麦加就像咱们赶集似的。”

“您是像传说的那样直接代表他吗?”

“我只要够格就行了。”

“可是他的权利您可以行使吗?”

“这些事情你不该问。”

“大哥，原谅我的愚笨吧。可是他是通过你来传达吗?”

“只要他喜欢就通过我来传话。”

“他们可不可以，我指的是那些人……”

“不要问。”

“那……”

“我来给你打针，吃过药，你就走吧，”我说，“在帐篷里吃饭讨论宗教不合适。”

探子不愿意口服青霉素，我倒希望这口服药能对有志向干大事的人发挥点作用。不过，假如给他打针拿大的针头他也没有什么英雄的勇气，那岂不让人灰心吗?可是药的那种滋味他倒是很喜欢，还喝了满满两大勺津津有味地享受着。他一共喝了两勺，担心他万一中毒，也担心在一个鼓会上会出什么意外。

“这药味道很不错，您觉得它灵吗，大哥?”

“伟大的神也吃这种。”我说。

“安拉保佑，”探子默默地说，“那瓶子里剩下的酒我得等多久才可以喝?”

“早晨醒过来的时候就可以了。要是你在晚上醒过来的话那些药片你就吃掉吧。”

“我现在已经感觉很好了，大哥。”

“现在就离开吧，去看看那寡妇。”

“我走了。”

在这段时间里，鼓的声音、脚铃细碎的震动声和口哨的声音我们一直都能听着。我依旧精神不怎么好，也不愿意跳舞。于是，等探子走了之后，我自己拿戈登杜松子酒还有堪培利酒混在一起，又倒了苏打水进去调了一杯酒。要是这个与两倍剂量的口服药混合得不错的话，就可以证明一些事情，虽然未必在纯科学的界限内。它们看起来混合得还算很均匀的，噢，要是有作用的话，声音就会变得尖锐了。我仔细地听，想听听是不是哨子声音也尖了些，但似乎没有发生什么变化。我觉得这个预兆是不错的，就从滴着水的帆布袋子中拿出一瓶冰凉的啤酒，返回到鼓那里。那个我之前敲打的那个金属鼓有人正使劲敲打着它。我背靠着一棵大树坐下来，这时候我的朋友托尼来到我身边坐下。

托尼人很好，算是我最好的朋友之一。他也是马萨伊人，是个勇猛、强干的士兵，曾经在坦克部队里任过中士。即使可能不是英国军队中唯一的马萨伊人，也算是仅剩的一个马萨伊中士。他是给金·克在猎务部里帮忙的，我常常嫉妒金·克有他这般出色的人物。忠诚，认真负责，还常常面带笑容。况且他说了一口流利的英语，完美的马萨伊语，当然，还有斯瓦希里语，一些查加语加上坎巴语。他很粗短的腿，带有力度的胸膛、胳膊还有脖子，这样的身形完全不像马萨伊人。我曾让他学习拳击，也彼此有时候过过招，我们是十分要好的朋友和伙伴。

“这应该是个很不错的鼓会，先生。”托尼说。

“是呀。”我说，“托尼，你不去跳舞吗？”

“不，先生。这可是坎巴族的鼓会。”

他们现在正在跳一种十分复杂的舞蹈，年轻的姑娘们也在不停地跳着，做剧烈交媾状。

“在这几个长得很好的姑娘里。你喜欢哪个，托尼？”

“先生，您喜欢哪一个呢？”

“我很犹豫。我觉得有四个姑娘很不错的。”

“其中一个是最漂亮的。您清楚我说的是哪个吗，先生？”

“她确实可爱，托尼。她是从哪儿来的？”

“坎巴族的一个村子，先生。”

她确实是最漂亮的，任何人都比不上。我们俩都目不转睛地盯着她看。

“你看到玛丽小姐还有巡猎队长了吗？”

“看到了，先生。他们刚才还在这边。玛丽小姐杀死了她一直追逐的那只狮子，我真高兴。您还记不记得这只狮子之前冲杀马萨伊人就像长矛刺向泡泡糖似的，先生？您还记得那个叫‘无花果树’的阵营吗？从那时候到现在已经多久了啊，先生，最后她还是杀死了那只狮子。今天早上我还念了一句马萨伊谚语给她听。她向您说这件事了吗？”

“没有，托尼。我觉得她没说。”

“我跟她说的是：大雄狮临死前，四周总是很安静。”

“太对了。虽说现在鼓会是闹哄哄的，旁边却很安静。”

“您也意识到了，先生？”

“是啊。我的心态每天都很平静。你喝点啤酒吗？”

“不，谢谢您了，先生。今晚有拳赛呢？”

“你希望打一场吗？”

“要是您想就可以，先生。但是现在有很多新加入的伙计想试试身手。趁着明天没鼓会，咱们可以打得更过瘾一些。”

“你要是没有什么意见的话，今晚就开始吧。”

“明天应该会好点。有一个小子不太招人喜欢。人虽说坏不到哪里去，可是让人无法喜欢他。您是清楚那种人的。”

“城里来的吗?”

“应该是吧，先生。”

“他会打拳击?”

“先生，他虽然不是很专业，但出手速度很快。”

“打得准确吗?”

“对，先生。”

“现在正在跳的是什么舞蹈?”

“新排演的拳击舞。您看见了吗? 他们正在近距离击打，左勾拳，这些都是您教授的打法。”

“打得比我教得好太多了。”

“明天更好一些，先生。”

“可是明天你就要离开了呀。”

“我忘记了，先生。原谅我吧。自从大雄狮死后我老是忘记事情。等咱们回来之后再比比看吧。现在我要去检查一下卡车。”

我起身去寻找凯第，看到他正站在跳舞池子的边缘。他兴致勃勃的，表情十分认真。

“请您天黑的时候开车送他们回去吧，”我说，“姆休卡的猎车也可以捎带些。夫人累了，我们需要提早吃晚饭，快点去睡觉。”

“Ndio.”他也表示赞同。

我去找恩古伊，他说：“Jambo Bwana，黄昏的时候说这个事情真可笑。”

“Jambo tu,”我回答道，“你为什么没有跳舞呢?”

“约束的东西太多了，”他说，“已经不是我跳舞的时代了。”

“更不是我的。”

那天晚饭我们吃得也很开心。我们的厨子姆贝比亚亲手做的面拖狮里脊小肉条味道非常棒。九月份，当我们首次吃到狮里脊肉的时候，还引起了一系列辩论，当时把这当成是一种野蛮行径或奇怪的做法。但是现在大家都吃，它却变成了一道佳肴。这白白的肉就像是小牛肉，肉质鲜美，而且没有任何腥臊的味道。

“我想肯定没人会把它和一个正经的意大利餐厅中的 Costoletta Milanesa[①] 区分开，可能只会感觉这个肉的味道要更好。”玛丽说。

我第一次见到狮子被剥皮的时候就觉得它的肉差不到哪里。我以前的那位扛枪的随从姆科拉就曾经告诉我，狮里脊肉吃起来味道感觉特别棒。但那个时期老爹管我们管得特别严，他努力想把我培养成一个出色的绅士，至少也得算得上半个绅士。所以我绝对没有勇气将里脊肉割下一片请厨师去炸。可是今年在我们杀掉了第一只狮子后，当我让恩古伊割下两条狮里脊肉时，情况已经发生变化了。老爹说过肯定不会有人吃狮子肉，这行为也太野蛮了。可是我们差不多可以肯定这是此生最后一次一起去打猎了，所以我们都对那些没有共同做的事而感到后悔，而没有去缅怀那些已经做了的事情。所以他也就很随便地抛出一句不同意，可是在玛丽教会姆贝比亚怎样炸里脊肉时大家已经闻到了它的味道，当他看到狮子肉怎样被切得基本上就跟小牛肉一样，而我们又细细品味那些肉的时候，他也品尝了一点儿，也不排斥它了。

“你曾经在美国落基山脉游猎的时候也吃过熊的肉。味道吃起来特别像猪肉，但是油腻了。猪肉你可以吃，然而跟熊或狮子比起来，猪吃的那些估计更脏了。”

“别让我厌烦了，”老爹说，“我正吃着这个呢。”

---

① 指的是米兰式煎牛排。

“难道味道让人很难以下咽吗？”

“不。该死的。味道太棒了。不过别再刺激我了。”

“多吃一些吧，老爹先生。再吃多点儿。”玛丽说。

“好吧。那就再吃点儿，”他假装抱怨的样子发出又高又带点尖锐的声音，“你们千万别看着我吃。”

玛丽和我都深深爱着的这个老爹，是在我喜欢的人里最爱的那个。我们俩都特别乐意谈论一些关于他的事情。玛丽告诉我那次漫长的车程中老爹跟她讲过的许多事情。他们以前还经过坦噶尼喀。那时候我们则去大卢瓦哈河流域还有波哈拉平原附近狩猎了。听着一件件的往事，又不断想象着那些他没有向我提过的事情，感觉老爹似乎就在我们身旁。我想，哪怕他不在这儿，他也可以妥善处理那些非常艰难的事情。

而在这时候我们吃着狮子肉，感觉我们和它如此亲近，觉得这是最后一次有它的陪伴。感觉如此美妙，这感觉真是特殊极了。

那天夜晚玛丽到自己的床上睡觉去了，因为她很疲倦了。我醒着躺了一小会儿，就又走出去坐在火堆边上。蜷缩在椅子里，我一边望着火堆，一边思念着老爹。我非常难过他不能永远在活着。可是令人欣慰的是他总是能够陪在我们身边。过去我们幸运地共同经历了三四件事情，现在也还可以如同过去的日子那样，我们可以尽兴地说笑，快乐地生活，这真是非常幸福呀。我这样想着想着就进入了梦乡。

第十一章

在早晨出外走走的时候，我看见恩古伊快步轻轻地穿过草地，我想到无论如何我们都是要好的兄弟，我就更认为在非洲自己做一个白人真是笨死了。我又想起来二十年前别人带着我去聆听一个穆斯林传教士讲教义，他向那些他的听众们解释黑皮肤的优点还有白皮肤的不便之处。现在我已被晒得黑黝黝的，足够去假装是一个混血儿了。

“认真观察那些白人吧，”那传教士说，“如果在阳光下走的话，太阳一定会将他烤死。要是他的身体暴晒在太阳底下，皮肤就可能起泡甚至会溃烂。那些可怜的家伙必须待在阴凉的地方，通过喝酒来践踏自己。那是因为第二天他无法面对太阳升起时他心中的恐慌。仔细瞧瞧这个白人还有他的那些女人们，他的那些夫人们。走到日光里的时候，那些女人浑身的皮肤就会长满褐色的斑点，就像是得了麻风病。如果她一直在太阳下走，太阳肯定可以将她的一层皮剥掉，就好像在火堆里边走来走去。”

在这个令人舒适的早晨，我不想再接着去回忆那个反对白人的传教士。已经过去了那么久的时间，我忘记了许多更有意思的部分，只剩下那针对白人天堂的部分。我依稀记得那天堂又是如何被描述成另外一个恐怖的白人的信奉。在这种令人恐怖的信仰的召唤下，他在地面上使用棍子击打那些白色的球，或者将比较大的球在像是用来捞鱼的网状物的两侧来来回回地打来打去，他才会躲到俱乐部里，发了疯一样地喝酒，因为他受不住太阳的暴晒。他甚至还会破口大骂圣婴耶稣，如果他的女人不在旁边的话。

恩古伊和我曾经一起到过一个有个眼镜蛇洞的树林。应该是不知道那眼镜蛇去到哪里做客了。我们两人都不擅长捕蛇。可是白人应该都有这样的喜好，而且有这个必要，毕竟蛇会去咬牛和马，一旦有人踩的话，况且在老爹拥有的农场里，不论是捕到鼓腹巨蝰或眼镜蛇，有一笔钱专门为这个而常年设立好几先令的奖金。但是如果只为酬金就去捕蛇就显得比较卑微了。我们清楚眼镜蛇身体相当柔软，移动很快速，它们住在甚至连它们自己几乎钻不进去的洞里。关于这种情形我们还开过玩笑哩。有些故事讲述的是一些可能将尾巴着地身子直直竖起来凶恶的曼巴蛇，追逐那群可怜的殖民者或者是骑在马上的勇猛巡猎员。但是我们听后不会考虑这些故事，因为这些都是从南方传过来的，在南方传说拥有自己名字的河马不惜跑很远的距离只是为了找水，那里的蛇会做一些像是《圣经》里记录的伟绩。那些故事都是些有名气的人写成的，所以我对那些故事的真实性深信不疑，因为那里的蛇肯定跟这里的不一样，最重要的在非洲永远是自己的蛇。

我们的蛇会羞涩会神秘会蠢笨，不过都充满力量，而且很强壮。我虽夸张地展现自己对捕蛇的热爱，可是谁也骗不了，除了玛丽外。对于那种经常会吐芯子的眼镜蛇我们彼此都厌恶，这种蛇就曾经咬过金·克。今天早晨我们发觉那蛇不在自己洞里，也没有看出有回去过的样子，我就对恩古伊说可能性很大，它是托尼的爷爷，咱们应该对它更尊重些比较好。

恩古伊听见这些高兴坏了，因为蛇是全部马萨伊人的祖先。我说这蛇也许是他住的那个马萨伊村中的爱人的祖先。她是个讨人喜欢的姑娘，拥有高挑的身材，浑身充满着“蛇气”。这激起了恩古伊的兴趣，可是他略微有点儿害怕，当他一想起他那位不符合法规的情人的祖先也许是蛇。我就问他是否曾经也这么想过，马萨伊女人的手本来就十分凉。更让人觉得神奇的是，她们身体的其他地方有时候也是很冰冷的，这些应该因为她们身体里的蛇血。一开始他认为这纯粹是胡说八道，说马萨伊人从来都是如此。但之后他的认识有了转变。当我们一起往营地那片林子去的时候，营地在高高的树木，灰色的不平坦的土地，还有山顶白色的积雪的衬托之下现出黄绿一片的轮廓。仍然没有完全看见营区，只有那些大树已经说明它已经在那个地方了。这时候他回答说也许是真的。他说其实意大利女人的手也是冷热不定的。要是你能回忆起来的话你会觉得也许那手上一秒是冰冰的，但下一秒也许就像温泉一样的温暖，而在其他条件下又灼烫像沸水一样。他们的男女关系很混乱，然而受到惩罚生病成腹股沟淋巴结炎的数量却跟马萨伊人同样少。所以说不准马萨伊人体内真的有蛇血。我就告诉他最好要摸摸蛇血，当他下次杀死蛇之后。因为我感觉十分恶心，所以我从来没有伸手去触碰过那往外喷的蛇血，我明白恩古伊估计也受不住。可是我们还是下定决心要尝试去摸一下。而且最好也让别人试着摸摸看，只要那恶心的触觉他们扛得住。这一切对我们这样每天的人类学研究是有好处的：就这样我们考虑着这些问题不停地往前走，同时也在考虑那些我们尝试联系人类学的大方面以及我们自己身边的小问题。一直到那些黄绿的树下出现了营地的帐篷，在第一束曙光的照射下，大树展现出明亮的墨绿和闪闪的金边，我们看到了营地渺渺青烟从火堆上逐渐升起来，看到了侦猎员们在营房外走来走去的活动，加上在我们那隐在林木之中的篷帐前方的那个火堆，在新一天的太阳的照耀下的金·克的身形。他手中举着啤酒坐在木桌旁的简便折椅里，在默默地看着书。

恩古伊走过来拿来复枪，将那个旧猎枪也一起扛到肩上。我就朝着火堆方向走了过去。

“早上好啊，先生，”金·克说，“这么早你们就起来了啊。”

“这些苦我们能打猎的可要吃得住的，”我说，“我们依靠我们的两只脚，因为危险无处不在。”

“那些该死的危险总需要有人去消除的，不然的话你就会自身倒霉。来喝些啤酒吧。”

他从瓶子里慢慢倒出了一些酒在杯子里，一直倒到杯子装满，甚至他在酒快要溢出杯子的时候缓慢地将一个气泡接着一个气泡细心往外倒。

“闲人往往有活儿干呀。”我说着端起了杯子。它盛得非常满，挂在杯子的旁边琥珀色的啤酒沫就像是雪崩的时候挂在山崖边的那些冰雪。我缓缓地、尽量不洒出一滴地将它送到嘴边，抿了第一口。

“对一个失败的猎手来说这已经很不错了，”金·克说，“铸就了我们伟大的英格兰的就是这般结实的手还有充满血丝的眼睛。”

“当我们身处碎瓦铁沙的下方，就暂且听从神的谕旨喝下这杯酒，”我说，“你渡过大西洋了吗？”

“至少我过了爱尔兰，”金·克说，“那是一望无际的碧绿。我几乎可以看见勒布尔热[①]的灯光了。我就要学如何飞了，将军。”

“很多人之前都这样说。问题是你想要怎么飞呢？”

“如果我身子一张开飞出去就好了。”金·克说。

“带上你的双脚，遇到危险的那一刻吗？”

“不。我的意思是坐飞机。”

“坐飞机还是比较理智一些的。小子，你希望在生活中去实施这些原则吗？”

“先喝你自己的酒吧，比利·格雷厄姆[②]，”金·克说，“你会怎么办，如果我离开了，将军？我祈祷你可千万不要崩溃呀。如果没有什么精神创伤的话，我倒是盼望你可以撑得住。现在守护侧翼还不算晚呀。”

“什么侧翼？”

“任何一个。这是我记忆里残留不多的军事术语了。我一直

---

① 这是巴黎北面的一座市镇。

② 格雷厄姆是美国基督教福音派传教士，是一个教会牧师。

努力不被攻到侧翼。你也要在现实的生活中一直保卫侧翼，牢牢地守住某个地方。在我自己守住侧翼之前我经常会受挫。”

“Mon flanc gauche est protégé par une colline，” 我清清楚楚地回忆了起来，“J’ai les mittrailleuses bien placés. Te me trouve très bien ici et je reste.”[1]

“你就用外语来应付我吧，” 金·克说，又倒上一杯酒，“咱们出去弄完测量吧，趁着今天早晨我那帮讨厌鬼还在肆无忌惮，还没有因为市镇的权益而乞讨之前。”

“这本书《莎士比亚中士》你看了没有？”

“没有。”

“我会带去给你的。达夫·库柏给我了一本他写的。”

“不会是回忆录吧？”

“不是。”

在此之前我们一直在阅读连载在一份很薄的航空刊物上的《回忆录》。这刊物属于最后落在恩德培[2]的“彗星号”那个飞机上的读物，后来给内罗毕送去了。我不是很喜欢一篇作品就像登报纸似的分期刊出。不过我挺喜爱《莎士比亚中士》，也喜爱那里面的达夫·库柏，不过我就不怎么对那位老婆感兴趣了。这让金·克和我都感到厌烦，因为在《回忆录》里那个女人频频出现。

“金·克，你自己的回忆录你希望什么时候开始写？”我问道，“你不知道老人会忘事吗？”

“我可从没有考虑过要写回忆录。”

“你肯定会的。已经没多少老家伙们健在了。你现在就到了动笔开始写年轻时的事情的时候了。写在前几章里。《很久之前

---

① 这是法语：“我的左边有一个山丘做掩护。”“那些机枪构架得还不错。我觉得这里还是十分安全的，于是就留守下来。”

② 这里是指乌干达南部城市。

在远方的阿比西尼亚》将会是一个吸引人的题目。没有固定住所的日子，除去大学时光和在伦敦还有大陆上漂泊，直接就写《在苏丹军队里的某个年轻人》，接着就记载你开始当巡猎员的经验，那段你还可以清楚记下来的时光。”

“不清楚我是否可以学习你在《意大利的战场的一位未婚妈妈》中显示出的那种坚硬朴素的风格？”金·克问道，“那是你让我最爱的那本《在两面旗帜下》不算在内，是你写的吧？”

“不是。我写的那个名字是《卫兵之死》。”

“那也是本不错的书，”金·克说，“我从来没跟你提起过，不过我曾用那本书来指引我自己的生活。在上学期间那是妈妈塞给我的。”

“你去做测量并不是真心想做的吧？”我说着，心里还怀揣着一丝希望。

“猜对了。”

“我们是不是需要带几个中间人去当作见证呢？”

“没有那种人的。咱们就拿自己的步子测量吧。”

“那就走吧。我去看看玛丽是否还睡着。”

她喝了茶，现在依然睡得很香，看上去就好像还得再睡两个小时。她双唇紧紧地闭着，埋进枕头的脸嫩嫩的仿佛象牙般光滑。她十分均匀地呼吸着，但是在她翻转头部的时候我能看得出来她肯定正在做梦。

我拿下恩古伊挂到树上边的来复枪，上了那辆巡逻车，坐在金·克旁边。我们开着车出去，后来终于看到了前段时间留下的那些足迹，也看到了玛丽杀死狮子的位置。很多地方都发生了变化。就跟其他的曾经的战场相似，可是我们还是看见了她的弹壳，还包括金·克的，往左面再远一些是我的。我将其中一颗拾起来放进了口袋。

“我现在将车开进杀死它的那位置，然后你就走直线，拿步子测一下。”

我看着他将车子开走，在早晨太阳的照射下他棕色的头发闪烁着光。那只大狗转过头看着我，又转过去直挺挺地看着前面。车绕了一个大圈，在密密麻麻的灌木丛的这一边停下来了，我从距离在最西面发现的那个子弹的左边一步的地方开始起步，一边朝车的方向走一边数数。我扛着来复枪，右手轻轻握着枪管。刚开始往前走的时候，巡逻车看上去只有一点点。金·克在周围走动，那只狗也被放出来。他们也非常小，大部分时间我就只能看见狗的头以及脖子。我走到车面前，站在那片卧倒的草丛边上，这是狮子最开始就是趴的地方。

"多少?"金·克问道，我跟他说明了一下。他摇摇头，问，"你带着吉妮壶了吗?"

"带了。"

我们彼此都喝了一口。

"咱们到死都不能跟别人说这一枪打得到底有多远，"金·克说，"无论是面对下贱的人还是有权势的人，不管咱们或醉或醒。"

"到死也不说。"

"你开车呈直线过去，现在我再打开速度表。我再步测一回。"

我们两人步测的最终结果也不过是两三步的差别，速度表的数字和我们步测的距离也稍微有不同，我们就从总共的数字里减去四步的距离。然后我们开车返回营地，心里不知道是什么味道，无目的地看着山峦，因为在圣诞节之前我们估计不可能再一起去游猎了。

金·克和他的那些随从走后，我一个人，想着玛丽低落的心情。我并没有真正意识到孤单，因为我还拥有这个营地，还有玛丽，连同我的伙计们、那个被众人叫作基波的乞力马扎罗山峰，还有新开的一朵朵小花、那些数不尽的飞禽走兽和从地下生出的吃掉花的虫子。偶尔褐色的鹰还会飞下来吃掉那些虫子，所以鹰就跟小鸡似的寻常起来。头是白色的、腿上长满了灰褐色长毛的鹰加上珍珠鸡都一块儿在忙着吃虫子。虫子使得飞禽之间不再有争夺，让它们纷纷都走到了一起。成群的欧洲鹳来这里吃虫子，它们都盘踞在这片草原上，一个个身影在高高的白色花朵丛中穿梭，铺开的时候面积达到几英亩。心情不好的玛丽不喜爱鹰，这是由于在她所持有的观念里显然鹰对于我的意义要比她更多一些。

她从来没有长时间在我们家那边山里的那些高大的杜松树下待过。手里拿着.22 来复枪躺在那里，眼睛所到之处是伐木区，趴在路的尽头那里等待老鹰冲下来吃一匹马的尸体。那尸体是诱饵，是为了猎熊而放在那里的。现在熊已经被猎杀，它则变成鹰饵。可能此时它又会被当作熊饵使用。你初次看见那些鹰的时候，它们就不断地在高空飞。天黑时你就可以躲到树丛中。当太阳从山路对着的山峰那边升起的时候你早已看到它们从阳光中洒出来。这山峰只是长了一些草的山冈那部分拱起来的脊背，有一些稀疏的山石在山顶上，山坡上到处是杜松树。这片地区的地势非常高，你就可以在这里轻松畅游，要是你到达了这样的高度。鹰远远地向着雪山飞过来，你完全是可以看到它们的，如果你只站着而不躺在树丛中间的话。有三只鹰在天上飞，它们在天空中往复回旋，慢慢扶摇攀升。你这么欣赏着，直到阳光开始刺眼。如果此时你闭上双眼，在你的眼睛中太阳就会是红红的。你睁开眼，望向遮住太阳的边缘的时候，你就可以看见那展开的翅膀尖和宽宽的像个扇子一样的尾巴，脑海里也能想象得到那双在脑袋上悬着的双眼也在注视你。早晨天气还是十分冷的，你往外边看，能够看见那匹马和它的那排现在已经龇在外边的老牙，之前你想看清楚要掀开它的唇部。它的唇温暖朴实。你可以将它牵到这里受死，当它卸掉笼头的那一刻，它就像以往接受训练的那个样子一动不动地站着。当你轻轻抚着他黑色额头上的那块长满灰色长毛发亮的那一块的时候，它低下头来，在你的脖子那儿用嘴唇轻轻夹上一口。它低下头看到那匹戴着鞍具的马被你拴在林子边缘，似乎有点好奇：它在这里干什么呢，难道又有什么新的游戏了吗？你应该记得，在漆黑的夜里它一直都可以看到那么远。在你完全看不清的时候，在前面的小路穿过林区沿着突起的石块的那种情况下，你将一张熊皮在马鞍上边横放，马尾在手里紧紧抓着，沿着小路慢慢走回去。它的判断一直都是对的，并明白一切新游戏。

你在五天前将牵着它来到这里，毕竟这些事情总要有人去做，而且你可以去做这件事情，就算不是那么温和却是不带痛苦的。可是，跟后来发生的不一样的情形又有什么区别呢？麻烦的是，到最后它依然认为这只是新游戏，还在继续学习。它用它那厚嘴唇亲切地吻了我一下，接下来一直注意看着另一只站着的位置。它明白自己的蹄子开裂了你已经不能再骑上，可是这毕竟是个它肯定要学的新游戏。

“再见了老凯特，”我一边说一边抚摩它的右边的耳朵，用手指轻轻来回抚摩它的耳根的地方，“我清楚你会为了我去这样做的。”

当我将枪举起来的那一刻，它仍然不明白，还想再吻一下我，表示一切都如同往常一样。我本来不想让它看见的，可它终于还是看到了。它是认识这家伙的，一动不动地那么站着，浑身开始发抖。我一枪打在它的印堂处，它的四肢开始渐渐跪下，然后全身倒地。它俨然成了一个捕杀熊的诱饵。

现在我难受极了，往松树丛里一趴。我这辈子一直没有改变对老凯特的感情。或者可以说，那个时候我是这么跟我自己交代的。我盯着它的双唇，已消失了，因为被鹰啄走了；它的眼睛也不见了；那块被熊撕裂的位置，身形已经凹陷下去；而且在我出击之前熊还衔走了一块儿。现在我就等着上边的鹰飞下来。

终于飞来一只。它降落时仿佛是炸弹爆炸一样发出巨大的响声。它鼓动着双翼，伸出长着毛毛的腿，张开脚爪，向马身上撞过去，好像要杀死它一样。随后它炫耀似的走了一圈，就开始在尸体的伤口上啄起来。其他的一些则飞得很和缓，比较温顺，不过都伸开长长的翅膀，有着粗粗的脖子、大大的脑袋、尖嘴巴还有黄金色的眼睛。

我趴在那里看着它们挣来抢去地啄着吃被我杀死的老朋友的尸体，觉得它们还是在天空里飞的时候更让人舒服点。不过既然它们都下来了就快要死掉了，就让它们多吃一会儿吧，就任由它们跑过来跳过去争抢着，仔细嚼碎自己夺过去的那份内部器官吧。我真渴望当时自己有一支猎枪啊，但是却没有。最后我终于举起那支.22 温彻斯特，小心翼翼地瞄准，一枪击中其中一只的脑袋，其余两枪射击在身体上。它本来想要飞，可是无论如何飞不起来，翅膀伸平了栽了下来。我追逐它必须顺着山坡往上跑。几乎所有其他的鸟兽受了伤都会往山坡下边滚落。可是鹰却是相反的，反方向向上走的。这只鹰终于被我追上了，抓住它那双用来猎杀动物的双爪上边的腿，又用穿着鹿皮鞋的脚踩上它的脖子，将它的翅膀反着折起来。此时仇恨和鄙视充满了它的双眼，我从没见过有其他什么动物像这只鹰这样盯着我。它浑身的羽毛是金色的，茁壮的身子大到可以抓住一只加拿大的羊羔子。将它抓到手里都会觉得很大。现在望着这些鹰还有珍珠鸡都在一起走着，想着这些飞鸟并不跟别的动物一起，我因为玛丽心情不好，影响自己也开始难过，可是这些鹰对我来说意味着什么我无法告诉她，也无法将我杀死两只鹰的原因跟她坦白。我在树林里的一棵树上将后边那只的脑袋使劲砸了个乱七八糟，至于用它们的皮毛在那个被称作瘸鹿镇的居民区换了些什么，这也同样无法跟她说的。

在乘着猎车外出的时候我们见到了停留在一起的鹰和珍珠鸡，就在那片树林中间的空地上。在那年比较早的时候一个拥有两百多头大象的巨大象群横向穿行那个位置，那个位置已经完全遭到毁坏。一些树枝被残忍地折断，一些树木是被连根拔起。我们为了检查一下那边的野牛群体才去那里的，也时刻准备着遇见豹子。我明白在那片没有被摧毁的林子里有那只豹子盘踞，那片沼泽地紧挨着长纸莎草的。我们没有瞧见什么除了毛虫出现还有飞禽之间奇异的和平之外。玛丽又发现了几个可以拿来当作圣诞树的树木，而我却总在回想过去的岁月还有那些鹰。本来觉得过去的岁月很简单，实际上却并非如此，它们只不过是越来越艰难。在居民区的时候要比待在村子里面苦。也许并不是这样吧。我并不是完全了解，但是我清楚白人一直都在夺取其他人的土地，将这些人一个个赶到暂时的居民区。他们在那儿饱受精神和身体的折磨或者逐渐被毁灭，就像是集中营里的生活一样。在这里他们将那些居民区称为“保护区”，针对怎样管理现在被称为“非洲人”的土著原始居民，很多人有着许许多多真诚却不现实的方法。可是猎手们不被允许去狩猎，勇士们也禁止打仗。金·克憎恨那些偷猎者，那是由于他假如非要信奉些什么的话，他就宁愿信奉属于自己的工作。他理所应当地会坚持说如果他没有这些对于工作的信奉他就不可能从事这项工作。他这样说可能也有道理。甚至老爹在进行一次大型的非法骗猎活动时也向他自己做出非常严厉的规定——“盗之道”，那是最严肃的。顾客的财物虽说理应使尽一切手段进行榨取，可是对顾客也必然有个硬性的借口。几乎全部“伟大的白人猎手”都会说他们自己是怎样的热爱动物，痛恨屠杀，可是那些通常仅仅保留在他们的思想里的想法，是将猎物保留献给下次会来这里的顾客。他们当然不可能没有理由地放枪去惊吓动物，相反则是要腾出一块位置方便把下回来的主顾还有他的老婆或是另外一对顾客带到那儿去，要将这块儿位置弄得就像从没被破坏过、没有人光顾过的原始非洲，这样的话他们将能够让顾客们收到最大的享受效果，与此同时他们也就能够在顾客们身上狠狠地敲上一笔。

很多年之前有一次老爹将一切的情况都说给我听。在我们游猎完成去到岸边钓鱼的时候他说：“你是明白的，一个人的良心不会允许他自己将这套把戏给其他的人上演第二遍。也就是说要是他喜欢顾客的话，下次你来的时候，要是已经有自己的运输器具，最好一起带来，我会帮你找到几个伙计，你就能够到你以前去过的那些地方任意打猎，你也能够到新的地方去，开销一定不会大于你在家里打猎。”

但是之后的情况表明，富人们喜欢大笔的开销。他们一次又一次来回往返，钱花费得也逐渐增多，况且似乎越是别人做不了的事情就愈加具有吸引力。年纪老的富人去世了，会有新的富人接替，而且随着畜牧市场的迅速发展，猎物变得越来越少。这也变成了在殖民地里收入极高的产业。正因为此，猎务部，就是管制这个行业从业的人们的部门，在他们的发展过程里制定了那些基本能够处理，或者处理普遍问题的原则。

现在思考规范也没有什么益处，对于瘸鹿镇贩货的记忆只有那么一点点的用处。在那里你坐到一个圆锥形状的帐篷前面的黑尾鹿皮上边，你杀死的那两只鹰头尾颠倒地搁置在那儿，把那些可爱的白色尾巴还有柔软的羽毛展示给人看。顾客来挑的时候，你不要说什么，不需要讨价还价。最渴望可以得到它们的那些沙伊安①人除鹰尾巴上的羽毛之外其他什么也不可能会在乎。他根本没有将那些其他部位放在心上，其实可以说其他部分都已经被切除扔掉了。在他眼中，鹰放在居民区的地面上与高高地翱翔在天空里也区别不大，而就算它们停落到一堆灰岩上盯着田野的那种时候也是不能靠近的。很多时候在暴风雪的天气中它们背靠岩石来抵抗风雪，结果就被人看见然后被杀死。可是对这种只有在暴风雪才能做到的事情，唯有年轻人才干得出来，不过他们已然不在了。

你就那么坐着，不用说什么，也不用讲什么。随便抽点时间伸出手去整理一下那尾巴，轻轻地顺一顺上边的羽毛。你回想一

① 指的位于北美的属于阿耳岗昆印第安人居住的一个部落。

下你的马，回想那两只鹰被杀掉之后沿着山路过来的第二只熊——这时候马还诱惑着那只熊——回想自己在暗暗的光线中，第一枪的时候射低了很多，在林子边上打中了它，那时风向还不错，它往地上打个滚，就立刻站起来，大声号叫着，舞动着两只前腿，使劲捶着好像要打死什么正在撕咬它的动物似的。接着它往前扑倒，又使劲儿弹了起来，仿佛是一辆卡车在高速公路上急速翻下。在它往下打滚的途中，你接着补上了两枪，打后来的那枪时，它距离你已经特别近，你闻见了皮毛烧焦的味道。你联想到它，又会想起第一只熊。熊皮已经被扒好，你从上衣口袋里取出那些已经加工了的灰白色的熊掌，往鹰尾的后面一放。你完全不需要说话，买卖就已经悄悄开始了。已经很久很久不见有卖灰白色熊掌的了，所以你肯定能卖个好价钱的。

今天清晨的买卖并不是很好，最好卖的东西往往是那些鹳。玛丽以前在西班牙只看到过两回。第一次是我俩越过高地去往塞戈维亚省的那时候，在经过卡斯蒂利亚的一个小镇上发现的。这个镇有个十分精美的广场，我们去的时候是一天时间里最热的时段。我们从炙热的日头下进入到那家幽深清凉的小旅馆，希望可以把酒囊装满。旅馆里边的阴凉让人舒服很多，冰凉的啤酒凉得沁人心脾。这个镇在每一年都要在那讨人喜欢的广场上举行为期一整天的自由斗牛，到那个时候只要愿意谁都能够和三头从牛圈里面冲出来的公牛斗一斗。人们差不多都会非死即伤。这算得上是一年里的一件比较大的事情。

这一天奇特的炎热，在卡斯蒂利亚那个俯瞰过很多斗牛行动的教堂的钟楼顶，玛丽发现那里有几只鹳在建筑鸟窝。

旅馆的老板娘将她带到楼上的那个屋子，在那里的话她可以尽情拍照。而我就去酒吧里和本地的卡车运输公司的主人谈话聊天。我们提到那些风格差别很大的卡斯蒂利亚小城镇，镇子中的教堂顶上一般都有鹳巢。按照这个运输公司的老板所知道的情况来看，现在的鹳巢并没有少多少。在西班牙居住的人们通常是不会去打扰这些鹳的。它们是极少数的受人类爱护的鸟类之一，当然也有这些镇子的福佑。

旅馆的老板跟我提起了一个同胞，应该是个英格兰人。他们却觉得他是一个加拿大人。他已经来到这个镇子有相当长的时间，身上没有什么钱，仅仅只有一个坏掉的摩托车。毫无疑问他最后是会得到钱财的，他也已经向马德里订了货，需要一些修理车子的时候所需要的工具和零件，可是零件还没有到。镇上很多人都喜欢这个人，他们特别渴望现在那个人还在这里停留着，那样的话我就可以遇见一个同胞，说不准还可能是同一个村子里来的呢。他应该是到某个地方写生去了，但是他们说能够请人去把他找过来的。老板又告诉我一件有趣的事：我的这个同胞不会一点儿的西班牙语，除了 joder 这个词汇。所以他就被叫作“joder 先生”。要是我需要留讯息给他的话，可以让旅馆的老板帮忙转达。我不清楚对这位获得了这样明确的名字的同胞应该传达怎样的信息。最后就将一个五十个比塞塔的钞票折起来，折叠所采取的方式是一些老在西班牙旅游的人都比较熟悉的，之后就将它留给那个旅馆老板。看到我这样做的时候，大家都非常快乐。他们都许诺说：joder 先生今天夜里在酒吧里不花够十个杜罗是不可能离开的，可是老板和老板娘肯定会给他很多东西吃。

我问他们 joder 先生的画如何，那个运输公司老板回答说：“那个人肯定不是贝拉斯克斯①、戈雅②，也一点儿不像马丁内斯·德·莱昂。我可以向你保证这一点。可是时代在变化，咱们又能绝对地评论谁呢?”玛丽这时候从楼上走下来，她告诉我她拍到了好多张美观清晰的鹳的照片，可是这些照片应该不值什么钱，因为她是没加镜头的。我们结了账，喝完了冰啤酒，跟大家

---

① 贝拉斯克斯（1599—1660），西班牙画家，是西班牙国王腓力四世时期的宫廷画师。

② 戈雅（1746—1828），西班牙画家，他对欧洲 19 世纪的绘画风格有相当大的影响。

说再见之后驾着车就开出了广场。顶着大太阳，沿着峻峭的山坡一直往上，把镇子远远抛在了下面，向耸立在高地上边的塞戈维亚行驶。不一会儿我将车停下，低头转过去打量那座小镇，瞧见公鹳正飞向钟楼顶上的它们的窝，姿态十分让人心动。它开始是在河边的，那里有捶打衣服的妇女们。然后我们见到了一小群山鹑穿过道路，再接着，在这人迹稀少的长满欧洲蕨的高地土，我们发现了一只狼。

就是在那个时候，我们前往非洲的路上经过了西班牙。如今我们经过这片被象群摧毁的黄绿交接的树林里，看着几乎被毁掉的树林的同时我们也正穿过高地向着塞戈维亚开过去。在一个总是发生这样的事情的空间里，我没有什么时间用来烦恼。我曾经觉得自己一定再也见不到西班牙了，而现在回到西班牙，仅仅是因为带领玛丽去看看普拉多[①]。既然我已经将自己最热爱的画面牢牢存在心里，就好像我就是这些画的拥有者，所以在我死之前我是没有需要再去看的了。可是要是可以的话，而且不用商量，也不必失去面子的话，我跟玛丽一块儿去看看也是相当重要的。我盼望着她可以去看看纳瓦拉省，还有那两个城堡，我还盼着她可以回高地去看看那只狼还有在村子里建筑自己窝的鹳。我特想带她去见见那只被钉到巴尔科·德·阿维拉教堂的大门上面的那只熊爪，可是期待它还在那儿还是太过于幻想了。可是我们很容易就见到了鹳，况且会见到更多，还那么意外看见了狼。我们爬上塞戈维亚附近一个景色秀丽的山冈上面朝下方俯视，我们是在偶然的情况下到那儿的。我们来的这条路短途游客是不会到这里走的，只有准备长途旅行的人才会在偶然期间看到它。在托莱多[②]四周已经没什么这样的山路了，可是要是你想见见塞戈维亚就翻过那个高地，其实你是可以看见的。我们细心地观察着这座

① 是西班牙中部的一座城市。
② 是西班牙一个著名的博物馆。

城市，好像是一直住在那里一直都盯着它看却从来不清楚它具体的位置的人第一次发现它似的。

是有这样的说法的，说的是有一种清洁纯真的气质存在，你只有这么一个机会把它带到一座漂亮的城市或一幅伟大的画里。当然这仅仅只是一个说法而已，我觉得它也没有想象中那么真实。每一次我都将这种清洁纯真带到它的前边，在我去观赏所有我喜爱的物品的时候。不过带另外一个人去更让人开心，况且我并不觉得寂寞。玛丽热爱西班牙还有非洲，况且还很自然地领悟到了一些秘密，可是她没觉得自己领悟了这些。我也不曾跟她作过关于这些秘密什么解释。我只告诉她一些技术性的东西、使人发笑的事情还有一些她自己感觉却让我觉得开心的事情。如果期待一个你喜欢的女人会钟爱一切你喜爱的东西，有这样想法的人是愚蠢的。但是玛丽就是喜爱大海，喜欢生活到一只船上边，还特别喜欢钓鱼。她爱画东西，她就爱上了美国西部在我们首次去了那里时。她的一个珍贵的天赋就是她从不曾模仿什么。因为以前我跟一位伟大的模仿者有过很深的交往，他会模仿所有事物。如果跟一个真正的模仿者一块儿让人感觉很多事情变得乏味起来，他不乐意有人陪伴逐渐地喜欢一个人独自待着。这天上午山上还没有吹来什么凉风，天气渐渐变热，在被象群糟蹋的林子中我们开辟出一条小路来。大家举刀猛砍，经过了两三块枝枝杈杈的地方，最后终于走出了林子到达那一片一望无际的草地。这时我们看见第一群正在找食吃的鹳鸟。它们数量非常惊人，这属于真正的欧洲鹳，身子呈现黑白两色，还有一对红腿。它们正在寻找毛虫，就像执行任务的德国鹳。玛丽十分钟爱它们，因为对于她来说它们十分重要，在看了那篇讲述鹳正面临绝种的文字之后，我俩都特别担心，这时候我们发觉其实这群鹳非常聪明，竟然可以像我们一样飞到非洲来。可是看到它们她的担忧也没有减少。我们接着朝营地回去。因为玛丽不是很开心，我也不知道应该怎么办。事实证明，从这两类看的话，不管是鹰也好，不管是鹳也好，我基本没有任何保护它们的能力，我开始明白她的烦扰真是十分严峻啊。

“你很反常，整个早晨都没有说话了，你都在想些什么呀？”

“在想那些鸟类啊，经过的地方啊，加上你是多好的人啊。”

“你真不错。”

“我可没有做什么精神锻炼。”

“我会好起来的。人们也不是常常在无底的坑里跳来跳去。”

“也许下一届的奥运会会增加这个项目。”

“那你肯定要赢了。”

“一定有人会给我加油。”

“给你加油的人和属于我的狮子一样，它们都消失了。在你十分得意的那一天，支持你的人很有可能将被全部枪毙了。”

“看呀，那里又出现一群鹳。”

在整个营地里只有两个人的时候，会有一种忧伤，这会维持很长的时间。况且傍晚六点刚刚过没多久天色就暗了下来，非洲就变成了个危险的地方。我俩不再讨论狮子，也不愿意再想它们。平日里的小事、奇妙的浪漫生活，还有到来的夜色将玛丽的忧愁所存在的空间填满。当火快熄灭的时候，我从车上抽出今天下午运过来的那一堆枯树枝里的一根长长的沉重的木头放进炭火里。我们都坐在椅子中间，看着炭火被夜色中的凉风慢慢吹旺起来，看着木头一点点被燃着。清凉的风从满是积雪的山上轻轻拂过来，轻柔到你只能感到它的一丝凉意，可是它却可以撩拨着火苗。有许许多多的方法能看见风，可是最美的却是在夜幕中，看着你生的火苗慢慢低下去，还有高涨起来慢慢明亮起来的时候。

“咱们两个从没有单独地坐在火堆边上过，”玛丽说，“我觉得现在咱们俩跟咱们的火在一起真快乐。那根圆木可以一直烧到明天早上吗？”

“我想应该是可以的吧，”我说，“如果没有风刮起来的话。”

“现在早上我已经没有期待去猎杀狮子的感觉了，这种感觉有点怪怪的。现在你也没有什么可以担心的事情和烦恼的事情了吧，对不对？”

“没有。现在一切都很平静。”我对她撒了谎。

“你一直在考虑你和金·克遇见的那些难题吗？”

“不。”

“咱们说不定现在可以拍一些真正有震撼力的野牛照片，还有别的相当不错的彩照。你觉得那些野牛都去哪里了？”

“我认为它们都去丘卢岭了。等到威利开过来咱们就能清楚那架塞斯娜了。”

“你不认为这很奇怪吗？很多很多年前大山上落下来的石头把一个地方变成了无法抵达的地方，导致它与人隔开，在人们最初使用车辆之前谁也去不到那里。”

“没有车他们现在就更孤单了。本地人不会再愿意做脚夫，苍蝇也可能叮死他们的牲畜。非洲保留的一些地区是受到了沙漠还有苍蝇的保护，动物最有帮助的朋友就是采采蝇①。它只会叮咬外来的动物还有入侵者。”

“你不认为这很奇怪吗？咱们从心底里爱护这些动物，可是我们几乎每天却必须要杀死它们来填饱肚子。”

“这就像你虽疼爱小鸡，却在早饭的时候吃鸡蛋，甚至有时还会吃童子鸡。”

“这两者是不一样的。”

“当然不一样。可是本质上却是相同的。现在这么多猎物来这里吃新草，咱们出现狮子的麻烦也许有一段很长的时间不会面临了。现在咱们拥有这么多的猎物，马萨伊人也不会被它们骚扰了。”

“无论如何马萨伊人的牛也确实多过火儿了。”

“是呀。”

---

① 也称为舌蝇。

“很多时候我觉得咱们去替他们保护畜群相当愚蠢。”

“在非洲如果大多数时间里你认为自己不是傻子，那么你就真的傻得透顶。”我觉得自己的语气很自傲。可是夜已这么深了，是到总结一下的时候了，许多的推测应该像星星一样，有一些就是冰冷的、遥远的，遥远到勉强才能看见，可另外一些却总是那样明朗，那样清楚。

“你认为咱们是否该上床睡觉了吗？”我问道。

“睡吧，”她说，“咱们做一对好猫咪，忘掉所有不舒服的事。我们躺在床上就可以听到黑夜的声音了。”

我们到了床上，心情十分快乐，彼此十分恩爱，没有什么烦恼，仅仅是夜里聆听来自四面八方的声音。有只鬣狗靠近了帐篷，在我们离开火堆之后。我也已经进了蚊帐，盖上了毯子，背靠着帆布帐篷，帆布床的那一大半被玛丽舒舒服服地霸占着。其中一只猫咪开始叫的几声，是一种很奇怪的升调，另一只则远远地回应着。它们穿过我们的营地，慢慢走远了。风吹过来时，我们能够看到逐渐又亮起来的火光，玛丽说：“咱们这两只猫咪待在非洲，有温馨忠诚的火堆陪伴着，它们美好的夜晚生活还有四周野兽庆祝着。你是真的爱我吗？”

“你觉得呢？”

“我感觉是的。”

“你这不是很清楚的吗？”

“是的，我清楚地知道。”

又过了一阵子，我们听见了两只寻找食物的狮子在低吼，鬣狗就不再发出任何声音了。去往北方的远处，在长颈羚经常出现的那块地方，靠近很多石头的树林的边上传来了狮子的吼叫。听着重重的颤颤的吼声，我们猜想这应该是一只大狮子。然后那狮子又开始低吼和发出咕哝声音，此时我牢牢地将玛丽抱在怀里。

“是一只新到的狮子。”她低声说道。

“是啊。”我说，“关于它的任何消息咱们没有听到过。我会对那些埋怨它的马萨伊人留点心思的。”

“咱们要好好地关照它的，是吗？那样它就成为了咱们的狮子，就像火堆那样属于我们。”

“咱们还是让它属于它自己吧。毕竟那才是它真正喜欢的。”

她睡着了，没过多久我也睡着了。当我醒过来再次听到狮子叫的时候，我发觉她已经不在我身边了。我听到她从自己的那张床上传来轻盈的呼吸声。

第十二章

“夫人是不是生病了?”姆温迪一边问着，一边整理好枕头，这样有利于玛丽的头朝着帐篷开口的地方躺下，又伸出手去摸摸那个放在帆布床上的气垫，然后将床单整齐地铺在垫子上，再将余下的边缘紧紧地塞到气垫的下方。

“是的，是有点儿。”

“可能因为吃了狮子肉。”

“不会的。在去杀狮子之前她就生病了。”

“狮子跑得那么远，又那么快。它在临死的时候又气愤又那么难受。这可能使肉里生了毒。”

“胡说。”我说。

“这可不能瞎说，”姆温迪十分正经地开始说道，“猎长先生也一样吃了狮子肉。现在他也病了。”

“早在萨兰盖的时候，猎长先生的病就已经有了。”

“在萨兰盖那时候也吃了些狮子肉呀。”

“你就是胡说八道，”我说，“我杀死狮子之前他已经生病了。在萨兰盖那地方的时候根本没人吃过狮子肉。咱们吃狮子肉是在萨兰盖游猎完毕来到这里以后才开始的。在萨兰盖的时候狮子剥皮之后全部的肉都装进了箱子。那天早晨根本就没人吃肉的。你这记忆力简直太差了。”

姆温迪耸了耸藏在绿色的长袍下的肩部。“猎长先生是吃了狮子肉之后生病的。夫人也一样病了。”

“有没有人吃过狮子肉没什么事情呢?我!”

“是魔鬼呀，”姆温迪说，“我曾经就看到过你差一点点就病死。好多年前在你还是个年轻人的时候，你杀死了狮子后就快要病死了。每个人都觉得你已经死了。甚至连鸟儿都那么认为。先生们也一样那么想。夫人也那么想。每个人都能记起来那个你快要死的时候。”

“那时候我吃狮子肉了吗？”

“没有。”

“我猎杀狮子前得病了吗？”

“得病了，”姆温迪十分牵强地回答道，“病得特别厉害。”

“你和我说的话实在是过多了。”

“我们已经是老人了。有什么话直接说吧。”

“结束对话。”我说。我实在是听腻了他这样杂七杂八的英语，我对我们谈论的那些事情也不是非常感兴趣。

“明早夫人会坐飞机到达内罗毕。内罗毕的医生可以治好她的病。等到从内罗毕回来之后身体就会变得健康了。Kwisha。”我说，这个意思是“结束”。

“很好，”姆温迪回答，“我去把一切的行李都准备好。”

我走出了帐篷，看到恩古伊等在那棵大树下。他托着我的猎枪。

“我知道刚好有一个地点有两只鹧鸪。就去给玛丽小姐杀死它们。”

玛丽依旧没有回来。我们猜测那两只鹧鸪在哪个高高的蓝色树林旁边的一个旱地里正在洗沙浴呢。它们虽然个子小，但翅膀十分美丽，很丰满。我冲它们挥了挥手臂，它们就朝灌木丛猫着身子钻进去。我开始射击时，一只被击中时还在地面，另一只被我打下来是在刚刚要飞起来的时候。

“其他的还有吗？”我问恩古伊。

“就这一对。”

我把枪交给他，两个人就回营地去。我拎着这两个肥硕的鸟，它们的身体摸着还有余温，拥有安详的眼睛，在风里抖动着细细的绒毛。我想要请玛丽在她那本鸟类图册里查找一下它们。

我非常确定自己从前没见过这类鸟，它们也许是乞力马扎罗本地的品种。一只刚好熬汤，另一只全部让她享受肯定对她会很有益处。为了让她尽快恢复健康，我将会给她吃一些土霉素还有哥罗丁。要不要吃土霉素，我还没下决心，但是她对这个药似乎也没有任何不良反应。

我正十分舒适地坐在凉快的吃饭帐篷里，这时候看见玛丽往我们的帐篷走去。她洗漱好之后，然后朝着我这儿来，进了吃饭的帐篷，就在我旁边坐下。

"我的天啊，"她说，"这个，咱们不说行吗？"

"我可以开着猎车带你去的。"

"不要。那家伙就像是灵车那么大。"

"那现在先喝了这些，如果你可以忍受得住的话。"

"我喝了一杯这么浓烈的酒，会不会一下子崩溃呀？"

"你可以不喝的。但是我常常这么做，你看看我不是还好好的吗？"

"我是否还在这里我都不确定呢。要是真的可以确定一下倒也真挺有趣的。"

"那咱们就来确认一下吧。"

我调好一杯兼烈。接着告诉她药不着急吃，她也可以先进去躺在床上好好休息，如果高兴的话还可以读书，当然我也可以念给她听。

"你去猎到了什么呀？"

"一对特别小的鹧鸪，很像小山鹑。我一会儿就拎进来让你看一下。它们就是你的晚饭了。"

"午饭吃什么呢？"

"瞪羚肉汤加上土豆泥，味道非常不错。你很快就会恢复的，你生病也没有到吃不下饭的地步呀。说是土霉素的效果要比亚特伦还好一些，但是咱们如果有亚特伦的话，那就更妙了。我肯定药箱里应该就有它。"

“我一直觉得口渴。”

“我知道。我去教教姆贝比亚如何做米汤，然后倒进瓶子，再放到水袋当中晾一下，你自己需要喝多少就自己决定吧。它不仅可以治疗口渴，而且还能让你身上有力量。”

“我不清楚我为什么这么容易生病。咱们的生活水准倒是挺健康的啊。”

“小猫，你老是发烧。”

“可是每晚上我都会吃增强抵抗力的药呀，你忘记吃药的时候我还提醒你呢。晚上即使坐在火堆旁边咱们也套着防蚊靴呀。”

“是啊。但是咱们在沼泽地里追逐野牛的那时候我已经被叮了上百次呢。”

“没有那么多，最多几十次而已。”

“的确被叮咬几百次。”

“你能有多大呀。抱住我的肩使劲抱抱我吧。”

“咱们是幸运的猫咪，”我说，“无论是谁，只要是到了一个热病嚣张的地方，都有可能发烧的，咱们可是到过两个热病高发的地段呀。”

“可是我吃药了啊，我也总会要求你也吃药的。”

“因此咱们没有发烧。不过那些困倦病猖獗的地方咱们也去过呀，你知道那里有很多的采采蝇吗？”

“它们在格伍阿索·恩叶里临近的地方也相当猖獗的。我想起来傍晚回来的时候，它们咬起人的样子就跟烧得通红的眉毛夹似的。”

“烧得通红的眉毛夹我可是没有看到过呀。”

“我也一样。但是它们在那个犀牛躲起来的林子里咬起人来就会是那样。那只犀牛将金·克还有基波都赶到了水里。那是景色秀丽的营地。咱们最开始独立猎杀的时候，可真快乐啊。比起这么多人一起，那时候咱们打猎要快乐二十倍。你记得我那个时候的脾气特别好特别温顺吗？”

“在那么大片的绿色的林子中，所有的都和我们距离那么近，就好像咱们是第一批到达那里的人类。”

“树特别高，那里的地面上还有苔藓，似乎全年都看不见太阳。咱们比印第安人还要轻地走路，你引领我到瞪羚的旁边，它居然没有察觉，靠得相当近。咱们还从营地看见了一大群野牛经过那条小溪。这些你都还没有忘记吗？那个营地真是很棒呀。每天晚上豹子都会穿到营地来，就跟家里那边的农场里每晚出去巡逻的博伊西还有威利先生似的。你还没忘吗？”

“是的，我的好猫咪。你不会再觉得不舒服了，今晚或者明天清晨土霉素就会将你的病治疗好的。”

“我觉得它现在就已经开始起点作用了。”

“如果它真的没什么用处，屈奇之前就不会称它的效果比亚特伦还有卡布索内都要好得多了。如果你一直渴望传说很奇特的药发挥效用，它们就会让你紧张不已。但是我有印象在人们赞赏亚特伦很奇特的时候，那时候它的确有效果。”

“我有一个特别棒的主意。”

“我的宝贝乖猫咪，什么好主意呢？”

“我才想起来的，咱们可以让威利开过来塞斯娜，你就跟他一起去视察一下那些所有的野兽，讨论你们的那些问题。接着飞到内罗毕去寻找位好大夫，治好那些痢疾或者再不然其他不管什么样的病。我会给每个人都买份儿圣诞礼物，以及别的其他全部过节时候需要的东西。”

“我们叫作‘圣婴耶稣诞生日’。”

“我称作圣诞节。”她说，“很多很多的东西咱们可是需要呢。你认为这样做太浪费了吗？”

“我认为这真是个不错的主意。我们叫恩巩格去转告他。你希望飞机多久来呢？”

“后天怎么样？”

“明天之后的时间就数后天最好了。”

“现在我就去好好地睡一觉，感受一下从充满积雪的山上吹过来的清风。你快走吧，给弄点东西自己喝，读读书，放松一下吧。”

“我还是去看姆贝比亚，教他如何做米汤。”

到中午时玛丽就觉得情况好转了，下午又接着睡觉，傍晚的时候就感觉很好了，这时候也觉得肚子饿了。我特别高兴土霉素可以这么快见效，而且她也没有不良反应。我将手放在我的枪上对姆温迪说：“我治愈玛丽用了一个灵妙而又神奇的药，但是明天我准备让飞机将她送到内罗毕，去请一位欧洲医生确定下我的治疗。”

“太好了。”姆温迪说。

那天晚上虽然食物我们吃得很少，但吃得心情畅快，十分开心，这又变成了一个欢乐的营地。因为吃狮子肉引起的不幸与病痛——在今天清早的时候还在不断地折磨人——现在已经消失不见了，似乎根本不曾发生过一样。不管发生什么不幸的事情，总有某部分可以来解释这说法。经常落脚在某个人或者某件事上是最主要的和最贴切的说法。玛丽就让人觉得她自己倒了大霉，她这份苦正在吃，可是她也使人认为将会给其他人带来非常大的好运。她得到人们的关怀。阿拉普·梅纳真心地尊崇她，金·克的主力侦猎员春戈也喜欢她。阿拉普·梅纳十分凌乱的宗教信奉，简直到了无法让人忍受的地步，所以他几乎不崇拜任何人或物。但他最终对玛丽还是异常信仰，有时这种信仰会到达一种极其热爱的境地，丝毫不亚于施暴后所享受到的快感。他对金·克的这种喜欢那不过是一种小学生的沉迷加上忠实。他对我也开始渐渐地喜欢起来。而且这种喜欢发展到后来，我必须告诉他女人始终是我喜爱的而不是男人，哪怕我和男人之间可以有极其深而永久的友情。乞力马扎罗的一侧山坡铺满了他满怀的爱和真诚，他也挚爱着这里的男人、女人、孩子、小伙子、姑娘们、各类型的酒，以及还有可能到手的烈性大麻，而且往往还可以从中得到回报。他需要爱的实在是很多，现在他将这样伟大的爱的能力全部集中在玛丽一个人身上。

阿拉普·梅纳不算英俊，虽说他穿着正规服装的时候看起来也是精神满面，帽子边的耳扇常常整齐地翻起到耳朵上部，弄成一个结，就好像希腊女神们盘的那种有些变化的“普绪客”① 式发髻。即使以前这个人也偷猎过大象，可是现在他也已改邪归正，况且既然他认为自己已经是个十足的正面人士了，便把心里那份挚诚专心致志地要献给玛丽，似乎在奉献自己的贞洁。坎巴人不会产生同性恋。伦布瓦人是怎么样的我不知道，我仅仅有一个关系特别要好的伦布瓦朋友就是阿拉普·梅纳。但是我想说的是，无论是男人还是女人都可以深深地吸引他。再说玛丽一头超级短的非洲发型，衬托着一张纯洁含米特少年的面庞，身体充满魅力而且像一个有风韵的马萨伊少妇那般，让阿拉普·梅纳真诚地喜爱她并紧接着把爱变成了信仰。他没有按着那些非洲人对那些他们认为不应该被称作“夫人”的已婚白种女人的通常的叫法称呼她“妈妈”，而转而叫作“妈咪”。谁也不曾叫过玛丽“妈咪”，因此她跟阿拉普·梅纳说别这样叫她。可是他翻遍自己脑子里的英语单词储备所发现的最高的尊敬词汇就是这个，所以他只能叫她“妈咪玛丽小姐”或者是“玛丽小姐妈咪”：这因为他是刚刚使用过烈性大麻和金鸡纳树皮呢，还是就跟他的老伙计——酒精碰了个头。

吃过晚饭之后坐到篝火旁时，大家谈论到了阿拉普·梅纳对玛丽的痴爱。我正为那次没有看见他而担忧的时候，玛丽说：“身处非洲的所有人都能够相互爱慕，也并非是什么坏事，是吗？”

---

① 这是希腊神话、罗马神话里边人类灵魂的化身，都以带着蝴蝶翅膀的少女的形式呈现。

“对呀。”

“你确定任何糟糕的事情不会因为这个而爆发吧?”

“假如是欧洲人，他们喝酒喝得乱七八糟，弄得混乱极了，甚至分不清互相认识的人，他们时时刻刻都可以导致糟糕的事情，之后就把这类状况归结到海拔高度的问题上。”

“跟海拔高度还是有一定关系的吧，要不然就是临近赤道的海拔吧。在这样的位置喝下去一杯纯粹的杜松子酒就跟水没什么区别，这是我所了解的第一个可以导致这种状况的地方。可这一点儿也不假，因此一定和海拔或是别的其他东西有些联系。”

“当然这些因素会有影响的。可是咱们使劲儿工作、到处游猎，出那么多的汗水，就把喝到肚子里的酒水通过汗水全部带了出来。我们攀上高高的悬崖，又往山林中到处爬，也用不着担忧喝酒会误事什么的，因为它们从毛孔中已经渗了出来。宝贝，你去厕所的时候来回走的路，比那些在非洲游猎的女人走的路都要远呢。”

“我们还是别提厕所了吧。现在有个相当便捷的小道往那边走，而且那里放的都是相当不错的读物。你看完那个有关狮子的书了吗?”

“还没呢。我留到你离开之后才去看它。”

“不要将过多的事情拖到我离开以后才去做。”

“就只有这个。”

“但愿你可以从这本书里学会细心和愿意倾听。”

“好的。”

“噢，你才不可能呢。很多情况下你和金·克就是两个捣蛋鬼，你是清楚这点的。当我想起我的丈夫时—— 一个不错的作家，一个让人崇拜的人——和金·克在那些令人恐惧的晚上做着那些不好的事情时我就会有这样的想法。”

“到了夜晚我们要去探究动物啊。”

“才不会呢。你们往往会互相炫耀做些鬼把戏。”

“小猫儿，我可真没这么认为过。我们做的那些就是纯粹娱乐呀。如果哪一天你不再喜欢去做那些让自己高兴的事情的话，那就说明你离死也就不远了。”

“可是你们去做那种危及你们性命的事情也没必要呀，你们两人的技术好得足够在安特里的赛马场上任意驰骋，但是别把猎车当成你们在越野障碍赛里骑的那些赛马。”

“非常正确，所以我们就只是开开猎车。金·克和我的娱乐方法和老实保守的庄稼汉一样。”

“那我看到过的最狡猾、最有危险性的庄稼汉就是你们两个。因为我清楚这没有任何用处，所以我一点儿也不愿意规劝你们。”

“别因为你现在要走了就开始数落我们呀。”

“我没有。我就是被吓到了，当想起你们俩还有你们那些娱乐放松的主意时。不管怎样，金·克没有在这里，感谢老天，你自己一个巴掌也拍不响。”

“你要在内罗毕玩得快乐些，去医生那里仔细检查一下。需要买什么的话就去买，别再担心村子里的事。这里全部的事情都会顺顺利利，没人愿意去做什么冒险。你离开之后我也保证守规矩，你会因为我而自豪的。”

“你为什么不写点东西呢？这样我才能有发自内心的自豪。”

“我也许会尝试写些东西的。谁知道呢？”

“我不在意你那个未婚妻，只要爱我多一些。你更爱我是吗？”

“我更加爱你，在你回来之后，我会再爱你多点。”

“我真渴望你也能一起去。”

“我才不呢。我可不喜欢内罗毕。”

“可是在我眼里内罗毕是崭新的，我愿意去慢慢发现它，那里的人也不错。”

“那就过去吧，玩够了再回来。”

“现在我有些不想离开了。可是和威利一起在飞机上还是很开心的。最后再飞回到我的可爱大猫咪身旁，还能给大家都带回些礼物，真是不错。你不会忘记去猎一只豹子吧？你要记得你以前可是向比尔许诺要在圣诞节之前猎杀一只豹子的。”

“我记在心里呢，我会猎到的，这点你就不用担心了。”

“我只不过想要确认你没有忘记而已。”

“当然没忘记。我也会记得刷牙的，还会记着把帐篷幕布在夜晚放下来，不给鬣狗钻进来的机会。”

“不要乱开玩笑了。我得走了。”

“知道啦，这个也没有什么可笑的。”

“我返回来时会有个惊喜给你们。”

“看见我的小猫咪永远是我最棒的惊喜。”

“在咱们自己的飞机上就更好了。我还有一个特别的、绝妙的惊喜，不过现在可是个秘密。”

“我觉得你需要睡觉去了，小猫儿，虽说咱们现在已经成功，可是你还是需要好好睡一觉。”

“那你就抱我上床吧。早晨的时候我以为自己快熬不住时，我就想你必须要抱抱我，抱我吧，就像那样子抱我吧。”

于是我就将她抱了进去。她的重量不轻不重，正好是你爱着的女人在怀里的时候应该有的重量。她的身子不算矮也不算高，不像那些高挑的美国美女们那晃来晃去的长腿。抱着她十分轻盈，也很舒适。她滑落到床上，就像一条顺利下水的船。

“床是个神奇的地方，对吗？”

“床是我们的国土。”

“这是谁说的？”

“我啊，”我带着自豪感说，“这句话用德语说出来会更带感染力。”

“现在我们不用说德语真是不错，是吗？”

“是啊，”我说，“尤其是我们这种不会说的。”

“可是在坦噶尼喀还有科蒂时，你讲德语还是很有吸引力的。”

“那是伪装的。因此听起来才感觉有感染力。”

“你讲英语的时候我特别爱你。”

“我也爱你。好好睡觉吧，明天行程会顺顺利利的。我们两人都可以像可爱的小猫一样睡上一觉，会很开心，你也会完全好的。”

第二天威利的飞机巨大的响声响彻了营地。我们大步跑出来，跑到那个上边安静地挂着个风袋的掉了皮的树干前。我们看着他短暂而轻盈地降落在那片用卡车压平的长满小花的草地上。我们在飞机那儿往下卸了一些物品后，接着又往上面装东西。玛丽和威利就坐在前排位置上聊天。我开始翻阅邮件还有电报。我分别将玛丽和我的信件拣出来，玛丽那一摞信里全部带有“先生”或“太太”字眼儿。然后我开始看电报。没有什么特殊的，除了两份挺振奋人心的。

在吃饭的帐篷里，玛丽坐在桌子旁边看着那些信件，我跟威利喝着一瓶啤酒，我打开了那部分看上去就让人不爽的邮件。应付一切的办法就是不回应。

“打仗进行得如何了，威利？”

“我认为政府大楼还被咱们侵占着。”

“托尔酒吧怎么样了？”

“当然也在咱们区域里咯。”

“那个新斯坦利酒店呢？”

“是那个比较黑暗带点血腥的位置吗？我听说金·克带领了一批空姐，在那里不停地巡逻，最远到达格里尔酒店。那个地方被一个名字叫杰克·布洛克特别有胆量的人占据着。”

“那现在掌控着猎务部是哪位呢？”

“我真的不愿意告诉你。我得到的最近的信息说双方旗鼓相当呢。”

“‘旗’我是明白的，”我说，“可这‘鼓’是哪边呢？”

“我觉得是个新人吧。我听说玛丽小姐射击了一只美丽的大狮子。咱们可以将它带走吗，玛丽小姐？”

“威利，当然可以咯。”

雨下午就停了，让威利说中了。他们坐上飞机离开之后我感到异常的寂寞。我并不喜欢到镇上去，我明白这是我自己和人们相处的问题。虽然在这森林一个人自由生活会有多欢乐呀，可是没有玛丽在身边我觉得有点寂寞。

人在雨后都会倍感孤独，可是我庆幸有这些信件在旁边，虽说它们送来的时候意义不大。我按照顺序将这些排列了一下，包括那些报纸，还有《东非标准报》、飞机上的《泰晤士报》，纸张薄得跟洋葱皮似的《电讯》，加上《泰晤士报文学副刊》，还有航空版的《时代周刊》。打开信件的时候，里面没有什么有营养的东西，让我庆幸自己身在非洲。

其中有一封是航空转寄给我的，是我的出版社的人细心地花了相当一部分钱。这是依阿华的一位妇女写来的：

古巴，哈瓦那

欧内斯特·海明威先生

几年前，是在《世界主义者》的连载我阅读了您的《过河入林》。在阅读了开头你对威尼斯奇妙的描写那部分之后，我本希望这本书接下去的文字应该保持原来风格，并且可以达到不错的水平，但是令我非常失望，当然你本可以借这个机会去指出因打仗导致的腐败，本可以借这个机会表露军事机构本身的虚伪。可是，你写出的却是那位军官抱怨自己的不幸，失去机会擢升就是由于损失了两个连的战士，对那些死去的战士们却几乎甚至是完全没有感到一丝丝的难过，总体来看，这本书就好像是在描写一个老人徒劳地尝试说服自己还有别的其他老年人。那些年轻，漂亮，甚至还很有钱的少妇之所以会喜欢上这么一个老头，不是因为他带给她金钱和高贵的地位才爱他，而是为了喜爱他而去爱他。

那之后，《老人与海》出版了，我就去问我哥哥。他变得已经成熟，以前在LL战的时候做过四年半的战士。我问他，这本书在展示感情的方面是不是比《渡河入林》更老练一些，他做了个调皮的表情，认为并非如此。

这真叫我惊奇，一群人竟愿意给你发放普利策奖金。至少并不是所有人都同意。

这张报纸取自《德·莫奈记录论坛报》上边哈兰·米勒专栏的《咖啡小谈》，很早我就希望把它寄出去了，而且只需要再加上“海明威感情幼稚，乏味至极”就是篇十分整齐的评论了。你娶过四个“老婆”，即使你道德尚未健全，起码也理应从以往的失误中总结一点常识啊。在你离世之前，为什么不写些有价值的东西呢？

格·斯·海尔德夫人

来自依阿华格思里中心

一九五三年七月二十七日

看来这女人丝毫不中意那本书，但是这完全是她的权利。如果那时我身在依阿华，我肯定要把她买书的钱退给她，以此来表彰她写得这么雄辩的文字甚至她还谈及了“LL战”，我认为可能是“二战”，而不应该是又长又不漂亮的两横杠。我又看了一眼那份夹在信封里边的剪报：

也许对于海明威我有些苛刻：我们这个时代最名副其实的作家，依然是位好作家。他的那些缺点是：（1）缺乏幽默感。（2）过于幼稚的现实主义。（3）极少的理想主义，或者完全没有。（4）夸大长满毛的胸膛。

我自己一边坐在空荡荡的吃饭帐篷里看着信，一边想着那位感情充沛的兄长——他也许正在厨房里一边从冰箱里拿出点吃的一边做着奇怪的表情，也许就在电视机前面看着玛丽·马丁演的彼得·潘[①]，这一刻我觉得特别舒服。我又觉得这位女士从遥远的依阿华写信过来真是好心肠，并且如果她那位很有感情又擅长扮鬼脸的哥哥此时可以在旁边摇头的话，那多欢乐呀。

我满怀哲学意味地自言自语道：写文字的老头，你是不可能所有的都占全了。有得就必有失吧。你仅仅需要将那个很有感情的兄弟往一边推开就行了。不理他，对你自己说。你一定得自己来，小子。于是我就不再顾及他，接着读那位依阿华女士的邮件。我现在想要将一个西班牙的名字“我们摘苹果的姑娘”送给她，当这个神奇的名字出现在我脑海里的时候，我感觉胸中出现一阵暖意，还夹杂着些许真诚，还有惠特曼式的浓浓的诗意。我不断提示自己将这种暖意倾注在她的身上。不要心不在焉再去想想那个表情丰富的人。

仔细阅读那位伟大的青年专栏作者的文字是也能让人感到惊奇的。它有一种简练迅速的净化心灵的效果，正是埃德蒙·威尔逊[②]所指出的“识别的震撼”。这位专栏作者如果出生在英国的话肯定能获得认可，如果在《东非标准报》里也会前程灿烂。发现他的人格的时候，就像某个人走到悬崖的边缘。我又想到了那个信中提到的表情丰富的哥哥有张讨人喜欢的脸。可是我现在已经对这位做鬼脸者的感情发生了变化，它不再跟以前一样那么讨人喜欢。我竟然好像看到他坐在玉米秆中央倾听它们成长的声音，两只手却在不停地颤抖。和美国中西部玉米长得一样高大的品种在村子这儿也有。毕竟夜晚特别凉，玉米是在下午生长，所以从来没什么人听见它们在夜晚发出长大的声音。可是就算它晚上长，你也未必听见。那些鬣狗、豺狼还有狮子吃东西时互相吼叫，况且还有豹子会发出各式各样的声响。

那个依阿华的笨女人，写信给不认识的人，说一些她完全不

---

① 苏格兰剧作家 James Barrie 所写的剧本的名称，主角就叫彼得·潘，是一个不愿意长大的小孩。

② 埃德蒙·威尔逊（1895—1972），美国的文学评论家和作家。

懂的事。切，随她吧，我只希望她幸运地早点驾鹤西归，可是我想起了她最后那句话："在你离世之前，为什么不写些有价值的东西呢?"我心想，你这没有常识的依阿华女人，这一点我已经做过了，况且我还要再做很多遍呢。

贝伦逊身体健康，这点让我很开心。他住在西西里，这让我有点担忧，毕竟他比我更清楚自己需要什么，事实上没有这个必要。玛琳遭遇了点不顺利的事儿，但是在拉斯维加斯她一直是相当顺利的，信里还加上了剪报。使人欣慰的是信和剪报。古巴的那个房子虽然情况还不错，但是开销太大。全部的牲畜都还可以。还剩些存款在纽约银行里。巴黎银行里也有一些，就是少一点儿。在威尼斯的每个人，似乎都还不错，除了那些住在疗养院的还有得了重病已快要不行的病人。在一次事故当中我的某个朋友伤得很严重，这使我联想到清晨顺着海滩驾车行驶，忽然车头往下倾，钻进那什么也看不清的迷雾里的情形。通过对他每处骨折的描述来看，我无法确定这个热爱打猎的人还是否有可能返回丛林。一位我结识、仰慕、爱惜的女人得了癌症，据说活不过三个月了。还有个我认识已有十八年的女人，我们开始相识的时候她只有十八岁，然后我就喜欢上了她，并和她成为朋友；她结过两次婚，并且凭借自己的聪明才智赚到一笔钱，但愿她还留着。她把一生里全部数得出来的、存在的、实用的、可存的还有足以抵押的东西拿到手，其他的全部失去，在这期间我对她的爱依然如故；她给我写了一封信，信中写满了各种信息、绯闻还有令她伤心的事情。信中提到的新闻很多都是真实的，那些伤心的事情也不是虚构的，还有那部分全部的女人都自然带有的牢骚话。在全部的来信中她的这封信是最让我难过的，因为此时她来不了非洲，在这片土地上无法无忧无虑地生活，哪怕只有两个星期。既然她无法过来，我就清楚这辈子恐怕再也见不着她了，除非她丈夫允许她出差到这里。如果那样，我以前答应带她去的一切地方她都能够看得到了，可惜现在的我也去不了了。她当然可以跟自己丈夫一起，可是他们在一起一般都会很紧张。他常常打长途电话，这对于他就像是我的欣赏日出、玛丽的观赏星星一样必不可少。她完全可以在价格不菲的地方吃饭，可以花钱买很多东西、聚敛财产。康拉德·希尔顿[①]将会在我们之前打算游览的地方给他们夫妇俩开办或筹划免费入住宾馆。这时她已经不再有什么问题。在康拉德·希尔顿的协助中，她将自己堕落的身躯舒适地扔在床上，距离长途电话机永远保持着一臂之遥；每当夜晚醒来，她才真正明白什么叫作一无所有，可是今晚要干什么，还可以练习数数钞票，她数着数着慢慢就进入梦乡，这样她就可以睡得晚一些，不要过早地等到明天。我认为康拉德·希尔顿也许在拉伊托齐托克那地方开过宾馆，那样一来她就可以到这儿欣赏风景了，而宾馆的服务员会带她去看看辛先生、布朗还有本基。他们估计可能在地方警察局旧址那里立一个纪念碑，并且跑到盎格鲁·马萨伊那个商店里去收藏长矛作纪念。有些画都会挂在宾馆里，画面上会是四处奔跑的头戴豹子皮帽子、又暴躁又淡定的白人猎手们。每张床的旁边和长途电话机搁在一块儿的不是基甸国际[②]赠送的《圣经》，而是几本写有作者签名的《黑心的白人猎手》和《珍贵的东西》。这些书印刷在一种奇特的多效纸张上，在护封的背面印着作者的照片，就算在暗处看也十分闪亮。这个宾馆里，一切的安排都凸显了二十四小时可以打猎的特点，保证来宾可以有机会将全部的猎物杀掉，每天夜晚可以在卧室里看高低频一起发声的电视，那些出现在饭桌上的菜品十分丰富。服务员都是反茅茅突击队队员和水平更高的白人捕猎者，宾馆服务客人甚至还体现在细枝末节处。比如说入住的第一个晚上用餐时每个客人都发现一张写着猎区荣誉监管的证书在自己盘子边上，而在第二个夜晚，或者在最后一晚，又会发觉自己已经成为东非职

---

① 是个经营旅馆行业的美国大企业家。

② 之前称“基甸社”，1899 年在美国成立，专门在旅馆、医院等地方放置《圣经》。

业捕猎者联合会的尊贵会员。想想这些所有的，我十分快乐。可是，如果在玛丽、金·克还有威利都在一起的时候，我就不会想太多这些事。玛丽作为记者想象力特别丰富。我从来没有感觉她在第二遍讲故事的时候讲得跟第一遍一模一样，我老是认为她一直在改编故事，以方便她以后重版。我们甚至还渴望老爹也在身旁，因为我想获得他的许可，在他去世的时候把他竖放在客厅中。也许他的家人会反对，但是我们要小心地商量一下，只为最后能作出最好的决定。一直以来老爹对拉伊托齐托克不怎么喜欢，他认为这个镇子就好像是个罪恶的深渊。我坚信他希望自己死后可以被葬在他家乡的高山上。不过我们至少也能商量这件事情。

现在，我发现消解孤寂的最好办法就是笑话、嘲讽还有鄙视一切事情可能引发最坏结局。然而最有效果的是愤世嫉俗的自嘲，可是这不是持续时间最长的（因为它肯定是很短而且还会被人说得很难听）。当意识到这个的时候，我微笑着读这封伤感的来信，同时对那个刚刚建好的拉伊托齐托克希尔顿宾馆充满着想象。太阳已经几乎要完全落下去了，我知道现在玛丽已经到达新斯坦利的宾馆，可能是在洗澡。我很开心想象她洗澡的样子，我也盼望着今天晚上在那里她能玩得开心。她讨厌去那些我常常光顾的低等酒吧，但我认为她很可能去那些旅行者俱乐部或是类似的地方，我也非常开心知道以这种方式放松的人是她自己而不是我。

我决定不再去想她，思想开始转移到黛芭身上。以前我们答应带她还有寡妇去买衣服的，为了可以去参加圣婴耶稣的生日庆典。我带领着未婚妻大大方方地去买东西，挑选衣料，然后我给她付钱，同时在旁观看的四十至六十个马萨伊女人还有武士，这成为拉伊托齐托克这个时节，或也有可能是其他别的时节所出现的带着权威性并且正式的活动。作为一个写作的人——这确实不怎么光彩，可是有时候感觉也是还行的职业——我好奇，亨利·詹姆斯如何应付不能入睡的情况。我依然记得他站在威尼斯的某个旅馆的阳台上，自己点燃一根极好的雪茄，想象着这个城市里发生的任何事情的情景，这个城市使人容易产生牵绊却难以完全摆脱。晚上无法入睡的时候，亨利·詹姆斯站在他住的那个旅馆的阳台，低头看着下面的城市以及来来往往的行人的情景总是我在脑海中以十分快乐的形式显现。那些行人有他们的需要、他们的责任、他们的难题、他们的细心计算，亨利·詹姆斯还能看到人们快乐的乡村生活，还有依照规则缓慢运行的运河。我想詹姆斯并不十分明白会到其中的哪个地方去，他仅仅只是抽着他手里的雪茄站在阳台上。在夜晚，这一刻，我感到十分满足，我想怎么样就怎么样，我想睡觉就睡觉，不想睡觉就不睡，我愿意想一会儿黛芭再转念去想詹姆斯。我还在想，如果我将詹姆斯嘴里那根催眠的雪茄拿出来递给黛芭，结果会是怎么样呢？黛芭可能将它夹到耳朵上，也可能递给恩古伊。恩古伊以前去阿比西尼亚的那个时候学习了抽雪茄，作为一名肯尼亚炮兵队里边的步枪手，他对白人战士还有那些随军的杂役相当不满意。可是为了能镇住他们，他还是学会了很多别的事情。那之后我不再去联想亨利·詹姆斯还有他那支催人入眠的雪茄，不再去想那条让人欣喜的运河。刚才我才记起，如果运河上吹起一阵好风的话，我那些跟风浪斗争的朋友还有兄弟们就可以省很多力气了。我也不再想那个强壮、矮胖、有点秃脑袋的伙计，他走路时的表情总是一本正经，常常喜欢提关于进攻出发路线的问题。我想起黛芭，想起来大房子里那个手工磨制的灰白色的木床，那床上边铺着兽皮，并没有什么气味，还有我买来的那四瓶大餐啤酒，我的动机是纯洁的，就是为了可以睡那张大床，那啤酒也有符合部落规矩的名字。在很多举行仪式的场合内的啤酒中，我认为它应该被称作“喝了之后可以在丈母娘的床上熟睡的啤酒”，拿着它就等于在约翰·奥哈拉[①]的朋友圈子里开着一辆卡迪拉克，如果现在还存在这样的朋友圈的前提下。我发自内心地渴望现在有这样的朋友圈。我记起了奥哈拉，就是那个肥胖得仿佛能够吞下了满满一船《烧炭人》期刊的大蟒蛇一样的家伙。当他暴戾起来的时候就像一只被采采蝇啃咬的驴子，步子很沉，好像是要步入死亡，自己却浑然不觉。我非常开心想起他第一次在纽约社交圈里出现时脖子里打着一个有白边夜礼服的领带。当提到他的女主人的时候表情是多么的紧张兮兮啊，她非常友好地表示希望他将来别杳无音信。想起这些事情，我但愿他可以快乐永远，走好运。无论是什么样的人在多么糟糕的情境中，只要一想起星光闪耀的时光里的奥哈拉一定可以开心起来的。

我想起了我们关于圣诞节的计划，我一直喜欢过圣诞节。以前在很多国家时都能记起圣诞节。我知道这次的圣诞，如果不是精彩绝伦那就必然是失败透顶，因为我们下定决心邀请全部的马萨伊人还有坎巴人一起来参加，场面就跟恩戈麦鼓会差不多。所以如果搞砸了，那就将成为最后一次。到时玛丽的那棵魔树就会出现，马萨伊人一定能认出那树的种类，如果玛丽不明白的话。我无法决定是否要告诉玛丽她那棵树实际上是一种力量强大的大麻树，针对这个问题顾虑太多。首先，玛丽坚持选中了这一种树，而且也被坎巴人接受了，成为她那种没什么人知道的或是被称作“小偷河瀑布”部落规则的一部分，跟她一定要杀死狮子那件事一起被接受下来。阿拉普·梅纳悄悄对我说，这树能够让他跟我迷糊上好几个月，即使玛丽选中的这棵树被一头大象吃掉的话，它也会晕上好多天。

我知道玛丽在内罗毕一定会度过一个欢乐的夜晚，因为她又不傻，那里又是我们仅有的一座城市。在新斯坦利还有鲜美的熏鲑鱼加上和善的虽然话不多的服务员领班。那从湖水里捞出来的

① 约翰·奥哈拉（1905—1970），美国小说家。

叫不出名字的鱼儿，鱼身上浇着咖喱，滋味依旧和过去一样地鲜美。不过她刚从痢疾中好转是不应该吃的。可是我猜她一定还是要大吃一顿。我祈祷她这会儿身处某个相当美妙的夜总会里。我再次想起了黛芭，想着我们该怎样去买些衣料来完美地衬托出她身上那对让她娇羞又骄傲的双峰，又该怎样将这些衣料剪裁得更加贴合身材。对这些她心里应该早有打算了吧。我们最美丽的布怎样才可以挑选出呢？身上穿着长裙的马萨伊女人，身上充满梅毒、双手冰凉的美人们，身旁有飞来飞去的苍蝇。她们蠢笨、矫揉造作的丈夫在美容院里干活儿。她们是否目不转睛地充满好奇地盯着我们看呢？然而我们这些坎巴人，全部没有耳朵穿孔，可是一个个都十分傲慢，瞧不起什么，毕竟我们不懂马萨伊人有很多的习惯，我们就只会摸这些布匹，看衣料的图案，另外再买上一些别的东西。这样做就可以在店里让自己出尽风头。

第十三章

当姆温迪在清晨将茶端来的那会儿，我已经起身，坐在篝火旁边，穿着两件羊毛衣，外边还穿上羊毛夹克。晚上的天气渐渐变得冷起来，我好奇今天的这种天气里会出什么事。

“需要火吗?”姆温迪问道。

“能够取暖就可以了。”

“我马上弄来，”姆温迪说，“你最好能吃点东西。夫人离开了，你就老是忘记。”

“打猎之前我不愿意吃任何东西。”

“还要很长时间的。现在吃点吧。”

“姆贝比亚还没有醒来吗?”

“老头们起来了。那些年轻人还睡着。凯第也嘱咐说让你吃东西。”

“好吧，我会吃的。”

“你想要吃点什么?”

“鳕鱼丸还有土豆煎饼。”

“吃点瞪羚肝加上熏咸肉吧。凯第说夫人让你吃退烧药。”

“那个药放在哪里了?”

“这儿，”他说着递过来药，“凯第说要我一定看着你吃下去。”

“好吧，”我说，“现在就吃了。”

“你想要穿什么?”姆温迪问。

“先将短靴子还有暖和点的夹克穿上，等一会儿天气热的时候再换上绑了子弹的皮衬衫。”

“我去通知别人准备一下。今天天气非常好。”

“是吗?”

“大家都这么认为，包括切罗。”

“好呀。那我也觉得这是个好天气。”

“你做梦了是吗?”

“没有,”我说,“一点儿也没有。”

“好,”姆温迪说道,“那我去转告凯第。”

吃完早饭，我们沿着比较好走的路前行，就是那条向北径直穿过长颈羚地区的路，往丘卢岭开进。回到沼泽地的野牛们估计现在也一个个出现在山里了。这条小路将古老村落和山区连通，由于布满泥浆而显示出灰蒙蒙的一片，而且十分难走。可是在这条路上我们一直尽量往前走。接着留姆休卡在车里，我们就离开了小道。我们知道太阳会将泥浆渐渐地烤干。这时候太阳炙烤着平原，为了躲避开，我们往陡峭的、山路蜿蜒的山岗上爬去。山岗上全部是熔岩堆，还有新生出来的密密麻麻的草地，被雨水打得湿漉漉的。虽然我们不打算猎杀野牛，但是带上两杆枪还是有必要，毕竟有犀牛在山里呢。前几天我们还看见塞斯纳上面有三只。就在纸草沼泽的边界，野牛应该是想要去水草丰满的那儿吧。我希望数清楚它们的数量，并可以和它们合影。如果可能的话，我还想将那头犄角奇特、身形健壮的老公牛找到，我们将近三个多月没有看到过它。我们根本不想惊吓它，或者让它察觉我们在跟踪，我们只是想要看一看它们，在玛丽回来后漂漂亮亮地拍照。

我们的路线与野牛的路线是相互交错的，这一大群牛慢慢经过我们的下方。牛群中有高高昂着头的领头公牛、身材高大的老母牛，还有小公牛，甚至有小母牛和小牛犊。我能够看见弯弯的牛角、牛身上比较深刻的褶皱，身上已经干涸的泥浆，还有它们损伤的皮肤。能够看见缓缓移动着的乌黑一群、大面积的一片灰色。还有一些鸟类，极小巧的个子，嘴巴尖得不得了的，好像受了惊一样忙忙碌碌的。野牛往前慢慢走着，边走边吃草，身后的草都已经被吃得光秃秃的。蝇子伴随着牛身上浓重的味道向我们扑过来。我扯下自己的衬衫罩住头，数着牛，一共是一百二十四头。之所以野牛没有闻见我们的味道，是因为风向特别奇妙。我们所在的地势刚好比较高，鸟儿也没有看见我们，只有苍蝇盯着我们。不过当然它们也传递不了什么信息。

已经快要到中午了，天热得厉害。可惜我们都不知道运气就在前方。我们开着车经过狩猎区，大伙儿的眼睛盯着每棵有疑点的树木。我们此时寻找的这只豹子闯了很大的祸，在同一个村子里杀死了十六只羊，所以那里的人拜托我杀死它。我现在给猎务部办事，所以在找这只豹子的时候可以动用车子。这只已经被官方列为害兽的豹子，现在成了皇室猎物。但是它肯定没有听见自己的地位已经改变，要不然它也不会杀死那十六只羊，把自己弄成一个通缉犯，变成了一个有危害的猎物，跟最初一样。一个夜晚它只吃得下一只羊，可是它咬死十六只羊确实是太多了。另外，当中有八只是黛芭家的。

我们到了一个风景优美的林中空地，左手边有棵大树，其中一个树枝在高处直直地往旁边伸出，另一根颜色较暗的伸往右边。这棵树显示出绿色，树顶枝叶郁郁葱葱的。

“那棵树就是豹子隐藏起来的好去处。”我对恩古伊说。

“很正确，”他十分平静地说，“正有只豹子在那里。”

姆休卡瞧见我们在四处看，虽然没有听到我们讲的话，而且在他那边也瞧不见豹子，可是他依然停了车。我抬起那个一直横放在腿上的旧式斯普林菲尔德猎枪跳下车，站稳了之后我看见那头豹子伸展着身形，沉重地趴在右边的那个高大的树枝上。它那布满花点斑斑的身躯上面零星闪烁着叶子斑驳的阴影。在这么一个明朗的日子里，它爬到了距离地面足足有六十英尺的那个虚幻的地方，就犯下了一个比毫无必要地咬死十六只羊更为严重的失误。

我举起枪，深深吸了口气，然后特别小心地对准它耳后的脖子上面突起的那一处射击。这一枪打得有些偏高了，根本没有击中，它立刻将身子完全放平，沉重地贴在树枝上。我倒出子弹壳，瞄准它的肩部又开了枪。只听“哗啦”一声巨大的声响，它跌了下来，身体蜷成一个半圆。尾巴往上，脑袋面向下，背朝下。在落下的过程中，它的身子弯曲得仿佛一轮新月，随后狠狠地落到了地面上。

恩古伊和姆休卡使劲地拍我的背，切罗亲切地和我握握手。给老爹扛枪的小伙子也跑过来跟我握手，还哭了起来，说是因为豹子这样摔下来的样子真让人震撼感动。他还用坎巴人的习俗把我的手使劲地捏来捏去，不过他这样做的话旁人也看不出来。过了一会儿，我用闲下来的那只手装好子弹，而已经异常兴奋的恩古伊把滑膛枪变成了拥有.577 口径的猎枪，然后我们就小心翼翼地走上前去，去瞧一眼这个咬死别人家十六只羊的恶兽。但是豹子的尸体却不见了。

它落下来的地面上凹下去了一些，地上还有带着血迹的足迹，亮红色成块状，一直绵延到树左面的那片稠密的灌木丛。那灌木密集得像是红树沼泽里的根，现在已经没有谁想要来用坎巴人的习惯捏紧我的手了。

“先生们，”我说了句西班牙语，“情况变得有点严重。”这是真的。我以前从老爹身上学到过一些处理的办法，可是每一只受伤的豹子钻进稠密的灌木丛里边以后将会怎样挣扎这就不得而知了。没有两只豹子的反应完全相同，除了它们一定都会再次出来，会拼死一搏之外。这就是为何我开始时希望能打中它的头部和脖子中间的那地方。然而现在既然已经射偏了再做没有意义的分析也无济于事。

第一个难题是关于切罗。他已经被豹子伤了两回，年纪又高了，他具体的年龄没人知道，可是一定足够当我的爸爸了。可是此时他兴奋得像个猎狗似的，十分有兴致进入灌木丛里。

“回到车子那儿，你最好离这儿远远的。”

“不，老板。”他说。

“赶紧，现在太危险了，快。”我说。

“快。”他说，却没说，“快，老板。”这样说话简直太不礼貌了。恩古伊将温彻斯特12型装上了SSG，就是英语里所指的大号的铅弹。我们从未使用过SSG，我不希望发生塞膛的情况。所以我将从弹匣里拿出的新八号铅弹装上了，把余下的子弹放进口袋。如果近距离猎杀的话，一支塞满小号子弹的猎枪杀伤力绝不会低于一发炮弹。我记起来以前看到过它在别人身上产生的效果：皮夹克的背部留下了小洞，那个边缘又青又紫，而且关键是全部的弹药都会在胸腔爆炸。

“走！”我面向恩古伊说。我们沿着血迹斑斑的爪子印记往前走，我用猎枪保护着负责跟踪的恩古伊，给老爹扛枪的小伙子拿着那杆.577在后面断尾。切罗并没有爬到车篷上，却坐进了车后座，将三根长矛中最锋利的一根挑出握在手中。恩古伊跟我沿着沾血的爪印慢慢往前走。

他将一块尖锐的骨骼碎片从一个血堆里捞起给我。这应该是肩胛骨，我将它放到嘴里。并没有什么意义，但我还是不经大脑的思考这么做了。这块骨头将我们与那豹子的距离拉近了。我咬了咬，品着鲜血的味道，跟我自己的血差别不大。我明白我击中那只豹子的时候，它不仅仅是失去平衡。恩古伊跟我沿着这些带血的足迹往前一直走着，发觉它进入了全是红树的一大片灌木丛中。绿油油的灌木丛的叶子闪着光，豹子没有规律地跳蹿着的足迹往前深入到灌木丛中。在叶子的底下沾有血迹，那是豹子经过时留下的，因为和它蜷伏时候肩部的高度差不多。

恩古伊耸耸肩，向我摇摇头。我们俩的神经变得一下子紧绷起来，这时候没有白人在旁边用那自以为是的智慧小声说话，也没有白人因为他的随从太笨感到震怒而严厉地命令他们或者像是在骂畏首畏尾的猎狗似的咒骂他们。现在有的就只是一只逃跑了、希望渺茫的受伤的豹子。先前它被击中从高处的树枝上摔了下来，如果是个人的话早就没有命了。现在它就身在那边，假如它猫科动物那种灵巧不寻常的活力依然持有的话，那么现在无论谁进去捕捉它的话都会被它咬成重伤甚至残废。我真盼着那群羊没有被它咬死过，我也没答应过要去把它杀死，并在任何地方发行的报刊上将相关的照片登上。我心满意足地咀嚼着那块骨头，朝车子挥手。不小心我的腮帮子被碎骨头锐利的那一端刺破了，我口中出现了自己的血液中那种熟悉的血腥味，里面还夹杂着豹血的滋味。我像政治家宣布什么条款似的说了一句："Twendi kwa chui." 意思是："让我们冲向豹子前进！"

"向豹子前进"并没有如此简单。恩古伊手握着斯普林菲尔德30－06，他的视力非常不错。给老爹扛枪的小伙子托着那杆.577，如果开枪的话他自己就会一屁股摔在地上。他的视力和恩古伊一样好。我拿着那支旧旧的但为我所喜爱的旧式温彻斯特12型滑膛的枪支，它被烧焦了一次，零件还重新组装了三回，通体已经被手摩挲得十分光滑。它射击时的快速程度赶得上蛇。我跟它三十五年朝夕相伴，像是密友，有秘密一同守护，而成功的兴奋或是大难当前时的惶恐，都不用言传，它对于我的意义就好像是一个人的终身好友。我们钻过那个有血爪印的入口，穿过灌木丛里很多纠缠在一起的根茎，一直到最左侧正西方的尽头，在那个地方我们可以瞧见车停靠在拐角的地方，可是我们没看见豹。接着我们一路匍匐折回，并且不停地往盘错的根茎暗处来回张望，一直到了另一边的尽头，依旧没有发现豹子。于是我们就又回到血爪脚印那边，深绿色的叶子依然带着触目的鲜血。

给老爹扛枪的小伙子在我们身后慢慢站起身，将那支大枪的保险慢慢打开。这会儿我已经坐在地上，开始将枪内的八号铅弹横着扫射进交错盘踞的树茎丛林里去。打到第五枪的时候那只豹子打雷似的大声吼叫。吼声沿着稠密的灌木丛林深处传出来，位置就在有血斑痕迹的叶子往左一点的地方。

"你看见了吗？"我问恩古伊。

"没看见。"

我又装好满满的一匣子弹，面向吼叫声音响起的位置连射击了两枪。结果豹子又大声吼了一声，之后哀号了两声。

“快点打。”我对恩古伊说，于是他就朝着那位置一直连开枪。

豹子这时候又叫，恩古伊说：“快点打。”

我向着吼声射击两枪后，老爹的那位伙计说：“我发现它了。”

我们一起站起来，恩古伊也看到了，我一直没有。“打吧。”我朝向他说。

他说：“不。再让我靠近点。”

我们就这样再次走近，可是这次恩古伊明明白白地知道了我们应该往哪边去。我们就走了一码左右，因为前面有块儿突起的地面。在匍匐前进时恩古伊在我腿上敲敲这面、拍拍那边，给我指着方向。然后我看到豹子的耳朵，脖子鼓起来的地方的斑点，乃至它的肩膀。我瞄准它脖子和肩膀相连的地方开了一枪，又马上补了一枪，终于没有什么声音了，我们就从后面爬出来。我再一次装上子弹，我们三个开始绕着灌木林子西边朝停得远远的车子的方向奔跑。

“终于死了，”切罗说道，“打得太棒了。”

“是死了。”姆休卡回答。他们两人都看得见那只豹，我却没有。

他们走出汽车，我们就一起缓缓走进灌木丛。我提醒切罗拿好长矛，他却说：“不用。它真的死了，老板。我看着它死的。”

我举起猎枪掩护恩古伊杀出一条路，他抡起大刀一路所向披靡，好像在对付跟我们势不两立的敌人。接着他就和给老爹扛枪的小伙子一起将豹子拽出来，我们抬起它之后扔进了车后方。它是只不错的豹子，我们这次打猎还算成功，很愉悦。我们像是弟兄一般，而且不带白人猎手、巡猎员还有侦猎员加入。它是一只属于坎巴族的豹子，因为在违规的坎巴村子中它没理由地咬死那些羊，所以必须要受到惩罚。我们都是坎巴族人。大家现在口渴死了。

切罗是唯一一个仔仔细细打量那豹子的人。他之前被豹子伤过两回，他将伤口指给我看，那发在很近的距离范围内射出的子弹差不多贴着豹子肩上边的原先的伤口打了进去。跟我料想得一样，那是因为土块还有那些交错的根茎的缘故。可是我只顾得上大家劳累一天感受到的愉悦与傲气，一想到我们就要回营地去，坐到凉快点的地方喝冰镇啤酒，我很开心。

我们鸣笛进入营地后，大家都纷纷出来了。凯第非常开心，我认为他也为我感到骄傲。

我们都下了汽车，只有切罗在车里坐着看着那只豹子。凯第跟切罗一起，剥皮工开始去弄那只豹子。我们没有给它拍照。凯第问我，“不去拍照片吗？”我回答道，“不用了。”

恩古伊还有那个扛枪的小伙儿把枪拿进帐篷，都平摊在玛丽的大床上。我将相机拿进帐篷，然后将其挂在墙上。我让姆桑比将树下的桌子收拾好，再将几张椅子搬过去，还有准备好的冰镇的啤酒、给切罗拿来的可口可乐。我告诉恩古伊说现在先别着急擦枪，先将姆休卡叫过来。一切准备就绪之后我们就可以开始喝啤酒了。

姆温迪让我先去洗澡。他会立刻将热水准备好。我说我拿脸盆洗，将我换洗的衬衫拿来就可以了。

“你的确应该好好洗个澡。”他说。

“现在太热了，过段时间我再舒舒服服地洗。”

“你怎么满身是血？这是豹子抓破了吗？”

这话里暗含讽刺，但却掩饰得很好。

“被树枝蹭破的。”

“你最好用蓝肥皂仔细将伤口洗干净吧。我再帮你敷上些红红的东西。”

如果可以弄得到的话，我们不会用碘酒而是选择红汞了。虽然很多非洲人更愿意用碘酒，因为它会让人觉得疼痛，因此就被认为它的药效更好。我将伤口清理干净之后并且将其一一露出来，姆温迪就开始将红汞小心翼翼地涂上。

我换上了干净的衣服，同时姆休卡，还有恩古伊、给老爹扛枪的小伙子还有切罗正在换上他们的整洁的衣物。

“豹子抬过来了吗？”

“没有。”

“那为什么每个人都那么开心呢？”

“你这问题问得挺有意思。整个早晨都挺有意思的。”

“你怎么会想到当非洲人呢？”

“我希望做个坎巴人。”

“也许吧。”姆温迪说。

“别再说什么‘也许’了。”

“你那些朋友们都来了。”

“是弟兄们。”

“也许是兄弟们吧。可是切罗却不是你的兄弟。”

“切罗那是好朋友。”

“是的，”姆温迪稍微低落地说，同时将一双拖鞋递给我，他知道这鞋子小了一点，估计他是想看我穿上时难受的样子，“切罗确实是你的好朋友啊。但是却不走运吧？”

“什么不走运？”

“很多事情的。但是他的确是个幸运的家伙。”

我出去加入大家中间。他们在桌子旁边围着，姆桑比将绿色袍子穿上，并且将绿色无檐帽戴上，站在那里的时候手里还拎着掉色的帆布桶，想要把里面装的啤酒都弄出来。天上的云层这时候高高的，这片天空也是那么高远。我扭头，视线穿过帐篷，可以看得见树林上方那座高大洁白的山峰。

“先生们。”说着我对大家鞠躬。我们纷纷坐在椅子里，姆桑比倒了满满的四杯啤酒，同时给切罗倒上一杯子的可口可乐。切罗最年长，所以我对他十分有礼貌，让姆桑比先倒给他可口可乐。切罗戴了一顶不带边儿的帽子，身上穿着蓝色的外套，扣子是铜制的，领口的地方是用我二十年之前送给他的一个毛毯针扣住的。他下边穿一条仔细缝过的干净的短裤。饮料已经倒好，我从座位上站起开始讲祝酒词，“为女皇庆贺。”我们一下子都喝光了，我继续说，“先生们，为亲爱的豹子举杯。那是一只皇室猎物。”于是我们又喝下了一杯，大家举止都很大方而且充满热情。姆桑比将大家的酒都斟满，这次是由我开始的，到了切罗那边结束。他虽说对长者很礼貌，可要是让他尊敬碳酸饮料强过啤酒就不容易了。

“A noi,①”我这么说着向恩古伊鞠躬。他学习意大利的语言时是在亚的斯亚贝巴其中一个被占领的妓院里，跟一对逃跑的部队仓皇之间落下的妓女们学习的。我接着说，“Wakamba rosa ela liberta. Wakamba rosa triomfera.”②我们举杯喝完，姆温迪再次斟满。

下面的这句祝酒词相对困难，但是也符合当时境况，而且我们的新生的宗教也要有可以行得通的规划，这规划日后可以向着有更高价值的方向发展，因此我提议大家“干杯”。

我们表情严峻地干了这杯，可是我留意到切罗有点保留。因此在大家坐下之后我又说，“Na jehaad tu.③”希望能够拉近跟这位穆斯林的距离。可是这一点儿也不容易，我们都明白他在和我们一起正正经经地喝酒还有以兄弟相称的时候，他跟我们没有共同语言。要他跟我们信仰同样的新教或者是别的政治理念，这是完全不可能的。

姆桑比走近桌子，又一次倒了一些酒，而且说啤酒已经被喝完了，我就回答说，这真是太糟了，于是我们想要骑上马立刻出

---

① 这是意大利语，意思是“大家来啊”。

② 这是混合了斯瓦希里语和意大利语，意思是“坎巴族的美丽女人需要自由，坎巴族的美丽女人胜利了”。

③ 这是混合斯瓦希里语和阿拉伯语，意思是“请你也一起干杯”。

发，去往拉伊托齐托克再喝一些。返回去的路上我们就能带上一些冷肉还有熏鲑鱼罐头。姆休卡说："那咱们就去村子里吧。"最后大家都赞同到村里去拿点啤酒，要是他们还能给我们这些人啤酒，可以使得我们在到达别的生产酒的村落或拉伊托齐托克那时候之前，一直保持有酒喝就很好了。恩古伊说我应该跟我的未婚妻一起，加上那个寡妇。接着说他跟姆休卡只需要到路上的那个马萨伊村子就可以了。老爹的扛枪小伙儿说他也没事，并乐意负责保卫寡妇，我们还想带上姆桑比，可是现在已经有四个人，再加上寡妇还有我的未婚妻就成了六个。我们明白会遇见什么样的马萨伊人。拉伊托齐托克那地方一般都会有很多的马萨伊人。

我走近帐篷时，姆温迪已经将铁箱子打开了，将我那件旧式的香港夹克拿出来了。扣着内部的口袋，里面还放着一些钱。

"你需要多少钱?"他问。

"先拿四百先令吧。"

"这可是一笔不小的数目呀，"他说，"你想要买什么？去买个女人吗?"

"去买酒，可能会还要买些生活用品、村子里备用的药、圣诞礼物，添置一些长矛，再给车加油，带一些威士忌给警察局里的年轻人，还要买熏鱼这些零食。"

当听到熏鱼时他就开心笑起来。"拿上五百吧，"他说，"你还需要带些硬币吗?"

硬币就放在他的皮袋子里。他递给我数出的三十个先令，又问道："你是否要穿上好点的衣服?"

他最欣赏的也是我在香港买的像是骑马服的外衣的一件衣服。

"不用了。穿皮衣吧。再带着皮拉链衫。"

"也将毛衣带着吧。从山上走下来的时候会冷的。"

"随便你吧，"我说，"但是要缓慢点穿靴子。"

他将洗干净的棉袜递过来，我穿上它们，他帮我使劲套上，但两边的拉链却没有拉上。恩古伊走进了帐篷。他穿上了一条整洁的短裤和一件我没见过的新运动衫。我告诉他只要将那支30－06带上就足够，但他说还要将子弹带上。他将那支长枪擦拭干净之后就放在床下。它从没工作过，晚上擦拭也不晚。因为那个斯普林菲尔德的子弹火药是没腐蚀性的。

“手枪。”他表情严肃地说，我就将右腿伸到手枪皮套下边的圆环里，他将皮套环绕在我的腰上并且扣住那个宽皮带。

“吉妮酒壶。”姆温迪说着，同时递给恩古伊那个子弹壳状的沉沉的西班牙皮驮篮。

“钱呢?”恩古伊问道。

“别,”我说道,“别再提钱了。”

“钱太多了。”姆温迪说。他将那个开钱箱子的钥匙拿在手里。

我们从帐篷走出去一直到车子那里。凯第依旧那么有礼貌，我就很正经地问他是否还需要什么。他说如果市场上卡吉亚有新货来的话帮他捎带一袋粮食。我们要走的时候，他心情十分低落，头微微向前或低垂着侧向一边，虽然那时候还在咧着嘴笑。

我觉得伤心，同时也感到愧疚，我没有去问他是否愿意去。过了不久我们就来到了去往村子的路。我认为这条路现在变得十分坎坷，在完全结束之前，它还是会继续变旧的。

第十四章

姆休卡没有什么好看的衣服，只有那件带格子花样的干净衬衫还有他那条洗得退色还补着补丁的裤子。老爹的扛枪小伙子穿着一件没有什么花样的黄色运动衫，跟恩古伊那件穆莱塔[①]的红色衬衫正好搭配。我觉得有点后悔，觉得自己穿得太守旧。那天飞机离开的时候我还剪头发了，剪完之后就忘记了，我就感觉，要是我摘掉帽子的话，一定能出现巴罗克那种风格。但现在不好的是，我的头发一旦剪光，或者只是剪成板寸，我的头发就可以在很大程度上再现一个消失部落的某段历史。它一定没有东非大裂谷那样的雄伟，可是会带有一些很有意义的地段特征，绝对足以吸引考古学者以及人类学者的。我不晓得黛芭会有怎样的看法，不过我将一顶带有长长斜斜的帽舌头的那种旧式钓鱼帽戴上了。在我们进入村子，在大树的树荫下停下来的时候，我没有丝毫担心，也不怎么在乎自己的形象。

后来我才知道，姆休卡早就先让恩贵利，就是那个想要成为猎手现在正在旁边做饭打下手的那个小男孩，去提前通知了寡妇以及我那位未婚妻，告诉她们我们会带着她们去拉伊托齐托克那里买衣服为圣婴耶稣的生日做准备。这个孩子只不过是个坎巴族小孩，法律规定是小孩不许饮酒的。不过这一路他飞快地跑，是想展示一下他的速度。此时他正开心地靠着树干，虽然汗水直流，却还在尽力保持不大口喘气。

我走下车，站直之后，就过去对这个孩子表示感谢。

“马萨伊人都没有你跑得快呢。”我说。

---

① 斗牛的时候为吸引牛的注意就挂在棒子上一块儿红布。

“我是个坎巴人。”他一边回答一边努力抑制住呼吸声。我能想象出来在他口中那几个硬币是什么味道。

“你想要上山吗?”

“想。可是却不行吧，因为我还有别的任务呢。”

探子在那个时候走过来。他将那个佩斯利头巾缠在头上，他用脚跟支撑身体平衡，神气极了。

“大哥，下午好啊。”他说。我瞥见恩古伊在听见“大哥”这句的时候转过身子，啐了一口。

“下午好，探子。”我说，“现在你身体怎么样了?”

“好多了。”探子说，“我是否可以跟你一起去山上?”

“你不能。”

“我也许能做翻译啊。”

“在山上有翻译的。”

此时寡妇的孩子跑过来，用他的脑袋猛撞我的腹部。我吻了吻他的头，他的手伸进我手里，身子直直地挺着。

“探子。”我说，“我可不能跟丈人那里要酒喝。你还是拿来点给我吧。”

“让我找找这儿有什么啤酒。”

如果你喜欢村里酿造的啤酒，那么你就会认为这酒的味道还不错，像禁酒那时候阿肯色州家乡酿造的啤酒似的。在第一次世界大战时候，有个鞋匠功勋很高，他自己就可以酿造出味道跟啤酒相同的饮品。我们常常在他家里喝酒。我的未婚妻跟寡妇也走了出来，我的未婚妻跳上车坐在姆休卡身边。她的两眼一直垂着，不时地看着村中别的女人，眼睛里满满的都是得意的神色。那件反复洗的裙子依旧穿在她身上，美丽的披巾围在头上。寡妇坐在恩古伊和扛枪小伙子的中间。我让探子再来六瓶酒，可是村里就只有四瓶。我将这四瓶给了我丈人。黛芭没有看任何人，就那么静静地坐着，胸部和下巴往同一个方向挺着。

姆休卡开动车子，我们就离开了村子，离开了忌妒或者愤恨的人群，离开了很多孩子、羊群、喂奶的妈妈、家禽、狗，还有我的丈人。

“Que tal，tu?①” 我问黛芭。

“En la puta gloria. ②”

这是她最爱说的第二句西班牙语。这句很奇特，没有什么人可以将这句话翻译出相同的句子。

“豹子弄伤你没有?”

“没有。没什么大碍。”

“它很大吗?”

“也没有太大吧。”

“它会吼叫吗?”

“吼叫了很多次。”

“它有没有伤到别人?”

“一个也没有。连你也没有伤害到。”

她将雕花的枪套用力地按压在大腿上，然后把左手轻轻放在她想放的地方。

“Mimi bili chui,③” 她说。我们都不精通斯瓦希里语，可是我想起了那两只英格兰豹子，一定有人在很久之前就知道豹子的一切。

“老板。”恩古伊说，他说话的声音变得阴阳怪气的，这是在人们出现热爱、生气或者温柔的情绪的时候会出现的情况。

“就称作坎巴人吧。”我说道。他哈哈笑起来，说出了几句粗话。

“咱们有三瓶浓烈的啤酒，姆桑比帮我们拿来的。”

“谢谢你。爬陡坡时咱们就停车，吃一些熏鱼吧。”

---

① 这是西班牙语，意思是：“你好吗?”

② 在西班牙语中“en la Gloria”这一句的意思是“感觉不错”，不过现在这句子当中多出 puta（妓女）的词汇，所以下文说“这句很奇特”。

③ “Mimi”和“bili”是黛芭给两只豹子起的名。

“很棒的冷肉。”恩古伊说。

“真是不错。”我说。

坎巴人从不出现同性恋。在过去的时代，同性恋者要先经过名为“金欧”的审判——姆温迪以前跟我说明过指的是大家严厉地聚集在一起宣判死刑——同性恋者被宣判之后就被绑起来丢到河里去，泡上很多天，等变软了再宰了吃肉。我觉得许多剧作家都有可能经受这般的下场。然而话又说回来，假如真的可以回来，你在非洲就是幸运儿。咬一个同性恋的肉的话，不管是身上的哪个部位，都称得上倒霉。就算他已经在一个洁净的、差不多清澈的水池里给泡软。我的一些年龄较大的朋友说，一个同性恋者的肉会比一只浸了水的水羚要难吃百倍。吃了之后浑身尤其是股沟还有胳肢窝都可能疼得不得了。和野兽性交又要判死刑，即使人们觉得同性恋比这个严重。恩古伊的爸爸姆科拉（我稍微算了下，觉得自己做不了他的爸爸）以前告诉过我，一个与绵羊或山羊发生过性关系的人的味道美得就跟角马肉似的。凯第还有姆温迪从不吃角马，但是这是一个有关人类学的命题，我从未想明白。正当我想起这些极少数人知道的事情，心里欢快地想着黛芭这个朴素、腼腆的纯洁的坎巴族女孩的时候，姆休卡忽然将车停在一棵树的下方，在这儿我们能够看到地面上深深的沟壑，拉伊托齐托克那片小小的铁制屋顶衬托着山上翠绿的树林在闪闪发光。我们心里的宗教信奉和那不熄灭的希望火光就是来自那洁净的山坡还有方形山顶部的给予。我们身后全都是我们的领土，它平铺在我们面前，让我们尽收眼底，就像我们乘坐着飞机，但是身子完全不移动，也不必要担心，更不必要花钱。

“Jambo，tu.”我问黛芭，她回答说：“La puta gloria.”

寡妇坐在红色和黄色衬衫之间，换句话说也就是坐在黑胳膊、小细腿的恩古伊和扛枪小伙子之间，非常开心。我们叫她还有黛芭打开熏鱼罐头和两瓶从荷兰带来的罐装假鲑鱼。她们打开的方法是错的，因此弄断了一个拉环。姆休卡就将罐头的背面用一把钳子掀开，这时就完全显现出来那个假鲑鱼肉，这东西正是荷兰在非洲的代表呢。我们一起吃着，彼此交换刀子，轮流喝着瓶子里的酒。黛芭第一口喝进去的时候还用自己的头巾将瓶子擦干净，可是我告诉她一个人的初疮别的人也有，然后我们喝酒就没有再客气。虽说啤酒不冰凉，可是身处八千英尺的高地，在这时回头就看见一片沧桑，环顾四周又是鹰才可以望见的地方，在如此环境中这酒还是爽快可口的。这啤酒的确不错，我们吃着肉将它喝光了。我们将瓶子留下以备之后换酒喝，又将那些罐头的拉环去掉之后堆在一起，放在靠近树干的树丛里。

没有侦猎员和我们在一块儿，因此就没有了那些沦丧坎巴人良心揭发亲人的人。我们此时觉得特别自由，因为这里没有玛丽的崇拜者，更没有邪恶的刽子手或者警局的狗腿子。我们回过头看着这大地：从来不曾来过什么白人妇女，包括玛丽，除去我们带着她过来的那次。虽说那次她不是自愿的，可是当我们将她拉上汽车上山的时候，她兴奋得好像孩子一样。然而她一直都不适合待在这儿，也不明白她会有一点点的荣誉，也同样需要支付代价。

我们就这样回头欣赏着我们的领地，观望着那跟平时一样湛蓝而奇异的丘卢岭。我们都非常高兴玛丽从不曾去过那儿。接着我们就回到车里。我傻乎乎地对黛芭说："你能够成为一个机灵的妻子。"她的确机灵地紧贴了过来，伸手抓紧她最钟爱的枪套，说道："现在我就是个好妻子，并且以后也永远是一个好妻子的。"

我亲吻她卷曲的头发。我们开上了山路，这是一条按照奇特的方式盘旋向上的风景优美的山路。小镇上的那个铁皮屋顶还在阳光照耀下闪闪发光，当我们靠近的时候，我们看见了那些桉树还有那条浓郁阴凉、彰显着英国国力的大道，它一直通向那个小巧的碉堡和监狱，加上那部分安息堂。那些人们效忠英帝国法律管制及处理文字工作，到最后因为穷得无法回到祖国的时候，迫于无奈只有在此长眠。我们不想惊扰他们安息，就算要错过岩石花园的优美景色，还有那条在远远的前方才慢慢注入河水的奔腾的溪流。

我们花费了许久的时间在玛丽的狮子的狩猎上。全部的人，除了那些痴狂的人、后来改变态度的人还有玛丽的忠诚的追随者之外，其他的人都已经对此厌烦了很久了。切罗不属于以上任何一种，以前他曾对我说过：“你可以在她射击时，一枪结果了它。”我表示反对，因为虽然我并不是信徒，但却是一名追随者，觉得那回到坎波斯泰拉的朝圣还是有价值的。切罗却摇头表示怀疑。他是个穆斯林，可是今天跟我们一起来的没有穆斯林。我们不需要割裂动物的喉咙的事情，况且我们都在极力追寻我们新的宗教，“苦路 14 处①”的第一个地方就是在本基那个杂货店的外边。它就是一个加油泵，就在黛芭还有寡妇即将过去挑选衣料做圣诞节衣服的那个店铺里面。

我和她一起进去是不方便的，虽然我也喜欢各式各样的布匹，喜欢这里的各种味道，也喜欢那些我们认得的 wanawaki，就是那些虽说性格急躁了点却不去买什么的马萨伊女人。她们的像是“乌龟”一样的丈夫就在街上不停喝那些南非生产的金吉普雪利酒，他们一只手里握着矛，另一手端着金吉普酒瓶。那些“乌龟”们有的就单脚站着，有的两脚着地。我清楚他们现在到底在何地。我顺着这条狭长的林荫道的右边前行，它虽说窄了点，但与我们飞机的机翼相比来说还是比较宽的，这是每个在这里生活和从这里经过的人都看得出的。我忍着脚上的疼痛，没有高傲也没有不屑地（我但愿自己是如此）走到马萨伊人饮酒的位置，说了一句“Sopa②”，又握了握几只冰冰凉凉的手，接着没有喝酒便走了出去。向右边走了八步远的时候，我绕进辛先生那里。辛先

① 原来是指天主教按照顺序排列在教堂中或是道旁让人参拜的 14 个十字架，每个都配置有介绍耶稣曾经受难经历的画面或塑像。

② 这是西班牙语，意思是“汤、粥”。

生和我彼此拥抱，辛太太跟我握手，我亲吻她的手，每次她都很愉快。由于她是一位图尔卡纳人，我已经将吻手这一个招数学习得很熟。这就像是一次到巴黎的旅游，虽说她甚至没有听说过巴黎，可是依旧会对巴黎最晴朗的天气进行一番赞美。之后我就遣人把那个在教会上学的翻译找过来，他一走进来就把教会的鞋脱下来递给辛先生的那些男孩中的一个。那些孩子一般都包着整洁的头巾，客气得让人不自在。

“辛先生您好吗?”我借助翻译问道。

“还不错。就在这儿天天照顾生意。”

“优雅的辛太太呢?”

“再有四个月她就要生了。”

“Felicidades.[①]”我一面说，一边再次亲吻辛太太的手，采取阿尔维里托·凯罗的方式，那时候他是个维拉梅尔镇的伯爵，那个镇子我们曾经到过可是被赶了出来。

“我认为孩子们都很不错是吧?”

“其他的都还好，就是三儿子被锯木机弄伤了手。”

“需要我瞧瞧吗?”

“他们在传教队伍的医院给他治疗好了。是用磺胺。”

“小孩使用这个是最好的。但是像您还有我这样的年纪大的肾就会受到损害。”

辛太太用带有那种图尔卡纳人的样式真心地大笑。辛先生说：“我但愿您的夫人也健康愉快，您的孩子茁壮成长，飞机也一切顺利。”

翻译说到飞机的那时候说“状况极佳”，我告诉他可以不用这么书面化。

“夫人玛丽就在内罗毕。她是坐飞机去那儿的，也会再返回。我全部的孩子都不错。愿上帝保佑全部的飞机一切安好。”

---

① 这是西班牙语，意思是“祝福”。

“我们听说了有关的传言。”辛先生说，“那只狮子和豹子的事情。”

“狮子和豹子谁都有能力杀死它们。”

“可是是玛丽杀死那个狮子的呀。”

“这不算什么。”我回答。却禁不住胸中的优越感上涨起来，因为身材健美、优雅大方、爱生气而又讨人喜欢的玛丽。她的头部就和埃及硬币上的头像相似，胸部好像鲁本斯①的绘画，心则来自贝密德吉或是沃克尔或是小偷河瀑布，再者是其他一个在冬天温度降到零下四十五度的村镇。那种温度温暖了她也会冰冷的热心肠。

“处理一只狮子玛丽没有多大问题。”

“那只狮子可真是讨人厌的。很多人受过它的罪。”

“伟大的辛先生捏死一只狮子只用一只手就可以做到。”我说，“玛丽用的却是一支6.5口径的曼尼利彻猎枪。”

“那支枪实在是小，如果去对付那样的狮子。”辛先生说。如此我就明白他是当过兵的。所以我便等着他接下来要说的话。

他特别有头脑，没有再聊天的意思。辛太太说：“那只豹子呢?”

“在早饭之前其他人也可以杀死一只豹子。”

“您想吃什么吗?”

“如果太太不介意的话。”

“随便吃吧。”她说，“这没关系。”

“我们去后屋吧。你没有喝什么东西呢。”

“咱们可以一起喝点什么，如果你想要。”

翻译走到后屋去，辛先生将一瓶白杜鹃酒还有一大罐水拿出来。翻译脱了鞋子露出他的脚。

“教会探子监视的时候我才会穿上它。”他说着，“提到圣婴

① 鲁本斯（1577—1640），指的是佛兰德斯画家，是巴罗克艺术的代表画家。

耶稣时我一般都会带着点鄙视。因为我不想做早祷也不参加晚祷。”

“还有其他的吗?”

“没了。”

“你真算得上是一个信仰基督教却还公开反对它的人。”我说。他好像寡妇的儿子似的将他的脑袋撞进我怀中。

“想一下大山里还有那欢乐的猎场吧。我们也许需要圣婴耶稣。千万不要以不尊敬的态度提到他。你属于哪个部落?”

“和您一样啊。”

“不是。你登记的是什么?”

“马萨伊的查加人。我们属于边境上的居民。”

“从边境那里来了很多的好人。”

“是啊，先生。”

“在我们的教义里还有部落中都不喊‘先生’。”

“好。”

“行割礼那时候你感觉如何?”

“不算最好，但也不算太坏。”

“你怎么会想要当一个基督徒呢?”

“那时候无知啊。”

“你还没有遇见更烂的呢。”

“我无论如何不会成为穆斯林的——”他刚想说“先生”，被我挡了回去。

“这条路很长而且你不了解，也许你最好还是扔了那双鞋子。我会给你换上一双不错的旧鞋子，你穿上时间长了就会合脚了。”

“谢谢您。我可以有机会坐飞机吗?”

“当然咯。但是小孩儿还有在教会里学习的孩子是不可以的。”

之后我想跟他说“对不起”，可是在斯瓦希里语还有坎巴语里都没有这个词汇。这可是一个锻炼语言的绝佳机会，那是由于你要注意不能失误。

翻译问我那些痕迹是怎么弄的，我就告诉他是被草划的。

辛先生这时候点点头，并展示给翻译看他的大拇指在九月里被切掉后留下的伤疤。疼很厉害，让我回想起来事发的当天。

“可是您今天还跟一只豹子斗争了一次呢。”翻译说。

“没斗争。那只不过是中等大的豹子，在某个坎巴村里面杀死了十六只羊。它没有怎么挣扎就死去了。”

“大家都说您靠着两个拳头跟它打，最后掏出手枪打死它。”

“大家都是骗子。我们当时先用的是一支来复枪，然后才用的一支滑膛枪杀死它。”

“可是滑膛枪是用来射击鸟类的呀。”

辛先生听到这个的时候微笑了，而我对他却越来越好奇了。

“你是个教会学校的不错的小孩子。”我对翻译说，“可是滑膛枪未必都是拿来射击鸟类的。”

“理论上是这样。可是您提到的是滑膛枪却不是那个来复枪。”

“那么要是巴布①会说什么呢?”我采用英语问着辛先生。

“一个巴布会待在树上。”辛先生说，头一回说英语。

“我太爱你了，辛先生。”我说道，“我同样尊敬你们了不起的祖先。”

“我也尊敬您的每一位优秀的祖先，虽然您都不曾聊过。”

“他们也没有什么。”

“在合适的时候就会慢慢听说了。”辛先生说，“咱们来点儿酒吧？咱们图尔卡纳女人送了很多的食物。”

翻译现在的好学热情真是很强盛，满肚子的学问充满到了胸口。他就是半个查加人，上部分十分平凡，却很强壮。

“在教会学校那地方的图书馆我看到有本书，书上写着卡

① 这是印度对男子的尊敬的称谓，意思是“先生”。

尔·阿克利[①]空着手打败一只豹子。我可以相信吗?”

“你愿意相信的话它就是真的。”

“我是真的想弄清楚，所以想咨询您的。”

“那个时候我还不清晰自己身在何处呢。很多人都问过我这问题。”

“可我希望自己能了解事实啊。”

“书里差不多没有什么事实。但是伟大的卡尔·阿克利的的确确是个让人尊敬的汉子。”

你不能阻挡别人探寻知识的道路，因为这一生你都在寻找真理，只在喝多了或是在迫不得已的境况下才被迫满足于论点、坐标，解释这些东西。这个脱掉鞋子去辛先生后屋的木地板那儿揉脚的孩子，如此认真地探寻真理，竟然丝毫没觉察到他在众人面前揉脚这个行为让我和辛先生都特别尴尬。他在木地板上画满着几何图形，用他那逐渐僵硬的双脚，接着又画着跟微积分公式相差很多的什么内容，静悄悄的，好像猎犬的脚一样。

“非洲的姑娘被一个欧洲的人选择了作为他的情人，对于这件事情您能否说出让人心服口服的道理?”

“我们说不出来。那本来就是司法部门的事情。警方会对此做出一些回应的。”

“请不要逃避。”他说，“原谅我，先生。”

“‘先生’比‘老板’听起来要顺耳多了。以前这些称呼都是有特殊含义的。”

“先生，那么这样的关系您是否会包容?”

“要是两人真心相爱且又是自愿的话，我觉得这也不是什么罪过，而且只要两个人的部落也都做好了充足的准备。”

这个答案就像是块意外的障碍物似的，我可以淡定地将它扔掉，我跟辛先生都非常高兴。依然在教会学校的他，脑袋里已经

---

① 卡尔·阿克利(1864—1926)，美国博物学家。

被那些基本规定完全塞满了。

“在上帝看来，这就是罪。”

“你将上帝带在身边了吗？你给他用了什么样的眼药水能让他可以不被蒙蔽？”

“不要取笑我，先生。在决心来为您服务的那一刻我就将一切抛弃了。”

“我不需要什么服务。在这个比康涅狄格州大不了多少的国家，我们是最后难得的有自由的人了。我们深信的那句原则已经烂熟于心。”

“您可以告诉我吗？”

“教会学校的孩子啊，原则是如此让人生厌的东西呀……‘追求生命，自由和幸福’。”说出了这个原则，因为不想牵涉别的事情，又看见辛先生表情严肃得像是想要说什么似的，我就说，“好好揉你的脚吧。保证大便通畅，牢牢记住境外有个位置将一直是英格兰人。”

他并没有就此停止这个话题，也许是因为他身体中的查加人的血液，也许是因为他马萨伊人的性格。他说：“您可是位国家政府的军官啊。”

“你的确没有说错，但是不是永远。你需要什么？想加入军籍吗？”

“我愿意，先生。”

这就有些困难了，但是真理更不简单，而且回报更少。我将口袋中的一枚硬币拿出递给这个孩子。我们的女王看起来非常漂亮，脸上闪着点点银光。我说：“现在你已经是个探子了。不，不对。”因为此时我看到辛先生被这词儿敏感地刺激了一下。“此刻你就成了猎务部的暂时翻译，每月将会得到七十先令，一直到我的代替巡猎员的时间结束。到那时你一定要放弃，但你能够得到七十先令的补偿。这钱会从我自己的储备里扣除。现在你要说出对猎务部或者别的地方没有非分之想，将来也不可能有。希望上帝保佑你的灵魂。那笔钱会一次就付完的。年轻人，你叫什么名字?”

“纳撒尼尔。”

“那进入猎务部之后你就叫彼得吧。”

“这个名字充满荣耀啊，先生。”

“没人希望听到你得瑟。你的工作就是要在必要的时候准确全面地翻译。你去找阿拉普·梅纳，他接着会对你有所指示。你要不要先支出一些钱?”

“不需要，先生。”

“那么你现在就可以离开了，到镇后边的山林里磨砺一下你的脚板吧。”

“您没有生气吧，先生?”

“一点也没有。但是你长大后，你就会察觉人们夸大了苏格拉底式的得到真理的手段，如果你不去问东问西，人们就无法跟你撒谎。”

“那再见，辛先生。”这个曾经信仰基督教的人一边说着，一边将鞋子穿好，担心万一被学校里的探子看见。“再见，先生。”

辛先生微微点头。我则说：“再见。”

等到那个人出去，辛先生散步到门边，一脸不在乎，接着走回来倒出一杯白杜鹃酒，将冷水壶递给我了。接着，他十分舒服地坐下来，说道：“又来一个讨厌的巴布。”

“不过他根本不笨。”

“是啊。”辛先生说，“但是你是在浪费时间。”

“咱们之前为什么都不用英语沟通呢?”

“是相互尊重的关系吧。”辛先生说。

“辛家族的祖先，也就是您的祖先，讲英语吗?”

“这我就不知道了。”辛先生说道，“那时候我还没生出来呢。”

“辛先生您的军衔是什么?”

“我的编号您是否还想知道?”

“不好意思。”我说，“都怪这些威士忌了。可是您已经忍受这门语言很长时间了。”

“我还是很开心的。”辛先生说，“我会说很多语言。如果您喜欢，我非常乐意给您做免费的志愿者，”辛先生接着说道，“我已经向三个政府机关递情报了。它们相互也不沟通，正常的联系更没有建立好。”

“事情常常就如他们的表面一样，长时间以来在起作用的都不过是国家。”

“这样的运行模式您喜欢吗？”

“对此没有意见，因为我可是局外人。”

“情报也需要我给您说吗？”

“就将那些情报都备个份吧。”

“这儿没有纸张，也没有口口相传的信息，如果您有磁带可以录音更好。您这里有录音机吗？”

“没带在身上。”

“拿着这四台，您就能够将过半的拉伊托齐托克人逼上死路。”

“我可不乐意将一半的拉伊托齐托克人杀死。”

“我也不乐意啊。如果那样的话零售店里就没有人去购物了呢。”

“辛先生，如果咱们正正经经地做事情的话，恐怕会造成一次经济危机呢。现在要去停车的那地方了。”

“如果您同意的话，我和您一起吧。我走到您身后离您三步远的位置。”

“不用那么麻烦。”

“没事的。”

我跟辛太太辞别，并告诉她我们将要开车来拿那三箱烈酒还有那箱可口可乐。说完就走了，到达了拉伊托齐托克这个让人欣喜的仅有的大街。

只有一条大街的小镇，让人感觉就好像一条小船、一弯窄窄的水道、一段处于上游的河水，或者往上经过山口的小路。很多时候，路过沼泽，穿过各种不同的凹凸不平的乡村，经过沙漠和像禁地一样的丘卢岭之后，人们就觉察得到看起来拉伊托齐托克就是位置重要的城市。而另一些时候，它就像是皇家道路。在今天，它就只是拉伊托齐托克，带着些以往怀俄明州那个科迪市或是谢里丹市的味道。有辛先生的陪伴，使这散步非常轻松愉悦，我们两个都十分高兴。去本基的商店前面，我们看见了加油泵还有那宽阔的台阶，与西方的百货店的相同。还有许多马萨伊人在打猎的车架子旁边站着。我走到那儿去，对姆温基说："我将来复枪留在这里，你去购物或者去喝点东西。"他说不，他希望和枪一起留下。所以我就走上台阶，进入那个紧窄的店铺。黛芭还有寡妇还在那个地方挑选布匹，姆休卡协助她们从一个又一个图案中挑选。我不是很喜欢购物，更不喜欢挑拣，就到L形柜台的那边去，买些药品和肥皂。我把这些东西全部塞在一个大盒子中之后就开始买罐头。大部分都是熏鱼、沙丁鱼，还有鲶鱼、罐头虾、不相同的假鲑鱼，还有本地产的肉，想要买给我岳父。接着又买了俩罐头，里面是南非出口到这里的其他杂鱼，其中一个上面只是写着个"鱼"字。我又买了六个南非龙虾罐头。忽然记起斯隆牌搽剂就要用完了，便拿起一瓶来，另外加上六块香皂。这个时候马萨伊人已经开始成群结队地观察我们。黛芭低着眼睛，十分骄傲地笑着。她和寡妇还是无法下定决心，那些没有见过的布匹只剩五六卷了。

姆休卡靠着柜台走过来，说车子满了，凯第需要的那些不错的玉米粉他也已经找到了。我递给他一百先令，让他去帮姑娘们结账。

"让她们多买一条。"我说，"可以在坎比亚节那时候穿，另外的在圣婴耶稣生日那时候穿。"姆休卡却明白任何女人都不想要两个新裙子的，有一条以前的再弄条新的就已经很满足了。但是他还是走了过去，说着坎巴语转达了我的话，黛芭还有寡妇听完都低下眼睛，脸上的骄傲全都换成了崇拜。她们的脸上容光焕发，似乎我刚才发明出了电，使得灯火亮遍全非洲。我不去接触她们的目光，只买自己的东西。已经买了些瓶子装好的硬糖，还有各种各样的巧克力条，有的像是果仁。

这时候我还不知道剩多少钱，但是已经将汽油和玉米粉放上车了。柜台那儿的人是店主的亲人，我告诉他将东西都全部整理好，放进盒子里，之后我会拿钱过来拿货的。这就为黛芭和寡妇提供给了更长的时间去挑，我却将车开到辛先生店里去将那瓶瓶罐罐拉上车。

这时候恩古伊已在辛先生店里。我们需要的染料他寻找到了，有了它，衬衫和背心就能被我们染成马萨伊人喜爱的颜色。我们喝了些烈性啤酒，又给车上的姆温基拿了一瓶。现在姆温基正值班，但是下回就轮到别人了。

有恩古伊在身边辛先生又开始和我讲外语，中间还夹杂着一些不熟练的斯瓦希里语言。

恩古伊用坎巴语问我，是不是想跟辛太太做一回。我几乎要笑出来，心里想辛先生要不是演技特别出众的演员，那就是缺少好好学学坎巴语的时间或机会。

“Kwisha maru.①”我对恩古伊说，这是句很好的双关语。

“Buona notte.②”他说。我们举起杯子碰了一下。

“Piga tu.③”

“Piga tu.”

“Piga chui，tu.④”恩古伊跟辛先生慢慢地说明，我认为他喝多了。辛先生鞠躬表示庆贺，还说这三瓶算作酒店的。

---

① 斯瓦希里语，意思是“晚安”。

② 意大利语，意思是“晚安”。

③ 斯瓦希里语，意思是“干掉”。

④ 斯瓦希里语，意思是“杀掉豹子”。

“不行。”我说起了匈牙利语，“不，不，这一定要付钱的。”

辛先生说的不知是什么语言。我做手势让他开账单给我，他就那样做了。我用西班牙语跟恩古伊说：“Vámanos. Ya es tarde.①”

“Avanti Savoia,②”他说，“Nunaua.③”

“你这私生子。”我说。

“Hapana,④”他说，“是亲哥哥。”

辛先生和他的儿子们都在帮忙，我们将货弄上车。翻译不能出手帮忙，这大家都十分清楚，毕竟一个会教学的男孩是不能够被看见正在搬一箱啤酒的。但是看上去他似乎很难受，非常明显是“nunaua”这个词的缘故，于是我就叫他搬那个可口可乐。

“您开车时候我能坐吗？”

“为什么不可以呢？”

“我能留下来看守来复枪。”

“你是不是一开始就是为了守护枪？”

“抱歉。我就是希望坎巴族的兄弟能放轻松一下。”

“他是我兄弟，你是怎么知道的？”

“您那么称呼啊。”

“他的确是我的兄弟。”

“我还要学习很多。”

“一定不要伤心。”我说着就把车停下，在本基的店铺的台阶边上将车停好，想要搭顺风车的马萨伊人就在那儿等。

“把他们全部上了。”恩古伊说。这是他学会的仅有的一句英语，或是至少他能使用的也就那么一句。英语以前一般被认为是帮凶、政府官员、公职人员还有绅士们的语言。那是种优雅的语

---

① 西班牙语，意思是“我们快走吧。已经很晚了”。

② 意大利语，意思是“赶快啦”。

③ 斯瓦希里语，意思是“干吧”。

④ 人名，译为哈帕那。

言，但在非洲却要走向毁灭，虽然这么说没事，但也没得到什么许可。但是现在我的兄弟恩古伊开了个头，于是我也用英语回应说："高的，矮的，最好来点儿高个子的。"

他看着那些让人厌烦的马萨伊人。如果他出生很早，还和我是同一代人的话，那他必定要把他们大嚼着当饭给吃了。他用坎巴语说："全是高个子。"

"翻译。"我叫道，但随即改口，"彼得，你能否去店里面告诉我的兄弟姆休卡说咱们已经准备妥当了。"

"我如何才能将您的那位兄弟认出来呢？"

"他是坎巴人。"

恩古伊不赞许这个翻译的鞋子，而且也没有接受他。他一脸的傲气，穿过那些手握长矛的马萨伊人，就像是个不带枪的坎巴人。那群马萨伊人纷纷靠拢，都希望能搭一段路程的车。他们表现出阳性的瓦色尔曼测试①结果并没有像飘在长矛杆子上边的旗帜那样。

最后大家都出来了，已经将买的东西装车。我跳下车，让姆休卡坐到方向盘那里，而且黛芭和寡妇也被推着一起进去，自己就去结账。钱结清了之后，还剩下十先令。如果我将这些钱用光了回去，可以想象姆温迪脸上的表情。他不只是财政部长，而且还自诩是我的思想教导员。

"咱们可以捎带上多少马萨伊人？"我问姆休卡。

"那个'仅有的坎巴人'不算在内的话，还能再加上六个。"

"太多了。"

"那就四个吧。"

我们让他们现在上车，要恩古伊和姆温基选择这些人。黛芭十分开心，虽然身体没有动，可心中却已经十分澎湃，眼里也放

---

① 瓦色尔曼（1866—1925），德国医生、细菌学家。他发明了检验梅毒的血液试验方法。

不下任何人。我们三个坐在前排，在后边坐五个人，前排有位“仅有的坎巴人”、寡妇还有恩古伊；姆温基连同那四个被挑选的人坐到了玉米粉那个麻袋上，买的货物则全部放在后边去。原本我们还可以另加两个人，可是路上有两处路况不好，马萨伊人从那里经过都会晕车。

我们走下山冈——我们将山峰比较低的那部分称为“山冈”。恩古伊将一瓶啤酒打开了，这是坎巴族的生活里重要的一件圣事。

我问黛芭感觉身体是否好点。这一天那么长，从某些地方来说也很艰辛，买完货物，又坐在车里面上下蹿跳，拐来拐去，她有这样的感受完全都是在情理之中的。平原已经进入了我们的视野，我们看见了这里地面的各种奇特景观。她将雕花的枪套抓紧，说：“En la puta gloria.”

“Yo tambien,①”我开始从姆休卡那里索要鼻烟。他拿出来给我，我又递给黛芭，她却又还给我，完全没有用。不像阿拉普·梅纳的那般有刺鼻的味道，这鼻烟还是可以的。但是如果你将它抹在上唇下面②还是能够让你感到它的威力的。黛芭不愿意吸鼻烟，可是在我们下山的时候她还自豪地递给了寡妇烟盒。这是特别好的卡吉亚多鼻烟，寡妇将一部分从中拿出来了，就还给黛芭，她递给我，我就还给了姆休卡。

“你不用吗?”我问黛芭。我明明知道这个问题的答案，我可真是笨死了，这也成为一整天里边我做的第一件让我不开心的事情。

“我不能吸鼻烟。”她回答，“因为我没有嫁给你呢，所以我不能吸鼻烟。”

我们在这个问题上已经没有什么话题了，于是就没有再说话。她将手又伸到她最喜爱的枪套上去。丹佛市里的海塞公司雕

---

① 这是西班牙语，意思是“我也一样”。

② 鼻烟使用方法有两个，除用鼻吸外，非洲人是用嘴来使用的。

在枪套上的图案要比其他人身上的花纹和文身美丽得多。这个图案相当好看，但是经过肥皂的反复搓洗，再加上汗渍的损毁，它已经渐渐变得光滑，花纹纹路也浅了很多，早晨出汗时在上面留下的那些盐粒还清晰可见。她说："我希望将你装进手枪里去。"

我说了几句不好听的话。坎巴人中女人都会说些没礼貌的话语，如果不带爱情，有时这些语言甚至会发展到令人无法容忍的程度，甚至会更糟。爱情这东西让人恐惧，你不会将它随便扣在邻居的脑门上。况且，爱情是没有期限的圣节，在所有的国家都一样。除非第一次婚礼，否则，并不存在其余的诚恳，也没有那个必要。这里所说的是丈夫的忠诚。这第一次的婚礼，除了我拥有的那些之外，我没有办法给予任何东西。虽说东西很少，但也不是一点分量没有。我们俩对这个毫不怀疑。

第十五章

这是一个十分安静的夜晚。帐篷里的黛芭不想洗澡，寡妇也一样。她们不仅因为害怕端水进来的姆温迪，而且那只有六条腿的大大的帆布浴缸也让她们感到害怕。我能够理解这点，我们也都十分清楚。

我们到了马萨伊村子的时候很多人在此下了车，在黑暗的夜色里，在一个限定的地点，大家都非常胆小。事情虽然很难应付，可是我们没有往后退，而且这样的想法从来也没有过。以前我让寡妇走，我在保护她，我并不明白根据坎巴族的法规她是否能够待在那里。我打算承认她所遵守的坎巴族里给予她的一切权利。她是一个很不错、温柔的、举止雅观的女人。

探子在发出响声和动静的时候来了，黛芭和我都看到他偷了那瓶狮子油。它本来装在一个“大麦克尼施”的空容器里，黛芭跟我都十分明白恩古伊加了很多大羚羊油在里面，他那时还没决定跟我做兄弟。这就类似八十六度的威士忌和一百度的威士忌注定不一样。在我们醒的时候看见他正在偷油，黛芭十分爽朗地大笑起来，她常常会快乐地笑，还说，“Chui tu,”这时候我则说，“No hay remedio.”

“La puta gloria.”她说。本来我们的词汇量就不多，我们又不愿意说话，所以也用不着什么翻译，除了谈到坎巴族的法规。我们又睡了两分钟，寡妇就十分严峻地开始放哨。她也看见探子偷走了那个变了形的瓶子，那狮子油白得奇怪，这是大家有目共睹的。引起了我们注意的正是她咳嗽的声音。

我在此时喊姆桑比来这里，这是个做事粗拙的但是很善良的小子，是给做饭的帮忙的。他是那种不去碰庄稼专门狩猎的坎巴人，可惜并不是善于打猎的猎手，自从开战之后他就一直在打下手。我们都可以称自己为仆人，因为我在猎务部干的活就是服务政府，我还为玛丽和一个叫作《看》的杂志服务。不但我对玛丽的服务伴随着射杀那只狮子而暂时停止，而且我对《看》的服务也暂时结束了，不过我倒希望是永久性结束。这必然是不对的。可是姆桑比跟我都不在意是否是为人服务，对上帝和国家的服务我们俩也都没有达到令人满意的地步，当然还没有令人生厌。

剩下的规则是部落的规则，我就是一个 Mzee，也就是说我是依然享受战士地位的年长的人。想要把二者都握紧确实不容易，年岁很大的 Mzee 是恼怒这些不规则的地位的。你应该放弃一些，甚至全部，如果有这个必要的话，千万不要试图将全部东西抓住。这些我是在一个被称作舍内 · 埃菲尔的地方了解到的，在那个地方那时候有转攻为守的需要。你丢弃了花了很大工夫获得的东西时候，看起来它们就像这些东西你只是轻而易举就可以获得，那时你就变得十分固执。这样做非常难，并且你很有可能为此中很多的枪。但是你如果再不改变的话，或许你死得更快。

因此我让姆桑比准备半个小时后在吃饭帐篷那里用餐，再去将黛芭、寡妇还有我的盘子准备好。他非常开心，全身洋溢着坎巴族所独特的精神和魔力，跑着通知大家去了。不幸的是事情并没有按照想象发展。黛芭十分有胆量，而“Lapu ta gloria”也成了大部分人到达不了的境地。寡妇认为这个要求十分蛮横，她也明白不会有什么人曾经在一整天或者一个晚上就将非洲收纳的。但是总会有那么一天的。

凯第仗着自己那份面对老板、部落和伊斯兰教的忠诚不理会这个要求。他有很大的胆量和很不错的趋向，任何状况都敢于面对。他敲击帐篷柱子，问着我们是否有什么要跟他说的。我本来打算说“没有”。可是我是个经历过事情、有涵养的人。虽说达不到老爹说的那些最棒的十二条的要求，可是还是不能疏忽在你我的生活中所遵守的准则的。他说："你没有什么权利掠夺这么一个年轻的女孩。（这一点他没有说对。从来没发生什么掠夺这种暴力。）这样你会惹上大麻烦的。""好吧。"我说，"你这是代表一切的 Mzees 来说的吗？"

"我的年龄是最大的。"

"那么请你告诉那个比我还要大上很多的儿子，让他开车过来。"

"他没在这。"凯第说。我们明白这是怎么个情况。我们也明白他在孩子面前也没有什么分量，还有姆休卡为什么不是一个穆斯林，但是这说起来太麻烦了。

"我开车吧。"我说，"这也不是什么难的事。"

"那送这姑娘回去吧。如果你愿意我能陪你一起的。"

"我一定要带着年轻姑娘、寡妇还有探子。"

姆温迪这一会儿穿着绿袍子，戴上帽子，站到凯第旁边。让凯第讲英语真是太为难他了。

这里的事跟姆桑比没有多大关系，可是他也像我们这群人一样喜欢黛芭。她正在假装睡觉。大家都想希望有个像她这样的妻子，但是大伙儿都清楚买回家的那些往往都不是我们想真正拥有的。

姆桑比做过战士，那两个严肃的老头非常明白这些。他们变成穆斯林的时候并非完全没有意识到他们的这些叛离。既然没有人能够逃过变老，很快他就对自己那种扬扬得意变得不再满意。他仗着实在的非洲人的诉讼意识，利用那个被废弃的称谓，还仗着自己对于坎巴族规则的理解，说："寡妇之所以可以被留下，是因为她有儿子，也是因为我们的主人受到官府的委任保护她。"

凯第点头同意，姆温迪也点头同意了。

这些事结束了，再加上有种因为黛芭而产生的很不舒服的感受——她带着自豪感吃过了饭，就去睡觉（我们不允许睡觉，毕竟我们睡了那么多次都没有经过那些伟大的年长的人作评断，那些年长的人很光荣地获得了他们的高高在上的地位，不，这么说也不对，他们仗着的是年纪大）——我探向帐篷里说：“No hay remedio. Kwenda na shamba.”

我的生命力带给我的欢乐的一天就这样开始慢慢地结束了。

第十六章

接受了那些年长者的建议，我开车将黛芭、寡妇和探子往回送。到了他们的村子我将买给黛芭的货物全都给她留下，之后就回到营地来。我买的那些东西使情况发生了一些改变，她们俩确实都拥有了做新裙子的衣料。我不乐意和我岳父说话，也不想跟他解释。大家就好像买东西刚刚回来似的（也许有点晚）。我看到探子那个佩斯利头巾里面包了那个装着满满狮子油“大麦克尼施”的那个瓶子鼓起来，但是这也不能说明什么。我们有比那个更好的狮子油，如果乐意我还可以弄到其他更好的。你如果见到有什么人，比如是作家，或者是比作家地位高端点的人（这个范围稍微有点大）从你这里拿走东西却认为没有被逮到，那么你就能够得到最大的满足感。如果小偷也是作家的话，你更不能让他们知道，因为那一定会伤害他们的自尊心，如果他们还有自尊心可以伤害，部分作家是拥有的。除非你一起参加进来，要不然谁会去关心一个人心跳如何呢？对于探子来说，就算是另外的情况了，毕竟这与他的忠实度有关。而我已经对他的忠实度生了疑心。凯第讨厌探子的原因不少，因为他曾经在凯第手下做过许多事情。他们俩之间从探子还是一个司机的时候就有算不清的旧账，那时候惹怒了凯第的是他嚣张的气焰和坏坏的坦率，而听别人说，这位高贵的人是很容易害羞的。凯第从一开始为老爹服务就一直对老爹很尊敬，由于坎巴人讨厌同性恋，他无法忍受一个马萨伊司机责怪一名白人，尤其是对这般地位高尚的白人。那些小坏蛋们将那个人的塑像的嘴唇用口红涂红（在内罗毕的时候他们晚上就常常这样），凯第搭车路过的时候都不会看上一眼。相比凯第切罗是个还要真诚的穆斯林，他看见了就跟我们一起笑出来。可是一旦进入军队凯第就终身都是军人了。他完全是个属于维多利亚时期的人，而将他除外我们剩余的这些人，又曾是爱德华时代的人们，之后又在乔治时代，在很短时间内重新成为爱德华时代的人，之后再次属于乔治时代。现在，针对我们的服务力度和对部落的诚恳而言，我们依然可以坦然地对自己说自己是完完全全属于伊丽莎白那个时代的人。这和那个处在维多利亚时期的凯第几乎没有相同的地方。今天晚上我觉得很不舒适，因此也不希望去攻击别人，不愿意想那些与自己有关的事情，尤其是不想跟那个我崇拜的人做出不公平的断定。我认为黛芭、寡妇还有我一起坐在吃饭帐篷的桌旁吃东西带给他的震撼，与他为坎巴法规所花费的那份精力相比要更严重。他毕竟也是个有五个妻子的大人了，有一个还很年轻貌美。他尚且可以如此，又如何可以断定我们的品德怎么样，或者断言我们没有羞耻心呢？

在夜色里车慢慢行驶，我努力保持自己的情绪，不让它变得太糟糕。可是想起黛芭呀，联系到我们的正常的快乐被强行掠夺——这一点是无论地位多高的人都有可能忽视的，这样想着我就要将车转往左边，顺着那条红色的路面开到别的村落去。我在那里就能找两个人，既跟罗得[①]的老婆不同也不像波提乏[②]的妻子，而是就跟一个马萨伊人的妻子那样的佳人，试试看我们能不能将这离经叛道的行径变成真正的爱情。可是还不是时候去做那些事儿，于是我就转而回家了。将车停下之后，坐在吃饭的帐篷里默默读着西默农。姆桑比觉得非常不舒适，可是他跟我都是那种不怎么爱说话的人。

他提出了几个十分大方的建议：他跟我们的猎车司机一起将

① 基督教《圣经》的故事中的人物，据说当带领妻女逃离马上被摧毁的城市的时候，他的妻因为回头探望，立刻变成了一根盐柱。

② 指的是基督教《圣经·旧约·创世记》中埃及法老的护卫长。

寡妇带来。我说了一句“hapana”，接着又去瞅了几眼西默农。

只是姆桑比感觉越来越不舒服，再说他是也没有类似西默农可以读的，他的另外一个建议就是他跟我一起去开车将姑娘们带来到这里。他跟我说这是坎巴族的习俗，除了罚点钱之外也不需要负任何责任。他还说那个原本就是非法的村落，谁也不会有理由让我们接受惩罚，而且今天我还帮我的岳父猎杀了只豹子，还将那么多货物送给他。

我思考了一下这个建议，最终也没有同意。在前段时间我还在我丈母娘那张床上睡觉，因为这样的不合规矩的行为，我还给了部落里很多的钱。凯第会明白吗？大伙儿都以为凯第什么事情都知道，可是我们当时将消息加以保密，实际情况比他明白的可能更粗鄙一些。对此我没有信心，对他我还是非常尊敬的，尤其是从马加地返回的时候。在那里他射击过猎物。那个时候，在我受到袭击恩古伊却无法帮忙的时候，他本没有必要那么做的。那时他带的两条蛇游出来盘在他头部，就在他的颧骨和那个头巾之间。那时候的温度，就算在树荫里也达到华氏一百〇五度，这是用营地里那只相当精确的温度计量出来的，他就是在这种情况下追捕猎物的。然而这一棵小树就是我们仅有的树荫，受了攻击后我便躺到那里喘气。这在我心里觉得真是莫大的恩宠，我深吸了一口气，试图思量距离营地还有多远——在那么舒适的位置，在那儿有无花果树的荫凉处，有泛着波光的小溪，还有那表面析出水滴就像出汗似的水袋。

那天凯第的表现并没有很夸张，可是却让我们觉得难受，就好像受到了鞭笞似的。以往我尊敬他是有道理的，可是今晚我还是搞不明白他为什么要插手。总归他们都是为你好的。可是有件事情我却十分明白：姆桑比跟我不该像醉汉那样回去，不能再像以前一样乱闹了。

在人们的眼里非洲人是不会因为任何事情一直消沉的。这些都是曾经侵占过这个区域的白人们所假想的。有人觉得非洲人没任何感觉，因为他们几乎没有哭过，但那指的只是一部分人不哭喊。即使感觉痛苦也不发泄出来，这是跟部落风俗相关的，是一种特殊的享受。在美国我们会有电视、电影，家庭主妇们的双手总是那么体贴，到了夜晚就开始养护自己，她们将野生的而不是人工的貂皮做的大衣正挂在什么地方晾着，将它们取出来需要拿着像是当铺用的那种票据。那些兴盛的非洲部落则将这种不显示自己痛苦的做法当作他们最大的享受。我们这种被恩古伊称作"摩伊佬①"的人从来没有体验过真正的苦楚，除了战争。战争中的生活是无聊、颠沛流离的生活，只有打仗获得战利品的那个时刻才是偶尔的快乐的补偿。那战利品就像是主人将一块骨头丢给自己并不宠爱的狗一样。我们这些"摩伊佬"，这时候指的是姆桑比和我，我们一直都清楚掠夺一个村子是什么样的事情，我们两人也清楚，圣经中的那句戒律一定要遵守，就是"杀掉男人，抢走女人"，应该如何做，大家都是心知肚明但却从不去公开地讨论。不会再有谁做这些，但无论是谁只要这么做便是兄弟。好兄弟十分难觅啊，但是那种很虚假的兄弟在随便的一个村镇你都会遇见。

探子总将他是我的弟兄挂在嘴边说。我从来也没有选择的余地。现在我们所面对的也不是一次打猎，而且"老板"这个称谓就是赤裸裸的侮辱，姆桑比跟我在这件事情上是兄弟。今晚，虽然大家彼此没有明说，但我们每个人都不会忘记，那些全部来自海上前来掳走人的奴隶商贩都是穆斯林，我也终于明白为什么两颊有箭头状记号的姆休卡不愿意也绝不可能去信仰那个时尚的宗教，然而他的父亲凯第、可爱真诚的切罗还有又老做小人的姆温迪此时已被改变成了教众。

① "摩伊人"，是越南埃地人、日来人，包括扎雷人等民族在一起的通称。

我在那里坐着，我们彼此分担着悲伤。恩贵利只进来了一回，脸上露出不成熟的孩子的表情，可是他依旧希望如果可以的话，能陪我一起难过。这是不可以的，我亲昵地在他披着绿外衣的屁股上使劲拍一下，说："Morgen ist auch nach ein tag."这个旧旧的德国谚语含义与 no hay remedio 完全相反，是一句真诚而美丽的谚语，可是现在拿来用却让我愧疚，因为认为自己就是一个失败者或者是叛变通敌的人。在姆桑比的帮助下我认真地翻译为坎巴语，之后认为自己太胡编乱造这谚语了，便让恩古伊给我找到长矛，我要赶在月亮出现的时候游猎去。

这有些戏剧性，就像哈姆雷特也是这样呀。我们都被感动着。可能三个人之中我是最感动的，犯下严重的错误：无人来遮住我的嘴。

月亮现在已经升起到山上，我真希望有一只品种好的狗，也希望我从未说过自己要做一件凯第不能完成的事。但我确实已经说了，所以我认真地检查了长矛，将舒服的鹿皮鞋穿好，跟恩贵利道谢之后就走出帐篷。在放哨的是两个背着来复枪拿着弹药的人，一盏灯笼在帐篷外的树上高高挂着。我将灯火抛在身后，开始顺着那条长长的小路出发。月亮照在我的身后。

矛柄带给我不错的手感，沉甸甸的，很多绷带缠在上边，这样做手就算出汗也不容易打滑。在你拿着长矛的时候，腋窝下、前臂上时常会冒汗，顺着柄汗水就会往下流。草坪在脚下踩得也让人舒服，然后我就踩在那道平滑的车轮印上，它通向我们修好的飞机跑道，另外一条车辙我们叫作"北大道"。晚上我会自己拿着长矛出去，这是第一次，我真希望有只真诚的猎犬或是大狼狗。如果是一只德国牧羊犬，一旦前面的树丛里有声响，你便会立刻知道，这时候它会向后猛地撤退，接着就将鼻子蹭你的膝弯跟着你走。可是像我这样在夜晚拿着长矛出来，它一定会更害怕，这也是极少得到的享受，需要付出些代价。况且与别的享受相同，许多情况下是有价值的。玛丽、金·克还有我很多时候都在一起享受生活，有几次花钱买东西价格确实很高，但是到现在为止，所有的享受都有价值。时间对人的侵蚀永不停息，一日又一日虚度光阴，真是可惜，那才是没有意义。我一面这么想着一边留意那些在我记忆里的蛇洞和灌木还有枯树，希望不要踩上出来寻找食物的蛇。

在营地的时候我曾经听到两只鬣狗在叫，但是现在归为一片宁静。一只狮子在那遥远的村落边低吼我也能听到，于是下决心不到那个村子周围去。无论怎么说那里我是害怕去的，再说也有犀牛在那里。在前边，我看到了月光普照下的平原上好像有什么动物在睡觉。似乎是一只角马，也不知道到底是公是母，我就轻盈地绕开它。后来才看清是一只公角马。于是我又回到小路上。

有许许多多的鸟类在夜间活动，包括鸽科鸟。我还看见了拥有蝙蝠一样耳朵的狐狸，蹦蹦跳跳的野兔。但是和我们开车时候看到的那样不一样，它们的眼睛都十分暗淡，因为手电我也没带，月光一点儿也不反光。此刻月亮已经出现在正上空，将光芒撒了满地的。我沿着小道接着向前，自己这么晚出来心里特别高兴，也不担心忽然钻出来什么动物。凯第呀、那姑娘呀、寡妇呀，还有那晚上的宴会、床上的岁月，这些杂七杂八的事情都已经变得不再重要。我回头看去，营地的灯火已经不在视线之中，但是那座雄伟的山峰还是能够看得清楚，山顶像个四方形，在月色里闪着白光。我真希望别碰上让我必须开枪的东西。说不定我还真会射击几只角马。如果一旦我开枪杀死一只，那么它就要被我开膛，然后在那尸体边守着，防止鬣狗碰它，或者就将整个营地的人喊来，开车过来自豪地炫耀。我印象里我们只有够六个人吃的角马肉，我还要再猎些好点的肉等玛丽回来吃。

我在月光下散步，听见小动物的脚步声，一些鸟类叫嚣着从小路上扬起一阵尘土。我想念着玛丽，也不清楚她正在内罗毕做什么？她新做的发型是如何呢？她是否将它剪短了？她的体型变化了吗？她的身体是否和黛芭的没有区别……后天两点之前玛丽就回来，这简直是太棒了呀！

这个时候我已经靠近她射杀狮子的那个位置了。甚至我能听见在左面的那片沼泽地边缘一只豹子找吃的发出的声音。我曾经想过要穿过那片低矮的盐碱地，可是我清楚一旦过去，我禁不住就会要杀死一些动物，因此我便回头沿着坎坷不平的小路折回营地，两眼望向那座大山，不再打猎。

第十七章

在早上的时候姆温迪将茶水送来了，我说声谢谢，然后自己走出帐篷，在篝火边坐着一边喝茶一边思考，过了一会就将衣服整理好去看凯第。

这不是平静无波澜的一天，并不是像我期待的那般能够专心读书或者思考问题。阿拉普·梅纳走到吃饭帐篷的旁边，将帐篷的一边掀起了一角，整整齐齐地敬礼，说道："老板，出现点儿小问题。"

"是什么问题?"

"也没什么。"

在篝火旁边那几棵大树的位置，我们将一片空地开辟出来作为接待的地方。这时候已经在那里等着是两个马萨伊村的领头的。他们根本不是什么酋长，因为酋长是从英国政府拿钱或是挂着一枚低廉的勋章的人，是已经被买通的人。然而这两人不过是他们村里的领头的，两个村子距离超过十五英里，并且都被狮子骚扰过。我坐在帐篷边上的椅子里，Mzee 手杖握在手里，不管他们的话我是否听懂，我都会发出一些好像回应的咕哝声表示尊重。姆温迪还有梅纳在一边帮我翻译。我们中间没有人能熟练地说马萨伊语。可是看起来这些人善良诚恳、十分规矩，交流的这种障碍看起来是再正常不过的事情。一个人的肩膀处有四条长长的疤痕，似乎被耙子划伤过，而另外那个，一只眼睛在什么时候丢了，一道狰狞的疤痕从头皮线的上边那点延伸下来，经过那个失去眼睛的眼窝部分，几乎延伸到了他的下巴。

马萨伊人喜爱聊天，也喜欢辩论，可是这两人都不怎么喜欢说话。我跟他俩还有那些一起来却没有说话的人一起说，我们会处理这些事情。要传达这点儿，首先我要对姆温迪讲，再由他告诉阿拉普·梅纳，然后再说给面前的客户听。我紧握着那根上面嵌着枚被砸扁的银先令的 Mzee 手杖，发出句标准的马萨伊语，声音十分像是玛莱纳·黛德丽①在表现快乐、清楚或爱恋时发出的响声。这些声音完全不同。但是听起来都十分深沉，还带有一个向上的变调。

我们握握手，之后那个老是说些消极事情的姆温迪说起了英语："老板，这儿来了两位患有'布布'的姑娘。"

"布布"指的是性病的俗称，其中还包括雅司病，虽然有权威的人们并不这么认为，雅司病中螺旋体确实与梅毒相似，可是关于患病的原因意见不统一。一般都会认为，人们得了老罗音病②是由于和他人共用一个喝水的杯子，或是随意地使用了公共的马桶，再不然就是跟陌生人亲吻过。在我有限的经验中，我还从未遇见谁会那么倒霉呢。

此时我对雅司病的熟悉不亚于我对哥哥的熟识。就是说即使我跟它频繁接触，可是真实价值还是让我没感触。

两位马萨伊女士长得都特别美，这更与我的推断相符合。在非洲你越漂亮得雅司病的概率就越大。姆桑比非常喜欢看病，不用人提醒就已经想出了全部可以治疗雅司病的方法。我处理了一下她们的伤口，将擦拭过的物件丢到还在燃烧的火堆中。然后我在伤口周围涂抹龙胆紫，这不过是心理安慰。龙胆紫是鼓舞患者的好药，无论是医生还是其他的人看见它那泛着金色光芒的让人喜爱的紫颜色都会觉得有信心。我还有个习惯，就是经常用它画小圆点在额头上。

---

① 玛莱纳·黛德丽（1901—1992），是一位美籍的德国女性电影演员，1930 年主演了影片《蓝天使》让她一夜成名，在同年赴美国好莱坞拍摄，在英国拍片的时候她拒绝给纳粹德国效力。

② 指的是呼吸道内随着呼吸出现的奇异声音。

在这之后，如果任何险都不想冒的话，我就会在伤口处滴上磺胺噻唑，这么做的时候真是让我屏住呼吸不敢放松。之后我就将金霉素擦在上面，仔细包扎好。我会让患者口服青霉素片，如果病情没有好的迹象，我会在不影响每天的治疗计划的前提下尽最大可能将青霉素的剂量增加。之后我就将鼻烟从腋下掏出来，弄出一点放在每位患者的后边。姆桑比非常喜欢治疗的这个环节，我总让他去端盆水来，再往水里倒上百分之二的精美的蓝色“耐科”牌皂液，在和患者握手之后，就可以拿它来洗手。她们的手漂亮、冰凉，而且只要马萨伊女人的手被你握紧，她就不肯再松开你的手，就算她旁边有丈夫在也一样。这也许和部落习俗有关，也许是针对雅司病医生的个人感情的表达，极少发生这样的事。因为我和恩古伊都没有可以说的话，我没有办法问他，其中就包括这个事情。马萨伊人会给你玉米粉作为报酬。但这也不是经常发生。

对于一个不是专业的大夫来说下位患病，也完全没有什么能够振奋人心的。如果能够依靠牙齿和生殖器来分辨的话，他则有些未老先衰。看起来呼吸很艰难，体温达到华氏一百零四度。舌苔长满了舌头上边，我将他的舌头往下压，看到有白色的肿块在咽喉部分。而在我轻轻触碰他的肝脏的时候，看上去他已经无法忍受疼痛。他告诉我他的头部、腹部、胸膛都痛得特别厉害，而且还有长时间便秘。他已经忘记具体有多长时间。如果他是只动物的话，真不如一枪将他打死。可是他是非洲的兄弟，我就先给他一些退烧的氯奎，防止他得了疟疾，再加上些药性和缓的泻剂，再来些阿司匹林，如果身上还疼的话就能够应付一下。我们将注射器煮了一下，之后就让他在地上平躺着，将一百五十万剂量的青霉素注射在他全是皱褶、皮肤呈现下陷的状态还有些黝黑的左边的屁股上。这其实就是在浪费青霉素。我们都非常明白这点。可是如果你要抱一丝希望的话，就一定这样做。我们能够信奉一门倡导对每个人善良的宗教，这真是非常幸福。而且在全心全意地朝那快乐的猎场前进的路途上，谁又会在乎什么青霉素呢?

姆温迪已经深得这个宗教的精髓，他穿着那件绿色衣服，头戴绿色的帽子，在他眼中我们不仅是一帮非穆斯林的信徒，而且还带着些坎巴情结。他说："老板，这儿还有个患上'布布'的马萨伊人。"

"将他带过来吧。"

他是个挺好看的年轻人，应该还是战士，虽然很有气势，可得了病的他却表现得有些窘迫。这是很正常的情况。他的初疮十分严重，并非刚刚才发。我稍微地摸了一下，心里盘算了一下，目测了我们剩下的青霉素，紧接着就想起其实没必要担心，因为我们可以随时让飞机多运些来，于是我就让年轻人过来，我们又开始将针筒和针头煮了一遍，他是否会因此染上更加严重的病我也不清楚。姆桑比将他屁股上要打针的周围用酒精棉涂擦，这个人的屁股十分光滑紧致，我认为一个男人的屁股本该如此。我将针扎进去，看着油渍一样的东西渗出来，这说明我的技术还不是很熟练，同时也是浪费这神圣的青霉素。等到年轻人手握长矛站直身子之后，我就靠姆温迪连同阿拉普·梅纳的传达，告诉他下次过来的时间，并告诉他还要再来六回，之后我会写张纸条介绍他到一家医院去。我们并不握手，是因为他比我年纪小。但是我们还是彼此微笑，似乎他还为被打针感到十分骄傲哩。

虽说与姆休卡无关，可是他依然在旁边转来转去，盯着我看病，同时还满心希望我会做很多很多的手术，因为我是按照书上的步骤做手术的，恩古伊就将那本上面有十分周详的彩色图片，还有一部分折叠的页数的书举着。打开的时候就能够看到完整的人的前面或是后面的器官。我做手术很多人都喜欢看，但是今天没有手术，姆休卡走过来，他高挑的身材，皮肤松软，耳朵又听不见，身上文有漂亮的花纹，那是很久之前吸引姑娘用的，身上穿的格子衣服和头上的帽子都是托米·谢夫林以前的。他说：“Kwenda na shamba.”

“Kwenda,”我回答，又对恩古伊说，“这有两把枪。你、我和姆休卡。”

“Hapana halal?”

“好吧。也带上切罗吧。”

“Mzuri.”恩古伊这么说道。如果能够打到一只肥美的猎物却不按照规则屠杀它并且里呈给穆斯林的年纪大的人们的话，就变成一种侮辱了。我们都是不好的年轻人，这一点凯第最明白。但是我们现在选择了一个严厉的宗教作为基础，我曾经说过，说起这门宗教起源的话，即使没有那座山那么悠久，两者也相差无几，对此凯第也是深信不疑的。我觉得原本我们可以瞒过切罗，但那绝对是一件十分恐怖的事情，因为他满足于自己的信奉，他所信奉的宗教比我们的那个宗教要严格很多，但切罗也极其认真地对待我们这个宗教了，是因为我们不改变自身的信仰，这算得上是我们的功劳。

玛丽并不是十分清楚这个宗教，而且不是特别喜欢。我无法确定是否每个成员都渴望她的加入。如果她的加入是按照部落规范的话，那也就没有什么可争议的，她也会得到尊重和别人的服从。但是如果通过选举进入宗教的话，她是否肯定可以进得来我就无法保证。但是在她自己那群人中，当然这群以所有侦猎员为主，以那个勇敢、死板、挺拔、英俊的春戈带领的人当中，她也许会被选为“天后”。可是在我们的宗教里却不存在什么猎务部，我们也正打算废除鞭笞的刑罚和死刑，除非是对我们的敌人，其他将不存在奴隶制度。而除了那些被我们抓获的囚犯，更是不会再保留别的吃人的习惯。对那些敢于挑战的人我们就会“以牙还牙”，在这种情况下，玛丽在我们这里轻而易举地得到跟她在自己人那里得到的一样多选票就没有多少胜算。

我们开着车去村子里。我叫恩古伊找来黛芭，她又在我旁边坐下，一伸手就握紧带花纹的枪套，坐着我们的车离开。她接受着来自老人和孩子们的爱意，就好像是一位荣誉上校接受全体官兵的敬意。这次在有很多人的场合下她是按照我送她的那些杂志上的照片来规范自己的举止的，她展现出了上层皇室的那些高贵与典雅，就像是在铺子里选择布匹。她到底模仿的是哪位我也没有问过，但是一年里刊载了那么多漂亮的照片，她选择谁应该不会发愁。有几回我还亲自教她如何举起手腕，又怎样将手指弹起，那位希腊来的阿斯帕齐娅公主就是那么坐在威尼斯那个充满烟雾、声音乱糟糟的哈里酒吧召见我的，但是拉伊托齐托克这里是没有任何哈里酒吧的。

现在她就这样接受大家的敬意的时候，在旁边的我却僵硬地保持着一种和善的样子。我们走到了大道上，这条路沿着山坡蜿蜒向上，我渴望能在路的尽处猎杀一只庞大、肥美的猎物，让大家都开心一下。我们打猎十分辛苦，就是将一块旧毛毯在山冈地势比较高的一边铺上，在上面趴着一直等到天黑的时候，等着什么野兽跑到广阔的山坡上来觅食。可是一直没有出现什么野兽，我才在回家的时候射击了一只羚羊，它刚好符合我们的需要。我的枪也跟随着它，在这个时候我们俩都坐着，让她的手指搭在我手上，等待我扣动扳机，在我用准星瞄准的那会儿，我觉察她手指传来的压力，她的头挨近我的头，我能清晰地感受到她正努力平复自己的呼吸。过了一会儿，我说了斯瓦希里语：“打。”她的手指扣动了一下，我的手指也一样扣下，速度比她快些，此时那只吃东西时候将尾巴翘起的羚羊就这样倒下了，四脚朝天。切罗穿着那件破旧的裤子，还有蓝色便装，扎着那条看起来不干净的头巾，迅速跑上前去，将它的喉咙割破，让它合法地成为一个出色的猎物。

“打得太好了！”恩古伊对黛芭说道，她慢慢转过身，还在努力地保持她的姿态，但是还没有做到，就呼喊出来，说：“多谢。”

我们就在那里坐着，任由她喊着，只需要一会儿时间她就停下了。我们静静地看着切罗工作，猎车从山后慢慢开过来，停在猎物面前。姆休卡出来就卸下挡板，从远处看的话他跟切罗都很小巧，就连汽车也一样，他们弯下身子把尸体抬走，扔到了车后。接着，这辆车就顺着山侧离我们愈来愈近，也愈来愈大。有那么一会儿的时间我甚至有种去步测一下这枪的弹程的冲动。可是这实在不算什么大事，作为男人，如果向山下开枪的话，应该是想打多远都可以。

黛芭瞧着它，似乎这是她见过的第一只羚羊，她将手伸进那个洞里面，我告诉她小心血弄脏地板。地板上横架着几根铁棍儿，猎物架在上面，这样车上散发的热气就不会烤坏它，空气的流通也保持了。但这车毕竟是个堆放尸体的容器，即使已经收拾干净也和太平间类似。

黛芭没有再碰它，她坐回姆休卡跟我之间，我们开始驱车向下走，我们明白现在的她处于一种很奇妙的状态里。但是她没有说话，就只是抓着我的胳膊，另一手牢牢地将那只雕花的枪套攥住。虽然在村子里她被称作王后，可是她心里并不喜欢这称呼。恩古伊把这只羚羊处理干净，肠子还有肺已经丢掉喂狗，然后将胃洗干净，将内脏都放进胃袋去，将它递给一个小孩，拜托他送到黛芭家里去。我那个岳父就在那儿，我冲他点头示意。他拿着这个装着红色紫色东西的白袋子走进屋子，那建筑物真是漂亮：圆锥形的屋顶加上红红的围墙。

我走下车，也拉着黛芭下来。

“小心点。”我说。她什么话也没有说，就走进了屋子。

天这时候已经暗了，我们回到营地的时候，火完全燃起来了，椅子、桌子上的酒全部收拾整齐。姆温迪已经将洗澡水准备好，我洗了洗，仔细地打了肥皂。接着穿上睡衣、防蚊靴子，将一件厚厚的浴袍披上，走到了篝火旁边。凯第正等在那里。

“你好，老板。”他说。

“你好，凯第，”我说，“我们杀死了一只小羚羊。切罗到这儿就肯定会说，感觉真好。”

他笑了，我清楚我们的友谊恢复了。我熟识的人中间最优美、最纯净的笑就是他的笑。

“坐着吧，凯第。”我说。

“不用了。”

“对于您昨天说的那些，我真要感谢。您做得十分得体，没有出现什么错的地方。姑娘的父亲我已经去见了，还仔细地做了拜访，送了礼物。这些您就不用太清楚了。那个父亲不值什么。”

“我明白。那个村落可算是个母系社会。”

“如果那姑娘跟我有个儿子的话，他将会受到不错的教育，就能够有机会成为战士、医生或者律师。这一点不用怀疑的。如果他当一名猎手，作为我的儿子他完全能够跟我永远在一起的。知道了吗？”

“现在明白极了。”凯第说。

“如果我有个女孩，我将嫁妆准备好，她也能像我其他的女儿一样跟我一起生活。明白了吗？”

“明白了。我认为她跟妈妈在一起会更好。”

“我都会按照坎巴族的法规和习俗去做所有的。但是我可不能与那姑娘结婚，也不能将她带回家去，一切都因为那些可恶的法规。”

“您的兄弟可以与她结婚。”凯第说。

“我明白。”

终于这事有了结果，而我们又变得跟之前一样要好。

“我希望哪天晚上可以握着长矛来这儿去猎杀动物。”凯第说。

“我就是去熟悉一下啊。”我说，“我真的笨啊，而且没有狗也挺困难的。”

“对夜晚没人熟悉的。我不行，你不行。没人可以做到。”

“我就是想熟悉一下呀。”

“你可以的。但是一定要小心呀。”

“我会的。”

“除非是树上或是其他比较安全的位置，否则没有人会这么做。夜晚永远属于动物。”

凯第为人太过细心，宗教他是不会讨论的。可是在他的表情里分明表现着一个被带到高山上，被展现在他面前的世界所诱惑的人的样子，这使我认为一定不能把切罗影响了。我明白现在我们已经有获胜的把握，我现在可以和黛芭、寡妇一起吃饭，有纸质的菜单、座位卡片。既然胜利的小火苗已经看得见，我当然是有可能就会得寸进尺的。

“当然咯，一切的事情都可能发生在我们那个宗教里。”

“是啊。有关你们那个宗教的某些事情，切罗曾告诉过我的。”

“它虽说不大，可是已经很长时间了。”

“是啊。”凯第说。

“那好吧，现在就晚安吧。”我说，“祝愿一切顺利。”

“一切肯定顺利。”凯第说。我又说了声“晚安”，他也再次鞠躬，我开始羡慕老爹，因为凯第竟然心甘情愿成为他的随从。

不过我想，你也网罗了很多人才呀，虽然在很多地方恩古伊都不如凯第，可他更为洒脱，更有幽默感，再说时代也发生很多了变化。

晚上我躺在那里，听着夜晚的声音，还使劲地将它们辨别出来。凯第说的话是正确的，谁熟悉不了夜晚。只有我一个人出去走走的话，我倒是愿意认识一下它们。虽说要认识它们，却不愿和别人一起分享它们。金钱是能够分享的，但是你不会和别人分享女人，所以这夜晚我也不会与别人分享。虽然我开始无法入睡，但吃安眠药是我不愿意的，因为我仍想听到夜晚的细小的声音。而且我心里还在犹豫，是否在月亮升起的时候去外面溜达。我明白自己握着长矛一个人去打猎，经验显然是不够的，那样就容易引起麻烦。我肯定能保证在玛丽回来的那时候在营地的，这既是我的责任，这么做我也是乐意的。与黛芭在一块儿也是我的责任，因为这让我感到非常幸福。可是我很明白至少在月亮当空的那会儿，她睡得会沉沉的，月亮出来之后不管开心还是难过，我们都一定付出代价。我躺在床上，那支猎枪静静地在我身边躺着，摸上去硬硬的感觉不错。那支手枪，不仅是我的朋友，而且也是一个对任何失误都会进行批判或决定的严酷评论者。这时候它套着那个雕花的枪套在我的腿边舒服地躺着，黛芭用那双硬朗的手掌将那个枪套抚摸了一遍又一遍。我又记起来，能够结识玛丽，而她又乐意嫁给我，还允许我娶黛芭这个在恩戈麦鼓会上被称为王后的女人做妻子，我真的非常幸福啊。现在我们已然创立了那个宗教，事情就变得更简单了。恩古伊、姆休卡还有我就可以对是不是触犯罪责的行为做出自己的选择。

恩古伊拥有五个老婆，这个事实我们是知道的。他说还有二十头牛，我们却无法不能完全认同这点。根据美国的法规我只可以拥有一个合法的老婆，可是大家都还想着保琳小姐[①]，也都十分爱戴她，她在很早的时候来过非洲，那时候凯第和姆温迪对她更爱护一些。我明白他们认为她是我黑皮肤的印第安妻子，而玛丽则是我白皮肤金头发的印第安夫人。他们都认为保琳肯定是在家里照料村子，所以我就把玛丽给带到身边，我从来不曾提及保琳的死讯，因为听到这一消息后大家一定会伤心。我也不曾讲述过另一个夫人的事，他们不会喜欢，她已经被重新区分，所以不再属于妻子这个级别。大家都清楚，甚至那些十分保守、最有疑虑的老人们也不例外，鉴于在我们财物上的差别，连恩古伊都拥有了五个老婆，这样算来那么我最少也得拥有十二个。

大伙儿也都认为我娶了马莲，他们根据我收到的照片和邮件这么推断着，她正在我名义下，在拉斯维加斯的游乐村里帮我做事。他们都知道《莉莉·马莲》的作者是马莲，另外很多人还认为她就是莉莉·马莲。在第一次打猎的时候，我们都从曲柄留声机上听见很多次她演唱的那首叫《约翰》的歌，然而那个时候《蓝色狂想曲》都是个崭新的曲目，这个时期马莲就开始唱很多关于慵懒的笨蛋的歌了。那个歌曲那时总能够将大家深深地打动，那些日子里在我偶然感到悲伤或难过的时候，凯第就问我："懒散的笨蛋?"我就回答说"放吧"，他就将那只携带式留声机的手柄摇动起来。听着那美丽、沉静、有点跑调的歌声，我们就会渐渐变得开心，这就是我那漂亮的、实际上并不存在的妻子的歌声。

这是创作神话的素材，莉莉·马莲被当成我的妻子之一这件事情对我们的宗教并没产生什么影响。以前我曾经教会黛芭说

---

① 就是保琳·菲佛，海明威的第二任妻子，在1933—1934年间陪着海明威首次去东非游猎。

“Vámanos a Las Vegas.[①]”这句话的腔调她十分喜爱，差不多跟喜欢那句“No hay remedio”相同。可是对马莲小姐她是十分害怕的，虽说她也将那张在我看起来几乎赤裸的大照片挂在墙边上，跟一些洗衣机、垃圾清理设备的广告贴在一起，旁边是约为两英寸大的猪排图片，还有很多像是火腿上切下的肉，毛象，四脚趾的小马，还有箭齿虎等，这些全部是从《生活》杂志上裁下来的。她说的新世界中不朽的奇观就是那些，但是马莲是唯一让她担心的。

现在我苏醒着，自己无法确定自己还能否睡着，我想着黛芭、马莲、玛丽加上另一位我熟悉的姑娘，那时候我非常爱她。她是那种四肢细长的美国姑娘，肩膀以下的线条十分温婉，身上的那对美式乳房丰满得让那些不懂得一对小而坚挺、形状美丽的乳房更加诱人的人们被她深深吸引。这个姑娘又有黑人一样的双腿，十分诱人。虽然常常抱怨，但是也讨人喜欢。晚上你不能进入梦乡入睡的时候，想想她也是十分舒心的。我一边听着夜晚的声音，一边轻轻思念她，思念茅舍，那个在基韦斯特岛的小屋，还有以前曾经到过的各种赌场。我依然记得那个干冷的清晨我们一起打猎，风在黑暗中刮过，山野空气的味道，还有塞尔维亚的味道，在那么多的日子中，她想要得到的不仅仅只有钱财。完全孤独的男人是没有的，如果不是酒鬼的话，不畏惧黑夜白天带来的一切，那么所说的灵魂所处的黑夜时间，一般就在凌晨三点钟，那是男人最美好的时候了。跟我相同年代的普通人一样我很担心害怕，也许还要更严重一些。可是这些年来，这种害怕的心情渐渐被看成蠢笨，与透支，染上性疾病或吃糖的划为一类。害怕只是孩子的缺点，可是它那缓慢飘来的感觉我甚是喜欢，就像

---

① 这里是西班牙语，意思是“我们到拉斯维加斯”。

是任何一个有缺陷的人那样。这样的缺点不属于成年人，成年人害怕的应该是你思想上感觉到的正在临近的危险，而出于对别人的责任感，你肯定不会坐视不理。这种害怕是惯性的，让你在真正到来的危险前面头皮发麻，如果你的知觉已经没有了，你就能够考虑改行了。

因为这些我开始想到玛丽，她在追捕那只狮子长达九十六天期间的表现都是那么勇猛呀！依据她的身高，估计她都未必看得清楚狮子的全貌。凭借不成熟的常识，不顺手的工具，做了一件从未做过的事情。而她坚强的意志打动了我们每个人，每天天亮的前一个小时就起来，一直坚持到大家一说起狮子就心情烦躁，特别是在马加地，就连切罗这位对玛丽十分诚恳的老家伙，也被狮子拖得疲惫不堪，最后只好对我说："老板杀掉那只狮子就可以结束了。我还从未见到任何女人猎杀过一只狮子呢。"

第十八章

今天是个很适合飞行的日子，感觉仿佛大山就在眼前。我倚着树坐在地上，看着吃草的动物和天空中的飞鸟。恩古伊走了过来，问是不是有什么吩咐，我跟他说他应该和切罗去将所有的武器清洗并且上油，也要磨尖长矛然后上油。凯第和姆温迪在准备把那张破床搬到耗子老板的空帐篷里。我站起身走了过去。那张床并非坏得很严重，只不过是中间有一根支架裂了一道很长的口子，另外那一根用来撑帆布的主杆断了。其实很容易将它们修好，我说我去找些木头，把它们按合适的尺寸锯好，然后去辛先生的店里将它修好。

因为玛丽小姐快到了，凯第十分开心。他说我们可以用耗子老板那张和我们尺寸一样的帆布床。我回到椅子上，将那本和鸟类有关的画册再次拿起，喝了点茶。今天早上我的感觉就像是一大早就穿上礼服等待晚上才开始的聚会，就像这片高原迎来了春天，我走进帐篷准备吃早饭时，根本没有想到今天发生的第一件事情是探子来了。

“大哥，早上好。”探子说，“身体最近还好吧！”“没有比现在更好了，哥们。最近有没有新鲜事儿？”“我进来可以吗？”“当然可以。早饭吃过了吗？”

“几个小时前就吃过了。”“怎么吃那么早？”“寡妇太烦人，我就出门逛了一夜，就和您一样，大哥。”我清楚他在胡说，便说道：“你是说你到大路上，然后坐卡车和本基铺子里的一个伙计一起到的拉伊托齐托克喽？”

“差不多吧，大哥。”“接着说。”“大哥，十面埋伏啊。”“先喝上一杯，再讲给我听吧。”“它被安排在圣诞前夜和圣诞节里，大哥。这就是一场屠杀啊。”我非常想说，“是他们干还是我们干?”但最后我还是忍住了没说。

“过来跟我讲讲。”我一边说着，一边看着探子那张得意、棕色、皱纹里渗出罪孽的脸，此刻他正在将一杯掺着苦啤酒的加拿大杜松子酒靠近他灰红的嘴唇。

“戈登酒为什么你不喝?那能让你活得时间更长久些。”“我知道我的位置，大哥。”

“你是否清楚你就在我的心中。”我引用已去世的胖子沃勒①的一首歌的歌词说道。探子的双眼充满了泪水。

“如此看来这个圣诞前夜就要成为圣巴托罗缪②的前夜喽。”我说道，“难道圣婴耶稣得不到任何的尊敬吗?”

“这根本就是一场屠杀。”“女人和孩子也不能幸免?”“谁也没有这么说。”“都是什么人说了些什么?”“有些风言风语在本基的店那里。流言蜚语在马萨伊人的店铺和茶馆里更是满天飞。”

“有要被处死的马萨伊人吗?”“没有。为了庆祝圣婴耶稣的生日所有的马萨伊人都会来参加您的恩戈麦鼓会。”“恩戈麦鼓会很时髦吗?”我问道，目的是将话题转移，也是想显得我完全不在意这场即将发生的屠杀，我可是经历过祖鲁战争③的人，而且我的先辈也曾在小比格霍恩一役④中打败过乔治·阿姆斯特朗·喀斯特。就和其他去布赖顿或大西洋城旅游的人差不多，一个非穆斯林去麦加是不可能留意什么有关大屠杀的传闻的。

“大山那里都在谈论这场恩戈麦鼓会。”探子说，“而并非是

① 胖子沃勒（1904—1943），美国爵士乐钢琴家、作曲家，其著名歌曲有《紧紧地搂我》《别胡闹》《金银花》等。

② 耶稣十二使徒之一。

③ 祖鲁人是南非纳塔尔省操恩古尼语的一个部落。祖鲁战争爆发于1879年，是一场在南非东部，英国人与祖鲁人之间持续六个月的战争，最后祖鲁人被英国人打败。

④ 1876年6月25日，印第安人与乔治·阿姆斯特朗·喀斯特率领的美国政府军队在蒙大拿州小比格霍恩河附近举行的一次战斗，政府军队除了一匹马，250多名士兵全部就义。

这场屠杀。”

“辛先生怎么看?”

“他对我非常粗暴。”

“这次屠杀他会参与吗?”

“说不定他还是个小头目哩。”

探子打开一个放在他披巾里的包裹，里面是一个装着一瓶白杜鹃威士忌的纸盒子。

“这是辛先生给您的礼物。”他说道，“大哥，我建议在喝之前您仔细检查一下。这个牌子我根本没听说过。”

“太糟了，哥们。这或许就是个新牌子，但也是上好的威士忌。新牌子的威士忌一开始时总是相当不错的。”

“我还有些关于辛先生的事情得向您汇报。他绝对曾经服过兵役。”

“这太不可思议了。”

“我十分肯定。如果没有为当局服务过的话，是不可能有人能像辛先生那样骂我的。”

“你认为辛先生和辛太太都是破坏分子吗?”

“我会去调查这点的。”

“探子，今天的情报有点不十分准确啊。”

“大哥，这个晚上真是辛苦啊。那寡妇的心肠太冷酷了，我只好在大山上到处闲逛。”

“再来一杯吧，哥们。你的话都让人想起《呼啸山庄》了。”

“这是场战斗吗，大哥?”

“算是这样的吧。”

“哪天您一定得抽空跟我聊聊。”

“给我提个醒儿。我现在要你去拉伊托齐托克那里过夜，要保持头脑清醒，带些情报来给我，不要再是废话连篇了。到布朗宾馆去吧，就在那儿睡。不，就在门廊那儿睡吧。昨天晚上你在哪里睡的?”

“茶馆里的台球桌下面的地板上。”

“喝醉了还是醒着的？”

“醉的，大哥。”

玛丽是一定要等到银行开门才能取到她的邮件。今天天气非常适合飞行，没有刮风下雨的意思，因此我认为威利并不会赶着出来。在猎车里我放了两三瓶冰镇啤酒，恩古伊、姆休卡和我开车，阿拉普·梅纳在车后坐着，去简易跑道。穿着制服的梅纳看上去干练又潇洒，他甚至可以爬到飞机上当警卫。有背带的那支枪刚擦过，并上了油。在草地上我们转了一圈，惊得鸟到处飞。然后回到一棵大树的树荫里，等姆休卡熄了火，我们就舒服地在椅子上倚着。因为切罗是玛丽小姐的扛枪伙计，要和她见一面才行，所以到最后时刻才赶过来。

晌午过去之后我将一夸脱烈性啤酒打开，和姆休卡、恩古伊一起喝了几口。阿拉普·梅纳最近因为大醉过一次，所以被禁止喝酒，不过待一会儿我会让他喝上一点的。

我跟恩古伊和姆休卡说我昨晚做了个梦，我们要向太阳做祈祷，日出一次，日落时再祈祷一次。

恩古伊说他绝不会像个赶骆驼的或是基督徒那样跪下来，哪怕是为了我们自己的宗教也不行。

“你不必下跪。转过头去，朝着太阳祈祷就是了。”

“在梦里我们要祈祷什么呢？”

“活亦勇敢，死亦勇敢，直接奔向‘快乐的狩猎地’。”

“我们已经够勇敢了。”恩古伊说，“我们干嘛还要像这样祈祷？”

“只要对我们大家都有好处，你想祈祷什么就祈祷什么吧。”

“我为啤酒、肉和一个有着又粗又硬双手的老婆祈祷。您可以同我分享这老婆。”

“这祷词不错啊。姆休卡，你在祈祷什么？”

“我们留下这车。”

“还有吗?”

“啤酒。您一定要活着。能有一场好雨下在马切科斯。‘快乐的狩猎地’。”

“您在祈祷什么呢?”恩古伊问我。

“非洲人的非洲。消灭茅茅。能消除所有的疾病。各地都风调雨顺。‘快乐的狩猎地’。”

“我提议,为玩得开心祈祷。”姆休卡说。

“祈祷能和辛先生的老婆睡一觉。”

“一定要祈祷好的事情。”

“那就祈祷能把辛先生的老婆也带去‘快乐的狩猎地’吧。”

“我们教派好多人都想加入。”恩古伊说,“我们能要多少人?”

“我们先从一个班开始,也许能组成一个排,或许能成一个连了。”

“一个连的话对于‘快乐的狩猎地’来说好像也太多了。”

“这和我的想法一样。”

“我们成立一个委员会,和‘快乐的狩猎地’一样都由您统领。没有伟大的圣灵、圣婴耶稣大神‘基奇’,更没有国王、王后大道、主教行政长官。没有警察、警卫团或者猎务部。”

“什么都没有。”我说。

“完全没有。”姆休卡说。

我把啤酒递给阿拉普·梅纳。

“梅纳,你信奉宗教吗?”

“非常相信。”梅纳说。

“你都喝什么酒?”

“只喝啤酒、葡萄酒和杜松子酒。威士忌还有所有透明和有颜色的酒偶尔也都喝点。”

“梅纳你曾经喝醉过吗?”

“我的父亲,这您应该清楚的。”

“你信什么教呢?”

“我现在是个穆斯林。”切罗闭上了眼睛向后一倚。

“以前呢?”

“伦布瓦。”梅纳说。姆休卡笑得双肩抖动。“我可从来都不是什么基督徒。”梅纳严肃地说道。

“宗教我们聊得太多了，我依旧是猎长，再等四天我们就该庆祝圣婴耶稣的生日了。”我看了看手表，“我们将这块地上的鸟都赶走吧，飞机来之前再喝两口啤酒。”

“飞机来了。”姆休卡边说边发动了马达，我将啤酒递过去，他将剩下的三分之一喝掉了。恩古伊也喝了三分之一，我喝掉了六分之一，最后把剩下的递给了梅纳。我们全速前进将那些鹳赶了起来。它们先是一通狂奔，然后像拉起了起落架一样双腿伸直，在我们的注视下，不情不愿地开始了飞行。

我们看见闪着银光的蓝蓝的飞机飞过来，支架像是梭子形的腿，“嗡嗡”的声音回响在营地，在空地的一侧上我们全速前进，它在我们对面，缓缓地往下放着巨大的副翼，掠过我们降落下来，蹦也没有蹦一下，现在它走着弧线，机头高高地抬着，神气十足，四散飞扬的尘土撒入了齐膝深的花丛里。

从面向我们的一边玛丽小姐钻了出来，时而狂奔，时而小跑，冲到我们面前。我紧紧地将她搂住，亲吻她，然后她和其他的人握手，第一个就是切罗。

“早上好，爸爸。”威利说，“让恩古伊帮我把那些沉东西拿出来吧。太沉了!”

“你肯定是买了整个内罗毕。”我对玛丽说。

“我能买的全都买了。可惜他们不愿将姆沙依加夜总会卖给我。”

“斯坦利和托尔都被她买了。”威利说，“所以我们绝对有房间住，爸爸。”

“你还买了什么?”

“一颗彗星，她想给我买一颗彗星。”威利说，“你知道，现在是个谈价钱的好时机。”

我们朝营地开去，玛丽小姐在我身旁依偎着。威利、恩古伊和切罗一起聊着天。到了营地，我站得远远的尽量不去看玛丽把东西卸到“耗子老板”的空帐篷里。有人跟我说过，在飞机边上不能太仔细地看东西，我干脆什么也不看。那些东西里有成捆的信件、报纸、杂志，还有电报，我拿着它们到了用餐帐篷里，和威利各拿一杯啤酒喝了起来。

“路上还顺利吗？”

“没遇见什么不顺。这几天很冷，尤其是晚上，地面也不烫。在萨兰加玛丽还看到了大象和一大群野狗。”

玛丽小姐走进来。她非常开心地接待了那些正式来拜访她的人。她非常受大家的欢迎，大家都用很庄重的态度对待她。她也非常享受别人称呼她“夫人”。

“我都不知道耗子的床坏了。”

“是吗？”

“关于那只豹子的任何事情我可都没说。我来亲亲你吧。金·克看到你描述他的作为的电报都快要笑死了。”

“不必担心，谁都不用，连豹子都不用。他们抓到了那只豹子。”

“有关豹子的事情跟我说说吧。”

“算了。咱们回家的时候我会告诉你那个猎豹的地方。”

“那些你看过的信我能看看吗？”

“打开随便看吧。”

“你是怎么了？看到我回来你不高兴吗？在内罗毕我玩得可开心了，至少我每晚都可以出去，大家也都对我非常好。”

“我们一定会加紧练习，学习着对你更好一点，不久以后这儿就像内罗毕了。”

“爸爸，温柔一点。我喜欢这样。我去内罗毕主要是为了治病，顺便买点圣诞节的礼物。我清楚你是要让我开心。”

“好好，现在你回来了。来好好抱抱我，好好亲亲我吧，这样会让我感觉你十分讨厌内罗毕。”

她神采奕奕，身材苗条，咔叽制服裹得紧紧的身体，散发着浓郁的香气，她剪得短短的头发闪着金银的光泽。我向来钟情于白种人或是欧洲人种，正如亨利四世的一位雇佣兵所说：“巴黎绝对是一个适合做弥撒的地方。”

看到我们团聚威利十分开心，他说：“爸爸，除了豹子，还有别的新闻吗?”

“没有了。”

“还有其他什么麻烦事儿吗?”

“晚上的路真是非常不好走。”

“我认为他们太死板了，觉得沙漠是无法穿过的。”

我给威利叫来了一篮肉，玛丽则是去我们的帐篷里取信。我们开车出去，威利飞走了，当他那架飞机以一个漂亮的角度破空时，所有人的脸上都闪烁着灿烂的光，等他远远地变成一个小银点时，我们便开车向家的方向出发。

玛丽可爱极了，甚至连眼睛里都充满了爱意。恩古伊则因为我没带上他而心情非常糟糕。马上太阳就下山了，我翻阅着《时代》杂志和从英国空运过来的报纸，欣赏缓缓退去的阳光，伴着火光喝下一大杯酒。

我心想真是见鬼。我将自己的生活弄得过于复杂并纠缠成一团乱麻。现在我随便翻看着一本玛丽小姐扔掉的《时代》，等她回来之后，我继续享受火堆带来的温暖。然后和玛丽一起品上一杯美酒，再其乐融融地享受美味的晚餐。在她的那个帆布浴缸里姆温迪放好了洗澡水，我是第二个洗的。我想好好地把自己泡透洗去所有污垢，把帆布浴缸里的洗澡水倒掉，再将汽油桶里一直加热的水倒回浴缸，再次躺回热水里。一边继续泡澡，一边打上卫宝肥皂。

我将身体擦干，将我的睡衣、浴袍，和那双中国制造的破防蚊靴穿上。玛丽走后这是我第一次洗热水澡。英国佬是如果允许的话每天晚上都要洗澡。而我则是喜欢每天早晨穿衣前在水盆里稍微洗一下，打猎归来洗一回，晚上再洗一回。

老爹十分讨厌这个，他认为这种类似仪式的洗澡行为是早期游猎队遗留的仅存的数目不多的习惯之一。所以我们和他在一起的时候我一直洗热水澡。但如果你用别的方法清洁身体时，你会需要姆温迪或是恩古伊帮你将那些你够不到的连白天都会爬到你身上的虱子抓走。起初我独自跟姆科拉打猎时，恙螨甚至会钻进脚趾甲，每天晚上我们都在亮如白昼的提灯下互相捉螨。这些螨是洗不掉的，但是我们也不洗。

我怀念过去的日子，那时候我们打猎多艰难啊，或者说是简单。在那时你如果能弄到一架飞机，那可说明你已经非常富有了，就算非洲这个地方再难走对你也是易如反掌，不过或许这也意味着你离死不远了。①

“亲爱的，洗澡之后你感觉如何？玩得开心吗？”

“我非常好。医生给我开了和我正在吃的一样的东西，只不过多了一些。虽然人们都对我非常好。不过我可是一直在想你。”

“你看上去特别漂亮。”我说，“那么漂亮的一个坎巴族发型你是如何剪出来的？”

“今天下午我把周围剪平了。”她说，“这样你喜欢吗？”

“和我聊些内罗毕的事吧。”

“前一天晚上我碰到一个不错的男人，他带我去了旅行者酒吧，那里特别好。后来他还将我送回到我住的酒店。”

“他长相如何？”

“我记不太清楚了，不过他确实不错。”

“第二天又发生什么事？”

---

① 海明威在1933年第一次去肯尼亚打猎时，曾经得了急性痢疾，差点丧命，后由老爹的助手弄来一架私人飞机，将他送到内罗毕救治，才得以痊愈。

“我、亚历克还有他的女人，我们一起出去了，去了一个挤得要命的地方。你一定要穿得很整齐。但是亚历克穿得有点邋遢。我不记得是在那里，还是去其他的什么地方了。”

“听上去不错啊。这才是基玛纳①。”

“你在干些什么？”

“我什么都没做。只是跟恩古伊、切罗、凯第去了几个地方。我想大概是去享受了一顿教堂晚餐吧。第三天呢，晚上你又干了什么？”

“亲爱的，我真的什么都忘记了。噢，对了，我、亚历克和他的女人还有金·克去了个地方。亚历克真是讨厌。我们又去了其他地方，后来他们将我送回了住的地方。”

“跟我们在这儿过得差不多。不过让人讨厌的不是亚历克而是凯第。”

“为什么他会令人讨厌呢？”

“我不记得了。”我说，“你想看《时代》吗，哪一本？”

“我看过一本了。对你来说这有什么区别吗？”

“没有。”

“你都没有说你爱我，或是看到我回来时表现得特别高兴。”

“我爱你，你回来我特别开心。”

“真的很好，回家我非常高兴。”

“在内罗毕还有其他的什么事情发生吗？”

“我和那个和我出去的好男人又一起去了科里登博物馆②一趟。不过我觉得他也许认为没什么意思。”

“在格里尔你都吃些什么？”

“在那儿吃过生鱼片，就是从大湖里抓来鲜鱼直接切成片。不过味道和鲈鱼或是斜眼狗鱼的味道很像。他们叫它萨马基，但

① 即肯尼亚。

② 是撒哈拉沙漠以南的非洲地区最重要的博物馆，有关于自然生态的各种收藏，在国际上有非常重要的地位。

哪种鱼没说。那里有他们用网捉来的超级鲜美的熏鲑鱼，应该还有牡蛎吧，不过记不太清楚了。”

“希腊干葡萄酒你喝了吗？”

“喝了好多。不过亚历克不喜欢。他在希腊和你那位在皇家空军服役的朋友克雷特待过一段时间，他也不太喜欢他。”

“亚历克讨人厌吗？”

“只不过是因为一些鸡毛蒜皮的小事。”

“无论大小在任何事情上我们都不要讨厌别人。”

“好的。我再给你倒杯酒好吗？”

“太感谢你了。凯第在这儿呢。你要点什么？”

“我来点堪培利，稍稍往里加些杜松子酒。”

“我喜欢看你回家在床上睡着的样子。吃完晚饭我们就去睡觉吧。”

“好啊。”

“今晚你得保证不再出去了？”

“我保证。”

晚饭后玛丽写着日记，我坐在那儿看航空版的《时代》杂志。后来她拿着手电沿着那条新开的小径去厕所。我将汽灯关掉挂在树上，脱掉衣服，仔细叠好后放到床脚边的箱子上，然后在床上躺着，把蚊帐塞进床垫下面。

才刚刚前半夜呢，可我已经非常疲倦了。玛丽小姐过了不久躺到床上，我把另一个非洲扔到一边，再次打造一个属于我们的我曾经到过的非洲。起先我认为有什么红色的东西在我的心中沸腾，但随即我便随它去了，什么也不去想，只是享受着我能够感觉的一切，还有床上可爱的玛丽。我们不停地一次又一次做爱，最后什么也不说什么也不想，在一片黑暗之中沉静下来。一瞬间，就像划破寒冷夜空的流星雨一样，我们睡着了。也许流星雨真的下了。天气很冷，空气也十分清爽。夜里玛丽小姐不知道什么时间回到了她自己的床上。我对她说：“晚安，祝福你。”

天刚蒙蒙亮我就醒了过来，在我的睡衣外套了件毛衣，穿上防蚊靴，把浴袍用手枪皮带绑起来。我走出了帐篷，走到姆桑比点燃的篝火旁，一边看报纸，一边喝姆温迪提过来的那壶茶。我把报纸按顺序摆成一摞，然后开始将最早的报纸拿起看。现在这个时候在奥特伊和昂吉安①的赛马刚刚结束，不过这种英国航空版的报纸是不会将法国赛马比赛结果刊登出来的。我又去看了一下玛丽小姐醒了没有。她已经起床，衣服也穿好了，看上去神采飞扬，正在滴眼药水。

“还好吧，亲爱的，睡得如何？”

“很好啊。”我说，“你呢？”

“刚起床。姆温迪端茶过来的时候我醒了一次，然后倒头又睡了。”

我将她揽在怀里，清晨闻着她干净衬衫散发出来的清香气息，抚摸她姿态优美的身体。毕加索有一次将她称为我收藏的一本迷你鲁本斯画集，她的确是一本迷你的鲁本斯，不过经过锻炼，她的体重已经下降到一百二十磅，并且脸也不像鲁本斯画里的人物，此刻我抚摸着她洗得洁净清爽的皮肤，低声和她说了几句话。

“噢，真的？那你呢？”

“是的。”

“在这儿和我们自己的大山、可爱的土地独自待在一起，这感觉没有什么东西来破坏，真是太美妙了！”

“对啊。来，去吃早饭吧。”

她的早饭还算丰盛。培根煮黑斑羚肝，半个从城里送来的上面撒了柠檬汁的木瓜，还有两杯咖啡。我喝了杯加炼乳但是没放糖的咖啡，本想再来一杯，但我不明白接下来我们要做点什么，不过无论要做什么，我都不想让咖啡在我胃里逛荡。

① 奥特伊和昂吉安是巴黎城内和城郊的两个赛马场。

“你想我了吗?”

“嗯，想。”

“我想你想得都要发疯了，但要做那么多的事情。根本就没多少时间，真的。”

“你见到老爹了吗?”

“没有。他没到城里来，我一是没有时间，二则没带护照，所以也无法到他那儿去。”

“见到金·克了吗?”

“他有一天晚上来过。他让我告诉你一句话，自己作出判断非常重要，但同时也要严格按照计划行事。”

“就这些?”

“只有这些。我记住了。他还邀请了威尔逊·布莱克去过圣诞节。前天晚上他们到的。他让你准备好欢迎他的老板威尔逊·布莱克。”

“这些他让你也记下来了?”

“没有。这些只是随口说说。我确实问过他这是不是命令，他告诉我不是，只是一个希望的建议罢了。”

“无论建议还是什么的我向来都是照单全收的。金·克如何?”

“他讨人厌的地方与亚历克不太一样。不过他太累了。他说他想念我们，他与大家的交往真是非常坦荡。”

“出了什么事?”

“我想傻子都会让他讨厌，他对他们不太客气。”

“可怜的金·克。”我说。

“你们对彼此的影响简直太糟糕了。”

“或许是。”我说，“或许不是。”

“嗯，反正我觉得你给了他不少坏影响。”

“这件事我们以前不是也谈过一两次吗?”

“今天早上没有。”玛丽小姐说，“最近也没有。我走以后你写过些什么吗?”

“好像什么也没写。”

“你也没有写信?”

“没。噢，对了，我写过一封信给金·克。”

“那你这期间都做了什么?”

“我处理一些小小的任务和一些日常的事情。我还去了拉伊托齐托克一趟，那只倒霉的豹子被我杀了。”

“好吧，我们去找一棵真正的圣诞树，这肯定是一个大成就。”

“好啊。”我说，“我们找一棵可以用猎车载回来的。我将卡车派出去了。”

“我们就选那棵已经挖出来的。”

“好的。你清楚那棵是什么树吗?”

“不清楚。不过我会翻翻那本《树木词典》的。”

“好的。那我们就将它带回来吧。”

最后我们和凯第一起出发去找树。大家带上铁锹、大而锋利的砍刀，好将树的根砍断，放在前排座位后面的架子上的则是长枪和短枪。我让恩古伊给我们带了四瓶啤酒，还给穆斯林们带了两瓶可乐。我们出去的目的非常明确，选择一棵树，也就是那棵据说大象吃完也得醉上两天的树。除了这一点，我们还要将一桩高尚、无可非议的心愿完成，以后我会将这件事写下来，在某个宗教刊物上发表。

我们大家都非常聪明，尽管看到一些脚印，可谁也没说什么。那天晚上在路上经过了什么我们都看到了。我看到松鸡摇摇晃晃成群结队地飞到那盐碱地旁边的水池里去了。恩古伊也看见了。但我们没说什么。虽然我们是猎手，但是今天我们是为圣婴耶稣和主的林业部效力的。

其实我们是为玛丽小姐服务的，所以我们在忠诚度上有很大的不同。我们不过是雇佣兵，不过玛丽小姐也不是传教士，这倒是很明确。她甚至不受任何基督教会的掌控。她不像其他的那些夫人，她可以不去教堂，所以树完全是她自己的事情，跟那只狮子一样。

我们沿着老路进入那片林子里去。自从上次我们来过这儿之后，这里又长满了草和枝枝蔓蔓，我们来到了那片长着银叶树的空地。我和恩古伊转了一圈，他顺时针绕，我逆时针绕，找找灌木丛里是不是有犀牛和犀牛犊。除了几只黑斑羚羊，没有发现任何东西，我又看见了一只豹子留下的巨大足印，在沼泽边缘它一直转悠、觅食。我用手量了一下足印的尺寸，然后我们就回到那些挖树人那里。

我们决定这次只挖这么多，因为是凯第和玛丽小姐下了命令。我们走过去到那片大树的树墩上坐着，恩古伊将他的鼻烟盒递给我。我们俩都拿了一点，看着那些干活的林业专家。其他人都干得很卖力，除了凯第和玛丽小姐之外。就我们来看，这样的一棵树放在猎车后边怎么都不可能装下，不过当他们最后挖出来之后，车子又明显能够装下树了。我们理应过去帮忙装车了。虽然那棵树枝叶繁茂，很难装，不过我们最终还是把它装了上去。我们用湿麻袋包裹住树的根，并用绳子捆好，可树还是有一半伸出了车的后部。

"我们原路返回是不可以的。"玛丽小姐说，"那些拐弯的地方会将树弄折。"

"我们另外选条路吧。"

"车子可以过去吗?"

"当然。"

穿越树林时我们看到了四只象的足迹，还有一些新鲜的大象粪便。不过足印向我们的南边走去。这应该是几只大点的公象。

那把长枪一直在我双膝之间夹着，恩古伊、姆休卡和我都看到足印朝着我们起先走的那条路的北面过去了。或许它们已经穿过了那条汇入丘卢沼泽的河流。

“回营地去吧。”我跟玛丽小姐说。

“好的。”她说道，“很快我们就能够好好修剪一下这树了。”

到了营地，恩古伊、姆休卡和我留下，让那些志愿者和热心人来挖个树洞。等洞挖好了，姆休卡把车从树荫里开出来，卸下树，在帐篷前把它种好，看上去它非常漂亮。

“它太可爱了！”玛丽小姐说。我也十分满意。

“谢谢你带我们找到一条这么好的路回家，让大家不用担心可能撞上大象。”

“它们不会在那儿停留的，它们要走到南边去寻找它们的食物充足的容身之地。它们是不太会同我们起冲突的。”

“你和恩古伊对它们十分了解吧。”

“我们在飞机上看见的那群就是这群公象。它们比我们聪明多了。”

“它们准备往哪儿走？”

“它们或许在那片接近高地沼泽的林子里吃草吧。然后到了晚上，它们就会穿过大路，奔向安波塞里这个它们常去的地点。”

“我去看看他们进行得如何了。”

“我也要走了。”

“你的未婚妻和她那位大龄女伴在一起，在那棵树底下呢。”

“我看到了。她给我们送了点玉米面来。我要将送她回家。”

“她不愿意来看看这棵树吗？”

“我想她也许理解不了。”

“假如你同意，在村子里可以吃个午饭。”

“没人告诉过我。”我说。

“那么你留下吃午饭喽？”

“在午饭之前吧。”

姆休卡将车开到了那棵树那，接了黛芭和寡妇。寡妇的儿子一头撞在我的肚子上，我拍拍他让他坐在后排座位上，那里还坐着黛芭和他妈妈，不过我下了车，让黛芭坐到前排座位。她真的是个胆子很大的姑娘，能够一个人到营地来送玉米面，并且还一直在那棵树下等到我们回来，而且我也不希望让她坐在不熟悉的位子上回村里。不过一直以来玛丽小姐在回村这件事上很大度，她相信我们重视自己的名誉，这让我们就像获了假释一样。

“你看见那棵树了？”我问黛芭。她咯咯地笑了。她知道那棵树的品种。

“我们还要去打点什么猎物。”

“Ndio.”她坐得笔直笔直，我们驶过那些外部的小屋，在那棵树下停了。我下车，看看探子是否给我什么植物标本，但是什么也没找到。我想，或许他把它们放进标本集里了。等我回来的时候，黛芭已经离开了。恩古伊和我一起钻进车子，姆休卡问：“你们去哪儿？”

“回营地。”我说，想了想又补充了一句，“沿着大路。”

今天我们的心完全悬着，在我们全新的非洲人的非洲和我们依靠想象力营造的旧非洲还有玛丽小姐的回归之间转来转去。不久金·克还将几个狩猎员带来，威尔逊·布莱克也将大驾光临，或许他会宣布一项政策，将我们带走或是驱赶，或是封闭一块地方，又或是让某些人被判刑六个月之类的，这简单到就像我们去村子里送块肉那么方便。

大伙儿的兴致并不高，不过我们的心情还算放松，倒也没有非常不开心。为了迎接圣诞节的到来，通常我们会将一只大羚羊杀死，我也需要去了解了解威尔逊·布莱克是否玩得开心。金·克让我尝试喜欢他，我会努力一下的。其实我看到他的那次并不是非常喜欢他，但或许那是我的错。我曾经努力去尝试着喜欢他，但也许我的努力还不够吧。又抑或是我年龄大了，很难再喜欢人了，就算如何努力尝试也不行。老爹就根本没有试图去喜欢他们。他有礼貌，但或许是因为谦虚而表现得非常有礼貌，所以他那双略有血丝的蓝色眼睛就半睁着注视他们，但是表面上完全看不出他是想等着他们犯错呢！

在山坡上那棵很高的树下，我坐在车椅上，决定做些特别的事情，来表明我对威尔逊·布莱克的喜欢和欣赏。在拉伊托齐托克没有什么能够让他喜欢，况且我也无法想象如果给他在一个非法的狂喝大饮的马萨伊村庄里或是辛先生的后屋里办一个聚会，那是否能让他真心地高兴。他会和辛先生和睦相处吗？对此我非常怀疑。我明白我要做些什么。那或许是一份合乎心意的礼物。我也许雇威利带布莱克先生飞过丘卢岭，飞越那片他前所未见的领地。我无法想象有比这个更棒或更有用的礼物了。对布莱克先生我似乎开始有点喜欢了，也愿意赠送给他最能享有优待的部落地位。我不会陪着他过去，宁愿老实待在家里，勤勤恳恳地拍点植物标本的照片，也许吧，也许能学会识别雀科的鸟类，而金·克、威利、玛丽小姐、布莱克先生会在这片土地上孜孜不倦地劳动。

“回营地。”我告诉姆休卡。恩古伊将第二瓶啤酒开了，这样我们就能够边喝酒边穿过那片小浅滩的小溪流了。能够这么做真是非常幸运，大家一边看着在水池中游来晃去的小鱼，一边对着瓶子喝酒。有肥美的鲇鱼在溪里，但是我们都懒得去管。

第十九章

餐厅帐篷的双层帆布洒下了一片阴凉，玛丽小姐站在里面等待我们。帐篷的后边向上翘了起来，山上吹来凉爽而又清新的风。

“姆温迪十分担心你，你竟然光着脚打猎而且又在晚上出去。”

“姆温迪真是太娘们了。有一次我脱掉靴子，因为靴子吱吱叫，但原因正是他没有认真刷好靴子。他太假正经了。”

“上下嘴唇一张一合说人家假正经，但是人家可是为你好啊。”

“你别管了。”

“好啊，那为何你有时事前做那么多准备，有时却又什么也不做?”

“因为有时他们通知说可能有坏人，然后你又听到说他们在其他的地方。我总是将必需的准备做好。”

“但有时是你独自一人在晚上出去。”

“有人跟你坐在一起，拿着枪，点着灯。一直有人保护你啊。”

“可是你为何要出去?”

“我肯定要出去。”

“可是什么原因呢?”

“因为时间不多了。我又不清楚我们要在什么时候回去? 我又不清楚我们能不能回去?”

“我是担心你呀。”

“我趁你酣睡的时候出去，在我回来的时候你依然睡得那么香。”

“我并非总这样。好多次我摸帆布床后才发现你不在。”

“哎，暂时我不会离开的，要等到月亮升起的时候，今天月亮很晚才升起。”

“你就那么急切地想出去？”

“真是的，亲爱的。我会让人保护你的。”

“为什么你不和别人一起去呢？”

“无论和谁在一起都不如自己一个人好玩。”

“真是疯了。不过你酒后不出去，是吗？”

“是的，我洗漱干净，还会涂上点狮子油。”

“起床后你还会再涂点狮子油，真是感谢老天。晚上的水不冷吗？”

“是你没发现，一切都是冰冷的。”

“让我来给你倒杯酒吧。你想喝点什么？兼烈如何？”

“兼烈挺好的。或者堪培利也不错。”

“我给咱们两个都倒杯兼烈。你知道我圣诞节想要什么吗？”

“但愿我能知道。”

“我不明白我是否该告诉你。也许太贵了。”

“如果我们有钱这就算不了什么。”

“我想去看看真正的非洲。我们快要回家了，可我还都没看到什么东西。我想去比属刚果看看。”

“但我不想。”

“你真是没有任何的抱负。你就窝在这儿得了。”

“你去过比这儿更棒的地方吗？”

“没有。不过我们可什么都没看到啊。”

“我宁可窝在一个地方，好成为它生活中的一部分，也并不想去看所谓的新鲜特别的东西。”

“但我想去比属刚果啊。对于它我却是耳熟能详的，而且我们离它那么近，为何不能去一趟呢？”

"我们离得并非那么近。"

"我们可以飞过去啊。我们可以坐飞机飞全程。"

"听着，甜心。我们曾经从坦噶尼喀的一边跑到另一边。你去过波哈拉平原啊，也去过大卢瓦哈河。"

"我认为那特别有趣。"

"那非常有教育意义。你不但去了姆贝亚，也到过南部高地省。你既在山区居住过，又在平原上打过猎，还在这儿的大山脚下生活过。另外还在马加地湖另一边的大裂谷底下待过，并且还曾追猎物追到纳特龙湖附近。"

"但我还是非常想去比属刚果，我没有去过那里。"

"是没有。莫非这就是你的圣诞节愿望？"

"是的。如果不是太贵的话。我们并非圣诞节刚过就直接去。你来定时间。"

"谢谢。"我说。

"酒你都没喝呢。"

"抱歉。"

"如果你给别人送一份礼物，自己却并不特别开心，那就什么意思也没了。"

我喝了一口好喝的酸橙汁，心想我是多喜爱我们所在的这个地方啊。

"你是不会介意的，假如我带上大山，对吧？"

"那儿的大山也很棒啊。那些山可是月亮的家。"

"那些写它们的文章我读过，它们的一张照片还在《生活》杂志上刊登过呢。"

"在非洲的那一期。"

"是。在非洲那一期里。"

"这样一个旅行你何时开始考虑的？"

"在去内罗毕之前。和威利一起飞行你肯定会感到特别意思。这样的感觉你很容易有。"

“我们需要将这次旅行计划告诉威利一声。他会在圣诞节之后过来的。”

“你想去的时候我们再去。你留在这儿吧，直到结束所有的事情。”

我敲敲木头，顺便将剩下的饮料喝完了。

“今天你有什么计划，下午和晚上的时候？”

“我计划睡个午觉，再补几篇日记。然后我们晚上一起出去。”

“好的。”我说。

阿拉普·梅纳走进来，我打听了一下第一个村子里的情况。他说那儿有一公一母两只狮子。通常它们一年中的这个时候不出现。它们在过去的半个月期间将五头牲口咬死了，在上一次它们窜过防兽栏时那只母狮子将一个男子抓伤了。不过他没什么大事。

我想，在那片区域里没有一个猎手，在我看到金·克之前这件事不能告诉他，所以我决定让探子把狮子这件事传话出去。它们会下山、会翻山越岭，不过关于它们的事情我们依然会听到，除非它们去往安波塞里的方向。我决定向金·克汇报，让他来处理最终的结果。

“你觉得它们会回村子里吗？”

“不。”梅纳摇头说。

“你认为袭击过另一个村子的那两只是它们吗？”

“不是。”

“我今天下午会去拉伊托齐托克买点汽油来。”

“或许在那儿我能打听到什么。”

“是的。”

我走到帐篷那边，发现玛丽小姐已经醒了，在看书，帐篷的后面都翘了起来。

“甜心，我们要去拉伊托齐托克了。你想去吗？”

“我不清楚。我太困了。为什么我们一定要去呢？”

“阿拉普·梅纳来说了点关于那一对总惹麻烦的狮子的事，而且我要去给卡车买点油。你知道，就是我们总是把它叫作卡车汽油的那个东西。”

“那我要起床去洗漱一下，一起走。你带够钱了吗？”

“姆温迪会去拿。”

我们上路了，穿过那片广阔的公园，这片公园通往那条上山的大路，我们看到了那两只美丽的瞪羚，它们总在营地附近吃草。玛丽和切罗、阿拉普·梅纳一起坐在后座。姆温基在车后面的一个箱子上坐着，我有点担心了。玛丽说，可以等到我想去的时候我们再去。我想等新年过去三个星期之后再考虑。有好多事情圣诞节后要做呢，一直都有、永远都有事情要做。我清楚我是在我住过的最好的一个地方，过着一种我向往的幸福生活。虽说有些纠结，但是每天我都可以学到一些新的东西。而且只有当我可以飞遍我们自己这片地域时，我才想要去飞遍整个非洲，不过我并非很想这么做。但或许我们能够就这点达成某种一致。

曾经有人让我离拉伊托齐托克远点，但是因为要买汽油还有一些补给品什么的，再加上那两只狮子的缘故，这次进城我们显得再正常不过了，也显得非常有必要。我敢打赌金·克也绝对会同意。那个做警察的小子我可不想遇到。但是在辛先生店里我能待一小会儿，同他喝杯酒，再给营地买点啤酒和可口可乐，这要成为我的习惯了。我让阿拉普·梅纳到马萨伊人开的那些店里去，将他所知道的关于狮子的任何消息告诉大伙儿，顺便再打听一些那里的消息，而且到其他的马萨伊人集中地那里也这么做。

在辛先生店那儿，我认识几个马萨伊长者，我向他们都打了招呼，还对辛太太奉承了几句，依靠那本对我帮助很大的斯瓦希里用语字典，辛先生和我开始谈话。那些长者嚷着要来瓶啤酒，我就买了一瓶，并从我自己那瓶里象征性地喝了一口。

彼得进来说车子立刻就要过来，我让他去找阿拉普·梅纳。

车子开进来，上面捆着一面鼓，后面还坐着三个马萨伊女人。玛丽小姐正神采飞扬地和切罗聊着。恩古伊和姆温基过来将箱子搬走。我将我的那瓶啤酒递给他们，他们你喝一口我喝一口地将它喝干了。姆温基喝酒时，快乐的光彩在他的眼睛里闪烁着。恩古伊喝起酒来，就像是个在中途停车时狂饮止渴的赛车手。他将半瓶留给姆温基。恩古伊一边又拿出一瓶，让姆休卡跟我分着喝，一边开了瓶可口可乐给切罗。

阿拉普·梅纳和彼得走过来，他爬到车后边，在那些马萨伊女人旁边坐下来。他们一起在油桶上坐。恩古伊和我坐在前面，玛丽和切罗，还有姆温基坐在枪架后边，我向彼得说了“再见”，卡车离开，拐向西边，驶进灿烂的阳光里。

“你想要的东西买齐了吗，甜心？”

“真是没有什么能买的。但是我们需要的一些东西我找到了。”

我记起上一次我来买东西的时候，不过想也没用，那时玛丽小姐在内罗毕，作为一个购物场所那里比拉伊托齐托克好得多。但是我已经尝试着学习在拉伊托齐托克买东西了，我很喜爱这个地方，它跟蒙大拿库克城里的杂货铺和邮局很像。

现在在拉伊托齐托克没有人卖那些装在硬纸盒子里的被淘汰的老旧枪支。以前是有人卖的，老一代的人每年的深秋就要买两到四匣子弹，用来打一批过冬要吃的肉。现在他们卖长矛。但是在那里购物有种回到家的感觉，如果你就住在附近，你会觉得货架上、铁罐里所有的东西都很有用。

不过今天也要结束了，明天又将是崭新的一天，何况还没有人踩过我的坟墓呢。我们下山的时候，我并没注意到谁看太阳，或者看着前方那片土地。我差点忘了姆休卡会口渴，每当我打开一瓶啤酒，擦擦瓶颈和瓶口的时候，玛丽小姐就一脸严肃地问道：“老婆们从来都不口渴的是吧？”

“抱歉，甜心。如果你要喝，恩古伊会将整整一瓶给你的。”

“算了。我就喝一口。”

我将酒瓶递给她，她果然就喝了一口，然后再次将瓶子递给了我。

非洲词汇里根本就找不到“抱歉”的说法，我想这真是好啊，不过我觉得我最好以后还是不要这么想，或许能够在我们之间造成误会。我将玛丽小姐喝过的那瓶酒接过来，又喝了一口，然后我将瓶颈和瓶口用干净的手帕擦拭，接着把它递给姆休卡。

对我们的做法切罗不以为然，他喜欢我们用杯子老老实实地喝。可是我们依旧那么喝，我也懒得去考虑任何可能给我和切罗造成误会的事情。

“我想再喝口啤酒。”玛丽小姐说。我让恩古伊给她开了一瓶。我打算和她共喝一瓶。姆休卡喝好了之后就能把他的啤酒递给恩古伊和姆温基。但这个想法我没说出。

“我实在不懂得你们喝个啤酒都弄得这么复杂。”玛丽说。

“下次我会多带点备用杯子来。”

“别弄得再复杂了。如果我和你一起喝就不会用杯子。”

“这是部落的习俗。”我说，“我并不希望把原本就很复杂的事情变得更复杂。”

“为什么每次我喝完你都要擦瓶子，而当你喝完递给别人时还要再擦擦呢?”

“部落习俗啊。”

“但为什么今天又不一样了?”

“因为月亮。”

“你不认为你自己变得太部落化了?”

“可能吧。”

“这一切你相信吗?”

“不。我就是试试看。”

“你刚到，不了解情况，试试看的情况如何”

“每天我都要多学一点。”

“真是烦死我了。”

当我们沿着绵长的山坡往下前行的时候，玛丽看到六百码以外有一只个很大的狷羚，又高又黄，站在山坡下那部分的顶上。一开始谁也没有看到它，当她指出它来，大家瞬间全看见了。我们将车停下，让玛丽和切罗下车，然后偷偷地追过去。那只狷羚吃着草走到一旁去了，因为风向是从山坡顶上刮过去的，所以这个动物不会闻到他们的味道。反正附近没有凶狠的动物，我们就留在车里，没去阻止他们靠近那个家伙。

我们看着切罗在前面跑，从一个遮蔽处跑到另外一个，玛丽在他身后跟，学他猫着腰。现在那狷羚已经不在我们的视线范围内了，但是我们看到切罗停住了，玛丽到他旁边跑，举起了步枪。接着听到开枪的声音，随后传来重重的“扑”的一声，切罗向前冲去，玛丽也随着他一起跑，离开了我们的视线。

姆休卡越过一片野花和欧洲蕨后，把车开到玛丽、切罗，还有死去的那大个的狷羚面前。或许这只狷羚是麋羚，不管活着还是死了都不算漂亮。但是它是一只老公羚，十分肥，身体骨架漂亮极了。肉食者并没有因为它那长且丑的脸，呆滞的眼睛和被切开的喉咙失去对它的吸引力。马萨伊女人们异常兴奋，对玛丽小姐敬佩得不得了，一脸好奇和难以置信的神色，用手不停地去碰她。

“第一个看见它的是我。”玛丽说，“这是第一次我头一个看到猎物啊。我比你还早看见它。你和姆休卡还坐在前排呢。我可在恩古伊、姆温基、切罗头里就发现了它。”

“你比阿拉普·梅纳还早看到它。”我说。

“不算他，那时他在盯着马萨伊女人们呢。切罗和我，我们自己追过去的，等它回头看我们时，我一枪就打中了那个我要打的地方。”

“左肩朝下打中心脏。”

“我想要打的地方就是那地方。”

“打得好。”切罗说，“非常棒。”

“把它放在后排。让女人们坐前面来。”

“看起来它太丑了呀。”玛丽说，“不过若只是吃肉我倒希望打些不那么漂亮的猎物。”

“它很好，你也很好。”

“唉，我们要吃肉，它正好是我们看到的肉质最棒的猎物，肥肥大大，几乎要赶上只大个羚羊了。是我看见它的，就让切罗和我去追捕，还是我亲手打到的。现在，你还是不想爱我，就只顾一个人在前面走吗？”

“你先去前排坐着。我们不必要再打了。”

“我喝点啤酒吗？这次追捕把我渴坏了。”

“你把啤酒喝光了都可以。”

“不。你也喝点，为我先看到它和我们再次成为朋友庆祝吧。”

我们吃了顿很满意的晚饭，很早就爬上了床。晚上我做了不少噩梦，后来就醒了，等我穿好衣服，姆温迪都还没送茶来。

我们那天下午又开车出门，四处转了转，从地上的足迹来判断，那群水牛已经走回沼泽边的那片树林里去了。它们应该是早晨的时候过来的，地上的足印又宽又深，像一般牛群那样的足迹，不过现在已经冷了，一些屎壳郎正在努力地把水牛留下的粪便滚成球。那些水牛跑进那片入口都长满茂密鲜草的树林里去了。

我一直以来就喜欢看屎壳郎工作，自从我知道到它们是古埃及的圣甲虫，只有外观有略微的变化后，我就认为我们需要给它们在我们的宗教里留一个位置。现在它们正在勤勤恳恳地工作着，但是要把当天的东西收拾干净还是有些晚了。盯着它们，我想出了一首赞美屎壳郎的诗。

恩古伊和姆休卡看了看我，他们明白我正在琢磨事情。

恩古伊把玛丽小姐的照相机拿了过来，非常担心她想拍上几张屎壳郎的照片，事实上她并不会这么做，只说道："爸爸，假如你看腻了这些屎壳郎，我们是否可以上车再去看看其他的东西呢？"

"当然，假如你感兴趣的话，我们可以去找一头犀牛，附近正好还有三只狮子呢，两只母的，一只公的。"

"你怎么知道？"

"不少人昨晚都听到狮子叫了，在水牛脚印上还有头往回走的犀牛留下的足迹。"

"天色太暗了，拍不出颜色漂亮的照片了。"

"没事。我们只看看它们就行了。"

"它们会比屎壳郎更能带给人灵感。"

"我并非在找寻灵感。我在找寻知识。"

"真幸运啊，你有如此广阔的心胸。"

"正是。"

我让姆休卡去找找那头犀牛。它做事是按照习惯的，假如它在走动，我们就肯定能知道到哪儿去找它。

那头犀牛离我们猜想的位置很近，不过就像玛丽小姐说的，时间太晚了，以现有胶卷的曝光速度，已经拍不了好看的彩色照片了。它身上被灰白色的泥浆涂满了，因为它刚从一个水潭走出来。在深绿色的灌木丛中，衬着身后黑色的火山岩，它看上去非常惨白。

我们不去打扰它，只是绕了个大圈，走到它的下风处，最终走到沼泽边上的盐碱地里，不过惊飞了那个大个子身上的食虱鸟，也让它傻乎乎地警觉起来。那天晚上不怎么有月亮，狮子会在这种情况下出来找吃的。猎物们是怎么知道已经是晚上了呢，我感到非常奇怪。猎物们丝毫没有安全感，在这些晚上更是如此。我又想，在这样伸手不见五指的黑夜里，为什么巨大的蟒蛇会从沼泽里爬到盐碱地的边上，盘着身子等猎物来呢？以前有一次我和恩古伊顺着它爬行的印记一直追踪到沼泽地，那就如同顺着一个超大轮胎在地面上压出的车辙。有的时候它沉了下去在地上就印出深深的一条凹痕。

在盐碱地上我们发现了那两只母狮子的脚印，便沿着足迹追过去。有一只特大，我们猜测着它们也许会趴在那里，但是没有。至于那只公狮子，我认为它也许在那座荒废的老旧马萨伊村旁活动，很可能它就是那只打扰我们早上去的那个马萨伊村的那只狮子。不过这些都是我的猜想，我们并没有可以杀掉它的证据。今天晚上它们寻找食物，我也就能听听它们的声音，明天如果我们再看到，或许我还是能够将它们认出。金·克曾经说我们要在这儿抓四只或六只狮子。我们已经杀死了三只，马萨伊人干掉了第四只，还打伤过一只。

“我可不想离沼泽太近，如此一来水牛就不会从风里闻到我们的味道了，或许它们明天还会再来吃草呢。”我跟玛丽说，她也同意。于是我们就步行向家走去，恩古伊和我一边走一边仔细辨认着盐碱地上的印记。

“我们要早点出去，甜心。”我对玛丽说，“情况变得十分有利了。在开阔地我们能发现水牛。”

“我们早点上床做爱，还可以听听夜晚的声音。”

“非常美妙。”

第二十章

天气非常冷，我们躺到床上，我身子成弓形躺着，倚在帆布床边上的帐篷布上，能窝在被单和毛毯底下真是美好至极啊。人们在床上都也没有什么姿态尺寸，两个人只要彼此相爱，大家的尺寸都相同，比例也刚好。我们躺着，寒气被毛毯阻挡着，感受着自己的身体渐渐温暖起来。我们静静地呢喃着，出来的第一只鬣狗突然发出一声弗拉曼柯舞①似的高吼。似乎它在对着扩音器叫嚷。于是我们竖起耳朵听着。它离帐篷不远，后来另一只也来到了营地后面，把它们引来的应该是那块晾着的肉和营地另一边的水牛。玛丽能够模仿它们的叫声，她轻轻地在毯子下叫了一声。

"你会将它们引进帐篷来的。"我说。接着我们听到那只狮子一边吼叫着，一边向北面的老村子走去，在我们听到它的声音以后，接着又听到了它的咕哝声很像咳嗽，它们正在寻找食物。我们想我们也许能听见那两只母狮子的叫声，但只听到在非常远的地方另一只公狮子叫了一声。

"我真希望我永远也不会离开非洲。"玛丽说。

"我是真的非常不想离开这里。"

"床吗?"

"白天我们还是要下床的。我指的是营地。"

"我也喜欢营地。"

"那为什么我们一定要离开呢?"

"或许还有地方比这儿更奇妙啊。你在死之前都不想去看看

---

① 西班牙吉卜赛人的一种传统舞蹈。

那些最奇妙的地方吗?”

“从没想过。”

“唉，我们就在这儿吧。不要去想离开的事了。”

“好吧。”

鬣狗又唱起它的歌来，它已经将调子提得不能再高了。中间还突然停了三次。

玛丽模仿着鬣狗的叫声，我们一通大笑。这张帆布床和大床一样舒适，我们在上面十分舒服，悠然自得。她说：“等我睡着了之后，你就伸直了睡吧，尽管占了你应得的那部分，我那一部分我会找到的。”

“我给你掖掖。”

“不用，你睡吧。在快睡着的时候我自己会掖的。”

“那我们睡吧。”

“好的。不过不要让我占这么多，也许你会抽筋。”

“我不会。”

“晚安，我最亲爱的。”

“晚安，甜心。”

在似醒非醒的时候，我们听到离我们近点的那只狮子发出粗重的咕哝声，遥远的另一只狮子也随着嘶吼。我们温情满溢地紧紧相拥着睡着了。

玛丽回到自己的床上时，我已经熟睡了。当那只狮子在距营地非常近的地方大吼时我猛然醒来了。它似乎是在摇动帐篷的绳索，它粗重的咕哝声听着就像在耳旁。它应该是在营地以外，但它吵醒我的时候感觉就像是它正在穿过营地。后来它又吼了一声，我现在清楚它的距离有多远了。它肯定就在那条前往简易飞机跑道的小路旁。我听着它渐渐远去，接着又沉沉地睡去了。